AF156367

Miss Austen ermittelt

Jessica Bull

DIE GLÜCKLOSE HUTMACHERIN

KRIMINALROMAN

Aus dem Englischen
von Susanne Wallbaum

KNAUR

Die englische Originalausgabe erschien 2024 unter dem Titel
»Miss Austen Investigates« bei Penguin Michael Joseph.

Besuchen Sie uns im Internet:
www.droemer-knaur.de

Deutsche Erstausgabe Mai 2024
© 2024 Jessica Bull
© 2024 der deutschsprachigen Ausgabe Knaur Verlag
Ein Imprint der Verlagsgruppe Droemer Knaur GmbH & Co. KG, München
Alle Rechte vorbehalten. Das Werk darf – auch teilweise – nur mit
Genehmigung des Verlags wiedergegeben werden.
Die Nutzung unserer Werke für Text- und Data-Mining im Sinne
von § 44b UrhG behalten wir uns explizit vor.
Redaktion: Tina Arnold
Covergestaltung: ZERO Werbeagentur, München
Coverabbildung: Collage von ZERO Werbeagentur unter Verwendung
verschiedener Motive von Shutterstock.com
Illustrationen Innenteil: Elena Pimonova / Shutterstock.com
Satz und Layout: Adobe InDesign im Verlag
Druck und Bindung: GGP Media GmbH, Pößneck
ISBN 978-3-426-22814-2

2 4 5 3 1

Für Eliza und Rosina,
meine obstinate headstrong girls

Die acht Kinder des Pfarrers George Austen und seiner lieben Frau Cassandra Austen (geborene Leigh) in der Reihenfolge ihrer Geburt, aufgelistet von einer einseitigen, befangenen und unverständigen Familienchronistin:

Pfarrer James Austen (geb. 1765): der Älteste, ein Zufall, den er als göttliche Vorsehung begreift;

Mr George »Georgy« Austen (geb. 1766): lehrte mich, noch ehe ich schreiben oder auch nur sprechen konnte, mich mit den Händen auszudrücken;

Mr Edward »Neddy« Austen Knight (geb. 1767): mein Lieblingsbruder, weil es nur klug ist, dass der wohlhabendste Bruder einem auch der liebste ist;

Lieutenant Henry Austen (geb. 1771): wirklich der grässlichste Bruder, den es je gegeben hat;

Miss Cassandra Austen (geb. 1773): das liebste, freundlichste, leichtgläubigste Geschöpf auf Erden;

Lieutenant Frank »Fly« Austen (geb. 1774): jung, beharrlich, meistens auf See;

Miss Jane Austen (geb. 1775): also bitte, muss ich wirklich vorgestellt werden?

Fähnrich zur See Charles Austen (geb. 1779): siehe Frank.

1. Kapitel

Hampshire, England, 11. Dezember 1795

Im Mondschein läuft Jane, den Saum ihres Musse-
linkleids gerafft, über den ordentlich gestutzten Rasen. Das Feuerwerk ist vorbei, aber sie schmeckt
noch den schweflig süßen Schwarzpulverrauch im Mund.
Die Streichquartettklänge, die aus dem Tudor-Herrenhaus
hinter ihr herüberschweben, werden übertönt vom Gelächter einer lärmenden Menge. Es ist neun Uhr abends, und der
Ball fängt gerade erst an. Jane und zwei ihrer großen Brüder,
James und Henry, sind vor einer knappen Stunde eingetroffen. Schon jetzt haben die feinen Herrschaften aus ganz
Hampshire gut getrunken und sind lauter als die Musik.

Auf ihrem Weg durch den Garten duckt Jane sich hinter
jede der riesigen, in Form geschnittenen Eiben und vergewis-
sert sich, dass niemand sie sieht. Schon allein bei der Vorstellung, sie könnte entdeckt werden, schlägt ihr das Herz bis
zum Hals. Gott bewahre, dass sie erwischt wird, wie sie sich
unbeaufsichtigt vom Ball wegstiehlt. Sie hat eiskalte Füße;
die perlmuttrosa Seidenschuhe sind längst durchweicht. Sie
sind für Pirouetten auf poliertem Mahagoniboden gemacht
und nicht für Ausflüge über frostklammes Gras.

Ihr Atem bildet weiße Wölkchen. Kahle Goldregenzweige
greifen nach ihr wie die Arme eines übergroßen Skeletts, aber

sie läuft unbeirrt weiter. An diesem Abend werden ihr kluger junger Mann und sie sich einig werden. Er wird ihr einen Heiratsantrag machen. Sie weiß es einfach. Welche Worte wird Tom wählen? *Teure Jane, erlauben Sie mir, Ihnen zu sagen … Miss Austen, ich bin der Ihre …* Sie wird genau hinhören, sich jede Wendung einprägen. Das könnte nützlich sein, wenn der nächsten ihrer Heldinnen ein Antrag gemacht wird.

Aus dem Gewächshaus fällt flackerndes Licht nach draußen und weist ihr den Weg. Sie drückt behutsam die Klinke herunter, die Tür quietscht in den Angeln. Feuchtwarme, süßlich nach Orchideen duftende Luft schlägt ihr entgegen. Sie tastet nach ihrer Frisur. Ihr Mädchen hat ihr das braune Haar zu einem halbwegs eleganten Knoten gesteckt, und kleine Lockenkringel umrahmen das Gesicht. Wenn die sich stärker kräuseln, werden ihre Brüder wissen, wo sie war, und der Mutter von ihren Eskapaden berichten.

Hinter einer Mittelmeerkiefer tritt eine schlanke Gestalt hervor. Blond, mit edlen Zügen, und unverkennbar in seinem elfenbeinfarbenen Schwalbenschwanz. »Mademoiselle.«

Die tiefe Stimme lässt Janes Herz schmelzen und zieht sie unwiderstehlich zu ihm hin. Einen Schritt vor ihm bleibt sie stehen und blickt unter flatternden Lidern zu ihm auf. »Es war sehr ungezogen, mich hierher zu locken.«

Es blitzt in seinen blauen Augen, ein verführerisches Lächeln spielt um seinen Mund. »Dann haben Sie die Botschaft verstanden?«

»Ich verstehe Sie ganz genau, Monsieur Lefroy.« Ihr Blick bleibt an seinen Lippen hängen, und sie lässt zu, dass er sie in die Arme nimmt und an sich zieht. Sein Mund schwebt über ihrem, sie legt den Kopf in den Nacken, um den Kuss zu empfangen. Sie ist nicht ganz, aber beinahe so groß wie er. Das passt gut, sie beide scheinen dazu bestimmt, einander zu lieben. Aneinander klebend taumeln sie gegen eine Regalwand. Neben Jane gerät ein Terrakottatopf ins Wanken, fällt und zerschellt. Rund um ihre Füße liegt Erde auf den Tonfliesen. Sie löst sich aus der Umarmung und bückt sich, um den Wurzelballen aufzuheben und die Pflanze wieder in ihren angeschlagenen Topf zu setzen.

Tom lässt sich auf ein Knie sinken und umschließt ihr Gesicht mit einer Hand. Ist der Moment gekommen, macht er ihr jetzt den Antrag? Er sucht ihren Blick. »Lassen Sie doch das dumme Unkraut, Jane. Wen kümmert das?«

»Aber ich muss – wir sind hier zu Gast, das wäre doch ungehörig.« Während sie die Orchidee wieder zu den anderen ins Regal stellt, wird aus dem Hämmern in ihrer Brust ein normaler Herzschlag. Sie richtet den hohen Stiel, an dem papierdünne hellgrüne Blüten sitzen, bis die Pflanze wieder aussieht, als sei nichts geschehen. Tom schubst mit der Spitze seines Tanzschuhs ein paar Scherben unter das Regal. »Außerdem kommt sonst heraus, dass wir hier waren ...«

Er bringt sie mit Küssen zum Schweigen. Langsam zieht er ihr einen seidenen Handschuh vom Arm. Jane presst die bloße Hand gegen seine, ihre Finger verschränken sich. Unter halb geschlossenen Lidern hervor sieht sie Kondenswasser die Glaswand hinabrinnen. Und sie horcht auf die Streicher, wann spielen sie wieder auf? Ein Wassertropfen platscht zu Boden.

»Warten Sie. Da stimmt etwas nicht. Ich höre keine Musik.« Sie streckt die Hand zur Glaswand aus, reibt einen Flecken klar und späht hinaus. Die Terrassentüren des Ballsaals sind weit offen. Gäste stehen in Grüppchen beieinander, stecken die Köpfe zusammen. Die Tanzfläche ist leer.

Tom löst sich von ihr, strafft die Schultern. »Sie haben recht, es ist zu still. Sir John bringt doch nicht etwa schon den Toast aus? So früh am Abend?«

Jane runzelt die Stirn. »Ich nehme an, Mrs Rivers brennt

darauf, dass Lady Harcourt und der Baronet es verkünden. Jonathan Harcourt ist die beste Partie von ganz Hampshire. Gewiss fiebert Sophy Rivers bereits den Glückwünschen zu ihrer Verlobung entgegen. Ich sollte hinübergehen. James und Henry werden mich schon suchen. Ich habe bereits vor Wochen um eine halbe Krone mit ihnen gewettet, dass Sophy diejenige sein wird, die sich Jonathan Harcourt schnappt.«

Tom gibt sich geschlagen. »Sie gehen voraus. Ich folge Ihnen.«

»Wir könnten später noch einmal zusammenkommen?« Es fällt ihr nicht leicht, die Gelegenheit ziehen zu lassen, ohne dass Tom und sie ihre gemeinsame Zukunft beschlossen haben. Einen besseren Ort als das Gewächshaus gibt es nicht für Toms Antrag. Andererseits – wenn ihren Brüdern auffällt, dass sie beim Ball fehlt, besteht die Gefahr, dass ihre ohnehin begrenzte Freiheit noch weiter beschnitten wird. »Hier? Sobald wieder getanzt wird?«

Er bedenkt sie mit einem schiefen Lächeln. »Nun, dann gehen Sie. Lassen Sie mir einen Augenblick Zeit, zur Besinnung zu kommen.«

Jane wendet sich zum Gehen und presst die Hand vor den Mund, um nicht laut loszulachen.

»Warten Sie!« Er wedelt mit ihrem weißen Handschuh.

Kichernd läuft sie noch einmal in seine Arme. Wie hätte das ausgesehen, wenn sie mit nur einem Handschuh in den Ballsaal zurückgekehrt wäre? Hätten ihre Brüder geargwöhnt, dass sie den anderen beim Stelldichein mit einem Mann verloren hat, den sie erst seit so kurzer Zeit kennt, sie wären fuchsteufelswild geworden. Sosehr James und Henry Tom vielleicht auch schätzen, Jane ist ihre kleine Schwester, und über deren Tugend zu wachen ist nun einmal ihre Pflicht. Das höchste Gut, das eine Dame besitzt, ist ihr tadelloser Ruf. Das gilt besonders für eine junge Dame wie sie, die nicht gerade üppig mit sonstigen Mitteln ausgestattet ist, die sie als Heiratskandidatin empfehlen würden.

Sie nimmt das gestohlene Pfand wieder an sich, beugt sich vor zu einem letzten Kuss und eilt hinaus in den Abend. Nun, Tom hat ihr noch keinen Antrag gemacht, aber nach dem Strahlen seiner blauen Augen und der Leidenschaft in seinen Küssen ist sie sich seiner glühenden Zuneigung sicher.

Die Flügel der wuchtigen, mit schweren Beschlägen bestückten Eichentür stehen halb offen. Es fällt Licht nach draußen, und das Gedränge gut betuchter Gäste im Innern strahlt Wärme ab. Als sie die Grasflecke auf ihren Seidenschuhen sieht, zögert Jane. Auch der Saum ihres besten Musselinkleides ist nicht verschont geblieben. Cass, ihre große Schwester, der das Kleid offiziell gehört, wird höchst ärgerlich sein. Aber gerade kann Cass ihr weder wegen des Kleides Vorwürfe machen noch wegen ihres liederlichen Benehmens im Gewächshaus, denn Cass ist nicht hier. Sie verbringt Weihnachten bei ihrem Verlobten in Kintbury, um ihre künftige Familie kennenzulernen.

Jane kann also mit ihrer Tugend Schindluder treiben, um sich ebenfalls einen Verlobten zu sichern. Sonst ist sie am Ende noch das einzige der acht erwachsenen Austen-Kinder, das im Pfarrhaus von Steventon ausharren muss. Ein grausameres Schicksal als das, eine alte Jungfer zu werden, die sich um die tatterigen Eltern kümmern muss, kann sie sich nicht vorstellen. Sie füllt ihre Lunge noch einmal mit kühler Abendluft, und dann tritt sie ein.

Unter der hohen gewölbten Eichenholzdecke des elisabethanischen Saals stehen die Mitglieder von vielleicht dreißig Familien in kleinen Gruppen beisammen. Arrogant dreinschauende Damen flüstern hinter ihren Fächern, einige der

Gentlemen runzeln die Stirn oder schütteln den Kopf. Janes unschickliches Verhalten kann doch nicht schon die Runde gemacht haben? Mit dem Rücken zur gobelingeschmückten Wand schiebt sie sich seitlich an der Menge vorbei. Über ihrem Kopf brennen große Fackeln in schmiedeeisernen Wandhaltern. Die Musiker auf der Empore unterhalten sich und trinken ein Glas, während ihre Instrumente, locker auf seidenumhüllte Knie gestützt, schweigen.

Gesprächsfetzen hängen in der Luft. »Ein Vorkommnis … Sir John fortgerufen …«

Dem Himmel sei Dank. Nicht ihre Verfehlung ist der Grund, weshalb das Fest unterbrochen wurde, sondern etwas anderes; vielleicht hat ein Gast die Punschschüssel umgestoßen oder sein Lorgnon in die Suppenterrine fallen lassen. Armer Sir John, arme Lady Harcourt – Gäste mit solch schlechtem Benehmen!

Sophy, die älteste der Rivers-Schwestern und dem Vernehmen nach das Objekt zarter Gefühle von Jonathan Harcourt, sitzt auf einem Sofa und betrachtet die blendend weißen Seidenrosen auf ihren Schuhen. Sie könnte wirklich ein wenig mehr Begeisterung an den Tag legen. Welchen Grund überhaupt je eine der Rivers-Töchter – mit ihren austauschbar hübschen Gesichtchen und jeweils dreißigtausend Pfund Mitgift – haben sollte, finster dreinzuschauen, ist Jane ein Rätsel. Gerade Sophy! Sie hat sich den begehrtesten Junggesellen der Grafschaft geangelt und trägt – Sophys bescheidene Art, wie man sie kennt – ein diamantenbesetztes Halsband, an dem ein geschnitztes Elfenbeinbildnis von ihr selbst hängt.

Aber der Ausdruck ihrer grauen Augen ist düster, und sie lässt die Mundwinkel hängen. Sicher wartet sie ungeduldig darauf, dass die Sache öffentlich bekannt gegeben wird. Eine junge Dame, deren Name bereits mit einem Gentleman verknüpft ist, ohne dass sie im Gegenzug den Schutz des seinen genießt, befindet sich in einer heiklen Lage. Hinter Sophy steht die verwitwete Mrs Rivers und gleicht die Verdrießlichkeit ihrer Tochter durch unentwegtes Gequassel aus. Der verblichene Mr Rivers hatte sein Vermögen mit Baumwolle gemacht, doch seine Witwe gibt Seide und Pelzen den Vorzug. Heute Abend glänzt sie in schwarzem Bombasin mit Sarsenett-Besatz.

Auf der anderen Seite des Saals verschwindet gerade die hochgewachsene Gestalt von Jonathan Harcourt durch die schwere Eichentür in den Hauptflügel des Hauses. Vielleicht hat er es sich anders überlegt und ist nicht mehr gewillt, sich an die Tochter eines Parvenus zu binden. Jonathan ist erst kürzlich von seiner Grand Tour über den Kontinent zurückgekehrt. Dass er auf Reisen war, nimmt Jane noch mehr für ihn ein, aber nicht so sehr, dass sie wünschte, sie selbst wäre seine künftige Braut.

Sowohl Jonathan als auch sein älterer Bruder Edwin wurden von Janes Vater unterrichtet und haben ihre frühen Jahre mit ihr im Pfarrhaus von Steventon verbracht. Das ist das Problem mit allen alleinstehenden Gentlemen in ihrer Umgebung. Nachdem sie sie als Schuljungen nur zu gut gekannt hat, gelingt es ihr nicht, sich irgendeinen von ihnen als möglichen Liebhaber vorzustellen.

Ihr Interesse können ausschließlich Neuankömmlinge wecken, der reizende Tom Lefroy etwa. Oder vielleicht auch Douglas Fitzgerald, der junge Anwärter auf die Pfarrerwürde, den Mrs Rivers gerade mit einem Wortschwall überschüttet. In diesem Saal wimmelt es von Geistlichen, aber keiner ist so wie er. Er ist der natürliche Sohn von Mrs Rivers' Schwager, Captain Jerry Rivers. Captain Rivers besitzt eine Plantage in Jamaika und hat Mr Fitzgerald nach England geschickt, damit er hier ausgebildet wird. Der junge Mann ist auffallend groß und sticht ins Auge. Er trägt eine silbrige Perücke mit Locken an den Schläfen, ein faszinierender Kontrast zu seinem dunklen Teint.

Jane wird jetzt James und Henry suchen und ihnen zeigen, dass sie sich benimmt, wie es sich für eine junge Dame ihres Standes geziemt. Und sobald Sir John sich um das Vorkommnis – was auch immer es sein mag – gekümmert hat und die Streicher wieder zu ihren Bögen greifen, wird sie zurück ins Gewächshaus eilen, Tom Gehör schenken und die Sache besiegeln. Lächelnd nimmt sie einen Kristallkelch mit Madeirawein vom Tablett eines der weinrot livrierten Diener und trinkt einen großen Schluck, um ihren Durst zu löschen. Der Wein wird warm serviert und schmeckt nach Orangenschale und Karamellzucker.

James steht im hinteren Teil des Saals, groß und etwas hochmütig, im Gewand des Geistlichen, die schulterlangen Locken leicht gepudert. Seine Züge sind eine abgewandelte Form ihrer eigenen. Alle Austen-Geschwister haben die gleichen blitzenden dunklen Augen, eine hohe Stirn, eine lange, gerade Nase und einen kleinen Mund mit vollen, rosigen Lippen. James ist der Älteste – ein Zufall, den er als göttliche Vorsehung begreift.

»Da bist du ja!« James drängt sich durch das Meer aus Menschen in ihre Richtung. »Wo warst du? Ich habe dich überall gesucht.«

»Ich habe mir nur ein neues Glas geholt«, schwindelt Jane und hebt zum Beweis ihren Kelch. »Ich wollte nicht ohne dastehen, wenn es mit den Reden losgeht.«

James reibt sich den Nacken. »Im Augenblick bin ich mir nicht sicher, ob es überhaupt irgendwelche Toasts geben wird.«

»Warum? Hat Jonathan in letzter Sekunde versucht, den Kopf aus der ehelichen Schlinge zu ziehen?«

»Sei nicht albern, Jane. Jonathan würde es nie wagen, seine Eltern so zu enttäuschen. Nicht nach …«

Der Sache mit Edwin. Jonathans älterer Bruder wurde vor fünf Jahren, am Vorabend seiner Vermählung mit der Tochter eines Herzogs, von seinem Vollbluthengst abgeworfen und war auf der Stelle tot. Brach sich das Genick und seinen Eltern das Herz. Lady Harcourt, ohnehin von nervöser Konstitution, hat die Tragödie furchtbar zugesetzt. Selbst jetzt klammert sie sich an den Arm eines Dieners, während ihr Kopf so ruckartig zu den Gästen herumfährt, dass die himmelhohe Haartracht wankt wie ein extravaganter Wackelpudding.

»Wo ist Henry?« Jane schaut sich in dem vollen Saal um. Sollte das Vorkommnis ein ernstes sein, hofft sie von Herzen, dass Henry nicht darin verwickelt ist. Eigentlich müsste er leicht zu entdecken sein. Unter den hier Versammelten tragen nahezu alle Damen helle Kleider, während die Herren in dunkelblauen oder schwarzen Fräcken stecken. Einzig Tom Lefroy trotzt der Mode, indem er mit seinem schrecklichen elfenbeinfarbenen Schwalbenschwanz Tom Jones imitiert, einen der freundlichsten Schwerenöter der englischen Literatur, und Henry ist vorhin noch in seiner scharlachroten Uniformjacke herumstolziert wie ein Pfau.

James verzieht das Gesicht. »Zuletzt habe ich ihn mit der lieblreizenden Mrs Chute tanzen sehen.«

Mrs Chute zählt sechsundzwanzig Lenze, hat ein lebhaftes Wesen und ein äußerst ansprechendes Äußeres. Seit Kurzem ist sie die Gemahlin eines reichen alten Mannes, der Gesellschaften scheut und daher heute Abend nicht zugegen ist. Jane findet es empörend, dass Henry bei seinen Tändeleien nicht halb so sehr auf der Hut sein muss wie sie.

Vom anderen Ende des Saals lächelt Tom ihr verschwörerisch zu. Er muss unmittelbar nach ihr hereingekommen sein.

Hinter James schwingt die Tür zum Hauptteil des Hauses ein weiteres Mal auf, und Mrs Twistleton schlüpft in den

Saal, die Haushälterin der Harcourts. Mit ihren leicht schräg stehenden Augen, dem schwarzen Seidenkleid und den weißen Spitzenmanschetten erinnert sie Jane an die beste Mäusejägerin, die die Austens je hatten – die kleinste Katze auf dem Hof hat ein schwarzes Fell und weiße Pfötchen. Den ganzen Tag sitzt sie in der Sonne, leckt sich die Pfoten und lauert auf die nächste Beute.

Mrs Twistleton packt den Butler am Arm und raunt ihm etwas zu. Er reißt die Augen auf und wird blass. Welches Unglück kann im Hause Harcourt vorgefallen sein, dass der stets ungerührt dreinschauende Butler dermaßen die Fassung verliert? Jane nimmt James' Arm. Plötzlich ist sie dankbar, die vertraute Gestalt ihres Bruders neben sich zu haben.

Der Butler fasst sich und läutet energisch seine Messingglocke, dann ruft er laut: »Ladys und Gentlemen, befindet sich möglicherweise ein Arzt im Saal?«

Es ist, als schnappten alle gleichzeitig nach Luft. Der ortsansässige Doktor erhebt sich rotgesichtig, schwankt und plumpst zurück auf seinen gut gepolsterten Allerwertesten. Jane rümpft die Nase. Der Mann hat eindeutig zu tief ins Glas geschaut. Mrs Twistleton erhebt sich auf die Zehenspitzen und flüstert dem Butler etwas ins Ohr. Der fährt zurück. Sie hebt die Brauen und nickt.

Einen Augenblick steht er mit offenem Mund da, dann läutet er die Glocke noch einmal. »Bitte um Vergebung, Ladys und Gentlemen, ist unter Umständen ein … Geistlicher zugegen?«

Hier und da ertönt nervöses Gelächter. Über die Hälfte der anwesenden Herren gehört der Geistlichkeit an. In dieser Hinsicht ist Hampshire geradezu überlaufen.

James breitet die Arme aus und lässt sie wieder sinken. Der Zufall will es, dass er der am nächsten stehende Geistliche ist. »Ich sollte wohl hingehen. Kann ich dich allein lassen?«

»Ich komme mit.« Jane drückt ihren halb geleerten Kelch einem Diener in die Hand. »Schon, um sicher zu sein, dass es nicht Henry ist.«

Die Falte auf James' Stirn vertieft sich, und er eilt zur Tür. Jane folgt ihm. Sie wird sich vergewissern, dass Henry sich nicht irgendwelchen Ärger eingebrockt hat, und dann wird sie klammheimlich verschwinden. Hofft sie doch, dass noch nicht alles verloren ist und Tom, bevor der Abend zu Ende geht, eine zweite Gelegenheit erhält, seine Absichten zu erklären. Sie will ihm noch rasch einen Blick zuwerfen, doch er hat sich unter die Gäste gemischt und kehrt ihr den Rücken zu.

James erreicht die Tür zum Hauptflügel im selben Moment wie Mr Fitzgerald, sodass ihre Schultern aneinanderstoßen. Der angehende Pfarrer mag noch kein Beffchen tragen, aber er ist eifrig darauf aus, seinen geistlichen Pflichten nachzukommen. Er blinzelt kurz, dann verneigt er sich, um anzuzeigen, dass er James und ihr den Vortritt lässt. An den Wänden flackern Bienenwachskerzen in Messinghaltern, werfen Licht und Schatten über die Ölporträts, die dort hängen. Generationen von Harcourts starren Jane kalt an, während sie vorbeigeht. Das lange Gesicht, die gebogene Nase, das spitze Kinn – genau die Züge auch des gegenwärtigen Titelträgers und seines Sohnes. Dicht hinter Jane sind die Schritte von Mrs Twistleton und Mr Fitzgerald zu hören.

Schließlich erreichen sie die große, über zwei Stockwerke gehende Eingangshalle. Von oben hängt an einer schweren Kette ein Messingleuchter herab. Das Licht Hunderter Kerzen fällt auf die Eichenpaneele und das kunstvoll geschnitzte Geländer der Treppe, die zu den oberen Etagen des Herrenhauses führt.

Unten, vor einer kleinen Tür in der Täfelung, steht Henry in seiner ganzen Offizierspracht aufgepflanzt: die Füße hüftweit auseinander, die Rechte am Griff seines blitzenden Säbels. Die rote, doppelreihige Uniformjacke bringt seine hochgewachsene Figur besonders gut zur Geltung, die goldenen Epauletten betonen seine breiten Schultern. Aus Protest gegen die Pudersteuer hat er sich die kastanienbraunen Locken kurz schneiden lassen – und sich damit ein verwegenes Aussehen zugelegt. Er erinnert so sehr an einen Zinnsoldaten, dass Jane sich das Lachen verbeißen muss. Zugleich ist sie sehr erleichtert.

»Was ist passiert?«, fragt James.

Henry schweigt, seine Miene ist ungewöhnlich ernst. Er nickt in Richtung von Mrs Chute, die auf einem blutroten Damastsofa sitzt und sich weinend ein Taschentuch vors Gesicht presst, vor ihr kniet ein Hausmädchen und reicht ihr ein grünes Fläschchen mit Riechsalz. Gleich daneben steht ein sehr junges Mädchen und taucht einen Scheuerlappen in einen Eimer mit Seifenwasser. Sie ist klein und rundlich, hat ein breites Gesicht und einen kräftigen Hals, aber sie ist kreidebleich und zittert am ganzen Leib.

Mrs Chute schnäuzt sich kräftig, sodass die blassgoldenen Straußenfedern an ihrem Kopfschmuck erbeben. »Ich hatte ja keine Ahnung, dass sie da ist. Ich bin fast über sie gestolpert!«

Jane greift sich an den Hals. »*Wer* ist denn da drin?«

»Zum Henker, wenn das jemand wüsste!«, ruft Sir John Harcourt, der auf dem türkischen Läufer auf und ab stampft. Sein Gesicht unter den langen Lockenwürsten der graufleckigen Perücke ist dunkelrot. Mit seinem stattlichen Bauch und den breiten Schultern ist er immer eine beeindruckende Erscheinung, aber heute wirkt er besonders bedrohlich.

Henry macht einen Schritt zur Seite. »Ich fürchte, wir haben einen … nun, einen Leichnam entdeckt.«

James stößt die Tür auf. Schreckt zurück. Schnell tritt Jane neben ihn und späht in den Raum. Es handelt sich um eine kleine Kammer. Ein scheußlicher metallischer Geruch schlägt ihr entgegen, wie in einem Schlachterladen. Auf dem Boden liegt etwas. Im Lichtschein, der aus der Halle in die Kammer fällt, erkennt sie gerade eben einen gemusterten Chintzrock. Er hat große dunkle Flecken. Darunter schauen zwei braune Schnürschuhe hervor. Damenschuhe, die Ledersohlen schon recht abgetreten.

»Lieber nicht.« Henry legt Jane die Hand auf den Arm und will sie zurückhalten.

Mr Fitzgerald schiebt sich mit einer Kerze an ihr vorbei. Er kniet neben dem Rock nieder, in dem engen Raum wird es hell.

Jane wird übel, doch sie schluckt es herunter.

Es ist eine junge Frau. Sie hat die Arme weit ausgebreitet. Ihr Gesicht ist aschfahl und in nacktem Entsetzen erstarrt. Der Mund steht offen, der Blick der aufgerissenen Augen ist leer. Aus der klaffenden Wunde an ihrer Schläfe ist Blut gequollen und hat sich rund um sie auf dem Boden gesammelt.

»Gütiger Gott.« Jane weicht einen Schritt zurück, kann aber den Blick nicht von der Frau wenden.

Mr Fitzgerald beugt sich vor und lauscht an der Brust der Frau. Kurz darauf legt er ihr zwei Finger an den Hals, harrt einen Augenblick so aus und schüttelt schließlich den Kopf. »Möge der Herr in seiner Gnade ihr ewigen Frieden schenken«, sagt er leise und streckt die Hand aus, um ihr mit Daumen und Zeigefinger die Augen zu schließen.

Doch es gelingt ihm nicht – offenbar sind ihre Lider erstarrt.

Also zieht er die Hand zurück, neigt den Kopf und schlägt das Kreuz. Und da plötzlich, als das Kerzenlicht über der leblosen Gestalt flackert, dämmert es Jane. Sie stößt einen spitzen Schrei aus. Das passt so wenig zu ihr, dass es sie selbst schockiert. Ihre Knie werden weich. Sie klammert sich Halt suchend an James' Rock, starrt aber weiter auf das nun bekannte Gesicht hinab.

Es muss Anfang Oktober gewesen sein, als sie die feinen Züge das erste Mal gesehen hat; jedenfalls war die Luft noch mild. Sie war mit Alethea Bigg nach Basingstoke gefahren, und dort, in dem überdachten Markt, saß auf einem Holzstuhl Madame Renault, die Hutmacherin. Vor ihr stand ein mit grünem Fries bedeckter Tisch, auf dem sie ein paar Strohhüte und allerlei zarte Spitzenhauben drapiert hatte. Gekleidet war sie nicht nach der neuesten Mode, aber ausgesucht und gepflegt. Sie trug ein Chintzkleid mit einer ins Mieder gesteckten Kette aus Gold und Perlen, und auf dem dunklen Haar saß eine ihrer Spitzenhauben. Jane war versucht, etwas zu kaufen, das sie Cass schenken könnte. Einige der Häubchen waren so hübsch – ganz das Richtige für eine Braut.

Aber wie üblich siegte die Eitelkeit über ihre guten Absichten. Statt eines Häubchens für Cass kaufte sie sich selbst einen Strohhut. Eigentlich wollte sie ihn nur zum Spaß aufprobieren, aber dann stand er ihr so gut! Sie versuchte den Preis zu drücken, indem sie erklärte, sie habe vermutlich nicht genügend Geld bei sich und müsse ein andermal wiederkommen. Madame Renault zuckte nur mit den Schultern. Dann sagte sie in gebrochenem Englisch, sie arbeite meistens auf Bestellung und zahle die Gebühr für einen Marktstand nur, wenn sie genügend überzählige Stücke zum Verkaufen beisammenhabe. Daher könne sie nicht sagen, wann – oder ob überhaupt – sie das nächste Mal in Basingstoke sein werde. Womöglich könne sie sich bereitfinden, einen Auftrag anzunehmen – sofern sie genügend Zeit habe.

Alethea fand die Hutmacherin überheblich, aber Jane war so beeindruckt von deren Selbstbewusstsein, dass sie die vollen zwölf Shilling und Sixpence zahlte. Madame Renault wusste offensichtlich ganz genau, was ihre Kunstfertigkeit wert war, und vertraute darauf, dass ihre Arbeiten immer gefragt sein würden. Wie befreiend, zu der Sorte Frauen zu gehören, die auf ihre Arbeit stolz sein kann!

Die Begegnung hat Jane zu kühnen Träumen verleitet, wie sie selbst an einem Marktstand sitzt, vor sich, auf grünem Tuch ausgelegt, all ihre Manuskripte, fein säuberlich abgeschrieben und in marmorierte Pappdeckel gebunden.

Jetzt steht sie da, presst sich die Faust gegen den Mund und unterdrückt ein Schluchzen, während sie wie gebannt auf den furchtbar zugerichteten Leichnam der Hutmacherin starrt.

James legt ihr den Arm um die Schultern. »Komm fort von hier, Jane, das regt dich viel zu sehr auf.«

»Aber ich kann nicht! Ich kenne sie.«

Jetzt schauen alle erwartungsvoll zu ihr.

»Wer zum Teufel ist sie denn?« Donnernd geht Sir Johns feiste Faust auf den Türrahmen nieder. »Und wieso liegt sie tot in meiner Wäschekammer?«

Jane windet sich aus James' Arm und tritt durch die offene Tür, um das blutige Gesicht genauer in Augenschein zu nehmen. Ehe sie etwas sagt, muss sie ganz sicher sein.

Mr Fitzgerald hält die Kerze neben die Wange der Frau, und Jane wird es schwer ums Herz. Mit einem Mal ist alles anders. Dies ist kein beschwingter Abend mehr. Sie wird keinen romantischen Antrag erhalten, wird nicht auf ein paar heimliche Küsse zu ihrem Liebsten ins Gewächshaus zurückkehren. »Das ist Madame Renault. Eine Hutmacherin – ich habe auf dem Markt in Basingstoke einen Hut bei ihr gekauft.«

Henry nickt, als wüsste er nun alles, was er wissen muss. »Ich habe nach dem Gemeinde-Constable geschickt. Der Friedensrichter ist ohnehin zum Ball geladen.«

Mr Fitzgerald breitet ein Tuch über Madame Renaults Gesicht und stopft es rund um ihre Schultern fest, als könnte es sie selbst nach dem Dahinscheiden noch warm halten.

James führt Jane hinaus. »Komm, ich lasse die Kutsche holen und bringe dich auf direktem Weg nach Hause. Das war ein furchtbarer Schock. Für uns alle.«

Jane stolpert Richtung Tür und wendet den Kopf, um einen letzten Blick auf Madame Renault zu werfen. Als sie sieht, wie sich das Tuch, mit dem Mr Fitzgerald den Leichnam zugedeckt hat, mit Blut vollsaugt, steigt erneut Übelkeit in ihr hoch. Wie konnte hier, inmitten von so viel Heiterkeit, eine so entsetzliche Tat begangen werden? In Janes sicherer, respektabler Umgebung haben Gewalt und Mord keinen Platz. Und doch liegt da Madame Renault, totgeschlagen von jemandem, der nicht weit entfernt sein kann von dem Fleck, an dem Jane gerade steht. Wer aus ihrer Welt könnte dieses abscheuliche Verbrechen begangen haben?

2. Kapitel

Am Morgen nach dem Ball springt Jane die beiden Stufen von ihrem Zimmer zum Treppenabsatz hinauf, eilt die enge Treppe zur Küche hinunter und von dort hinauf in den Salon der Familie. Das Pfarrhaus von Steventon ist ein zusammengestückeltes Gebilde; der Grundriss offenbart, wie die Behausung im Lauf der vergangenen beiden Jahrhunderte ziemlich planlos Stück für Stück gewachsen ist. Aus Sorge, dass Tom ein Frühaufsteher sein könnte, hat Jane sich in aller Eile angekleidet. Er wird ihr heute doch sicher seine Aufwartung machen. Nachdem er gestern Abend so schmerzlich davon abgehalten wurde, sich zu erklären, brennt er gewiss darauf, ihre Antwort zu erhalten – so wie sie darauf brennt, zu hören, welche Worte er für seinen Antrag wählt. Auf keinen Fall will sie riskieren, dass er die anderthalb Meilen Fußmarsch vom Pfarrhaus in Ashe, wo er bei seinem Onkel zu Besuch ist, zurücklegt, bevor sie empfangsbereit ist.

Ein paar dunkle Löckchen ringeln sich aus ihrem Zopf, und die Schnürbänder des kanariengelben Kleides hängen lose herunter. Sally, das Hausmädchen der Austens, stellt leise summend das Tablett mit schmutzigem Geschirr, das sie gerade hinaustragen wollte, ab und hilft Jane mit dem Band am Ausschnitt.

Die ganze Familie ist im Salon versammelt, im Kamin brennt ein schönes Feuer. In der Mitte des Raums sitzt Janes

Mutter, Mrs Cassandra Austen, an einem altmodischen Kirschholztisch, der mit weißem Tischtuch fürs Frühstück gedeckt ist. Mrs Austen hält Anna, James' Tochter, eine Holzschüssel mit Apfelkompott hin, und die Kleine lehnt sich gefährlich weit aus ihrem Hochstuhl, um sich einen Löffel voll zu sichern.

Mr George Austen, Janes Vater, studiert die gestrige Zeitung. Ein freundlicher Nachbar bringt sie immer herüber, wenn er selbst damit durch ist. James liest einen anderen Teil derselben Ausgabe. Mr Austen hat sie in zwei Hälften geteilt, sodass James die Anzeigen und Klatschspalten durchsehen kann, während er selbst die Marine-Nachrichten durchstöbert, immer auf der Suche nach Meldungen über die Königlichen Schiffe *Glory* und *Daedalus*. Beide wurden zuletzt vor der Küste der Westindischen Inseln gesichtet, und beide haben eine außerordentlich kostbare Fracht an Bord, nämlich einen jungen Austen. Frank, der zweiundzwanzig ist, und der siebzehnjährige Charles tun Dienst bei der Royal Navy.

Genau genommen hat James als seines Vaters Vikar für das nahe gelegene Dörfchen Overton sein eigenes Haus. Doch seit in der ersten Jahreshälfte seine junge Frau so unerwartet gestorben ist, findet er Trost darin, ins Familiennest zurückzukehren. Er schläft und predigt in Overton, aber die Mahlzeiten nimmt er in Steventon ein, und auch seine Wäsche bringt er her. Die kleine Anna ist ständig in Steventon, in der Obhut ihrer Großmutter. Wie sie immer geweint und nach ihrer »Mama« gerufen hat, war herzzerreißend. Dass sie es jetzt nicht mehr tut, ist fast noch schlimmer.

»Das nehme ich, vielen Dank!« Mrs Austen zwingt die kleine Faust auf und entwindet ihr ein Medizinfläschchen. »Wer hat das denn herumliegen lassen?«

Eine Entschuldigung murmelnd, lässt Sally das Fläschchen in den Falten ihrer Schürze verschwinden. Jane weist nicht darauf hin, dass es Mrs Austen selbst war, die die Medizin auf dem Tisch hat stehen lassen. Als Jane nach Hause kam und ihren fassungslosen Eltern von dem Vorfall erzählt hat, war Sally schon im Bett. Mrs Austen holte das Fläschchen aus dem stets verschlossenen Medizinschrank, um Jane auf den Schreck hin einen Tropfen Laudanum zu verabreichen, Jane aber kniff die Lippen zusammen und weigerte sich. Ihr Verstand ist die schärfste Waffe in ihrem Arsenal. Die lässt sie sich nicht stumpf machen. Wenn Tom heute kommt – und er kommt bestimmt –, wird er sie auffordern, die wichtigste Entscheidung zu treffen, die eine junge Frau im Leben zu treffen hat. Vielleicht die einzige wichtige Entscheidung, die sie überhaupt jemals selbst treffen wird. Wie sollte sie dem gewachsen sein, wenn ihr Verstand noch von Laudanum-Resten vernebelt wäre?

»Habe ich Henry verpasst?« Jane zieht sich einen Stuhl heran, wobei die hölzernen Beine über die Steinfliesen scharren. An den weiß gekalkten Wänden des gemütlichen Raums hängen Pferdeplaketten aus Messing und Kreuzstich-Mustertücher; nichts, was den Lärm ihrer lebhaften Familie dämpfen würde.

James streicht seinen Teil der Zeitung glatt und nickt. »Er ist gleich heute Morgen wieder nach Oxford aufgebrochen.« Henry ist Student, ein weiterer der vielen Hampshire-Jungen, die für die Geistlichkeit bestimmt sind, aber angesichts der drohenden Jakobiner-Invasion von der anderen Seite des Kanals hat er sich freiwillig zur Milizarmee gemeldet. Und weil er eben Henry ist, hat er irgendwie erreicht, dass sein Regiment direkt vor den Toren Oxfords stationiert wurde; so kann er König und Land dienen und gleichzeitig seine Studien fortsetzen.

»Wie schade. Ich wollte noch mit ihm sprechen.« Jane hebt die schwarze Basaltteekanne an und schenkt sich ein. Sie hat schlecht geschlafen. Kaum hat sie die Augen zugemacht, sah sie die im Tod eingefallenen Wangen und den offen klaffenden Mund von Madame Renault vor sich, als sei dieses Bild in ihre Lider gebrannt.

Als Tochter eines Pfarrers hat sie schon so manchen Leichnam gesehen. Die Armen aus der Gemeinde können sich keinen Sarg leisten. Geht es an die Beerdigung, werden sie in ein Leichentuch gewickelt, in der Gemeindekiste zum Gottesdienst gebracht und anschließend in das frisch ausgehobene Grab gekippt. Durchs Fenster der Postkutsche hat sie sogar schon die Überreste von Straßenräubern gesehen, die an einer Wegkreuzung in Ketten am Galgen baumelten. Ihre verwesenden Körper, von Maden zerfressen und von Fliegen umschwärmt, werden unweit des Schauplatzes ihrer Missetaten gut sichtbar ausgestellt, auf dass andere davor zurückschrecken, ähnliche Sünden zu begehen.

Aber der Anblick einer Frau, deren Leben gerade erst und so brutal ausgelöscht worden ist, hatte eine ganz andere Wucht. Sie weiß jetzt schon, dass er sie ihr Leben lang verfolgen wird.

»Ich schätze, er hatte Sorge, der alte Mr Chute könnte ihn zum Duell fordern – um die Ehre seiner Frau«, wirft Mr Austen ein, ohne den Blick von seiner Lektüre zu heben.

Jane verschluckt sich an ihrem Tee bei der Vorstellung, wie der gebrechliche Mr Chute den jungen Lieutenant Austen fordert, seinen Gehstock fallen lässt, um die Pistole zu ziehen, vornüberkippt und mit der Nase im Gras landet.

»Das ist nicht lustig, Vater.« James blickt über den Rand seines Zeitungsteils hinweg. Obwohl es gestern so spät wurde, ist er makellos rasiert und peinlich korrekt gekleidet.

»Wem sagst du das?« Mr Austen trinkt einen Schluck Tee. Er trägt einen rostroten Hausmantel über seinem geistlichen Gewand, und auf dem weißen Haar sitzt eine Kappe in derselben Farbe. »Sollte Mr Chute wegen ›Frevels‹ klagen, werde ich gezwungen sein, alles hier zu verkaufen, um Henry aus dem Schuldgefängnis freizubekommen.«

Jane nimmt einen hastigen Schluck Tee und verbrennt sich die Kehle. Für Angehörige der Mittelschicht gestalten sich Scheidungen so umständlich und teuer, dass sie praktisch unmöglich sind. Und da eine verheiratete Frau über keinerlei eigenen Besitz verfügt, bleibt einem gehörnten Ehemann als einziger Weg der Vergeltung, ihren heimlichen Freund wegen »frevlerischer Konversation« zu verklagen. Kurz gesagt bezieht sich dieser Ausdruck auf den Versuch, sich für die Entwertung eigenen Besitzes entschädigen zu lassen. Vor dem Auge des Gesetzes hat eine Ehefrau kaum einen höheren Stellenwert als ein Lieblingspferd. Beide dürfen geschlagen werden und sich zu Tode schuften, aber nur das eine kann, wenn es nicht mehr von Nutzen ist, legitimerweise geschlachtet werden. Eine wirklich widerwärtige Tatsache.

»Vielleicht hat Mr Chute das junge Ding deswegen geheiratet.« Mrs Austen ist groß und dünn und hat eine Adlernase, die sie als Beleg für ihre adlige Abstammung betrachtet. »Weil er hoffte, sie würde einen wohlhabenden jungen Burschen in eine Affäre verwickeln und er könnte den Schadenersatz einstreichen?« Sie fährt ihrer Enkelin mit einem feuchten Lappen über das pausbäckige Gesicht.

Klagen wegen »frevlerischer Konversation« sind so einträglich geworden, dass man schon einigen Männern vorgeworfen hat, sie hätten ihre Frau regelrecht angespornt, mit wohlhabenden Bekannten zu flirten, weil sie hofften, sie auf frischer Tat zu ertappen. Mr Chute ist viel zu reich, um solche Ränke zu schmieden, aber zugleich ist er von der Sorte, die stets Appetit auf noch mehr hat.

Gut, dass Janes derzeitige Heldin, die diabolische Lady Susan, Witwe und damit über derart peinliche Gerichtsverfahren erhaben ist. Vielmehr steht es ihr – auf einen Strich von Janes Feder hin – frei, ihrerseits Ungemach über das männliche Geschlecht zu bringen. Es entbehrt nicht der Ironie, dass eine Frau sich einem Ehemann erst unterwerfen und ihn dann überleben muss, um wahre Freiheit zu erlangen.

»Aber warum hat er sie dann überhaupt in Henrys Nähe gelassen?« Mr Austen stellt seine Tasse zurück auf die Untertasse und richtet den Henkel exakt parallel zur Tischkante aus. »Er hätte sie lieber auf Jonathan Harcourt ansetzen sollen.«

»Bei Jonathan hätte Mrs Chute kein Glück gehabt«, sagt James. »Sehr unwahrscheinlich, dass es irgendwem gelingen würde, ihn von Miss Rivers wegzulocken.«

Mrs Austen presst die Lippen zusammen. »Sophy ist natürlich ein nettes Mädchen, und ich kann mir denken, dass ihre Mitgift selbst den Harcourts sehr willkommen ist ...«

Als sie hört, wie ihre Mutter die ehrgeizige Erbin beschreibt, knirscht Jane fast mit den Zähnen. Sophy ist ungefähr ein Jahr älter als sie und hat es natürlich genau geschafft, am Neujahrstag 1775 zur Welt zu kommen. Obwohl sie fast gleichaltrig sind und nahe beieinander wohnen, seit die Rivers sich vor über zehn Jahren in Kempshott Park niedergelassen haben, war die neureiche Sophy nie sonderlich »nett« zu Jane.

Anna greift mit einem kompottverschmierten Händchen nach Mrs Austens Spitzenhaube. »... aber ich hatte immer die Hoffnung, Jonathan würde eine Frau finden, die ihm hilft, sich zu entfalten, ganz er selbst zu werden. Eine, wie du es bist, Jane«, sagt Mrs Austen und müht sich, die Kinderhand abzuwehren.

»Ich?« Jane reißt die Augen auf. »Verzeih, Mutter, aber dafür ist es nun zu spät. Es sei denn, du möchtest, dass ich

Jonathan nach Gretna Green entführe, damit wir uns von einem Hufschmied trauen lassen.«

»Ich meinte nicht, dass er *dich* heiraten soll, sondern nur … eine wie dich.« Mrs Austen löst die kleinen Finger von den Rüschen ihrer Haube. Die ist inzwischen so mit Kompott bekleckert, dass sie ausgezeichnet zu ihrer fleckigen Baumwollschürze passt. »Eine junge Dame, die etwas freieren Geistes ist und sich nicht von seinen Eltern einschüchtern lässt.«

Unsicher, ob sie sich geschmeichelt fühlen oder beleidigt sein soll, streicht Jane Butter auf ihren Toast und gibt etwas hausgemachte Erdbeermarmelade darauf. »Und hat Henry nun unser aller Ruf ruiniert?«

»Kaum«, meint James. »Der grausige Fund hat seine Indiskretion in den Hintergrund gedrängt. Wir konnten glaubhaft machen, dass Mrs Chute über den Leichnam stolperte und Lieutenant Austen ihr erst zu Hilfe eilte, als er sie schreien hörte.«

»Wie galant.« Jane lächelt.

»In der Tat«, sagt James und runzelt die Stirn.

»So eine Aufregung!« Mrs Austen seufzt. »Inzwischen wünschte ich, ich wäre auch da gewesen.« Anna taucht ihren Löffel ins Apfelkompott und bewirft ihre Großmutter damit.

»Ich habe ja gesagt, du sollst mitkommen«, erwidert Jane und beißt in ihren Toast.

»Kein Gedanke! Es ist viel zu kalt. Das hätte meine Konstitution nicht zugelassen.« Mrs Austen hebt die Kleine aus dem Hochstuhl und nimmt sie auf den Schoß. »Außerdem hätten wir die liebe Anna nicht allein lassen können.«

»Die liebe Anna?« Jane beugt sich vor und fährt der Kleinen durch den flaumweichen goldblonden Schopf. »Uns allein zu lassen hat dir nicht das Geringste ausgemacht. Wir mussten bei Dame Culham bleiben, bis wir doppelt so alt waren.«

Da sie sich um einen Haufen Schuljungen zu kümmern und den Hof zu bewirtschaften hatte, hat Mrs Austen, solange ihre Kinder klein waren, das tägliche Einerlei mütterlicher Aufgaben abgegeben. Kaum waren sie entwöhnt, wurden alle Austen-Babys zu einer Kinderfrau im Dorf gegeben und erst wieder ins Pfarrhaus geholt, wenn sie allein zurechtkamen.

Mrs Austen kräuselt die Lippen. »Wir haben euch jeden Tag besucht, Jane.«

Jane lächelt. »Oh, wie aufmerksam. Und wenn wir gerade ausgegangen waren – habt ihr dann eine Visitenkarte dagelassen?« Tausendmal hat sie sich angehört, wie ihre Mutter dieses unübliche Vorgehen gerechtfertigt hat. Wenn sie sieht, wie viel Zeit und Energie Anna verlangt, seit sie im Pfarrhaus lebt, kann Jane es im Rückblick fast verstehen. Und doch, es bleibt ein leiser Kummer, dass sie während ihrer ersten Jahre von zu Hause verbannt war. Umso mehr, als eins der Austen-Kinder nie imstande sein wird, selbstständig zu leben. George, Georgy, ist Janes zweitältester Bruder. In dem Alter, in dem andere Kinder anfangen zu sprechen, begann er unter den heftigen Anfällen zu leiden, die seine geistigen Fähigkeiten einschränken und ihn körperlich sehr mitnehmen. Sprechen hat er nie gelernt, aber da er ein echter Austen ist, hält ihn das nicht davon ab, sich verständlich zu machen. So hat er Jane, noch ehe sie schreiben oder auch nur sprechen konnte, gelehrt, sich mit den Händen auszudrücken.

Er ist fast zehn Jahre älter als sie, und in ihrer kindlichen Naivität wäre sie nie darauf gekommen, dass sie ins Pfarrhaus zurückkehren würde, während er im Cottage von Dame Culham blieb. Aber Georgys Schwierigkeiten, auch alltägliche Gefahren zu erfassen – etwa, wie schnell eine sechsspännige Kutsche ist, die auf der Landstraße auf ihn zurast, oder warum es nicht ratsam ist, in einem von Blutegeln verseuchten Tümpel zu baden –, sowie sein Bedarf an medizinischer Versorgung machen es erforderlich, dass er durchgehend begleitet wird.

Zugegeben, Mr und Mrs Austen haben mehrmals versucht, ihn nach Hause zu holen und mit seinen Geschwistern aufwachsen zu lassen, aber nach jenem schrecklichen Tag, als sie glaubten, er sei in den Brunnen gefallen und sie hätten ihn verloren, haben sie sich entschlossen, ihn in der Obhut der Kinderfrau zu lassen. Wahrscheinlich ist es am besten so, Georgy ist glücklich im Dorf, wo er zahlreiche Freunde und Nachbarn hat, und die Familie bemüht sich auch, ihn oft bei sich zu haben, aber am Ende bleibt er ausgeschlossen, und dieser Gedanke tut Jane weh.

Jetzt ist es meist Georgy, der die Familie besucht, leise schleicht er sich herein, um seine Schwestern zu sehen, während er der besorgten Mutter aus dem Weg geht. Besonders gern taucht er unversehens in der Pfarrhausküche auf, um sich an Sallys unvergleichlichem Pfefferkuchen gütlich zu tun, bevor der Rest der Familie auch nur probieren konnte.

Mrs Austen saugt die Wangen ein und starrt Jane grimmig an, während Mr Austen leise vor sich hin lacht. James lässt die Zeitung sinken und schaut aus dem Fenster. Da kommt eine stämmige Gestalt mit Topfhut und braunem Cape die Straße heraufgestapft.

»Ist das Mary Lloyd?«, fragt James.

Jane nickt und seufzt geräuschvoll.

Normalerweise sind Cassandra, sie selbst und Mary samt deren älterer Schwester Martha ein hervorragendes Vierergespann. Cassandra und Martha gleichen mit ihrem sanften Wesen die Schroffheit der beiden Jüngeren aus. Aber Martha, die eine Cousine der Fowles ist, hat Cassandra auf ihrer Reise nach Kintbury begleitet, und so müssen Jane und Mary sich während der gesamten Weihnachtszeit allein durchschlagen.

Eine gerechte Strafe für die vielen schönen Anlässe und Ausflüge, die sie beide mit ihrem Gezänk verdorben haben. Wären Cassandra und Martha nicht so empörend gutmütig, sie müssten sich in diesem Augenblick ins Fäustchen lachen.

Sally öffnet Mary die Tür und führt sie in den Salon.

Mary bleibt an der Tür stehen und starrt auf ihre Stiefelspitzen. »Ich bitte um Verzeihung. Störe ich beim Frühstück?«

Als kleines Mädchen hatte sie die Pocken. Die Narben sind verblasst, aber sie war immer kränklich und kann schrecklich gehemmt und verlegen sein. Vor allem, wenn James zugegen ist. Und noch mehr, seit er Witwer ist. Er ist unter Janes Brüdern der größte, dunkelste und grüblerischste.

Mrs Austen reicht den Brotkorb weiter. »Kommen Sie nur herein, meine Liebe. Möchten Sie eine Tasse Tee?«

Mary läuft rot an. »Ich will keine Umstände machen. Ich wollte nur Jane abholen.«

Mrs Austen stützt die Hände auf die Tischplatte und stemmt sich hoch. »Unsinn, Sie machen keine Umstände.«

»Abholen? Zu was?«, fällt Jane ihrer Mutter ins Wort.

Unsicher macht Mary einen Schritt näher zu James hin. »Onkel Richard bittet alle, nach Deane House zu kommen und zu helfen, den Mörder zu fangen.« Marys Onkel, Mr Craven, ist der Friedensrichter der Grafschaft. Sie linst unter dem flachen Rand ihres Hutes hervor. »Oh, Mr Austen, ich hörte, dass Sie geholt wurden, um vor den sterblichen Überresten der Toten zu beten. Das muss furchtbar gewesen sein.«

Die anderen blicken verwirrt, bis ihnen dämmert, dass Mary James angesprochen hat und nicht Janes Vater.

James wirft sich in die Brust. »Nun, ich …«

Hätte Mary gesehen, wie er beim Anblick von Madame Renaults geschundenem Leichnam erbleichte, wäre sie nicht so beeindruckt, denkt Jane. Oder vielleicht wäre sie es, bei ihrer blinden Ergebenheit ihm gegenüber, umso mehr. »Ich komme später nach«, sagt sie.

Mrs Austen schnalzt tadelnd mit der Zunge. »Du darfst Mr Craven nicht warten lassen, Jane.«

Jane starrt auf die Teeblätter in ihrer Tasse. Sie ist fest überzeugt, dass Tom auf dem Weg zu ihr ist. Wenn sie jetzt geht – wer weiß, wann sie wieder eine Gelegenheit finden, miteinander zu sprechen? Womöglich denkt er, sie gehe ihm aus dem Weg, nachdem sie so Hals über Kopf vom Ball verschwunden ist. Laut Cassandra braucht ein Gentleman sehr viel Ermutigung, um einen Heiratsantrag zu machen. Cassandra hat ein schmeichelhaftes Aquarell von Mr Fowle nach dem anderen malen müssen – sogar mit Turteltauben am Rand, du liebe Güte –, bis er schließlich begriffen und ihr die Frage gestellt hat. »Es ist nur so, ich bin heute Morgen ganz erschöpft. Ich habe sehr schlecht geschlafen.«

»Nun, ich habe dich gewarnt ...« Mrs Austen verschränkt die Arme.

Marys Kinn bebt. »Oh, Jane, du musst mitkommen. Ich habe gehört, du warst diejenige, die sagen konnte, wer die Tote ist.«

Jane fingert an ihrer Teetasse herum.

James blickt von seiner Zeitung auf. »Falls du hierbleiben willst, weil du denkst, Tom Lefroy kommt vorbei – das kannst du dir sparen. Er wird sich an der Suche nach dem Halunken, der das getan hat, beteiligen. Wie alle anständigen jungen Gentlemen hier in der Gegend.«

Jane hat getan, was sie nur konnte, um ihre Tändelei mit Tom geheim zu halten. Nicht, dass sie Sorge hätte, ihre Familie könnte ihn ablehnen. Er sitzt zwar noch nicht fest im Sattel, aber er ist über die Maßen klug und strengt sich sehr an. Mit noch nicht einmal zwanzig Jahren hat er bereits einen

Abschluss vom Trinity College in Dublin und will jetzt am Lincoln's Inn Rechtswissenschaft studieren. Bis sie wirklich heiraten können, wird es vielleicht noch etwas dauern, aber sie ist sich sicher, dass ihr Vater der Verbindung seinen Segen geben wird. Wenn ihre Mutter und sie ihm ein wenig gut zureden, auf jeden Fall. Trotzdem lässt es Janes Stolz nicht zu, dass irgendjemand, außer Cassandra, weiß, dass sie ernsthaft Toms Antrag erwartet.

»Woher weißt du das?«, fragt sie.

»Der Gemeinde-Constable ist herumgegangen und hat gefragt, wer freiwillig dabei ist. Er sagte mir, dass Tom sich bereits gemeldet hat.«

»Wann?«

»Heute Morgen, als du noch mit dem Schlaf gekämpft hast«, sagt James mit einem spöttischen Lächeln. »Gleich nach dem Frühstück breche ich ebenfalls auf. Wenn du willst, sattle ich Greylass und überlasse dir meine Hunde. Dann kannst du Jagd auf Lefroy machen.«

Jane funkelt ihren Bruder böse an.

James versteckt sich kichernd hinter seiner Zeitung.

Greylass ist das Pony von Cassandra. Theoretisch kann Jane reiten, aber sie zieht es vor, es nicht zu tun. Vor allem weil sie die Theorie, seit sie mit zwölf Jahren von einer unruhigen Stute abgeworfen wurde, nie wieder überprüft hat.

»Heißt das, sie wissen, wer der Schuldige ist?«

James lässt die Zeitung wieder sinken und runzelt die Stirn. »Nein, das glaube ich nicht.«

»Woher wisst ihr dann, nach wem ihr sucht?«

»Nun, wir sammeln zunächst mal die Vagabunden ein«, sagt James achselzuckend. »All die üblichen windigen Burschen.«

Jane gibt sich geschlagen. »Warte hier, Mary. Ich hole rasch meine Haube.«

Wenn auch nur die geringste Chance besteht, dass es hilft, den wahren Mörder zu finden und eine andere arme Seele vor falschen Anschuldigungen zu bewahren, muss sie Mr Craven sofort erzählen, was sie über Madame Renault weiß. Es ist ihre Pflicht der Toten gegenüber, sich in den Dienst der Gerechtigkeit zu stellen. Dass sie zu Hause bleiben wollte, war sehr selbstsüchtig. Und wenn Tom heute nicht kommt, hat sie zumindest etwas länger Zeit, sich eine nicht gar so offenkundig begeisterte Antwort zurechtzulegen. Schließlich muss eine junge Dame den Anstand wahren.

3. Kapitel

Während sie auf den Eingang von Deane House
zusteuert, nickt Jane unaufhörlich Bekannten
zu, die ihr in einem nicht abreißenden Strom
entgegenkommen. Mary muss die Bitte ihres Onkels auf
dem Weg nach Steventon überall verbreitet haben: Auf der
kiesbestreuten Auffahrt drängen sich gut gestellte Familien
ebenso wie Kaufleute und Bedienstete. Eine Frau aus der Gemeinde ihres Vaters, eines seiner treuesten Schäfchen, tupft
sich mit dem Taschentuch die Augen, während der Knecht
neben ihr mit zusammengebissenen Zähnen vor sich hin
murmelt.

Jane hat Seitenstechen. Sie haben den Weg von Steventon
herauf zügigen Schrittes zurückgelegt. Dass zwischen Mary
und ihr kaum ein Wort gefallen ist, haben die Rotkehlchen in
der Hecke mit ihrem Gesang wettgemacht.

»Sag, Mary, wieso glaubt dein Onkel, es könnte ihm bei
seinen Nachforschungen helfen, wenn die ganze Grafschaft
Madame Renaults Leichnam in Augenschein nimmt?«

»Sei nicht dumm, Jane. Jeder weiß, dass die Seele eines
Mordopfers noch im Diesseits verweilt. Sie kann erst in die
Ewigkeit eingehen, wenn sie den Lebenden die Einzelheiten
des Ungemachs, das ihr widerfahren ist, übermittelt hat.«

Jane nickt trotz ihrer Skepsis. Sie will das Gespräch mit
dem Friedensrichter schnell hinter sich bringen und dann sofort nach Hause zurückkehren für den Fall, dass Tom auf

dem Heimweg von der Verbrecherjagd im Pfarrhaus vorbeikommt. Auch wenn das nicht eben romantisch klingt. Nun, da sie vor der Fachwerkfassade des Tudor-Herrenhauses steht und an den Schauplatz der Tat zurückkehren soll, ist ihr beklommen zumute. »Und hat dein Onkel schon viele Mörder auf diese Weise dingfest gemacht?«

»Möglicherweise nicht.« Mary marschiert voraus, nimmt die Stufen zu dem schweren Portal im Laufschritt. Deane House scheint ganz und gar aus Winkeln und scharfen Kanten zu bestehen, aus schwarzen Balken und steilen Dächern. Selbst die Fensterscheiben sind angeschliffen, sodass sie blitzen wie Diamanten. »Meistens wird er gerufen, um Wilderer zu fassen, und ich glaube nicht, dass Fasane oder Rebhühner eine Seele haben.«

Jane zögert. Sie sieht wieder Madame Renaults ausgebreitete Arme und die Pfütze aus Blut vor sich, die sich rund um das bleiche Gesicht gesammelt hat. »Geh nur voraus, ich komme gleich nach.«

»Was ist denn? Fehlt dir was? Du bist ein wenig blass.«

»Nein, ich möchte nur zu Atem kommen.«

Achselzuckend setzt Mary ihren Weg fort und verschwindet im Inneren des Hauses.

Kaum ist sie weg, schließt Jane die Augen, um ihr Schwindelgefühl niederzukämpfen. Als sie sie wieder öffnet, sieht sie aus dem Buschwerk neben dem Haus ein vertrautes Hinterteil ragen. Während sie sich langsam fängt, folgt sie dem Weg bis zu der Stelle, an der es raschelt. Hinter dem Bleiglas des Erkerfensters im ersten Stock, direkt über ihr, erkennt sie die verkniffenen Züge von Lady Harcourt. Sie hebt grüßend die Hand, doch die zerbrechliche Gestalt rührt sich nicht. Nur ihr stechender Blick ist deutlich auszumachen.

Anscheinend ist sie nicht in der Stimmung, die Schaulustigen in ihrem Haus willkommen zu heißen. Warum sollte sie auch? Erst hat sie ihren Ältesten durch einen tragischen Unfall verloren, nun muss sie erleben, wie durch einen weiteren ebenso grausamen wie sinnlosen Tod Jonathans Verlobung verdorben wird – das muss unerträglich sein.

Geduldig wartet Jane ab, bis der Eigentümer des Hinterteils fertig ist mit dem, was auch immer er im Gebüsch zu tun hat. Schließlich richtet er sich auf und dreht sich zu ihr um. Er ist groß und hat ein hübsches Gesicht wie alle ihre Brüder, aber er ist rundlicher und weniger förmlich gekleidet. Anders als die anderen reitet er nicht und geht nicht zur Jagd, und er ist ein leidenschaftlicher Esser.

»Georgy! Was um Himmels willen machst du da?«

Georgys Augen leuchten auf, und auf seinem Gesicht erscheint ein breites Lächeln. Er greift nach ihrer Hand, nimmt sie in seine beiden und schüttelt sie stürmisch. Als er sie schließlich loslässt, hebt er eine Hand zum Mund und macht eine Geste, als beiße er in etwas hinein.

»Du möchtest ein Plätzchen?«, fragt Jane.

Dame Culham hat früher bei einer gehörlosen Familie in Schottland gearbeitet und konnte Georgy einen ganzen Katalog von Gesten und Handbewegungen beibringen, die er nun benutzt, um sich mit anderen zu verständigen. In der Folge haben alle Austen-Kinder einfach durch das Zusammensein mit ihrem Bruder gelernt, mit den Händen zu reden, auch wenn es Georgy Spaß macht, sie gelegentlich an der Nase herumzuführen, indem er neue, selbst erfundene Zeichen verwendet. Jane ist überzeugt davon, dass er hätte lesen lernen können, wenn nur ihre Mutter oder ihr Vater die Zeit und die Geduld aufgebracht hätte, es ihn zu lehren.

»Also, da im Gebüsch wirst du keins finden, oder?«

Georgy wiederholt die Beiß-Geste umso energischer.

Da kommt Jack Smith um die Hausecke gelaufen. Jack ist Dame Culhams Sohn, ein paar Monate jünger als Jane. Als er

Georgy sieht, bleibt er stehen, stützt die Hände auf die Knie und japst nach Luft. »Miss Austen«, keucht er, nimmt den Filzhut ab und drückt ihn an seine Brust. »Diesmal dachte ich wirklich, er ist mir entwischt.«

Als Georgy einundzwanzig wurde, heuerte Mr Austen Jack als seinen Beschützer an. Seitdem begleitet Jack ihn bei seinen Abenteuern und tut sein Bestes, um ihn vor Schwierigkeiten zu bewahren. Jack war damals gerade mal elf, aber er hat sich der Aufgabe vom ersten Tag an mit bewundernswertem Ernst gewidmet und sich in den zehn Jahren seither nie schwankend gezeigt. Georgy muss regelmäßig essen und schlafen, um ausgeglichen zu bleiben – was er, wenn er auf sich gestellt wäre, immer wieder vergessen würde.

Jane zeigt auf die kahlen Rosenbüsche unter dem Erkerfenster. »Da habe ich ihn gefunden, er ist in den Sträuchern herumgekrochen.« Was kann Georgy hier so Faszinierendes entdeckt haben? Jetzt, gegen Ende des Jahres, sitzen nur noch die dicken roten Hagebutten an den Zweigen, und auf dem nackten Boden ist gar nichts zu sehen.

»Ach Georgy, was mach ich nur mit dir?« Lachend stülpt Jack sich seinen Hut wieder auf den Kopf. »Wenn du nicht aufpasst, muss ich dich ans Gängelband nehmen.«

Georgy zeigt mit einer ganz und gar unangebrachten Geste, was er mit Jack anstellen wird, sollte der ihn so behandeln.

»Ich glaube, er hat Hunger«, versucht Jane das schlechte Benehmen ihres Bruders zu entschuldigen.

»Hunger? Georgy? Wir haben doch gerade erst gefrühstückt!« Jack hebt die Arme. »Von der schrecklichen Sache gestern Abend haben Sie gehört, schätze ich?«

Jane schaudert. »Ja, entsetzlich.«

»Wir wollten der armen Frau nur die Ehre erweisen. Sie haben Mutter geholt, damit sie die Frau aufbahrt. Eben noch war Georgy neben mir, und dann, kaum schau ich einmal weg, ist er verschwunden.« Er schlägt sich mit der flachen Hand gegen die Stirn.

Georgy sieht ihn finster an. Es war damals nicht einfach für ihn einzusehen, dass Jack, der wie ein kleiner Bruder für ihn war, von einem Tag auf den anderen zu seinem Betreuer wurde. Die meiste Zeit behandelt er Jack wie einen willigen Komplizen, und sie stromern gut gelaunt draußen herum, aber manchmal betrachtet er Jack als ein Ärgernis, das er loswerden muss – wie ein Pferd versucht, mit dem Schwanz eine Fliege zu verscheuchen.

Doch Jane hat noch den lauten Schrei im Ohr, den ihre Mutter ausstieß, als sie merkte, dass Georgy aus dem Pfarrhaus verschwunden war. Die anderen kleinen Kinder, auch sie selbst, rannten auf dem Hof herum wie kopflose Hühner und suchten ihn überall. Als sie ihn nirgends entdecken konnten, setzte Mrs Austen sich in den Kopf, dass Georgy über den Rand des Brunnens geklettert und hineingefallen sein musste. Er hatte so oft Kieselsteine hineingeworfen und sich über das Platschen gefreut, wenn sie in fünfzehn Meter Tiefe auf das Wasser schlugen. Mr Austen lief in die Scheune, um ein langes Seil zu holen, während James sich die Kleider vom Leib riss, um hinunterzuklettern und seinen Bruder zu bergen.

Gottlob fand Henry Georgy (er war fast bis Kempshott Park gewandert, wo die Köchin von Mrs Rivers ihm einmal unerlaubterweise eine Makrone zugesteckt hatte) und brachte ihn auf seinem Pferd zurück, bevor sie das Seil an der Eiche beim Brunnen festgemacht hatten. Bis heute ist die Viertelstunde, in der ihr Bruder verschwunden war, die längste in Janes Leben gewesen.

»Das ist unser Georgy. Er geht wirklich gern auf Wanderschaft.« Seufzend streichelt sie Georgys Arm. Sie ist sehr froh, dass Madame Renault die gebührende Ehre erwiesen worden ist. Vielleicht wird es gar nicht eine solche Prüfung, an den Schauplatz des Verbrechens zurückzukehren. Wie man allerdings noch Spuren oder Hinweise entdecken will, wenn der Leichnam fortgebracht worden ist, begreift sie nicht, selbst wenn man Marys Behauptung, Madame Renault werde noch vom Grab aus versuchen, mit dem Diesseits in Verbindung zu treten, Glauben schenken sollte.

»Als ob ich das nicht wüsste! Komm, Georgy, wir gehen runter ins *Deane Gate Inn*. Vielleicht hat Mrs Fletcher ja schon eine Pastete fertig? Du weißt, die beste hebt sie immer für dich auf.« Jack streckt eine Handfläche aus und beschreibt mit dem anderen Zeigefinger einen Kreis darüber.

Georgys Augen weiten sich, und eifrig nickend wiederholt er die Geste.

Jack sieht Jane an und tippt sich leicht errötend an den Hut. »Einen guten Tag, Miss Austen.«

Jane blickt dem Gespann hinterher, dem großen Georgy in seinem Gehrock aus schwarzblauer Wolle und dem kleineren Jack in seinem schlichten braunen Kammgarn-Anzug, und spürt eine Welle der Zuneigung. Sie erinnert sich gut an Zeiten, da Jack und sie nicht so furchtbar förmlich miteinander umgegangen sind – als sie Kinder waren, jagten sie einander durch Dame Culhams altes Cottage und hatten ihre Geheimnisse miteinander.

Als Jane die Einganghalle von Deane House betritt und ihr Blick auf die Tür zur Wäschekammer fällt, schnürt sich ihr die Kehle zu. Die Tür ist geschlossen, in der Eichentäfelung kaum auszumachen. Der türkische Läufer ist entfernt worden, und es liegt der Geruch von Essig und Bienenwachs in der Luft. Der Boden der Halle und vermutlich auch die enge Kammer sind ordentlich geschrubbt worden, sämtliche Spuren von Madame Renaults gewaltsamem Tod getilgt.

Jane verzieht das Gesicht. Die Zuständigen gehen das vollkommen falsch an. Es mag verständlich sein, dass die Harcourts alles beseitigt haben wollen, was an den schrecklichen Vorfall erinnert, aber wenn Mr Craven glaubt, irgendjemand könne vom blanken Parkett ablesen, wer der Mörder ist, erweist er sich als Dummkopf. Wenn man nur auf eine Botschaft von den Toten zu warten brauchte, bliebe kein Verbrechen ungestraft, und die großen Rätsel der Geschichte Englands wären gelöst. Man sollte doch meinen, dass wenigstens einer der beiden kleinen Prinzen, die im Tower of London hingemetzelt wurden, sich dann aufraffen und der Welt mitteilen würde, wo ihre Überreste abgeblieben sind.

Von oben ist Mrs Twistletons Stimme zu hören. »Und finden Sie nicht, dass er ein sehr gut aussehender Gentleman war, Miss?«, sagt sie in ihrem süßlichen, schleppenden Ton. Sie steht oben auf dem Treppenabsatz, neben einer Büste von Edwin Harcourt auf einem Marmorsockel.

Mary neben ihr starrt Jane Hilfe suchend an, während die Haushälterin das milchweiße Steingesicht des verblichenen Harcourt-Sohnes zärtlich streichelt. Die Büste hat keine überzeugende Ähnlichkeit mit dem ausgelassenen jungen Mann, den Jane einst kannte. Das Kinn wirkt schlaff, die Wangen ausgemergelt. Allerdings ist die Büste nach einem Gipsabdruck seiner Totenmaske entstanden. Sir John, in tiefer Trauer und unglücklich darüber, dass es kein Bildnis seines Ältesten für die Ahnengalerie gab, hat sie kurz nach dessen Tod in Auftrag gegeben.

»Ich jedenfalls kenne keinen hübscheren.« Mrs Twistleton fährt mit den Fingern über die polierten Marmorlocken. Ihr Benehmen ist geziert, als spräche sie einen Shakespeare-Monolog. »Ich kam erst nach der Tragödie erstmals nach Deane House, aber es heißt, er schlage seinem Vater nach, und ich finde die Ähnlichkeit unübersehbar.«

»Da bist du ja, Jane.« Mary kennt sich mit Trauer aus. Ihr

kleiner Bruder hat die Pocken, die sie für immer gezeichnet haben, nicht überlebt. Nur dass sie um seine Totenmaske nicht so ein morbides Spektakel aufführt. »Fühlst du dich jetzt in der Lage, die Tote zu sehen?«

Der Butler erscheint in der Halle. Seine Mundwinkel zeigen abwärts, wie um den Ernst der Lage zu unterstreichen. »Hier entlang, bitte.« Damit führt er Mary und Jane eine schmale Treppe hinunter in den Keller und dort den Gang entlang.

Mary schiebt die Hand unter Janes Arm. »Wusstest du, dass Mrs Twistleton Schauspielerin war?«, flüstert sie.

»So etwas solltest du nicht sagen, Mary. Das könnte man missverstehen.«

»Oh nein. Man würde es schon richtig verstehen – ich meine, sie war eine Prostituierte.«

»Ähem.« Der Butler hüstelt in seine Hand. Sie stehen vor einer verschlossenen Tür. »Im Augenblick sind Mrs und Miss Rivers bei der … der Verblichenen. Sobald sie mit ihrer Besichtigung fertig sind, sind Sie an der Reihe. Mr Craven bittet darum, dass Sie sie genau anschauen und ihm, bevor Sie gehen, alles berichten, was Ihnen aufgefallen ist.«

»Natürlich.« Jane nickt, und der Butler entfernt sich nach einer kurzen Verbeugung. Jane senkt die Stimme. »Also wirklich, Mary, wo hast du nur immer diese Geschichten her?«

»Ich? Die Geschichten, die du schreibst, sind viel anzüglicher!«

»Ja, aber ich tue wenigstens nicht so, als wären sie wahr.«

»Psst!« Mary legt den Finger an die Lippen und lauscht an der Tür. Von drinnen sind erhobene Stimmen zu hören. Jane schleicht näher und presst ebenfalls ein Ohr an das glatte Holz.

»Eine Katastrophe!«, stöhnt Mrs Rivers in ihrem kehligen

Londoner Tonfall. »Wie konnte dein Verlobter zulassen, dass das passiert?«

»Nenn ihn nicht so, Mama«, erwidert Sophy. »Wir sind nicht verlobt, jedenfalls nicht offiziell, und du tust du mir keinen Gefallen, wenn du dich benimmst, als wären wir es.«

»Aber ihr werdet es sein! Sobald diese Sache aus der Welt geschafft ist.«

»Wir sollten die Harcourts nicht drängen, sonst heißt es noch, wir wären herzlos.«

»Und was ist mit meinem Herzen?«, keift Mrs Rivers. »Du warst kurz davor, als Jonathans Verlobte vorgestellt zu werden. Diese Verbindung haben dein Vater und ich uns immer für dich gewünscht. Du wirst eine Baronetess sein!«

»Genau genommen heißt die Frau eines Baronets schlicht ›Lady‹, Mama. Nur eine Frau, die selbst die Baronetswürde innehat, ist eine Baronetess, und ich glaube, eine solche hat es nur einmal überhaupt gegeben.«

Jane und Mary müssen ein Kichern unterdrücken. Man hört direkt, dass Sophys hübsches Gesicht wieder diesen selbstgefällig herablassenden Ausdruck hat.

»Genug der Impertinenz, junge Dame! Du könntest schon seit Jahren verheiratet sein. Der Herr weiß, dass es viele gute Angebote gab. Mr Chute wäre glücklich gewesen, wenn ich dich in seine Hände übergeben hätte, als du siebzehn warst. Aber nein, du wolltest auf einen Jüngeren warten, und nun habe ich dich viel zu lange zaudern lassen. Fünf Minuten später, und alles wäre geregelt gewesen. Stattdessen taucht dieses unglückselige Geschöpf auf und ruiniert alles.«

»Mama, du darfst doch nicht der ermordeten Frau die Schuld geben. Sie kann wohl kaum etwas dafür.«

»Da hast du recht. Dieses ganze entsetzliche Durcheinander ist allein deine Schuld. Wenn du nicht unbedingt hättest warten wollen, bis du deinen großen Auftritt haben kannst, wäre das alles nicht passiert. Die Verlobung wäre offiziell, und du wärest halb unter der Haube.«

Es ist wahr. Der vereitelte Antrag von Jonathan Harcourt lässt Sophy in einer Art Schwebezustand zurück. Zur Wahrung ihres guten Rufes wäre es unabdingbar, dass Jonathan die Sache schnellstmöglich zu Ende bringt. Andererseits wäre es recht unschön, ihre Jubelnachricht auf ewig mit einem Mord verknüpft zu haben.

»Vielleicht ist es das Beste, wir lassen den Harcourts ein wenig Zeit«, sagt sie.

»Nein, Sophy. Das ist das Letzte, was sie brauchen. Ich werde mit Lady Harcourt sprechen. Ich werde sie bitten, Jonathan etwas anzuspornen. Bis Ende des Jahres bist du verheiratet.«

»Aber bis dahin kann noch alles Mögliche geschehen, Mama.«

»Was kann denn passieren, Sophy, was? Das sag mir mal.«

Jane und Mary sehen einander an, während sie versuchen, zu erlauschen, wovor Sophy solche Angst hat, doch hinter der Tür herrscht Totenstille. Für Sophy wäre es mehr als demütigend, wenn Jonathan es sich während dieser erzwungenen Wartezeit anders überlegen würde und es nie zu dem ersehnten Antrag käme. Allein der Gedanke genügt, um Janes lange gehegte Abneigung beinahe, aber nur beinahe, in Luft aufzulösen.

Ihre Verbindung mit Mary beweist es, Jane ist durchaus willens, sich mit jeder jungen Dame hier in der Gegend anzufreunden. Doch Sophy hat sie immer wieder abblitzen lassen. Die Rivers-Mädchen geben sich ausschließlich mit Reichen oder Adligen ab, bevorzugt aber mit Leuten, auf die beides zutrifft. Wäre Sophy vulgär wie ihre Mutter, hätte es Jane nicht so gekränkt, von ihr zurückgewiesen zu werden, aber Miss Rivers' Gebaren ist stets kühl und untadelig. Sie ist die vollendetste junge Dame, der Jane je begegnet ist. Sie besitzt zahlreiche musikalische und künstlerische Fertigkeiten, zeigt bei deren Ausübung jedoch empörend wenig Leidenschaft. Ein einziges Mal hat Jane ihre Contenance bröckeln sehen, letztes Jahr am zweiten Weihnachtstag, als Sophy wie Janes Brüder auf die Jagd ritt. Da kam eine wildere, eigensinnigere Seite von ihr zum Vorschein, gleichauf mit den Männern galoppierte sie dahin und setzte halsbrecherisch über Hecken, um den verängstigten Fuchs zu erwischen.

»Warum musst du so widerborstig sein?«, zetert Mrs Rivers. »Begreifst du denn nicht, dass ich nur dein Bestes will? Jonathan ist ein Mann von untadeliger Herkunft! Heirate ihn, und du hast einen Titel und einen respektablen Ehemann. Was könntest du mehr verlangen? Hast du wirklich vor, ein Stachel in meinem Fleisch zu bleiben? Deinetwegen droht der Familie ein Skandal! Wie sollen deine Schwestern Ehemänner mit gutem Stammbaum finden, wenn du dich weiter so aufführst?«

Der Türknauf dreht sich. Jane und Mary springen zurück, und Mrs Rivers tritt aus dem Raum. Die Nase hoch erhoben, den Blick starr geradeaus gerichtet, schreitet die Witwe den Gang hinunter. Hinter ihr Sophy, die sich ein Spitzentaschentuch vor Mund und Nase presst. Jane und Mary deuten einen Knicks an, doch die beiden schenken ihnen keine Beachtung. Mary schlüpft sofort in den Raum, Jane aber strafft die Schultern und bleibt einen Augenblick auf der Schwelle stehen, bevor sie sich anschließt.

Die Harcourts haben die tote Madame Renault von der Wäsche- in eine Stiefelkammer verfrachten lassen. In den Regalen entlang der Wände stapeln sich Schuhcreme und Bürsten aller Art. Die zierliche Gestalt der Hutmacherin liegt auf einer hölzernen Arbeitsbank in der Mitte. Der Leichnam riecht schwach nach Lavendel, ist in ein schlichtes weißes Baumwollnachthemd gehüllt und bis zur Brust mit einem schiefergrauen Tuch bedeckt. Das dunkle Haar ist glatt gebürstet und links und rechts des Kopfes aufgefächert. Die Wunde an der Schläfe ist gereinigt, das blasse Gesicht von jeglicher Blutspur befreit. Auf den Lidern liegen zwei dunkel angelaufene Shillingmünzen und halten sie geschlossen, der Mund aber bleibt hartnäckig geöffnet.

Wäre nicht die Vertiefung an der Schläfe und über der linken Braue, könnte man meinen, sie schliefe. Sie sieht aus wie eine Wachspuppe, die jemand zu dicht ans Feuer gehalten hat, sodass ein Teil ihres Gesichts geschmolzen ist.

Jane könnte schreien angesichts dieser Ungerechtigkeit. Wie ist es möglich, dass in einer gesitteten Gesellschaft eine junge Frau auf so gewaltsame Weise ums Leben kommt? Wenn dieses Verbrechen ungestraft bleibt, welche Hoffnung besteht dann für sie, Jane, für sämtliche jungen Frauen? Bei ihrer kurzen Begegnung damals hat sie in der etwas hochmütigen Art der Hutmacherin auch etwas von ihrem eigenen Stolz gesehen. Und nun liegt die Frau hier, in einem geliehenen Nachthemd ausgestellt, damit die ganze Grafschaft sie anstarren und über die Ursache ihres vorzeitigen Ablebens spekulieren kann. Es hätte Madame Renault sehr erzürnt, dass ihr Leichnam einer so unwürdigen Prozedur ausgesetzt ist.

Mary keucht auf und schlägt die Hände an die Wangen. »Grundgütiger, *sie* ist das!«

»Du kennst sie auch?«

»Ich habe sie auf dem Markt gesehen. Erst gestern Morgen. Oh nein, das ist so ungerecht!«

»Ich weiß.« Jane berührt sie sanft am Arm.

»Nein – nicht deshalb. Ich habe ihr zehn Shilling gegeben, sie sollte mir einen Strohhut machen.«

Jane starrt sie mit offenem Mund an.

»Was ist denn?« Mary blinzelt. »Das ist viel Geld, und ich werde es wohl nicht wiedersehen.«

»Gewiss nicht. Und du hättest mit so einem Hut so gut ausgesehen! Wie die Königin von Frankreich.«

Marys Gesicht hellt sich auf.

»Mit dem Kopf in einem Weidenkorb«, ergänzt Jane.

Marys Kinn beginnt zu beben. »Musst du so gemein sein?«

»Ich? Du bist diejenige, die glaubt, sie sei hier das Opfer.« Der Verlust von zehn Shilling hätte sie auch getroffen, aber sie hofft doch, sie hätte so viel Feingefühl, nicht laut darüber zu jammern, wo das Schicksal der Schuldnerin so viel grausamer ist.

Sie kehrt Mary den Rücken zu und betrachtet das Gesicht von Madame Renault: die langen dunklen Wimpern, die fein geschnittene Nase, die bleichen Lippen. Am Hals der Toten bleibt ihr Blick hängen. Auf einer Seite ist schwach ein dünner Strich zu erkennen, zweifellos verletzte Haut.

»Halt.« Jane packt Mary am Handgelenk.

»Was ist? Spürst du ihren Geist? Ist sie hier?«

»Was? Nein. Nur …« Jane greift sich an den eigenen Hals. »Als ich ihr auf dem Markt begegnet bin, hatte sie eine Kette um. Lang, zweimal um den Hals geschlungen und vorn ins Mieder gesteckt.«

Mary beugt sich vor und sieht sich Madame Renaults Hals genauer an. »Ja, das stimmt, die ist mir auch aufgefallen, und ich dachte, vielleicht versteckt sie da irgendeinen katholischen Firlefanz. Du weißt ja, wie diese Fremden sind. Und … ist das ein Kratzer da am Hals? Könnte ihr die Kette weggerissen worden sein, was meinst du?«

Jane ruft sich die Kette in Erinnerung. Sie war hellgolden, sehr dünn und mit Saatperlen durchsetzt. »Sie war sicher wertvoll.«

Mary nickt. »Hatte sie sie gestern Abend, als du den Leichnam identifiziert hast, noch um?«

Jane schließt die Augen und versucht sich das Bild von Madame Renault in der Wäschekammer vor Augen zu rufen. »Es war dunkel, und überall war Blut … aber nein, ich bin sicher, sie hatte die Kette nicht um. Das müssen wir deinem Onkel erzählen.«

Mary macht auf dem Absatz kehrt. »Das sollten wir. Und ich werde ihn fragen, was ich wegen meiner zehn Shilling unternehmen kann.«

Zähneknirschend verkneift Jane sich eine weitere bissige Bemerkung. Als sie mit dem Leichnam allein ist, spricht sie im Stillen ein Gebet für Madame Renault, möge ihre Seele in Frieden ruhen. Groß ist ihre Hoffnung nicht. Trotz ihrer Zweifel an Mr Cravens Ermittlungsmethoden – hätte ein Schurke *ihr* das Leben genommen, würde sie auf jeden Fall in diesen irdischen Gefilden bleiben und den Verbrecher so lange verfolgen, bis sie ihn zur Buße getrieben hat.

Auf dem Weg zurück nach oben wappnet sie sich für die Unterredung mit dem Friedensrichter. Sie wird sich vergewissern, dass er über die fehlende Kette im Bilde ist und die Spur am Hals der Toten gesehen hat, und dann wird sie ihn drängen, bei seiner Untersuchung größeres Gewicht auf praktische Erwägungen zu legen. Wenn im Fall von Madame Renault für Gerechtigkeit gesorgt werden soll, wird es nichts helfen, die Netze wahllos in alle Richtungen auszuwerfen.

Mr Craven steht in der Halle, genau unter dem riesigen bronzenen Kronleuchter, und spricht leise mit Mrs Twistleton. Er ist ein stets ernst dreinblickender Mann mittleren Alters. Heute steckt er in einem Jagdanzug; seine stattliche Leibesmitte verlangt den Lederknöpfen einiges ab. Auf seinen Wangen glänzt Schweiß, die Nase erinnert an einen Blumenkohl.

Marys skandalöse Behauptung noch gut im Ohr, sieht Jane sich die Haushälterin genauer an. Sie kann höchstens Anfang dreißig sein und ist mit ihren dunklen Augenbrauen und dem aschblonden Haar eine beeindruckende Erscheinung. Mit großem Augenaufschlag blickt sie zu Mr Craven auf und nickt zu jedem seiner Worte.

»Mary, Kind, was tust du hier?«, sagt Mr Craven scharf, als er Jane und Mary entdeckt.

»Sie haben doch gesagt, alle sollen kommen und schauen, ob ihnen etwas auffällt«, erklärt Mary mit bebender Unterlippe.

»Ja, aber ich meinte nicht dich.«

»Sir.« Jane macht einen Schritt auf ihn zu. »Ich bin Miss Austen …«

Mr Craven zerrt an seinem Kragen. »Lassen Sie mich raten. Noch eine junge Dame, die etwas Schauriges erleben möchte? Hier wird nicht Theater gespielt. Vielmehr hat es hier gestern Abend einen sehr ernsten Vorfall gegeben.«

»Das weiß ich, und ich möchte nur helfen«, sagt Jane. »Ich habe Madame Renault gekannt, wissen Sie. Ich war es, die den Leichnam identifiziert hat.«

Mr Craven mustert sie. Er hat buschige schwarze, von Silber durchwirkte Brauen. So zusammengezogen wirken sie äußerst düster. »Nun denn, heraus mit der Sprache.«

»Sie trug eine Kette. Die fehlt jetzt, und an ihrem Hals ist ein Abdruck.«

»Ist das alles?« Er zieht eine silberne Taschenuhr hervor, klappt sie auf und starrt auf das Zifferblatt.

»Eine lange goldene Kette …«

»Mit Saatperlen, ich weiß. Ihre Freundin Miss Bigg hat mich bereits aufgeklärt. Aber ich habe nun lange genug herumgestanden und mit jungen Damen Konversation gemacht. Jetzt heißt es diesen Schurken in Gewahrsam nehmen.«

»Wie meinen Sie das, ›diesen Schurken in Gewahrsam nehmen‹?«, fragt Jane verblüfft. »Heißt das, Sie wissen, wer es getan hat?«

Mr Craven hantiert weiter mit seiner Taschenuhr. Jane dreht sich zu Mary um, doch Mary, die flammend rote Ohren hat, weicht ihrem Blick aus. Es ist offensichtlich, wie peinlich sie es findet, dass sie vor Jane derart gescholten wurde, und sie scheint nicht bereit, seine Methoden in Zweifel zu ziehen.

»Das ist kein Geheimnis.« Mit entschlossener Miene schiebt Mr Craven die Uhr zurück in die Westentasche. »Sir John hat mich wissen lassen, dass sich auf seinem Anwesen eine Gruppe von Landstreichern herumtreibt. Einer dieser Vagabunden muss die Gelegenheit beim Schopf ergriffen und im allgemeinen Trubel des Balls Madame Renaults Kette geraubt haben. So gewaltsam, dass es sie das Leben gekostet hat. Es würde mich nicht wundern, wenn sie mit diesen Leuten unter einer Decke gesteckt hätte. Verfluchte Franzosen. Denen ist alles zuzutrauen.«

»Aber das ergibt keinen Sinn.« Jane ballt die Fäuste, dass sich die Nägel ins Fleisch graben.

Mr Cravens Lippen werden schmal, bis sie unter dem Besen von einem Schnurrbart verschwinden. »Wie belieben, junge Dame?«

»Ich sagte, Ihre Theorie ergibt keinen Sinn. Wenn der Mörder ein vagabundierender Dieb war, warum hat er sich dann Madame Renault ausgesucht? Ich gebe zu, ihre Kette wirkte wertvoll, und es hat den Anschein, als wäre sie ihr weggerissen worden, aber es ist doch so: Gestern Abend gab es hier Damen, die über und über mit Diamanten behängt waren. Warum sollte jemand angesichts eines solchen Angebots wegen einer schlichten Goldkette den Galgen riskieren?«

Mr Craven wirft lachend den Kopf zurück. »Der Verbrecher folgt keiner Logik, Miss Austen. Hätten Sie so lange als Friedensrichter Dienst getan wie ich, wüssten Sie, dass ein hartgesottener Schurke jede Gelegenheit ergreift, die sich ihm bietet.«

»Noch einmal. Ihre Theorie ist schwach.« In Janes Kopf beginnt es zu hämmern. »Haben Sie überprüft, aus welchem Grund Madame Renault überhaupt in Deane House war? Sie war doch wohl kaum als Gast hier.«

»Jane«, mischt Mary sich ein. »Ich bin sicher, mein Onkel weiß, was er tut.«

»Ich nehme an, sie war zum Helfen hier?« Mr Craven schaut fragend zur Haushälterin.

»Ich habe sie nie zuvor gesehen, das schwöre ich«, sagt Mrs Twistleton und legt eine gespreizte Hand auf ihren Busen. »Ich will sagen, sie war nicht zur Unterstützung des Haushalts hier.«

»Sehen Sie?«, ruft Jane. »Sie war Künstlerin, also Kunsthandwerkerin, und keine, die Böden schrubbt.«

Mr Craven zuckt vage die Achseln. »Und? Es war ein großes Fest. Ich vermute, dass den ganzen Tag über Dienst- und Kaufleute ein und aus gegangen sind, Mrs Twistleton?«

»Oh, gewiss, Sir.« Mrs Twistleton nickt eifrig. »Legionen! Ein Kommen und Gehen den ganzen Tag. Niemand kann verlangen, dass ich die alle im Blick behalte.«

»Ja, Weinhändler und Köche und solche Leute, aber Madame Renault verkaufte Strohhüte«, erklärt Jane. Mr Craven schaut sie unverändert herablassend an. Er hat die Bedeutung dessen, was sie sagt, nicht begriffen. »Niemand erscheint mit einer Haube oder einem Strohhut zu einem Ball. Es ist kein Grund zu erkennen, warum sie hier war. Oder, Ma'am?«

Mrs Twistleton weicht einen Schritt zurück. »Nun, ich … ich möchte lieber keine Vermutungen anstellen.«

»Miss Austen«, hebt Mr Craven mit plötzlich lauter Stimme an. »Meine Aufgabe ist es, einen Mörder zu fangen. Ich habe keine Zeit, hier herumzustehen und über Kleiderfragen zu debattieren.«

»Aber verstehen Sie denn nicht? Um die Wahrheit aufzudecken, müssen Sie hinter das schauen, was offen zutage liegt! Sie müssen sämtliche Möglichkeiten überprüfen. Den Schleier lüften wie in *Udolphos Geheimnisse*.«

»Was für Geheimnisse?«, schnaubt Mr Craven, dessen rosige Wangen dunkelrot anlaufen.

»Das ist ein Roman, Onkel, von Mrs Radcliffe«, meldet Mary sich zu Wort. »Ich habe ihn selbstverständlich nicht gelesen.«

Jane sieht sie scharf an. Sie selbst hat *Udolpho* erst einmal gelesen. Es war ihre Empfehlung, den Roman in die Leihbücherei aufzunehmen, daher war Mrs Martin, die Bibliothekarin, so freundlich, ihn für sie beiseitezulegen, sodass sie ihn als Erste lesen konnte. Seitdem hat sie mehrmals versucht, ihn erneut zu bekommen, doch er ist immer verliehen, und zwar an eine »Miss M. Lloyd aus Deane«.

»Genug! In diesen Zeiten sollten junge Damen nicht unbeaufsichtigt umherziehen. Dieses Land geht vor die Hunde. Mary, komm nun, ich begleite dich nach Hause zu deiner Mutter.« Speicheltröpfchen fliegen, während Mr Craven Mary beim Arm nimmt. »Und Sie, Miss Austen, wenn Sie auch nur einen Funken Verstand haben, begeben Sie sich ebenfalls nach Hause und bleiben dort, bis wir den Halunken ergriffen haben.«

Während sie von ihrem Onkel in Richtung Haustür gezogen wird, wirft Mary Jane noch einen ängstlichen Blick zu. Jane steht steif und starr da. Dass eine junge Dame erwischt wird, wie sie sich von einem Ball fortstiehlt, mag höchst unpassend sein, und sie schickt sich gern darein, ihre Fahrten nach Basingstoke nur in Begleitung zu unternehmen, aber die Freiheit, sich in der vertrauten Umgebung unbehelligt zu bewegen, hat ihr noch niemand zu nehmen versucht.

»Dreister, ahnungsloser Narr«, murmelt sie, als sie mit Mrs Twistleton allein ist. »Eine Gruppe von Vagabunden, sehr bequem für Sir John! Und was spielt es überhaupt für eine Rolle, dass sie Französin war?«

»Nun halten Sie aber ein, Miss Austen.« Mrs Twistletons hübsches Gesicht wird hart. Jetzt, da Mr Craven sich verabschiedet hat, ist sie ein ganz anderer Mensch. »Es steht weder mir noch Ihnen zu, dem Baronet zu widersprechen. Dies ist das Land seiner Vorfahren, er weiß besser darüber Bescheid als irgendwer sonst.«

Jane staunt über die Wandlung der Haushälterin. »Aber ist das nicht seltsam? Ich habe seit Langem nichts mehr von Vagabunden in unserer Gegend gehört. Und Sie?«

Mrs Twistletons packt Jane beim Ellbogen. »Kommen Sie, Miss Austen, ich begleite Sie hinaus.«

Es geht so schnell, dass sie viel zu überrascht ist, um zu protestieren. Im Handumdrehen wird sie nach draußen geschoben, und Mrs Twistleton wirft die schwere Eichentür hinter ihr zu.

Vollkommen verwirrt bleibt Jane auf der Schwelle stehen. Warum sind alle bereit, eine so durchsichtige Lügengeschichte zu glauben? Mrs Twistleton ist von Sir John abhängig, sie steht bei ihm in Lohn und Brot und fühlt sich vielleicht verpflichtet, ihn zu verteidigen. Mr Craven dürfte zu solcher Parteilichkeit keine Veranlassung haben, aber offensichtlich ist er vor Unterwürfigkeit gegenüber dem Baronet regelrecht geblendet. Nun gut, er lässt ihr keine Wahl – wenn er den Mord an Madame Renault nicht mit der gebotenen Sorgfalt untersucht, dann wird sie es tun müssen. Andernfalls hätte die Unfähigkeit des Friedensrichters zur Folge, dass der Mörder der jungen Frau auf freiem Fuß bleibt.

4. Kapitel

Jane trottet die Auffahrt zur makellos weißen, breiten Eingangstür von Manydown House hinauf. Ihr Kleid ist feucht unter den Achseln, und sie vergeht fast vor Durst. Von Deane House ist es ein Fußmarsch von beinahe vier Meilen bis zu dem großen Herrenhaus. Sie wirft einen Blick auf den Blauregen, mit dem der stattliche Backsteinbau berankt ist, doch in dieser trostlosen Jahreszeit besteht er nur aus knorrigem Geäst. Mary mag von Mr Craven wie ein ungezogenes Kind dazu verdonnert werden, zu Hause zu bleiben, aber sie, Jane, lässt sich nicht einschüchtern. Sie war völlig sicher auf ihrem Weg hierher, bei Tageslicht die breite Straße entlang, umso mehr, als die halbe Grafschaft nach dem Mörder sucht! Dennoch hatte sie ein Ziehen im Bauch, und jedes Mal, wenn sich ihr unterwegs ein Fuhrwerk näherte, ist sie zusammengezuckt. Aber sie darf keine Zeit verlieren, sie wird sofort mit ihren Nachforschungen beginnen.

Als Erstes wird sie mit Alethea Bigg sprechen. Sie beide sind der Hutmacherin zusammen begegnet, und Alethea hat dem Friedensrichter den bislang einzigen nützlichen Hinweis geliefert. Noch ehe Jane den im griechischen Stil erbauten Portikus erreicht, öffnet der Butler einen Flügel der Doppeltür, und Alethea tritt heraus. Sie trägt ein violettes Musselinkleid, dessen Kontrast zu ihrem rötlichen Haar und den Sommersprossen wunderschön ist.

»Ich habe dich vom Fenster aus gesehen.« Alethea schirmt

die Augen gegen die Sonne ab. Der Wind fährt in ihren Rock, die Lagen hauchzarten Stoffs bauschen sich, sodass sie aussieht wie der Mast eines Segelschiffs, das über die Wellen dahinjagt. »Ich lasse Tee kommen. Du bist ja ganz schmuddelig!«

»O danke, Alethea.« Jane tritt ein und legt ihren Umhang ab. »Ich muss sagen, du siehst heute Morgen auch furchtbar verlottert aus.«

Alethea kichert und lässt das an sich abperlen, wie nur eine Frau es kann, die genau weiß, dass sie ebenso schön wie vornehm ist. Als sie Jane durch die Halle führt, klappern ihre Schühchen elegant über die Marmorfliesen, während Jane in ihren Stiefeln hinterherstapft.

Sie betreten einen Salon, von dem aus man auf den äußerst gepflegten Park blickt. Alethea lässt sich auf ein zartblaues Sofa plumpsen. »Wieso spazierst du mutterseelenallein draußen herum? Hast du nicht gehört, dass ein Mörder frei herumläuft?«

»Genau deshalb bin ich hier.« Jane setzt sich in den Sessel neben dem Kamin aus Carrara-Marmor. Ein sanftes Feuer wärmt den hellen, luftigen Raum, der mit einer China-Tapete dekoriert ist und vom Duft des in Kristallschalen arrangierten Rosen-Potpourris durchströmt wird. Noch während Jane ihr ärgerliches Zusammentreffen mit dem Friedensrichter schildert, bringt ein Diener ein Lacktablett mit Tee herein und stellt es auf den niedrigen Tisch zwischen ihnen.

Alethea greift nach der japanische Kanne und schenkt ihnen ein. »Zu mir war Mr Craven leider genauso.« Auf Kanne und Tassen wandeln Frauen in Kimonos zwischen Pagoden umher, im Hintergrund erhebt sich ein Berg mit schneebedecktem Gipfel. Das Service ist aus hauchdünnem, fast durchsichtigem Porzellan und mit Gold verziert. »Kaum hatte ich ihm von der Kette erzählt, hat er mich weggeschickt.«

»Dann hast du die Kette auch gesehen, als wir in Basingstoke mit ihr sprachen?« Jane greift nach ihrer Tasse. Alethea bietet ihr Sahne an, doch sie lehnt dankend ab. Sie trinkt ihren Tee am liebsten schwarz mit Zucker – wenn es welchen gibt. In Manydown kann sie sich einen ganzen Klumpen nehmen, ohne wegen ihrer Verfressenheit ermahnt zu werden.

»Ja, sie war so besonders mit den vielen kleinen Perlen. Aber ich bin ganz deiner Meinung, im Vergleich zu den Juwelen, die die Damen auf dem Ball getragen haben, war die Kette eher Plunder.«

»Genau.« Jane angelt mit der Zuckerzange ein Klümpchen aus der Dose, lässt es in den Tee fallen und rührt mit dem Silberlöffel, bis es sich aufgelöst hat. »Hast du die riesigen Diamanten in Lady Harcourts Tiara gesehen?«

Alethea zieht die sommersprossige Nase kraus. »Nein, das war Strass, kein Zweifel.«

»Wirklich? Woher weißt du das bloß?« Jane nimmt einen Schluck Tee, ohne zu warten, bis er etwas abgekühlt ist, der Durst ist zu groß. Die Süße entlockt ihr einen wohligen Seufzer. Seltsam, dass Lady Harcourt statt ihrer Diamanten Strass getragen hat. Vielleicht hat sie ihre Kollektion von Familienerbstücken satt?

»Man sieht das am Glanz.« Alethea wedelt mit ihren langen weißen Fingern. »Aber Sophys Halsband – das war ganz gewiss echt.«

»Selbstverständlich. Wusstest du, dass ihre Mitgift sich auf dreißigtausend Pfund belaufen soll?«

»Ja, und das meiste davon muss sie am Leib getragen haben. Kannst du mir erklären, Jane, warum die Neureichen es immer so eilig haben, ihren Wohlstand zu verplempern?«

»Alethea!«, prustet Jane. »Du stammst auch nicht gerade von Wilhelm dem Eroberer ab.«

»Nein.« Alethea greift nach der schlichten Perlenkette, die um ihren Hals liegt. »Aber ich habe Geschmack.«

Jane nimmt die vier Meilen Fußmarsch zu ihrer Freundin nicht nur wegen des Zuckers gern auf sich, sondern weil Alethea fast ebenso scharf beobachtet wie sie selbst. »Aber Sophy sitzt jetzt in der Patsche, stimmt's? Sie ist nicht offiziell verlobt, doch alle Welt weiß, dass die Harcourts den Ball nur gegeben haben, um die Verlobung zu verkünden.«

»Ich nehme an, sie will die Sache so schnell wie möglich geregelt haben. Aber was ist das für ein Auftakt zu einer Ehe!«

»Wohl wahr.« Jane denkt an das Gespräch zwischen Sophy und deren Mutter zurück. Eine Frage lässt ihr keine Ruhe. Wenn Sophy sich Sorgen macht, dass Jonathan schwankend werden könnte, warum hat sie dann auf einem Antrag vor großem Publikum bestanden, bei dem alles schiefgehen kann – und tatsächlich schiefgegangen ist? Sie senkt die Stimme und kommt sich vor wie Klatschbase Mary. »Heute Morgen habe ich in Deane House gehört, wie Mrs Rivers ihr vorgehalten hat, sie hätte die Bekanntgabe der Verlobung verschleppt …«

»Wie kann sie nur? Hochnäsiges Ding! Ich hoffe, sie hatte nicht vor, Jonathan zu vergraulen. Einen Besseren wird sie nicht kriegen – egal, wie reich ihr Vater war.«

Jane verkneift sich ein spitzbübisches Lächeln. Genau das hat sie beabsichtigt: ihre Freundin mit dem Klatsch aus der Reserve locken. Alethea und Jonathan sind gleich alt, und es gab eine Zeit – vor Edwins Tod und bevor Jonathan zu seiner Grand Tour aufbrach –, da wurde Jonathan allgemein als Aletheas Verehrer betrachtet. Wenn Jonathans Aufmerksamkeiten etwas Unangenehmes anhaftet, muss Alethea es wissen. »Und warum hast du ihn dann nicht geheiratet?«

Alethea öffnet in gespielter Entrüstung den Mund. »Ach,

der liebe Jonathan. Er hatte doch nie ernsthafte Absichten mir gegenüber.«

»Doch, die hatte er.« Jane ahnt schon lange, dass es zu Jonathans erfolglosem Werben eine verborgene Geschichte gibt, aber Alethea hält sich in allen romantischen Dingen sehr bedeckt. »Mir ist zu Ohren gekommen, dass er genau deswegen auf den Kontinent geflohen ist. Damit sein gebrochenes Herz heilen kann.«

»Er ist auf den Kontinent gereist, um Kunst zu studieren.«

»Und um einer kecken Neureichen zu entkommen?«

Kichernd lässt Alethea sich wieder gegen die Sofalehne sinken. »O Jane, du bist schrecklich. Aber warum fragst du plötzlich nach diesen alten Geschichten? Das ist Jahre her, warum es wieder ausgraben?«

Jane stellt ihre Tasse auf das Tablett und steht auf. »Der Tod der armen Madame Renault hat mich vollkommen durcheinandergebracht. Meine Gedanken sind überall und nirgends.«

»Genau wie du selbst, hm?«

Jane tritt an eins der hohen Fenster und schaut hinaus in den Park. Auf einer kleinen Erhebung etwas weiter weg grasen ein paar Hirsche. Die weiß gefleckten Kühe stehen dicht beisammen, während ein alter Hirsch sich etwas abseits hält. Er ist mager, und das riesige Geweih scheint für seine Gestalt viel zu schwer. Die Spitzen sind abgebrochen, offenbar war er in einem Kampf unterlegen. Neben ihm taucht ein jüngerer, kräftiger Hirsch auf, dessen Geweih unversehrt ist. Wenn der Sommer kommt, wird er seinen Vater entthronen.

»Meinst du nicht auch, Mr Craven sollte lieber uns alle befragen, was jeder den Abend über gemacht hat, und herausfinden, warum Madame Renault überhaupt in Deane House war – statt das Gebüsch nach Vagabunden abzusuchen?«, sinniert Jane.

Alethea zieht die schmalen roten Brauen zusammen. »Du denkst doch nicht etwa, dass jemand von den Gästen etwas mit dem Mord zu tun hat?«

Jane zuckt die Achseln. »Ich weiß es nicht. Das ist es ja gerade. Solange wir nicht sicher sind, wer es getan hat, kann niemand als Verdächtiger ausgeschlossen werden.«

»Er ist der Friedensrichter. Ich bin sicher, er weiß, was er tut.«

»Jeder Einfaltspinsel kann Friedensrichter werden, wenn er nur genug Land hat.« Jane setzt sich wieder. »Denk nur an meinen Bruder Neddy.«

Edward »Neddy« Austen Knight ist der drittälteste von Janes Brüdern. Gut, dass er von ihren wohlhabenden Verwandten, der Familie Knight, adoptiert worden ist, denn er ist weder so klug wie James und Henry noch so beharrlich wie die jüngeren Austens.

»Jane! Ist denn vor deiner spitzen Zunge gar niemand sicher?«

In die Gruppe Hirsche kommt Bewegung. Der Alte hebt den Kopf, nimmt, auf der Hut vor Raubtieren, Witterung auf, und nach und nach sammeln sich die Kühe hinter ihm. »Jeder Einfaltspinsel, aber keine Frau, um genau zu sein.« Jane verschränkt die Arme.

Jeder Landbesitzer hat die Pflicht, sich als Friedensrichter anzubieten. Oft beklagt Neddy sich über die lästige Aufgabe, einen Mann vor den Altar zu zerren, auf dass er die Mutter seines Bastards heirate, weil die Zuständigkeit für das Kind sonst der Gemeinde zufiele. Oder die unangenehme Pflicht, einen unbotmäßigen Katholiken dazu zu bringen, dass er einen Treueschwur auf die Krone leistet. Einige Friedensrichter, so auch Mr Craven, schlüpfen jedoch mit wahrer Begeisterung in diese Rolle und tun viel mehr, als von ihnen gefordert wäre. Ernannt werden sie alle aufgrund von Geschlecht,

Rang und Besitz, nicht wegen ihrer Verdienste oder, Gott bewahre, weil sie in Rechtsdingen ausgebildet wären.

»Nun, so sind die Männer: Ständig unterschätzen sie uns und versuchen uns unterzubuttern«, bemerkt Alethea. »Warum sich überhaupt eine Frau freiwillig unter das Regiment eines Mannes begeben sollte, ist mir unbegreiflich.«

Als Tochter eines Geistlichen wäre Jane verpflichtet, ins Feld zu führen, dass der heilige Stand der Ehe die höchste Daseinsform ist – wenn es denn gelingt, den richtigen Partner einzufangen. Ihre Mutter und ihr Vater sind auch nach vielen Jahren noch froh und glücklich miteinander, und Cassandra ist bei der Aussicht, demnächst mit ihrem langjährigen Verehrer Mr Fowle vermählt zu werden, ganz aus dem Häuschen. Janes Freundin aber scheint diese Möglichkeit nie in Betracht gezogen zu haben. Vielleicht, weil ihre Mutter starb, als die Kinder noch klein waren, und ihr Vater Witwer geblieben ist, seinen Kindern also kein Beispiel ehelicher Wonnen gegeben hat.

»Mr Craven hat mir kaum zugehört«, sagt Alethea. »Erst, als ich die fehlende Kette erwähnte. Garstiger Mann. Und gegenüber Hannah war er noch viel herablassender. Sie wollte ihm zeigen, wo Madame Renault gefunden worden war, aber er scheuchte sie weg wie einen streunenden Hund.«

»Hannah?« Jane weiß von keiner Hannah, die auf dem gestrigen Ball war. Da aber bis auf die engsten Vertrauten alle in dieser förmlichen Gesellschaft einander mit Miss oder Mrs und dem Nachnamen anreden, könnten auch Dutzende da gewesen sein. Sie selbst kann den Titel »Miss Austen« nur beanspruchen, solange Cassandra, die Ältere, nicht zugegen ist. Als »Miss Jane« angesprochen zu werden ist das Einzige, was sie nicht vermissen wird, wenn ihre Schwester sie verlässt, um Mrs Fowle zu werden.

»Eins von unseren Mädchen.« Alethea zupft an einem losen Faden an ihrem Kleid. »Wir haben sie den Harcourts für den Abend geliehen. Lady Harcourt kommt nie lange mit ihren eigenen Dienstboten aus. Sie versucht immer, unsere zu sich zu locken.«

»Könnte ich mit ihr sprechen?«

»Mit Hannah? Wenn du möchtest.«

»Ja, das möchte ich. Mr Craven hat sie vielleicht nicht zu Wort kommen lassen, aber ich möchte unbedingt hören, was sie zu sagen hat.« Ein Dienstmädchen muss Einblicke hinter die Kulissen von Deane House gehabt haben. Vermutlich hat Hannah mehr gehört und gesehen als irgendjemand von den Gästen.

Alethea zieht die Brauen hoch, bis über ihren Augen zwei rötliche Mondsicheln stehen. »Wenn das so ist, schicke ich einen Diener nach ihr.« Damit nimmt sie die kleine Messingglocke vom Tisch und läutet kurz.

Als Hannah den Kopf zur Tür hereinsteckt, erkennt Jane sofort das kleine, rundliche Mädchen, das am Vorabend mit Wischeimer und Schrubber in der Halle der Harcourts gestanden hat. Sie ist noch sehr jung, fünfzehn vielleicht, höchstens sechzehn. Ihr Haar ist unter einer Haube verborgen, sie trägt ein zinngraues Kleid und darüber eine gestärkte weiße Schürze. Ihr Gesicht ist verquollen, die Augen sind gerötet. Sie hat wohl die ganze Nacht geweint.

Alethea winkt sie herein. »Ist alles in Ordnung, Hannah?«

»Ja, Miss.« Hannah tritt vorsichtig näher und zerknüllt nervös ihre Schürze. Mit dem Rücken zum Kamin bleibt sie auf dem türkischen Teppich stehen.

»Schau nicht so ängstlich. Du hast nichts falsch gemacht. Miss Austen und ich wollen dir nur ein paar Fragen stellen.« Alethea lehnt sich zurück. »Also, Hannah, was glaubst du, wer diese arme Frau umgebracht hat?«

Hannah reißt die Augen auf.

»Das kannst du sie doch nicht fragen«, ruft Jane aus. »Du weißt es nicht, stimmt's, Hannah?«

Hannah holt tief Luft und weicht einen Schritt zurück, sodass ihr Rock gefährlich nahe an die Flammen kommt. »Nein, Miss, ich schwöre.«

Alethea sieht Jane beleidigt an. »Dann frag du sie eben.«

Unbehagliches Schweigen macht sich breit. Hannah ist eindeutig mitgenommen von dem, was sie erlebt hat, und nun soll sie das alles noch einmal durchstehen. »Hast du vorher schon einmal bei den Harcourts gearbeitet, Hannah?«

Hannah nickt. »Ja, Miss«, sagt sie mit dünner Stimme. »Sie wollen immer, dass *ich* hingehe. Ich meine, die anderen Dienstboten hier in Manydown.«

Jane rückt nach vorn auf die Stuhlkante. »Und warum?« Sie senkt den Kopf etwas und versucht, Hannah in die Augen zu sehen; das Mädchen macht einen gequälten Eindruck. Sicher weiß sie etwas über den Mord, etwas, das sie noch Stunden später vor Angst zittern lässt.

»Na ja, keiner will in Deane House arbeiten, und ich bin hier die Neue, also schicken sie mich …« Ihr Blick schweift durch den Raum, überallhin, nur nicht zu den jungen Damen.

»Ach.« Alethea runzelt die Stirn. »Ich dachte, ihr Mädchen wäret froh über jede Gelegenheit, ein bisschen Kleingeld dazuzuverdienen. Ist es wegen Sir John? Er kann zuweilen etwas heftig sein.«

Hannah schüttelt energisch den Kopf. »Nein, Miss.«

»Was ist es dann?«, fragt Alethea, doch Hannah hält eisern den Mund.

»Du brauchst dir keine Sorgen zu machen«, versichert Jane. »Was du auch erzählst, wir sagen es nicht weiter. Wir wollen nur herausbekommen, was Madame Renault zugestoßen ist. Du willst doch, dass der Mörder ergriffen und bestraft wird, oder nicht?«

Hannah reißt die Augen auf. »Madame Renault? Hat sie so geheißen, die tote Frau?«

Jane nickt. »Also hast du sie nicht erkannt? Sie hat nicht gestern in Deane House gearbeitet?« Mrs Twistleton hat gesagt, die Hutmacherin sei nicht zum Aushelfen dort gewesen, aber vielleicht hat Hannah sie mit einem der anderen Händler gesehen.

Hannah steigen Tränen in die Augen, und sie blinzelt. »Nein, Miss. Ich habe sie nie zuvor gesehen. Erst als sie mich geholt haben, damit ich aufwische.«

Jane neigt mitfühlend den Kopf. »Oh, Hannah, das muss furchtbar gewesen sein.« Wenn Madame Renault den ganzen Tag nicht gesehen worden ist, lag der Leichnam vielleicht längere Zeit in der Wäschekammer. »Bist du womöglich vorher schon einmal in dieser Kammer gewesen? Irgendwann früher am Tag?«

»Ja, Miss. Ich bin mittags drüben angekommen, und meine erste Aufgabe war es, die Betten im Ostflügel herzurichten. Die Rivers sollten über Nacht bleiben, für den Fall, dass es Frost gab. Sie sind früher eingetroffen als die anderen und haben sich in Deane House angekleidet. Daher bin ich geradewegs zu der Kammer gegangen, wegen der Bettwäsche. Und später war ich noch mal dort, um die Tischtücher für den Ballsaal zu holen.«

»Und du weißt genau, dass der Leichnam von Madame Renault beide Male nicht in der Kammer lag?«

»Nein, Miss.« Hannah schaut Jane befremdet an. »Ich glaube, ich würde es merken, wenn ich bei der Arbeit über eine Tote stolpere.«

Jane unterdrückt ein Lächeln. Jedenfalls ist Hannah nicht dumm. »Das bedeutet wohl, dass Madame Renault nach dei-

nem zweiten Aufsuchen der Kammer ermordet worden ist.«
Um die Tote war so viel Blut – wäre sie woanders ermordet
und dann in die Kammer gebracht worden, hätte das eine
deutliche Spur geben müssen. »Wie viel Uhr war es, als du
die Tischwäsche geholt hast?«

»Ich weiß es nicht genau. Nach vier, denn es wurde schon
dunkel, und ich musste mir einen Leuchter leihen, damit ich
auch die richtigen Tücher nahm. Lady Harcourt kann sehr
eigen sein, und ich wollte keinen Ärger bekommen.« Sie
macht einen Schritt auf Alethea zu. »Bitte schicken Sie mich
da nicht mehr hin, Miss. Wenn ich nur an die arme Frau denke – ich werde wochenlang nicht schlafen können. Solang ich
lebe, möchte ich nie wieder einen Fuß in dieses verwünschte
Haus setzen.«

»Natürlich nicht. Von nun an behalten wir dich für uns.
Und jetzt lassen wir dich gehen, nicht wahr, Miss Austen?«
Alethea tätschelt Hannah die Hand und bedenkt Jane mit ei-
nem eindringlichen Blick. »Du kannst der Haushälterin sa-
gen, dass ich dir für den Rest des Tages freigegeben habe.
Sieh zu, dass du ein bisschen Schlaf bekommst.«

Ein letztes Mal versucht Jane, Hannah in die Augen zu sehen. Irgendetwas treibt das Mädchen um, da ist sie sicher. Doch
sosehr sie sich auch bemüht, Hannah weicht ihrem Blick aus.

»Ja, du solltest dich ausruhen. Oder gibt es noch etwas, das
du uns erzählen möchtest? Irgendetwas, von dem du meinst,
es könnte hilfreich sein?«, fragt sie.

Hannah krallt die Hände in ihre Schürze, dass sich die Fingerknöchel weiß verfärben. »Ich musste ihn sauber machen.«
Sie wird kreidebleich, schwankt.

»Den Fußboden? Ja, als ich heute Morgen dort war, habe
ich den Essig gerochen. Wie es aussah, hast du dort ordentlich geschrubbt.«

»Den Fußboden … und den Bettwärmer. Weil, den hat der

Schurke ihr an den Kopf gehauen.« Hannahs Stimme bricht. Sie schlägt die Hand vor den Mund. »Es waren kleine Stücke Haut an dem Kupfer und Haare … und ich musste …« Sie krümmt sich, und ihr ganzer Körper schüttelt sich, während sie grüne Galle in ihre Schürze spuckt.

»Ach je … wir holen ein Mädchen«, sagt Alethea, greift noch einmal nach der Glocke und läutet energisch.

Jane ballt die Hände zu Fäusten. Indem er sich weigerte, mit dem Dienstmädchen zu sprechen, hat Mr Craven sich der Möglichkeit beraubt, den Zeitraum einzugrenzen, innerhalb dessen Madame Renault zu Tode gekommen ist, aber damit nicht genug. Er hat auch noch untätig zugesehen, wie ein halbes Kind gezwungen wurde, die Mordwaffe zu reinigen und damit ein wichtiges Beweisstück unbrauchbar zu machen. Es liegt auf der Hand, dass er nicht imstande ist, eine so wichtige Untersuchung zu führen. Bleibt die Sache ihm überlassen, hat der Mörder wirklich die besten Aussichten, davonzukommen.

Alethea besteht darauf, Jane in der Kutsche nach Hause bringen zu lassen, doch als sie Steventon erreichen, klopft Jane ans Dach und sagt dem Kutscher, sie werde den restlichen Weg zum Pfarrhaus zu Fuß zurücklegen. Zunächst folgt sie aber weiter der Dorfstraße, winkt links und rechts Webern und Spinnerinnen und Landarbeitern zu, die zur Gemeinde ihres Vaters gehören. Ihr Ziel ist das letzte Haus, ganz am Rand des Dorfes, in dem sie die ersten drei Jahre ihres Lebens verbracht hat. Es war Dame Culham und nicht Mrs Austen, die sie an der Hand hielt, als sie ihre ersten wackligen Schritte tat, die ihre ersten Erfolge auf dem Nachttopf bejubelte und sie lehrte, ihr Nachtgebet zu sprechen. Und jetzt will Jane wissen, ob Dame Culham sie zum Tod von Madame Renault etwas lehren kann.

Das reetgedeckte Cottage, in dem Dame Culham mit ihrem Sohn Jack und Georgy wohnt, ist von einem geflochtenen Zaun aus Haselnussgerten umgeben. Es hat einen ausgedehnten Garten und ist größer und in weitaus besserem Zustand als die anderen, eher bescheidenen Behausungen in der Straße. An der Rückseite befindet sich ein halbfertiger Schweinestall, den Jack aus übrig gebliebenen Bohlen und Brettern zusammengezimmert hat. Georgy schlendert durch den Gemüsegarten und sieht zu, wie die Hennen in der frisch geharkten Erde scharren und picken. Beim Holzschuppen steht Jack mit der Axt vor dem Hackklotz und spaltet dicke Scheite zum Feuermachen. Die Ärmel seines groben Leinenhemds sind aufgerollt, und wenn er die Axt schwingt, treten die Muskeln an seinen Unterarmen hervor.

»Guten Tag«, ruft Jane ihnen vom Tor her zu.

Georgy lacht und winkt mit beiden Armen.

»Miss Austen.« Jack will den Hut ziehen und errötet, als seine Hand die dunklen Locken streift und ihm einfällt, dass er keinen aufhat. »Zweimal an einem Tag. Das ist ein Vergnügen.«

Lächelnd hebt Jane den Riegel an und stößt das Gartentor auf. »Das mit Squire Terrys Sau tut mir leid, Jack. Ich habe davon gehört.«

In den vergangenen Jahren hat Jack hin und wieder erkennen lassen, dass er sich auch eine einträglichere Arbeit vorstellen kann, als auf Georgy achtzugeben. Einmal war er sogar beim Hufschmied und hat sich nach einer Lehrstelle erkundigt, aber glücklicherweise – jedenfalls für die Austens – haben sich nie nennenswerte Möglichkeiten aufgetan. Einen passenderen Kompagnon für Janes ruhelosen Bruder zu finden wäre sehr, sehr schwer, wenn nicht unmöglich. Jacks jüngster Plan, wie er sein Einkommen verbessern könnte, war der, in eine Sau zu investieren und Züchter zu werden. Unglücklicherweise hat Squire Terry, noch ehe Jack das Geld beisammenhatte, festgestellt, dass das Schwein bereits trächtig war, und entschieden, dass er es lieber selbst behalten möchte.

Jack zuckt nur mit den Achseln und weicht Janes Blick aus. »Ach, es wird sich was anderes ergeben.« Dabei hat er seit Wochen von nichts anderem gesprochen als von dieser Sau. Er hatte sich schon genau überlegt, wie er genügend Abfälle zusammenbekommen wollte, um sie zu füttern, und welcher Eber aus der Nachbarschaft geeignet sein könnte, sie zu decken.

»Ich wollte fragen, ob ihr in letzter Zeit Fremde hier gesehen habt.« Während er auf Georgy aufpasst, legt Jack bestimmt zehn Meilen am Tag zurück. Wenn sich hier irgendwo, vielleicht auch in den umliegenden Wäldern, Unbekannte aufhalten, müssten die beiden ihnen begegnet sein.

Jack fährt sich mit einer schwieligen Hand durchs Haar. »Fremde?«

»Ja, zum Beispiel ein Lager im Wald?«

»Oh, nein. Die Roma kommen hier seit Jahrhunderten durch, aber die haben ihre festen Gewohnheiten. Vor dem Pferdemarkt in Wickham im Frühjahr sind sie nicht hier.«

»Und von anderen Leuten, die vorbeigekommen wären, habt ihr nichts gehört?« Jane blinzelt Jack gegen die untergehende Sonne an. »Sir John hat Mr Craven erzählt, er hätte Ärger mit Vagabunden in dem Wald hinter Deane House.«

Jack schüttelt den Kopf. »Dort wandern Georgy und ich oft herum, aber ein Lager habe ich nicht gesehen. Bedaure, Miss Austen.«

Mit einem Korb voller Küchenabfälle erscheint jetzt Dame Culham in der Tür zum Cottage. Sie ist eine nett anzusehende Frau Mitte fünfzig. Ihr Gesicht ist glatt und gebräunt, und um ihre dunklen Augen ziehen sich tiefe Lachfältchen. »Hier,

Georgy, gibst du das den Hühnern, mein Lieber?« Dann entdeckt sie Jane und stutzt. »Nanu, was machen Sie denn hier?«

»Guten Tag, Nan.« Jane nennt die Kinderfrau noch immer bei dem Kosenamen, den sie ihr früher gegeben haben. Laut Gemeinderegister ist sie Mrs Anne Culham, aber die kleinen Münder taten sich mit »Anne« genauso schwer wie mit »Culham«, und hätten sie sie »Mama« genannt, hätte das auch Schwierigkeiten gegeben.

»Sie wollen doch sicher hereinkommen.« Nan gibt den Korb an Georgy weiter und tritt wieder ins Haus. »Wie geht es Ihrer Mutter?«

Jane folgt ihr und genießt es, in der vertrauten warmen Küche zu stehen: bescheiden, aber ordentlich, ausstaffiert mit einem Sammelsurium verschiedener Schüsseln und abgenutzten Möbeln, die Jane noch aus Kindertagen kennt. Von den Eichenbalken an der niedrigen Decke baumeln Kräuterbüschel, und über der Feuerstelle in der Ecke hängt an einer Kette ein schmiedeeiserner Kessel. »Unvorhersehbar wie immer, fürchte ich.«

Dame Culham wischt sich die Hände am Kittel ab. »Trinkt sie denn den Tee aus Löwenzahn und Klettenwurzel, den ich ihr gemischt habe?«

»Nein. Ich glaube, sie zieht immer noch Magenbitter vor.« Jane zieht sich einen der Stühle mit gerader Lehne heran und setzt sich an den Kiefernholztisch. Er ist mit Mehl bestäubt, und in der Mitte thront eine mit Musselin abgedeckte Steingutschüssel.

Dame Culham wickelt ein Stück Rindertalg in Papier, verschnürt es mit Zwirn und verstaut es in einer rostigen Dose. »Dann muss sie sich nicht wundern.«

Jane lockert das Band ihres Umhangs und lässt ihn über die Schultern gleiten. »In der Tat.«

Über dem Kamin sind Kräuter zum Trocknen aufgehängt,

gegen das matte Grün von Salbei und Thymian heben sich blasse Lavendelblüten ab. Jane stellt sich vor, wie Dame Culham ein paar Blütenblättchen in warmes Wasser krümelt und dann das Tuch hineintaucht, mit dem sie Madame Renaults Leichnam wäscht – ebenso sanft und behutsam, wie sie einst Staub und Steinchen von Janes aufgeschlagenen Knien entfernt hat.

Dame Culham schürzt die Lippen. »Nun also, heraus damit. Warum sind Sie hier?«

Jane legt den Kopf schräg. »Brauche ich einen Grund, um dir einen Besuch abzustatten?«

Nan greift nach einem Holzlöffel und rührt in dem, was in dem großen Kessel über dem Feuer köchelt. »Üblicherweise, würde ich sagen, gibt es einen.«

Sie macht Hammelnacken mit Rosmarin. Jane braucht nicht in den Kessel zu schauen, um das zu wissen, ihr genügt der Duft. Ihr knurrt der Magen. »Wie gehen die Geschäfte, Nan? Hast du in letzter Zeit bei vielen Geburten geholfen?«

»Aye. Bin gerade erst gestern Abend gerufen worden.«

»Es ist hoffentlich alles gut gegangen?«

»Wie es Gottes Wille war.« In ihrem Nacken hat sich eine Locke unter dem Kopftuch hervorgeringelt. Ihr Haar war einmal karamellbraun, jetzt haben sich Silberfäden hineingewirkt. Wann ist das geschehen?

Jane beißt sich auf die Lippe. »Ich nehme an, bei dem, was du tust, hast du dich daran gewöhnt. An den Tod.«

»Früher oder später müssen wir uns alle an ihn gewöhnen, Jane.«

»Ja … Aber du hast wohl oft auch schwere Aufgaben zu erfüllen.« Sie fährt mit dem Finger über ein Astloch im Holz der Tischplatte. »Zum Beispiel Madame Renault herrichten, in Deane House.«

»Aha.« Dame Culham stemmt die Fäuste in die breiten

Hüften. »Wusste ich's doch, dass Sie es auf Klatsch über die arme Frau abgesehen haben.«

»Es geht mir nicht um Klatsch. Es ist nur – sie haben den Mörder noch nicht.«

»Und Sie, nehme ich an, glauben, Sie könnten ihn eher erwischen als der Friedensrichter?«

Jane richtet sich auf ihrem Stuhl kerzengerade auf. »Und was spricht dagegen?«

»Nichts. Überhaupt nichts. Ich habe ja immer gesagt, dass Sie unter den Austen-Kindern diejenige sind, die schaffen kann, was sie schaffen will. Wenn Sie Ihren unruhigen Geist einfangen und ganz darauf ausrichten.«

Janes Finger streicht immer noch über das Astloch, bohrt sich in die Vertiefung. »Und? Was kannst du mir erzählen?«, fragt sie. »Über Madame Renault?«

»Gar nix.« Dame Culham kehrt ihr den Rücken zu und stochert energisch mit ihrem Holzlöffel im Hammeltopf herum.

»Du brauchst mir nichts zu ersparen. Ich war es nämlich, die die Tote identifiziert hat.«

»Oh, natürlich waren Sie das.«

»Wir wollten ihre Augen schließen, aber es ging nicht. Woran kann das gelegen haben, was meinst du?« Jane hat eine ungefähre Vorstellung davon, was in den Tagen und Stunden nach dem Eintreten des Todes mit dem Körper geschieht, aber Dame Culham ist Hebamme, sie wird es genau wissen. Ihre kräftigen Hände holen Leben auf die Welt, und genauso präparieren sie einen Leichnam für seine letzte Reise – zurück in die Erde.

Dame Culham hebt kurz die Schultern und lässt sie wieder sinken. »War wohl zu spät. Die Starre war schon eingetreten.«

»Und wie lange dauert es gewöhnlich, bis das geschieht?«

»Hängt davon ab. Ein paar Stunden, manchmal ein paar mehr.«

Jane ruft sich in Erinnerung, was Hannah gesagt hat. »Wenn Madame Renault also bei Anbruch der Dämmerung noch nicht in der Wäschekammer lag, um zehn Uhr abends aber schon so lange tot war, dass die Starre bereits eingetreten war, dann heißt das, dass sie irgendwann zwischen vier Uhr nachmittags und sieben Uhr abends getötet worden sein muss.«

Dame Culham dreht den Kopf und sieht sie über die Schulter an. »Nehm ich an. Außer, sie ist nachher da hingetragen worden.«

Jane denkt an die große Pfütze aus Blut und schüttelt den Kopf. »Nein, sie hat so stark geblutet. Wäre sie da hingetragen worden, wäre überall Blut hingetropft. Außerdem wurde sie mit einem Bettwärmer erschlagen, und ich denke, der stammte aus der Wäschekammer.«

Ein leiser Seufzer entfährt Nan. »Sosehr ich Ihnen raten möchte, sich um Ihre eigenen Angelegenheiten zu kümmern und Ärger aus dem Weg zu gehen – nicht, dass Sie je auf mich gehört hätten ...«, auf ihrer sonst so klaren Stirn erscheint eine tiefe Sorgenfalte, »... aber ich hoffe doch, dass Sie rausfinden, wer das getan hat. Das tu ich wirklich, Jane. Wenn ich an die armen Seelen denke, die auf so schreckliche Weise zu Tode gekommen sind ...«

Jane lehnt sich vor: »Seelen?« Dame Culham macht nie viele Worte, und sie verspricht sich kaum einmal. Ist noch jemand getötet worden? Wäre das der Fall, hätte sie das doch erfahren.

»Seele, meinte ich. Diese Madame Renault.« Tröpfchen von Brühe zischen auf dem Herd, als sie mit ihrem Holzlöffel wedelt.

»Und warum hast du dann den Plural benutzt?«

»Den was?«

»Warum sagtest du ›die armen *Seelen*‹? Als ginge es um mehr als eine?«

»Oh, Jane, Sie und Ihre Fragen.« Dame Culham richtet den Blick himmelwärts. »Wissen Sie, Ihre Geschwister wieder zu Ihrer Mutter zu geben hat mir wehgetan – aber als sie kam, um Sie zu holen, war mein Kopf dankbar für den Frieden!«

Jane zieht ein Schmollgesicht. Dann blickt sie Dame Culham durch ihre dunklen Wimpern an, wie Henry es tut, wenn er eine Frau in ein Gespräch verwickelt.

Dame Culham schnaubt. »Sie war in Erwartung. Im fünften Monat, würde ich sagen. Zufrieden?«

Es ist, als sacke Janes ganzer Körper zusammen. Also ist nicht nur die Hutmacherin getötet worden, sondern auch das unschuldige Leben, das in ihr heranwuchs. Armer Monsieur Renault. Hat ihn überhaupt schon jemand über den grausamen Tod seiner Frau in Kenntnis gesetzt? Was, wenn Madame Renault bereits Kinder hat, wie werden sie ohne ihre Mutter zurechtkommen? Was für eine traurige Vorstellung!

Von der Straße her ist das Klappern von Pferdehufen zu hören. Dame Culham späht durch das Bleiglasfenster. »Was zum Teufel wollen die hier?«

Jane sieht Mr Craven von seinem stattlichen Braunen absitzen. Dahinter hält ein offener Wagen mit Mr Fletcher, dem Eigentümer des *Deane Gate Inn*, und dem Gemeinde-Constable.

Dass Friedensrichter und Constable zusammen erscheinen, kann nur eins bedeuten: Sie wollen einen der Männer im Dorf wegen des Mordes festnehmen.

Sie folgt Dame Culham nach draußen.

Mr Craven steht im Garten und spricht mit Jack und Georgy. Mr Fletcher klettert aus dem Wagen und kommt an das offene Tor. Er ist groß und hat eine schiefe Nase, die vielleicht einmal in einem Kampf gebrochen wurde.

Jack zieht eine finstere Miene. »Ich sag Ihnen doch, Georgy weiß nix von einer Kette!«

Mr Craven macht einen Schritt auf Georgy zu und spricht ihn direkt an. »Mr Austen, mehrere Zeugen sagen, sie hätten heute Vormittag im *Deane Gate Inn* gesehen, wie Sie mit einer Damen-Halskette prahlten. Ich verlange, dass Sie uns die Kette zeigen, und zwar sofort.«

Jane erstarrt. Warum spricht Mr Craven so mit Georgy? Er kann doch nicht ernsthaft glauben, ihr Bruder wüsste etwas über den Mord? Mit großen Schritten überquert sie die Wiese und stellt sich zwischen Georgy und den Friedensrichter. »Was hat das zu bedeuten, Mr Craven? Es gibt keinen Grund, in diesem Ton mit meinem Bruder zu sprechen.«

Mr Fletcher kommt in den Garten geschlendert. Er zeigt auf seinen Hals und beschreibt einen Halbkreis. »Komm schon, Georgy, zeig uns deine hübsche Kette.« Dazu lächelt er aufmunternd. Vorn fehlt ihm ein Zahn. »Die du mir gezeigt hast, als Jack deine Pastete holte.«

Georgy grinst. Er schiebt eine Hand in die Hosentasche und wühlt darin herum. Als er sie schließlich herauszieht und die Faust öffnet, kommt etwas Schimmerndes zum Vorschein. Eine lange Kette aus Gelbgold und Saatperlen.

Jane ist, als schwanke der Boden unter ihren Füßen.

»Ah, Miss Austen.« Mr Craven sieht sie grimmig an. »Das fügt sich ja. Würden Sie sich bitte die Kette anschauen, die Ihr Bruder da hat, und mir sagen, ob Sie sie schon einmal gesehen haben?«

Jane schluckt. »J-ja, das habe ich.« Es geht ihr kaum über die Lippen.

»An wem?«

Ein kalter Schauer läuft Jane über den Rücken. »Madame

Renault, als ich ihr auf dem Markt begegnet bin … Aber das ergibt doch keinen Sinn. Das muss ein Irrtum sein.«

Mr Craven weist mit dem Daumen auf das Fuhrwerk. »Bringen Sie ihn in den Wagen.«

Mr Fletcher krempelt die Rockärmel auf. Er hat Unterarme wie Schinkenkeulen.

»Gott steh uns bei …« Inzwischen ist Dame Culham an Janes Seite. »Nein, nein, das ist nicht recht. Er könnte niemandem etwas zuleide tun!«

»Aus dem Weg, Mrs Culham.« Mr Craven legt ihr die Hand auf den Arm, aber sie braucht nicht beiseitezutreten. Hinter ihr duckt Georgy sich und schlüpft zum Gartentor hinaus. Klettert in den Wagen und lässt lächelnd Madame Renaults Goldkette vor der Nase des Constables baumeln.

Jane läuft zum Tor. »Halt! Wo bringen Sie ihn hin?«

Gleichzeitig setzt Jack über den Zaun und ist schneller bei dem Wagen als sie.

Mr Craven schwingt sich in den Sattel. »Ins Grafschaftsgefängnis in Winchester.«

Das Herz schlägt Jane bis zum Hals. Das darf nicht sein. Mr Craven darf Georgy nicht wegholen. Was sollen ihre Eltern sagen, wenn sie hören, dass sie das zugelassen hat? Ihr lieber, sanfter, hilfloser Bruder. Sie muss ihn beschützen, koste es, was es wolle. »Winchester? Halten Sie ein, bitte! Georgy kann es nicht getan haben.«

Jack klammert sich mit beiden Händen an den Wagen, als könnte er ihn so aufhalten. »Erlauben Sie mir wenigstens mitzukommen. Er ist es nicht gewöhnt, allein zu sein. Und wenn Sie verstehen wollen, was er sagt, werden Sie mich brauchen.«

Nach einem ärgerlichen Schnaufen nickt Mr Craven. Jack springt in den Wagen und setzt sich neben den strahlenden Georgy, der immer noch stolz Madame Renaults Kette hochhält. Die feinen Goldglieder blinken in der Sonne.

Dame Culham packt Jane bei der Schulter, dass ihre Finger sich ins Fleisch graben, und rüttelt sie aus ihrer Schreckstarre. »Laufen Sie, Jane! Sagen Sie Ihrem Vater, dass sie unseren Georgy wegholen. Schnell! So schnell Sie nur können!«

Jane schluckt. Das kann nicht sein. Mr Craven kann Georgy nicht mitnehmen und des Mordes beschuldigen! Georgy doch nicht – er ist das liebste und harmloseste Geschöpf auf Erden. Ihr wird schwarz vor Augen, als würde ihr ein Kissen auf Mund und Nase gedrückt, sie bekommt kaum Luft.

Langsam setzen Pferde und Wagen sich in Bewegung, und Georgy winkt ihr fröhlich zu.

Das ist alles ganz und gar verkehrt. Sie muss dem ein Ende setzen. Sie muss. Aber wie?

5. Kapitel

Beklommen steht Jane im Salon am Fenster und hält Ausschau nach ihrem Vater, der jeden Moment aus Winchester zurückkommen muss. Seit Georgy vor einigen Tagen verhaftet wurde, schläft sie schlecht, sieht ihn im Geiste in Fußeisen und Handfesseln vor sich. Ihre Augen brennen, ihre Kehle ist eng vor Sorge um ihn.

Als sie klein war, fragte sie ihren Vater einmal, warum Georgy anders war als die anderen Austen-Kinder. Mr Austen sah sie streng an und erklärte, dass Georgy genau so sei, wie Gott es gewollt habe, und dass es ihr nicht zustehe, den Plan des Herrn infrage zu stellen. Sie war, um Georgys willen, nicht einverstanden damit, dass er keine Worte bilden oder Buchstaben schreiben konnte. Mr Austen seufzte resigniert. »Ja, doch dieser Trost bleibt uns: In seiner Unschuld *kann* Georgy kein böses oder niederträchtiges Kind sein.«

Als Mr Craven sie aufforderte, sich die Halskette anzuschauen und zu sagen, wem sie gehörte, kam sie nicht auf die Idee zu lügen. Jetzt würde sie alles nur Mögliche tun, um ihren Bruder zu retten.

Henry hat, kaum dass die Nachricht des Vaters ihn erreichte, seinen befehlshabenden Offizier um Urlaub ersucht und ist den ganzen Weg von Oxford an einem Stück durchgeritten. Sein Pferd, ein riesiger gescheckter Hengst mit Namen Severus, war zu Tode erschöpft, als sie beim Pfarrhaus anlangten, das arme Tier. Henry kann keine Sekunde stillhalten. In Hemdsärmeln läuft er vor dem Feuer auf und ab und hinterlässt auf dem ohnehin abgewetzten Teppich eine deutliche Spur. Neben dem Kamin steht reglos die hoch aufgeschossene Gestalt von James. Mrs Austen sitzt am Tisch, hat die Arme um den Leib geschlungen und starrt in die unruhigen Flammen, als wüssten die Trost für ihren Kummer. Anna, die plötzlich gar keine Aufmerksamkeit bekommt, weint und schlägt mit den Fäustchen gegen ihren Hochstuhl.

Endlich – Jane kriecht schon die Kälte in die Knochen, und der weiße Himmel beginnt sich lavendelblau zu färben – kommt Mr Austen auf seinem Ross den Weg herunter. Er lässt den Kopf hängen.

Sobald er zur Tür hereinkommt, stürzt Mrs Austen sich auf ihn. »Wie geht es unserem Jungen? Isst er? Hat er geschlafen? Sag mir die Wahrheit!« Sie zerrt ihrem Mann den Überzieher herunter und wirft ihn Sally zu.

Das Mädchen fegt die Schneeflocken fort und hängt das schwere Kleidungsstück zum Trocknen an einen Ständer nahe beim Feuer. Sally ist noch nicht ganz ein Jahr bei den Austens, aber auch ihr steht die Verzweiflung ins Gesicht geschrieben.

»Er ist durcheinander, ängstlich, gereizt, weil er nicht hinaus ins Freie darf.« Mr Austen scheint um zehn Jahre gealtert. Sein Rücken ist gebeugt, in seine Wangen haben sich tiefe Sorgenfalten gegraben. »Sie werden ihn auch nicht gegen eine Kaution freilassen, aber ich habe erreicht, dass Jack und er im Haus des Direktors untergebracht werden, gleich neben dem Gefängnis. Seine Frau wird sich um die beiden kümmern und für sie kochen.«

»Wir können nicht zulassen, dass Jack mit ihm dortbleibt«, sagt Mrs Austen. »Das ist zu viel verlangt. Ich meine, das sollte einer von uns übernehmen.«

Henry und James wechseln einen Blick. Jane weiß genau, was sie denken. Frank und Charles sind am anderen Ende der

Welt auf ihren Schiffen; Neddy kann es nicht riskieren, seine Gönnerin in einen Skandal hineinzuziehen; Henry muss seinen Dienst bei der Armee versehen, und James hat seine Gemeinde, ganz zu schweigen von der mutterlosen kleinen Anna. Keinem von Georgys Brüdern ist es möglich, bei ihm im Kerker zu bleiben.

»Wir könnten Jane hinschicken.« Mrs Austen zeigt auf ihre entbehrliche Tochter. »Es ist ja nicht so, dass sie hier furchtbar wichtige Dinge zu tun hätte.«

»Keinesfalls schicken wir Jane dorthin.« Mr Austen kommt langsam wieder zu Kräften. »Jack verdient seinen Lebensunterhalt damit, dass er auf Georgy aufpasst, so war es schon immer. Er hat darauf bestanden, bei Georgy zu bleiben. Wenn wir ihn jetzt entlassen, denkt der arme Bursche, wir lasten es ihm an, dass Georgy in diese Schwierigkeiten geraten konnte.«

James packt den dicken Eichenbalken, der den Kaminsims bildet. »Sie können doch nicht ernsthaft glauben, dass unser Georgy imstande wäre, jemanden zu töten!«

Jane geht zu ihrem Vater. »Und er hat doch bestimmt ein Alibi. Er ist ja nie allein.«

Mr Austen fährt sich über das müde Gesicht. »Für gewöhnlich nicht, nein … aber gerade an dem Abend war Jack unterwegs, er hatte Botengänge zu erledigen, und just in der Zeit wurde Dame Culham zu einer Entbindung gerufen. Zwillinge anscheinend – die zu früh kamen. Georgy schlief schon, erschöpft von seinen Streifzügen und einer großen Portion Napfkuchen.« Er lacht freudlos. »Daher dachte Dame Culham, sie könnte ihn ein paar Stunden allein lassen, ohne dass etwas passiert.«

»Aber das bedeutet nicht, dass sie ihn wegen Mordes verurteilen können«, sagt James.

Mr Austen lässt sich in den abgewetzten Ledersessel fallen, der neben dem Kamin steht. »Nein, und sie klagen ihn auch nicht wegen Mordes an.«

Jane atmet auf. Mr Craven muss eingesehen haben, dass das alles ein großes Missverständnis war. Sicher ist er dabei, Georgys Entlassung vorzubereiten.

»Sie haben ihn wegen Diebstahls am Haken«, fährt Mr Austen fort. »Und da die Kette eindeutig in seinem Besitz war ...«

Mrs Austen gibt einen erstickten Schrei von sich, Jane kneift die Augen zu, um die Tränen zurückzuhalten. Das Entwenden eines Gegenstands, der mehr wert ist als zwölf Pence, gilt als schwerer Diebstahl – ein Kapitalverbrechen. Hin und wieder mindern mitfühlende Geschworene den Wert gestohlener Dinge absichtlich um ein paar Pence oder gar Shilling, um den Angeklagten vor der Todesstrafe zu bewahren, aber Madame Renaults Kette mit den vielen Saatperlen wird ein kleines Vermögen wert sein, mehrere Hundert Pfund. Niemals wird ein Richter es hinnehmen, dass eine Jury meineidig wird, indem sie ein solches Stück so im Wert herabsetzt. Wenn Georgy für schuldig befunden wird, könnten sie ihn hängen.

James stützt sich mit beiden Händen auf den Kaminsims. »Was machen wir?«

»Einen Rechtsanwalt suchen«, sagt Mr Austen. »Möglichst viele Zeugen zusammentrommeln, die seine Gutmütigkeit bestätigen ...« Er verstummt und verliert sich in Gedanken.

Behutsam legt Jane ihrer Mutter die Hand auf die Schulter. »Sollten wir ihnen nicht Georgys Schwierigkeiten erklären? Es wäre nicht gerecht, ihn einem Prozess auszusetzen.«

Henry verschränkt die Arme. »Ihn zum Verrückten erklären lassen, meinst du?«

»Nein«, sagt Mr Austen. »Dann befinden sie ihn ganz selbstverständlich für schuldig und sperren ihn in eine Irrenanstalt. Wenn du wüsstest, was das für Orte sind, Jane, würdest du das nicht vorschlagen. Für die wilden Tiere in einem Wanderzirkus gibt es mehr Mitgefühl.« Inzwischen hat er deutlich die Stimme erhoben. »Abgesehen davon: Georgy ist nicht verrückt. Er kann Recht und Unrecht auseinanderhalten. Seit dem Tag seiner Geburt ringt er darum, trotz all seiner Schwierigkeiten so würdevoll zu leben wie nur möglich. Und ich werde meinen Sohn nicht verurteilen. Heute nicht und überhaupt niemals.«

Jane hält ihre schluchzende Mutter fest im Arm.

Henry schlägt mit der Faust gegen die Wand, dass eins der gerahmten Mustertücher verrutscht und die Wand eine Schramme abbekommt. »Wenn er uns nur sagen könnte, wo er das verdammte Ding gefunden hat!«

Das Mustertuch ist eine Handarbeit von Cassandra. Jane ist mit Nadel und Faden durchaus geschickt, aber wozu Wörter sticken, wenn man sie mit Tinte viel schneller hinschreiben kann? Unter dem Alphabet und der Zahlenreihe steht in Kreuzstich ein Bibelvers: »Verlass dich auf den Herrn von ganzem Herzen, und verlass dich nicht auf deinen Verstand.«

Jane wünschte, Henrys Faust hätte den Spruch getroffen. »Aber hat Georgy die Kette überhaupt gefunden?«, fragt sie. »Was, wenn irgendwer, vielleicht der Mörder, sie ihm gegeben hätte, um von sich selbst abzulenken?« Bei der Vorstellung, dass jemand Georgy absichtlich in Gefahr gebracht haben könnte, dreht sich ihr der Magen um.

»Das ist ein guter Gedanke«, sagt Henry. »Alle Welt weiß, wie arglos unser Georgy ist. Dass er so ein Geschenk annehmen würde, ohne sich etwas dabei zu denken. Und dass er nicht in der Lage wäre, zu sagen, von wem er es hat.«

Mr Austen schüttelt den Kopf. »Jack und ich haben versucht, ihn dazu zu bringen, dass er es uns erklärt, aber das hat ihn nur noch mehr verstört.«

Jetzt gibt Anna einen schrillen Schrei von sich. Jane lässt ihre Mutter los und greift der Kleinen unter die Arme, um sie hochzuheben. Anna macht sich steif, sodass Jane Mühe hat, die strammen Beinchen und starren Füßchen aus dem Hochstuhl zu winden. Die Kleine riecht nach Milch und zu Hause. »Wann stellen sie ihn vor Gericht?«

Unter Mr Austens Augen liegen dunkle Schatten. »Die nächste Schwurgerichtssitzung ist für die erste Februarwoche angesetzt.«

Jane will schlucken, doch es ist, als säße ein Brocken Feuerstein in ihrer Kehle. Wenn sie Georgy das Leben retten wollen, bleiben ihnen dafür ganze sieben Wochen. Schwere Verbrechen wie Diebstahl werden nur einmal im Jahr verhandelt, dann erscheint ein Richter in Winchester und ernennt ein Geschworenengericht aus zwölf Männern. Über zwei oder drei Tage hören sie sich die aufgelaufenen Fälle an und räumen im Gefängnis auf: Wer für schuldig befunden worden ist, wird aus dem Gerichtssaal geführt und sofort vor den Augen einer johlenden Menge gehängt.

»Wir können nicht einfach darauf vertrauen, dass vor Gericht Georgys Unschuld bewiesen wird. Wir müssen herausfinden, was Madame Renault tatsächlich zugestoßen ist. Und wir müssen es beweisen – bevor es zu spät ist«, erklärt sie.

James und Henry blinzeln sie erstaunt an. Mrs Austen knüllt ihr nasses Taschentuch zusammen. Ihnen ist anzusehen, dass Georgys schreckliche Lage ihnen den sonst so scharfen Verstand vernebelt. Sie sind erstarrt wie Mäuse, die man vor der Katze gerettet hat, die aber vor lauter Schreck nicht fliehen.

»Die arme Frau«, sagt Mr Austen mit einem Seufzer. »Ich habe mich bereit erklärt, sie unter die Erde zu bringen. Bevor das mit Georgy passiert ist. Ist schon besprochen, wer das Grab ausheben soll? Das wird bei diesem Frost harte Arbeit.«

James nickt. »Es ist für alles gesorgt, Vater.«

»Warum beerdigst du sie?«, fragt Jane. »Die Kirche in Ashe ist doch nur einen Steinwurf von Deane House entfernt.«

Mrs Austen klagt oft darüber, dass Mr Austen viel zu gutmütig sei. Er ist ein Pfarrer von der Sorte, die einer Wöchnerin, nachdem sie ausgesegnet wurde, ihr Sixpencestück wiedergibt und ein uneheliches Kind tauft, ohne allzu bohrend nach dem abtrünnigen Vater zu fragen. Jane liebt ihn für sein weiches Herz umso mehr und vermutet, dass es ihrer Mutter insgeheim genauso geht.

Mr Austen hebt die Hände. »Der gute Pfarrer Lefroy schien mir zögerlich, also habe ich meine Dienste angeboten. Und ich dachte, die Harcourts wollten sicher nicht vor ihrer Haustür an den Vorfall erinnert werden.«

Bei dem Namen Lefroy zuckt Jane zusammen. Wegen all der Aufregung um die Verhaftung von Georgy fällt ihr jetzt erst ein, dass Tom noch immer nicht da war. Sie muss ihm eine Nachricht zukommen lassen. Sie braucht seine Unterstützung jetzt mehr denn je.

»Und bist du dir sicher, dass du den Trauergottesdienst immer noch halten willst?«, fragt Henry.

»Warum nicht?« Mr Austen schaut von einem zur anderen. Würde er es jetzt ablehnen, Madame Renault zu beerdigen, könnte das so aussehen, als gäbe es etwas, wofür die Familie sich schämen müsse – das würde Georgy erst recht mit dem Verbrechen in Verbindung bringen. »Die arme Frau muss doch trotz allem die letzte Ruhe finden. Sie kann nichts dafür, dass unser Georgy sich in diese Sache verstrickt hat.«

»Sehr christlich von dir, mein Lieber.« Mrs Austen nimmt seinen Hausmantel und die Kappe von Sally entgegen und reicht sie ihm. Das Mädchen geht zur Anrichte und schenkt ihm ein Glas Portwein ein.

»Das dachte ich auch. Bis Sir John angeboten hat, für die Beisetzung zu bezahlen.« Er erhebt sich, um die langen Arme in die Ärmel des Hausmantels zu schieben und sich die Kappe aufs weiße Haar zu drücken. Dann setzt er sich wieder, nimmt das Portweinglas entgegen, trinkt einen Schluck und nickt dankbar.

»Ach? Aber warum sollten die Harcourts dafür bezahlen?« Henry bleibt stehen, gewährt dem Teppich einen Augenblick Pause. Der war einst von leuchtendem Rot mit eingewebten Mogul-Motiven. Jetzt hat er einen ausgebleichten Korallenton, und von den geometrischen Mustern sind nur blasse Spuren geblieben.

Mr Austen zuckt die Achseln. »Sir John fühlt sich verantwortlich, nehme ich an. Immerhin ist sie in seinem Haus zu Tode gekommen.«

Jane seufzt, als sie hört, wie beiläufig die Männer die Einzelheiten von Madame Renaults Beerdigung unter sich ausgemacht haben. Als wäre der Leichnam der Hutmacherin etwas Störendes, das irgendwie aus dem Weg geschafft werden muss, und nicht die sterbliche Hülle einer Frau, die es verdient, mit allem christlichen Ernst zur Ruhe gebettet zu werden.

Sie wiegt Anna in den Armen. Der Kleinen werden die Lider schwer, doch kaum fallen die Äuglein zu, reißt sie sie wieder auf. »Was ist mit ihren Angehörigen? Wollen die nicht, dass sie in ihrer Nähe begraben wird, in Basingstoke?«

Mr Austen runzelt die ohnehin schon gefurchte Stirn. »Ich fürchte, es hat niemand nach ihr gefragt. Jedenfalls bis jetzt. Ich habe dafür gesorgt, dass eine Meldung in die Zeitung kommt. Die wird vielleicht von jemandem, der sie kannte, gesehen.«

Jane schlingt den Arm fester um Anna. Sie stellt sich vor, wie Monsieur Renault sich den Kopf zerbricht, wo seine schwangere Frau abgeblieben sein kann, und dann in der *Basington Gazette* liest, dass sie brutal ermordet worden ist. Was für eine verheerende Art, es zu erfahren! Vielleicht spricht er gar kein Englisch. Das könnte der Grund sein, weshalb die Nachricht ihn noch nicht erreicht hat. Möglicherweise sind die Renaults überhaupt erst vor Kurzem nach England gekommen. Vielleicht war Monsieur Renault immer darauf angewiesen, dass seine Frau für ihn übersetzt. Gebe Gott, dass er vor der Beerdigung erfährt, was geschehen ist, damit er von seiner Frau und seinem ungeborenen Kind Abschied nehmen kann.

Mr Austen weist auf seinen Überzieher, von dem geschmolzener Schnee auf die Steinfliesen tropft. »Das erinnert mich daran, dass ich auf dem Heimweg beim *Wheatsheaf Inn* hereingeschneit bin und die Post abgeholt habe.«

Henry gräbt in den Taschen des Mantels, fördert eine Handvoll Briefe zutage und verteilt sie. Einer ist für Jane.

Sie erkennt die feine Handschrift sofort. Rasch setzt sie sich Anna auf die Hüfte und erbricht mit der freien Hand das Siegel. »Von Cousine Eliza.«

»Eliza?«, sagen James und Henry wie aus einem Mund. Plötzlich stehen beide etwas gerader da.

Eliza de Feuillide ist die Tochter von Mr Austens verstorbener Schwester, Tante Phila. Seit dem Tod ihres Mannes, eines französischen Adligen, der vom neuen Regime hingerichtet wurde, lebt Eliza bei einer befreundeten Familie in Northumberland. Es fällt Jane schwer, sich die gesellige Cousine als Trauernde vorzustellen. Was das Leben auch anstellt, um sie in Sorgen zu stürzen, Eliza ist immer fröhlich.

»Sie schreibt, sie möchte Weihnachten unbedingt bei ihrer Familie sein, und wir sollen sie am zwanzigsten Dezember hier erwarten«, teilt Jane den anderen mit, während Anna den Briefbogen packt und sich anschickt, darauf herumzukauen.

James besieht sich die abgewetzten Manschetten seines Hemdes. »Aber bis dahin ist es ja nicht einmal mehr eine Woche!«

Darauf erhebt sich Mrs Austen. »Ausladen können wir sie nicht mehr, dafür ist es zu spät. Wenn unser Brief in Northumberland ankäme, wäre sie schon auf dem Weg hierher. Und sie würde sich sowieso nicht ausladen lassen. Wenn Eliza wüsste, dass Georgy in Schwierigkeiten steckt, würde sie darauf bestehen, herzukommen und zu helfen, so gut sie kann. Komm, Jane, wir müssen die Bettwäsche lüften und ein Schlafzimmer herrichten.«

Jane gibt Anna in die ausgestreckten Arme von James. Er wiegt seine kleine Tochter leicht, während Jane ein dralles Handgelenk umfasst und den Brief aus den winzigen Fingern windet.

Bei der Aussicht, Eliza bei sich zu haben, fasst sie wieder Mut. Die verwegene Cousine ist vor dem Aufruhr in Frankreich geflohen, hat die Unruhen in der Mount Street in London überlebt und sogar einen Straßenräuber in die Flucht geschlagen. Wenn jemand weiß, wie man einen Mord aufklären soll, dann Eliza.

6. Kapitel

Der sechzehnte Dezember 1795 ist Janes zwanzigster Geburtstag. Tom ist immer noch nicht gekommen, aber Jane bleibt zuversichtlich. Sie hat sich für den Nachmittag selbst auf einen kleinen Imbiss bei ihrer lieben Freundin – und Toms Tante – Mrs Lefroy eingeladen. Wahrscheinlich fände Tom es ungehörig, ihren Vater um ihre Hand zu bitten, solange Georgys Schicksal in der Schwebe hängt. Aber es könnte doch sein, dass er *ihr* seine Gefühle offenbart, vor allem da heute ihr Geburtstag ist. Die skandalöse Verhaftung von Georgy wird ihn nicht vergrault haben, dafür ist er eine zu treue Seele. Hofft sie.

Sie kleidet sich mit großer Sorgfalt an, erträgt sogar die gefürchtete Locken-Brennschere, statt sich nur auf ihre natürlichen Wellen zu verlassen, und erteilt sich die Erlaubnis, Cassandras kornblumenblaues Kleid zu leihen. Sie besitzt selbst ein kornblumenblaues Kleid, aus Baumwolle vom selben Stoffballen wie das von Cassandra, aber da sie weniger gut darauf geachtet hat, ist die Farbe verwaschen.

Im Salon sitzen ihre Eltern am leinengedeckten Tisch, beide noch im Morgenmantel, ihr Vater mit Kappe, ihre Mutter mit Haube. Anna, rotwangig, thront im Hochstuhl und kaut auf einer runden Faust. James hat ein Stück Brot auf eine Toastgabel gespießt und hockt vor dem Kamin, um es über die Flammen zu halten. Obwohl das Feuer ordentlich lodert, ist es kühl im Pfarrhaus.

Mrs Austen bringt ein angestrengtes kleines Lächeln zustande. »Herzlichen Glückwunsch zum Geburtstag, Liebes.«

»Danke, Mutter.« Jane setzt sich und schenkt sich Tee ein, schwarz, nur dass es hier leider keinen Zucker gibt. Mitten auf dem Tisch liegt ein großes, in Packpapier gewickeltes Paket. Statt sich zu freuen, hat Jane ein schlechtes Gewissen. Wie können die Eltern ihren Geburtstag begehen, während eins ihrer anderen Kinder in solcher Gefahr ist? »Aber das hättet ihr nicht … in der gegenwärtigen Lage …«

Mr Austen hebt den Blick über den Rand seiner Zeitung und richtet ihn auf das Paket. »Das war schon besorgt. Außerdem müssen wir unser alltägliches Leben fortsetzen, so gut wir es vermögen. Der Herr im Himmel weiß, dass Georgy unschuldig ist und unsere Familie keinen Grund hat, sich zu schämen. Wir werden diese Wirren nur überstehen, wenn wir wie gewohnt weitermachen – soweit es uns eben gelingt.«

In der Vergangenheit hat Jane ihre Eltern nicht selten für kaltherzig gehalten, weil sie bei allen Unbilden so unerschütterlich blieben. Jetzt versteht sie diesen Pragmatismus besser. Die Gefahr, die ihrem Bruder droht, liegt ihr wie ein Stein auf der Seele, ist immer da, aber damit, dass sie den ganzen Tag in ihrer Kammer sitzt und wehklagt, wird sie Georgy nicht retten. Wenn sie einen Mörder fangen will, muss sie einen kühlen Kopf bewahren. »Da hast du wohl recht.«

James zieht das Brot von der Gabel, um es auf seinen Teller zu legen. »Autsch!« Er pustet auf die verbrannten Fingerspitzen und schüttelt die Hand aus. »Willst du es gar nicht auspacken, Jane? Du bist doch sonst nicht so zurückhaltend.«

Jane schiebt ihre Tasse beiseite und zieht das Paket zu sich heran. »Nun ja, ich bin jetzt fast eine erwachsene Frau. Ein höchst kultiviertes, feines Geschöpf. Noch ein Jahr, und ich bin volljährig.«

Das Geschenk ist schwer. Hoffentlich kein Tambour-Rahmen für Stickarbeiten oder ähnlicher Unfug. Behutsam löst sie erst die Schnur und dann das Papier, sie will es nicht zerreißen. Selbst Packpapier ist teuer, und sie bemüht sich immer, es wiederzuverwenden.

Unter dem Papier kommt ein hölzerner Kasten zum Vorschein, zu elegant lackiert, um nur ein Behältnis zu sein. An der Vorderseite befindet sich ein Schließmechanismus in Diamantenform, an den Seiten sitzen Messinggriffe. Der Deckel ist mit Scharnieren befestigt. Jane klappt den Kasten auf wie ein Buch. Die beiden Teile haben jeweils eine Keilform, sodass sich eine schräge Fläche ergibt – eine Schreibfläche, mit dunkelgrünem Leder bespannt.

Jane schlägt die Hand vor den Mund. Ein Reiseschreibpult!

»Und«, sagt Mr Austen, »gefällt es dir?«

Ungläubig schüttelt sie den Kopf – dass ihr lieber Vater sich solche Gedanken gemacht hat! Von seiner Großzügigkeit ganz zu schweigen. »Ich kann gar nicht sagen, wie sehr!«

Wie oft hat sie, wenn sie zu entfernteren Verwandten gefahren ist, unterwegs in den Speisezimmern der Poststationen neidvoll beobachtet, wie reisende Gentlemen ihre transportablen Schreibpulte benutzten. Seit sie zum ersten Mal eins gesehen hat, träumt sie davon, ein eigenes zu besitzen. Im Inneren des Kastens sind mehrere Fächer, darin ein kleines Tintenfass, eine winzige Silberdose mit Löschsand, zurechtgeschnittene Bögen Papier und sogar ein kleines Taschenmesser zum Schärfen ihrer Feder.

Was ihr Vater ihr geschenkt hat, ist nicht einfach ein Holzkasten. In diesem Behältnis kann sie alles, was sie braucht, um ihre Geschichten zu verfassen, an jeden Ort mitnehmen und ihre Ideen unter Verschluss halten, bis es ihr behagt, damit herauszurücken.

Mrs Austen füllt die Teekanne mit kochendem Wasser aus dem Kessel auf. »Wir haben uns gedacht, da könntest du Lady Susan hineinlegen. Dann hast du keine Entschuldigung mehr, sie nicht zu vollenden – egal, wohin es dich im Leben verschlägt. Gott allein weiß, wo das sein wird.«

»Du lieber Gott!«, stößt Mr Austen hervor und schüttelt mit spitz angewinkelten Armen seine Zeitung glatt.

Jane hat in einem der Innenfächer zwei kleine Schlüssel entdeckt und ist zu sehr mit dem Öffnen und Verschließen der kleinen Schublade in ihrem neuen Pult beschäftigt, um ihren Vater zu fragen, was los ist. Sie zieht die Lade an ihrem Messinggriff heraus und schiebt sie wieder zurück und späht dabei ins Innere, als könnte dort wie durch Zauberei etwas zum Vorschein kommen.

»Was hast du denn, mein Lieber?«, fragt Mrs Austen und pustet auf Annas Reispudding, damit er abkühlt.

»Madame Renault – die Meldung über ihr Ableben hat es bis in die *London Times* geschafft.«

James, das Buttermesser in der erhobenen Hand, erstarrt in der Bewegung. »Ach du meine Güte. Sie erwähnen doch nicht Georgy und die Kette, oder?«

Schlimm und unbegreiflich genug, dass es Leute gibt, die Georgy, obwohl sie ihn kennen, zutrauen, dass er Madame Renault etwas angetan hat, aber in der gnadenlosen Londoner Presse werden sie ihn zum Ungeheuer machen.

Mr Austen überfliegt den Artikel. »Nein, es werden gar keine Namen genannt. Die Meldung steht auf der Gesellschaftsseite, vor allem geht es darum, wie sehr die Entdeckung, dass eine Frau ausgeraubt und ermordet wurde, die Verlobung eines künftigen Baronets und einer reichen Baumwoll-Erbin überschattet hat. Natürlich weiß jeder sofort, wer damit gemeint ist. Sir John wird Gift und Galle spucken.«

»Und Mrs Rivers ebenso.« Mrs Austens fein geschnittene Züge haben etwas Verhärmtes, unter ihren sonst so strahlenden Augen liegen dunkle Schatten. »Das ist nicht der Einzug in die elegante Gesellschaft, den sie sich erhofft hat.« Sie hält Anna eine Tasse warme Milch hin.

Anna packt die Hand der Großmutter und sorgt dafür, dass die Milch sich in hohem Bogen über den Tisch ergießt.

Jane legt schützend den Arm um ihr Schreibpult und zieht es näher zu sich heran. »Wenn sie es schon in die Zeitung bringen, sollten sie lieber zu Zeugenaussagen aufrufen, statt mit den blutigen Einzelheiten von Madame Renaults Tod Aufsehen zu erregen.« Sie klappt das Pult zu und schließt es ab. »Es ist zu schlimm! Mr Craven macht wirklich alles falsch. Es ist doch offensichtlich, dass der Mord nicht einfach Teil eines Raubüberfalls war. Jedenfalls nicht eines vorsätzlichen.«

Mr Austen hebt den Kopf. »Ach ja? Warum?«

Jane legt beide Hände flach auf ihr Schreibpult, fühlt das glatte, solide Holz. »Weil ein Räuber eine eigene Waffe dabeihätte, so etwas wie ein Messer oder eine Pistole. Ein echter Räuber hätte nicht auf einen von Lady Harcourts Bettwärmern zurückgreifen müssen, oder?«

»Es könnte jemand gewesen sein, der schlicht eine Gelegenheit ergriffen hat«, sagt Mrs Austen. »Ein Händler, wie sie, der die schöne Kette gesehen hat und der Verlockung nicht widerstehen konnte? Vielleicht hat er versucht, sie ihr abzunehmen, ohne dass sie es merkte, und dann schrie sie um Hilfe? Es kann doch sein, dass der Dieb sie nur zum Schweigen bringen, aber nicht töten wollte, das würde auch erklären, warum er sich des Beweisstücks entledigt hat. Die Kette ist zu auffällig, ein Amateur könnte sie gar nicht veräußern.«

»Das ergibt doch auch keinen Sinn.« Es ist Jane unbegreiflich, dass offenbar alle nur an das nächstliegende Motiv denken. »Warum gerade sie? Und ausgerechnet in der Wäschekammer der Harcourts?«

Mrs Austen erschauert und zieht ihren Morgenmantel fester um sich. »Ach, das arme Dienstmädchen, von dem du erzählt hast. Sie muss eine halbe Ewigkeit gebraucht haben, um die Blutspuren aus den Bodendielen zu scheuern, ganz zu schweigen von der Mühe, das Kupfer wieder zum Glänzen zu bringen.«

Jane atmet tief durch. »Es ist einfach zu ärgerlich! Es muss doch eine Möglichkeit geben, wie wir den wahren Schuldigen feststellen können. Dann muss Mr Craven die Anklage gegen Georgy ja fallen lassen.«

Die anderen starren sie an. Einen Moment lang ist es ungewohnt still.

Schließlich beugt James sich vor und stützt die Ellbogen auf die Knie. »Aber wir tun doch, was wir können, Jane. Wir haben in einem riesigen Umkreis die Gegend abgesucht und keinen Hinweis auf Vagabunden gefunden. Vermutlich sind sie aus der Grafschaft geflohen. Also müssen wir die Suche ausweiten, einige der Landbesitzer in Sussex einbeziehen für den Fall, dass die Gauner auf dem Weg an die Küste sind.«

Jane knirscht mit den Zähnen. Auf dem Land der Harcourts haben keine Vagabunden kampiert. Warum will Sir John alle Welt glauben machen, dass es so war? Allmählich findet sie es äußerst verdächtig, dass er so eine Geschichte erfindet. Und wenn sie bedenkt, wie Mrs Twistleton sich ins Zeug gelegt hat, um den Baronet zu verteidigen, wird sie erst recht misstrauisch.

Mr Austen fährt sich über die Augen. »Wenn schon das klügste meiner Kinder nicht dahinterkommt, welche Aussichten bestehen dann für die offiziellen Ermittler?«

»Das ist sehr freundlich, Vater.« James stützt das Kinn in

die Hand. »Aber ich muss zugeben, ich finde es verwirrend. Sie können ihre Spuren doch nicht vollständig verwischt haben. Hast du dir meinen Entwurf für den Brief an den Anwalt angesehen? Neddy hat bestätigt, dass er mit allem einverstanden ist, und schreibt, die Rechnung solle direkt an ihn gehen.«

Mr Austen blinzelt Jane kurz zu, es ist Balsam für ihr wundes Herz. »Habe ich, James, danke. Ich denke, er kann so abgeschickt werden.«

Jane starrt auf ihre Knie, um nicht zu offensichtlich zu lächeln. Ihr Vater hat ihr einmal, als sie in seinem Arbeitszimmer unter sich waren, erklärt, es sei ein sehr guter Trick, James in dem Glauben zu lassen, dass er klüger sei als sie – umso leichter könne sie ihn dann überflügeln.

Madame Renault ist vor sieben Uhr abends ermordet worden. Jane hat sich die Einladung zum Ball bei den Harcourts noch einmal angesehen; die Gäste waren ab acht Uhr abends gebeten. Was bedeutet, dass der Mord zu einem Zeitpunkt begangen wurde, zu dem weit weniger Menschen in der Nähe waren, als sie zunächst dachte – die Harcourts, die Rivers, die Diener und Händler. Dieses Wissen lässt ihre Liste von Verdächtigen erheblich schrumpfen. Jetzt braucht sie sich nur noch mit jeder und jedem Einzelnen von diesen Leuten zu beschäftigen und den Mörder dazu zu bringen, dass er sich verrät.

Ashe ist knapp zwei Meilen von Steventon entfernt. Ein schöner Spaziergang, besonders bei gutem Wetter, und sie hat ihn schon viele Male gemacht – allerdings noch nie in dem Wissen, dass ein Mörder frei herumläuft. Und obwohl sie keinesfalls zulassen will, dass der Übeltäter ihr die Bewegungsfreiheit nimmt, wie er Madame Renault das Leben genommen hat, geht sie schnell und zuckt bei jedem Rascheln in der Hecke zusammen. Als sie bei der Kirche St. Andrew anlangt, klopft ihr Herz wie wild. Und weil sie keinen gehetzten Eindruck machen will, wenn sie ihren heimlichen Liebsten das erste Mal nach der amourösen Begegnung im Gewächshaus wiedertrifft, zwingt sie sich, den Kirchhof im Schlenderschritt zu durchqueren und sich zu sammeln. Die Grabsteine hier sind zwar kunstvoller gearbeitet als die von St. Nicholas, aber auch sie sind von Flechten und pelzigem Moos bedeckt.

Die Tür zum Pfarrhaus von Ashe geht auf, und Mrs Lefroy steckt den von einem goldenen Turban gekrönten Kopf heraus und blinzelt ins blasse Sonnenlicht. Sie ist mittleren Alters und eine exzellente Reiterin, was dafür sorgt, dass sie ihre grazile Gestalt behält. »Kommen Sie herein, Jane, kommen Sie …«

Jane fragt sich, ob Tom und sie wohl jemals so ausgesucht kultivierte Gastgeber werden können, wie seine Tante und sein Onkel es sind. Sie hofft es.

Die Lefroys haben mit dem ihnen eigenen Schwung nicht nur die Gesellschaft von Hampshire bereichert, sondern auch ihr Haus verschönert. Der ursprüngliche Backsteinbau erstrahlt nun mit einer eleganten Fassade im palladianischen Stil, und unterhalb der frisch gestrichenen Schiebefenster klettert Efeu die Wand hinauf. Jane tritt über die Schwelle, folgt ihrer Gastgeberin und hält verstohlen Ausschau nach einem Zeichen ihres Liebsten. Seine Stulpenstiefel stehen nicht im Regal, und auch sein Mantel hängt nicht an einem der Messinghaken.

Mrs Lefroy, die ein luxuriöses Hauskleid mit Paisley-Muster trägt, führt sie durch einen engen Korridor in ihren elegantesten Salon. Das Muster der grünen Tapete erinnert an ein Gartenspalier, die Möbel sind im französischen Stil gehalten, an den Wänden reihen sich Bücherschränke.

Toms Abwesenheit ist doch auffällig.

»Leistet Mr Lefroy uns nicht Gesellschaft?«

Mrs Lefroy nimmt ihr den Korb ab, damit sie Umhang und Haube ablegen kann. »George ist unterwegs, er kümmert sich um die Armenfürsorge für den Winter«, sagt sie und meint ihren Mann, den Pfarrer George Lefroy.

»Nein, ich meinte Mr Tom Lefroy.«

»Tom?« Mrs Lefroy legt eine schlanke weiße Hand auf ihr Dekolleté. »Warum sollte er uns Gesellschaft leisten?«

Jane spürt, wie ihre Miene sich eintrübt, und senkt den Kopf. »Ach, ich dachte nur.« Wenn Tom seinen Verwandten nichts von seiner Verliebtheit erzählt hat, können seine Absichten nicht ernst sein. Vielleicht geht er ihr gezielt aus dem Weg und ist weggelaufen, als er sie kommen sah. Weil er die Aussicht abschreckend fand, sich an eine Frau zu binden, deren Bruder wegen schweren Diebstahls angeklagt werden soll, oder weil er sie nie wirklich gern gehabt hat. Halt suchend streckt sie die Hand nach der Lehne eines Sessels aus und lässt sich nieder.

Mrs Lefroy stellt Janes Korb auf die Mahagonianrichte. »Waren Sie Schlehen sammeln? Wollen Sie Likör machen?«

Jane zieht die Nase kraus. »Bitte? Oh, nein ... Tinte.«

»Sie können schreiben? Unter diesen Umständen?« Mrs Lefroy lässt sich auf der Kante einer Chaiselongue nieder.

Jane streckt die kalten Füße ein wenig zum Kaminfeuer hin. Sie hat versucht, mit Lady Susan voranzukommen, konnte aber noch nicht einmal eine Nachricht an Cassandra zu Papier bringen. Sie hat angefangen, doch statt wie gewohnt leichtfüßig den Dorfklatsch zusammenzufassen, schrieb sie plötzlich:

Steventon, Mittwoch, den 16. Dezember 1795

Meine liebste Cassandra.

Wer könnte die glücklose Hutmacherin Madame Renault getötet haben?

So weit ihr Brief, ganze zwei Zeilen. Unvollendet liegt er auf dem grünen Leder des Schreibpults, das auf ihrem Toilettentisch steht. Daneben thront auf einem Holzständer, den Frank für sie gemacht hat, der bei Madame Renault erstandene Strohhut, und am Spiegel lehnt die Einladung zu dem unglückseligen Ball bei den Harcourts. »Nein, eigentlich nicht. Aber ich dachte, ein ausgiebiger Spaziergang an der frischen Luft könnte mir helfen, den Kopf freizubekommen.«

»Es muss für Sie alle furchtbar sein.« Mrs Lefroy tätschelt ihr die Hand. »Mein Mann hat sich schon bereit erklärt, als Leumundszeuge für Georgy auszusagen. Wenn es sonst etwas gibt, was wir tun können, lassen Sie es mich unbedingt wissen.«

Jane zwingt ihre Lippen in ein Lächeln und starrt auf den Kamin. In die Einfassung aus Eichenholz sind Girlanden aus Trauben und etruskischen Vasen geschnitzt, auf dem Sims tickt eine Uhr mit Messinggehäuse vor sich hin. »Vielen Dank, ja, das werde ich tun.«

Ein Hausmädchen bringt ein Tablett mit einer Staffordshire-Porzellankanne herein und platziert es auf dem Beistelltisch, und sofort breitet sich kräftiger Kaffeeduft aus. Mrs Lefroy schließt die Augen und atmet das Aroma mit bebenden Nasenflügeln ein.

»Ihre arme Mutter. Wie wird sie damit fertig?«

»Ich weiß nicht. Aber irgendwie scheint es immer zu gehen.«

In jüngeren Jahren hat sie geglaubt, ihre Eltern seien immun gegen die endlose Abfolge kleiner Tragödien, die die Familie heimsuchten. Bei allen Rückschlägen – Krankheiten und Todesfällen in der Verwandtschaft, Pech bei der Ernte und dem unablässigen Ringen darum, wenigstens so viel Geld einzunehmen, dass ihre Ausgaben gedeckt waren – haben sie es überzeugend so aussehen lassen, als könnte nichts sie aus der Ruhe bringen. Jetzt ist die Angst um Georgy ihnen deutlich anzusehen, schlägt sich in ihren Gesichtern und den schleppenden Bewegungen nieder. Vielleicht kennt ihr Stoizismus keine Grenzen, aber er fordert seinen Tribut.

Mrs Lefroy beugt sich vor und füllt zwei kleine Tassen mit starkem schwarzem Kaffee. »Und diese bedauernswerte Frau. Ich bin hingegangen und habe sie mir angesehen, als sie aufgebahrt war.«

Jane wickelt sich eine ihrer unter Mühen geringelten braunen Locken um den Finger und zieht sie wieder glatt. »Madame Renault.«

»Ja, möge sie in Frieden ruhen. Lady Harcourt ist auch am Boden zerstört. Sie hatte so große Hoffnung in diesen Abend gesetzt, und dann muss er mit einer solchen Tragödie enden … Ihr ganzes Herzblut ist ins Ausrichten dieses Balls geflossen, seit Jahr und Tag habe ich sie nicht so animiert erlebt. Sie wissen ja, wie apathisch sie für gewöhnlich ist. Und wer kann es ihr verdenken? Nach allem, was sie durchgemacht hat. Mit dem Verlust von Edwin und den ständigen *Indiskretionen* von Sir John.« Sie schnalzt mit der Zunge. »Dass Jonathan wieder nach Hause kommt und sesshaft wird, war und ist für sie der einzige Silberstreif am Horizont.«

Während Jane an ihrem Kaffee nippt, studiert sie aus dem Augenwinkel den ungnädigen Ausdruck auf Mrs Lefroys Gesicht. Kann es denn sein, dass an Marys anzüglichem Tratsch über Sir Johns Haushälterin etwas Wahres ist? Hat er tatsächlich eine gefallene Frau als Angestellte in sein Haus geholt? Das würde jedenfalls Mrs Twistletons blinde Ergebenheit ihm gegenüber erklären. »O ja, die Indiskretionen von Sir John. Der Wein – und auch …« Sie sieht die Braue von Mrs Lefroy zucken und fügt hinzu: »Andere Dinge. Wie Mrs Twistleton.«

Mrs Lefroy erwidert wie aus der Pistole geschossen: »Oh, Mrs Twistleton! Warum Sir John meint, sich vor der Nase seiner armen Gemahlin so benehmen zu müssen, ist mir ein Rätsel. Solange er in Basingstoke weilt, mag er sich wie ein Libertin aufführen, das ist das eine, aber das Frauenzimmer nach Deane House zu holen und sein Ehegelübde unter dem eigenen Dach zu verletzen – also wirklich! Sollte Lady Harcourt das je herausfinden – es wäre eine solche Demütigung! Dieser abscheuliche Mann. Die schwachen Nerven seiner Frau sind ihm vollkommen gleichgültig.«

Jane richtet sich auf. »Wollen Sie sagen, dass Sir John ein Verhältnis mit seiner Haushälterin hat?«

Mrs Lefroy schlägt die Hand vor den Mund. »Jane, Sie Schlimme! Was habe ich getan? Manchmal benehmen Sie sich so erwachsen, dass ich völlig vergesse, was für eine Unschuld Sie noch sind. Erzählen Sie ja nicht Ihrer Mutter, dass ich dieses Gerücht vor Ihnen ausgebreitet habe. Ich habe es von der Frau, die mir die Haare macht, und die ist das schrecklichste Klatschweib. Das sind reine Vermutungen, ich hätte niemals davon anfangen dürfen.«

Jane kann sich das Lachen nicht verbeißen. Wäre Mrs Lefroy die Mörderin, sie hätte keine fünf Minuten gebraucht, um ihr die Wahrheit zu entlocken. »Keine Sorge, ich werde nichts sagen. Und selbst wenn ich es täte – sie würde mir nur vorwerfen, dass ich meiner Fantasie mal wieder freien Lauf lasse.« Aber noch während sie sich die Lachtränen fortwischt, erschauert sie.

Immer wieder spricht ihr Vater in seinen Predigten über die Gefahr, auf den abschüssigen Weg in Ruin und Verderben zu geraten. Wenn Sir John und Mrs Twistleton sich der Sünde des Ehebruchs schuldig machen, wozu sind sie dann wohl noch imstande? Andererseits hätte weder er noch sie einen Grund gehabt, Madame Renaults Tod herbeizuwünschen. Es sei denn, die Hutmacherin hätte die beiden gemeinsam in Basingstoke gesehen und gedroht, ihre Affäre publik zu machen. Der Gedanke ist ernüchternd.

Während ihres restlichen Besuchs versucht Jane, weitere Einzelheiten über Sir Johns Schürzenjägerei und Mrs Twistletons wahren Charakter zu erfahren, doch Mrs Lefroy ist jetzt auf der Hut vor ihren Tricks und weigert sich, die junge Freundin mit weiteren unbestätigten Klatschgeschichten zu versorgen. Stattdessen lenkt sie die Unterhaltung auf die Literatur.

Einer der Gründe, weshalb Jane so gern ins Pfarrhaus von Ashe kommt, ist, dass ihr hier uneingeschränkter Zugang zur Bibliothek gewährt wird. Bevor sie sich verabschiedet, legt Mrs Lefroy ihr *Evelina* in den Korb. Jane hat den Roman schon mehrere Male gelesen, doch ihre Freundin weiß offenbar, dass der vertraute Text sie trösten wird, selbst in dieser schweren Zeit. Als die Gastgeberin sie schließlich zur Tür bringt, macht Janes Herz einen Satz. Da, zwischen den Schneeballsträuchern, steht eine vertraute schlanke Gestalt.

»Ah, die reizende Miss Austen!« Tom Lefroy drückt seinen Hut an die Brust und verneigt sich. Bei Tage ist er in schwarzblauem zweireihigem Rock und Stiefeln weniger Geck als Sportsmann. »Habe ich Ihren Besuch verpasst? Sollte das der Fall sein, müssen Sie mir erlauben, Sie nach Hause zu begleiten.«

»Ich könnte die Kutsche bringen lassen«, sagt Mrs Lefroy.

»O nein. Vielen Dank, aber es ist so ein schöner Tag, und

ich möchte Ihnen keine Umstände machen.« Jane tauscht ein verstohlenes Lächeln mit Tom und durchquert den Garten in Richtung Kirchhof. Auf den Granitgrabsteinen blinkt Sonnenlicht.

Tom folgt ihr eilig. »Und es wäre mir ein Vergnügen.«

Sobald sie das Sträßchen erreicht haben, bietet Tom ihr den Arm. Sie schiebt die Hand in die kleine Lücke zwischen seinem Ellbogen und dem muskulösen Brustkorb. Sie sind einander so nahe, dass sich ihre Hüften berühren, und ihr ganzer Körper kribbelt.

»Ich habe von der unerfreulichen Sache mit Ihrem Bruder gehört. Das tut mir sehr leid. Ihre Eltern halten der Belastung hoffentlich stand?«

»Vielen Dank.« Sie überlegt angestrengt, wie sie ihn am geschicktesten um rechtskundigen Rat fragen kann. Es ist weit mehr als eine »unerfreuliche Sache«, und sie braucht Toms brillanten Kopf. »Es geht ihnen so gut, wie man es unter den Umständen erwarten kann. Aber es war ein furchtbarer Schock, für uns alle. Halb glaube ich immer noch, ich würde gleich aufwachen und feststellen, dass es nur ein schlimmer Albtraum war.«

»Das kann ich mir vorstellen.« Er schüttelt sich, wie um etwas Unangenehmes loszuwerden. »Und? Haben Sie mich vermisst?«

Jane schaut unverwandt auf den Weg vor sich. »Sie vermisst? Warum? Waren Sie weg? Falls ja, ist es mir gar nicht aufgefallen.« Sie muss ein bisschen sticheln. Auf dem Weg liegen Blätter in allen Formen und allen Schattierungen von blassem Goldgelb bis zu tiefem Schokoladenbraun. Mit jedem Schritt drückt sie sie in den Boden.

»Ich musste noch einmal in die Stadt. Etwas für meinen Großonkel Langlois erledigen. Er wird im Lincoln's Inn mein

Unterstützer sein, ich hänge also von seiner Gnade ab. Aber er versichert, dass ich jetzt frei bin. Mindestens bis Februar.«

Ein warmes Gefühl breitet sich in Jane aus. So bald wird Tom nicht wieder verschwinden. Bis Februar werden sie ihre Zukunft gewiss besprochen und geplant haben. »Sie sind also jetzt ganz Herr über Ihre Zeit.«

»In der Tat, und Sie müssen mir erlauben, mehr von Lady Susans Korrespondenz zu lesen. Sie hat mich ganz und gar verzaubert.«

Jane ist es gewöhnt, dass ihre Lieben ihr Komplimente für ihre Geschichten machen. Solange sie zurückdenken kann, hat sie Freundinnen und Verwandte zum Mitfiebern und Lachen gebracht. Tom aber ist abgesehen vom engsten Kreis der Familie und der Handvoll Freundinnen, die sie schon ihr Leben lang kennt, der Erste, dem sie etwas von ihrer Arbeit zu lesen gegeben hat. »Ich kann nicht sagen, dass mich das überrascht. Lady Susan ist schließlich die raffinierteste und koketteste Frau in ganz England.«

Tom nimmt sie beim Ellbogen und hält sie zurück. »Also, ich würde sagen, es gibt eine Person, die ihr diesen Titel streitig machen könnte.«

Eine riesige Eiche reckt ihre kahlen Äste über den Weg, bildet einen schützenden Schirm über Jane und ihrem Liebsten. Er schaut sich kurz um, dann zieht er sie an sich und drückt seine Lippen sanft auf ihre. Sämtliche Nervenenden in ihrem Körper vibrieren. Danach hat sie sich gesehnt, seit sie sich am Abend des Balls getrennt haben. Nun, da der Augenblick endlich gekommen ist, wünscht sie, sie könnte ihn in Harz gießen und ewig aufbewahren.

Als Tom sich von ihr löst, spielt ein leichtes Lächeln um seine Lippen. »Und was haben Sie während meiner Abwesenheit getrieben? Außer, Ihre zahlreichen Verehrer zu empfangen, unter denen ich, wie ich vermute, ganz am Ende der

Schlange stehe?« Er geht ein paar Schritte weiter. »Haben Sie den ganzen Tag geschrieben?«

Jane bleibt wie angewurzelt stehen. »Natürlich nicht. Ich war vollauf mit der scheußlichen Lage beschäftigt, in der mein Bruder Georgy steckt. Wenn ich doch nur wüsste, wie ich ihm helfen kann!« Sie starrt Tom eindringlich an, als könnte sie ihn so dazu bringen, ihr die Antwort zu liefern.

»Ich muss gestehen, ich habe über den Fall nachgedacht, und ich fürchte, was ich dazu zu sagen habe, wird Ihnen nicht gefallen ...« Die Hände hinter dem Rücken verschränkt, steht er da, schaut in den Himmel und wartet darauf, dass sie die paar Schritte aufholt. »Mein Vorschlag wäre, einen Prozess zu vermeiden, indem man ihn einweisen lässt.«

»Einweisen?«

»Ja. Er ist doch nicht ganz an Deck, Ihr Bruder, oder?« Dazu tippt er sich an die Stirn.

Genau das Gleiche hat Jane selbst vorgeschlagen, aber aus Toms Mund klingt der Plan, Georgy für verrückt erklären zu lassen, zutiefst herzlos. Kein Wunder, dass ihr Vater das sofort zurückgewiesen hat. »Ich habe diese Möglichkeit ins Spiel gebracht, aber mein Vater meinte, damit würde man seine Schuld praktisch eingestehen. Und die Irrenanstalt wäre schlimmer als das Gefängnis.«

Vor ihnen taucht eine schlammige Pfütze auf, die von einer Seite des Weges bis zur anderen reicht. Tom mit seinen hohen Stiefeln platscht unbeirrt hindurch. »Wenn das so ist, ist die einzige andere Möglichkeit, dass Ihr Bruder sich des Diebstahls schuldig bekennt und auf die Gnade des Gerichts vertraut. Man kann nicht sicher sein, aber wenn Sie einen mitfühlenden Richter hätten, könnte die Strafe in Deportation umgewandelt werden.«

Die Röcke gerafft, sucht Jane sich einen Weg über die Wurzeln des großen Baums. »Deportation?«

»Ja, er würde in eine Strafkolonie geschickt, wahrscheinlich nach Australien, und müsste bis zu vierzehn Jahre dort bleiben.«

»Ich weiß, was Deportation bedeutet, aber ...« Sie zögert. Georgy kann sich allein noch nicht einmal aus dem Dorf hinausbewegen, ohne in eine Klemme zu geraten. Sie kann sich beim besten Willen nicht vorstellen, wie er es überleben soll, nach Botany Bay verfrachtet zu werden. Bei den Beschwerden, unter denen er leidet, ist zu bezweifeln, dass er auch nur die Überfahrt überleben würde.

»Ich weiß, das ist nicht ideal, aber einen besseren Ratschlag habe ich nicht zu bieten. Wenn Ihr Bruder im Prozess auf seiner Unschuld beharrt und die Geschworenen ihn für schuldig befinden, was sie gewiss tun werden – denn die Kette war eindeutig in seinem Besitz, und er hat keine glaubhafte Erklärung dafür, wie er sie auf legalem Weg bekommen hat –, dann ...« Toms hübsches Gesicht verdüstert sich. »Bei Gott, Jane, ich hoffe, ich bin nicht derjenige, der Ihnen das erklären muss, aber ... es wird als Kapitalverbrechen gelten und die entsprechende Strafe nach sich ziehen.«

»Sie werden ihn wirklich wegen einer Kette hängen?«

»Wegen allem, was mehr wert ist als einen Shilling.«

Jane sucht verzweifelt nach einem Hoffnungsschimmer. Sie hat das alles gewusst, doch wenn Tom es in so ungeschöntem Juristenton sagt, klingt es noch viel entsetzlicher. »Aber passen Geschworene nicht manchmal den Wert gestohlener Gegenstände so an, dass den Angeklagten der Galgen erspart bleibt?«

»Um ein paar Pence vielleicht, aber nicht um mehrere Hundert Pfund. Das würde kein Richter, der diesen Titel verdient, zulassen.«

»Aber das ist nicht gerecht.«

»Es ist das Gesetz, Jane.« Tom hebt die Hände. »Noch einmal: Das Beste wird sein, Sie vermeiden, dass es zum Prozess kommt, indem Sie Ihren Bruder für geisteskrank erklären lassen.«

»Nein, das ist nicht das Beste. Das ist überhaupt nichts – einknicken, bevor das Spiel auch nur begonnen hat.« Jane holt tief Luft, um sich ihre Irritation nicht anhören zu lassen. »Das Beste wird sein, herauszufinden, was Madame Renault wirklich zugestoßen ist, denn damit könnten wir Georgy gänzlich von dem Verdacht befreien.«

»Wem?« Tom starrt sie mit ausdrucksloser Miene an.

»Madame Renault. Der Hutmacherin, die am Abend des Balls tot aufgefunden wurde. Der mein Bruder die Kette gestohlen haben soll. Wie ist es möglich, dass Sie noch nicht einmal ihren Namen kennen?«

Er schlägt sich gegen die Stirn. »Richtig! Ja, mir ist so, als hätte ich den Namen gehört.«

Schweigend gehen sie die Hauptstraße entlang. Mehrere Kutschen sowie ein paar Reiter überholen sie, was bedeutet, dass sie nicht Toms Hand halten kann. Stattdessen wirft sie ihm verstohlene Seitenblicke zu. »Wissen Sie, weshalb Madame Renault in Steventon begraben werden soll und nicht neben St. Andrew? Von Deane House aus wäre Ashe doch viel näher.«

Die Kälte hat Farbe in sein blasses Gesicht gebracht, und seine Augen strahlen blau wie der klare Himmel. »Weil mein Onkel keine Zeit darauf verschwenden möchte, am Grab einer ärmlichen Papistin zu stehen, nehme ich an. Ihr Vater ist selbst schuld, wenn er sich da freiwillig meldet.«

»Sie war nicht ärmlich, sie hat ein Geschäft betrieben. Und ich hätte gedacht, dass gerade Sie mit Ihrer Abstammung mehr Verständnis zeigen würden.« Tom ist in Irland geboren, entstammt jedoch einer alten französischen Hugenottenfamilie.

»Meine Neigung geht dahin, Katholiken ebenso viel Verständnis entgegenzubringen, wie sie uns entgegengebracht haben, als sie uns aus Frankreich verjagten.«

Jane schaut ihn an. Mustert die Züge, die sie bewundert, ja, von denen sie geträumt hat: das helle Haar, die stolz geschwungenen Wangenknochen, die verführerischen Lippen. Zu hören ist nur das Blöken der Schafe auf dem Feld neben der Straße. Was weiß sie schon wirklich über ihn? Wer ist der junge Mann hinter dem hübschen Gesicht und dem unbeschwerten Charme?

Als sie das Dorf Deane hinter sich gelassen haben und in die Straße nach Steventon eingebogen sind, fasst sie sich ein Herz. »Drängt es Sie nicht, herauszufinden, wer sie getötet hat? Immerhin wollen Sie bei Gericht tätig werden.«

Tom verengt die Augen. »Die Anklage bereitet immer der Friedensrichter vor, er muss den Schuldigen finden. Der Anwalt richtet sein Augenmerk darauf, wie vor Gericht argumentiert werden sollte, um die Geschworenen zu überzeugen, und zwar so, dass nicht der Schatten eines Zweifels bleibt, dass der Angeklagte schuldig ist – oder eben nicht.«

Innerlich sackt Jane zusammen. Sie hat mehr von Tom erwartet. Sie hat sich ausgemalt, wie sie beide das Problem von allen Seiten beleuchten, bis sie eine Lösung gefunden haben. Georgy ist ihr Bruder, allein deshalb verdient er mehr Aufmerksamkeit von Tom. »Das ist es ja gerade. Georgy ist nicht schuldig.«

»Aber woher wissen Sie das?«

Fassungslos bleibt sie stehen. »Georgy ist kein Dieb, und ganz gewiss ist er nicht imstande, irgendwem etwas zuleide zu tun.«

»Aber wie können Sie das beweisen? Wäre es nicht möglich, dass er es versehentlich getan hat? Weil er gar nicht weiß, wie viel Kraft er hat?«

»Tom! Sie sind ihm nie begegnet!« Wie kann er so schreckliche Dinge über ihren Bruder sagen? Sie stehen an einer Gabelung, der eine Weg führt ins Dorf Steventon, der andere zum Pfarrhaus.

»Es tut mir leid, das war nicht so gemeint.« Er hebt die Hände, wie um sich gegen einen Schlag zu schützen. »Ich habe nur den Advocatus Diaboli gespielt – um Ihnen zu zeigen, wie Anwälte denken. Genau diese Argumente werden vor Gericht gegen Ihren Bruder ins Feld geführt werden. Wenn Sie hoffen, ihn verteidigen zu können, müssen Sie darauf vorbereitet sein.«

Zwischen zusammengebissenen Zähnen presst Jane hervor: »Er hat es nicht getan.«

»Ich sage nicht, dass er es getan hat. Bitte ärgern Sie sich nicht über mich. Es mag Ihnen gefühllos erscheinen, aber ich versuche wirklich nur zu helfen.« Er greift nach ihrer Hand, fährt mit einem Finger in den Handschuh und streichelt ihr Handgelenk. Der Blick seiner Augen, die blau sind wie der Himmel an einem heißen Sommertag, bohrt sich in ihren. »Es ist ein Jammer, dass wir unser Gespräch beim Ball nicht zu Ende bringen konnten.«

Ist es so weit? Bittet er sie nun endlich um die Erlaubnis, sich an ihren Vater zu wenden? »Das haben wir nicht, nein.«

»Wir könnten schauen, ob wir eine unverschlossene Scheune finden. Irgendwo muss es hier doch eine geben? Dann können wir unsere Unterhaltung fortsetzen?«

Jane senkt den Kopf. Ihr Herz ist plötzlich schwer wie Blei. »Ich glaube nicht.« Während des abendlichen Balls, wo alle Welt getrunken und sich vergnügt hat, im Glashaus mit Tom zu schäkern war eine Sache. Sich am helllichten Tag mit ihm in eine Scheune zu stehlen, sodass irgendwer von den Leuten, die bei ihrem Vater arbeiten, sie sehen und ihrer Mutter davon berichten könnte, ist etwas ganz anderes.

Abgesehen davon ist sie nach seinen herzlosen Reden nicht in der Stimmung für Tändeleien.

»Einen guten Tag, Mr Lefroy. Danke, dass Sie mich begleitet haben. Weiter brauchen Sie nicht mitzugehen.«

»Jane!«, ruft er ihr nach. »Miss Austen!«

Aber Jane macht auf dem Absatz kehrt und geht in Richtung Pfarrhaus, ohne sich noch einmal umzudrehen. Tom ist sich ihrer Zuneigung viel zu sicher. Wenn sie ihn daran erinnert, dass es ihr freisteht, sich aus dieser Verbindung zu lösen und einfach zu gehen, wird er sich vielleicht etwas mehr um ihre Hand bemühen.

1. An Cassandra Austen

Steventon, ~~*Mittwoch, den 16. Dezember 1795*~~
Donnerstag, den 17. Dezember 1795

Liebste Cassandra,

wer könnte es gewesen sein, der die unglückliche Hutmacherin Madame Renault getötet hat? Vergeude bitte keine Tinte für Ermahnungen, ich solle mich nicht mit diesen Nachforschungen befassen. Wenn Du bis heute nicht weißt, dass mich das nur in meinem Entschluss bestärken würde, bist Du nicht halb so klug, wie ich es Dir zugutehalte. Justitia für ihr eingeschränktes Sehvermögen zu preisen ist nur recht und billig, aber ihr Diener, der Friedensrichter, sollte doch wirklich schärfer sehen können. Wenn Marys beschränkter Onkel zu töricht ist, um zu begreifen, dass unser Georgy noch nicht einmal eine Fliege erschlagen kann, ohne über das unnötige Blutvergießen untröstlich zu sein, dann obliegt es mir, ihm die Schuppen von den Augen zu reißen. Und die arme Madame Re-

nault – körperlich misshandelt, vor der Zeit ihres kostbaren Lebens beraubt! Ich fürchte, ihre Seele findet erst Ruhe, wenn ich den Mörder entdeckt habe. Aber, geliebte Schwester, wer unter uns könnte solch eine Gräueltat begangen haben – und warum?

Ein einfältiger Dieb (weil es einfältig ist, eine einfache Händlerin auszurauben, während die feinen Damen ihre Juwelen behalten dürfen, und dann auch noch das Erbeutete aufzugeben)?
Mrs Twistleton (ist eine Frau, die einmal den Verlockungen der Sünde erlag, je zur Umkehr fähig)?
Sir John Harcourt (ein zügelloser Ehebrecher, der zum Mörder geworden ist, um seinen guten Namen zu schützen)?

Ich weiß, der Gedanke, dass jemand aus unserem Freundes- und Bekanntenkreis sich einer solchen Untat schuldig gemacht haben könnte, wird Dir unerträgliche Pein bereiten. Dir, die Du noch im schwärzesten aller Herzen Gutes schimmern siehst und betest, dass auch noch die finsterste Seele zu Reue und Buße finden möge. Ich weiß aber auch, dass Du, wie ich, unerschütterlich an Georgys Unschuld glauben wirst, und daher bitte ich Dich, diese Überlegungen gemeinsam mit mir anzustellen. Bitte sei vorsichtig und lass diesen Brief nicht herumliegen, sodass jemand anders ihn lesen könnte. Sobald Du damit fertig bist, reiß ihn in Fetzen und verfüttere ihn an Mr Fowles Schweine.

In Liebe Deine
J. A.

PS: Wegen Deines Musselinkleides habe ich mich bereits ausgiebig entschuldigt. Sei bitte nicht so kleinlich, mir deshalb zu grollen. Vielmehr solltest Du angesichts der tragischen Umstände, unter denen der Ball bei den Harcourts zu Ende ging, dankbar sein, dass ich darauf geachtet habe, den Saum vor Blutflecken zu bewahren.

An Miss Austen
Bei Rev. Mr Fowle
Kintbury
Newbury

Begräbnisse sind öffentliche Anlässe und nicht privat, daher ist es nicht üblich, dass wohlerzogene anglikanische Damen daran teilnehmen. Das ist der Grund, weshalb Jane sich in ihrem Umhang rücklings gegen den dicken Stamm der alten Eibe hinten auf dem Kirchhof von St. Nicholas drückt. Die gewaltigen immergrünen Äste hüllen sie ein, sodass dies ein ausgezeichneter Posten ist, von dem aus sie das Geschehen verfolgen kann, ohne entdeckt zu werden. Sie hat gehofft, Monsieur Renault unter den Trauernden auszumachen, doch als ihr Vater den Zug aus der kleinen Kirche ins Freie führt, zählt sie ganze fünf Männer hinter ihm. Zwei davon sind ihre Brüder James und Henry.

Ihr wird weh ums Herz, als sie begreift, dass auch unter den drei anderen nicht einer ist, der die Tote zu Lebzeiten gekannt hat. Sir John stützt sich auf den Arm seines Sohnes, doch Jonathan Harcourt schaut in der Gegend herum, bleibt mit dem Schuh an einem Grasbüschel hängen und stolpert. Hinter ihnen geht steif Mr Fitzgerald, nicht die kleinste Regung auf den ebenmäßigen Zügen. Jane fällt wieder ein, dass der angehende Geistliche angesichts der erschlagenen Madame Renault eine geradezu übernatürliche Ruhe bewahrt hat. Etwa weil er bereits wusste, was er vorfinden würde? Weil er sein Opfer hatte verbluten lassen, während er sich für den Ball ankleidete? Da er zur Rivers-Gesellschaft gehörte, war er zu der Zeit, als die Hutmacherin ermordet wurde, ganz in der Nähe, aber welchen Grund hätte er haben können, ihren Tod herbeizuwünschen?

Die Träger bringen den Sarg in eine Ecke des Friedhofs knapp vor der Stelle, an der die Armen der Gemeinde begraben sind. Wenigstens hat Madame Renault einen eigenen Sarg, es bleibt ihr erspart, nur in ihr Leichentuch gehüllt in die kalte Erde geworfen zu werden. Janes Vater spricht am Grab ein paar Worte, aber sie ist zu weit weg, um ihn zu verstehen.

Vielleicht bezahlt Sir John auch einen Grabstein. Was veranlasst ihn zu dieser Großzügigkeit, ein schlechtes Gewissen oder Mitleid? Jonathan zieht ein Taschentuch aus der Brusttasche und drückt es sich an die Augen. Sir John wirft ihm einen bösen Blick zu, und Jonathan schnieft, knüllt das Tuch zusammen und lässt es wieder in der Tasche verschwinden. Der arme Jonathan war schon immer eine empfindsame Seele, was seinen handfesten Vater stets verärgert hat. Jonathan kommt wohl eher nach seiner ängstlichen Mutter. Er hat den derben Spötteleien der anderen Schuljungen nie lange standgehalten, ist schnell in Tränen ausgebrochen. Einmal hat er sogar geweint, als Mrs Austen mit einem geköpften Huhn aus dem Stall kam. Albern, weiß Gott, denn am Abend hat er sich das Huhn genauso schmecken lassen wie die anderen auch.

Die Zeremonie nimmt ihren Lauf. Mr Fitzgerald hält den Kopf gesenkt, und ihre Brüder sind gelassen, wie man sie kennt. Als der Totengräber die erste Schaufel Erde auf den Sarg fallen lässt, packt Sir John seinen Sohn beim Arm und zieht ihn zu ihrer wappengeschmückten Kutsche. Jonathan wirkt benommen, aber sein Vater zerrt ihn einfach weiter. Sir John ist ein unsäglicher Rohling, gewiss, aber heißt das auch, dass er imstande ist, jemandem das Leben zu nehmen?

Mr Fitzgerald geht zum Friedhofstor und bindet sein

schwarzes Jagdpferd los. Er steigt auf, tippt das Pferd mit der Ledergerte an und reitet davon. Mr Austen und James ziehen sich in die Kirche zurück. Henry schlendert an Jane unter der Eibe vorbei, so dicht, dass die Zweige rascheln. Dann verschwindet er durch die rostige Eisenpforte in der Steinmauer, die den Kirchhof umschließt.

Als die Trauergäste weg sind, windet Jane sich geduckt aus dem Geäst des alten Baums. Für Blumen ist es nicht die Jahreszeit, aber sie findet einen Stechpalmenzweig mit blutroten Beeren daran. Der Totengräber steht auf den Stiel seiner Schaufel gestützt und fährt sich mit einem schmutzigen Lappen über die Stirn. Jane nutzt die Gelegenheit und wirft den Zweig in das frisch ausgehobene Grab. Mit einem dumpfen Geräusch trifft er auf dem Sargdeckel auf.

Mit zusammengepressten Lippen gibt sie Madame Renault das stumme Versprechen, dass ihr kurzes Leben nicht vergessen sein wird. Gott ist ihr Zeuge, sie wird herausfinden, wer diesen Bettwärmer geschwungen hat – um ihren Bruder zu retten und um dafür zu sorgen, dass der Mörder für sein Verbrechen bezahlt. Dieser Schurke hat schon Madame Renault und ihrem Ungeborenen das Leben genommen, Jane wird nicht zulassen, dass er auch noch Georgy umbringt.

Anschließend folgt sie Henry durch die Pforte, die direkt auf den Grund und Boden der Austens führt. Unter ihren Schritten knirscht der Kies auf dem Weg zwischen den maroden Nebengebäuden, Scheune und Hühnerstall hindurch. Als sie beim Pferdestall anlangt, erscheint am Rand ihres Gesichtsfeldes eine schattenhafte Gestalt.

»Aah!«

Wie ein Schraubstock schließen sich Arme um ihre Taille und wirbeln sie durch die Luft. Die Handgelenke stecken in senfgelben Manschetten an blutroten Ärmeln, Messingknöpfe drücken sich in ihren Leib. Sie wehrt sich nach Kräften, schlägt und tritt hinter sich, so fest sie kann, aber das bewirkt nur, dass der Angreifer sich vor ihren Tritten schützt, indem er sie noch schneller herumschleudert.

Es ist Henry, der Possenreißer. Er muss auf der Lauer gelegen haben.

Als er sie endlich absetzt, trommelt sie mit beiden Fäusten gegen seine Schulter. »Du hast mich zu Tode erschreckt, du Ungeheuer!«

»Ach.« Henry lacht ihren Ärger einfach weg. »Aber du darfst herumschleichen und uns beobachten, ja?«

»Du wusstest, dass ich am Grab war?«

»Ich kenne deine Tricks.« Er lächelt, in seinen Augen blitzt der Schalk. »Die meisten hab ich dir schließlich beigebracht.«

»Du Schurke. Ich fasse es nicht!« Aber inzwischen lacht sie längst selbst und drückt die Hand gegen die Brust, um das Herzklopfen zu besänftigen. »Du bist wirklich der grässlichste Bruder, den es je gegeben hat.«

Henry wirft sich in die Brust. »Und trotzdem dein Lieblingsbruder.«

»Nein.« Sie muss immer noch lachen. »Nein, bist du nicht, das ist gelogen. Ich konnte dich noch nie leiden.«

»Wer ist es denn dann?«

Einen Moment überlegt sie, dann sagt sie: »Neddy. Weil es nur klug ist, dass der wohlhabendste Bruder einem auch der liebste ist.«

Grinsend reicht Henry ihr den Arm. »Das sehe ich ein. Neddy ist übrigens auch mein Lieblingsbruder. Aus demselben Grund.«

Jane hängt sich bei ihm ein, und Seite an Seite gehen sie auf das Pfarrhaus zu. Der Himmel über ihnen ist aschgrau, bis zum Horizont erstreckt sich sanfte Hügellandschaft. Nur das Vieh leistet ihnen Gesellschaft. Die Hühner ihrer Mutter laufen frei auf dem Hof herum. Einige Hennen scharren, den

Schnabel gesenkt, die Schwanzfedern in die Höhe gereckt, mit roten Krallen nach Beute. Andere plustern das Gefieder auf und graben Kuhlen in den Boden, um darin zu baden.

Jane fragt sich, wie ihr Bruder diese unpersönliche Beisetzung fand. »Das war eine jammervolle Angelegenheit, nicht?«

Henry fährt sich durchs Haar und schaut hinüber zu den Schafen, die sich blökend zusammendrängen, um sich gegen den scharfen Wind zu schützen. »Die arme Frau. Kannst du dir das vorstellen – dass es nicht eine Menschenseele gibt, die an deinem Grab stehen möchte?«

Jane drückt sich ein wenig fester an ihren Bruder. »Es will mir nicht in den Kopf, dass niemand gekommen ist. Was ist denn mit ihrer Familie? Wenigstens ihrem Mann?«

»Wir wissen nicht, wie sie gelebt hat. Wenn sie mit Vagabunden zusammen war, die auf Sir Johns Land kampiert haben …«

»Das glaubst du doch wohl nicht!« Sie blickt auf und beobachtet von der Seite, wie er ihre Worte aufnimmt. »Ich sehe überhaupt keinen Grund, Vagabunden zu verdächtigen. James hat keinerlei Hinweis auf ein solches Lager gefunden – obwohl Sir John das Mr Craven einreden wollte. Mich lässt das eher an Sir John zweifeln. Warum erfindet er so eine Geschichte?«

Henry hebt die Brauen. »Meinst du, Sir John hat sie umgebracht?«

Jane zögert. Sie will sich nicht den Vorwurf einhandeln, sie verleumde ihre Nachbarn. Genauso wenig will sie ausgelacht werden und sich anhören müssen, sie fantasiere. »Nicht unbedingt. Aber ich finde, man sollte bei ihm ebenso hinschauen wie bei allen anderen. Wusstest du, dass er ein recht … geschmackloses Arrangement mit seiner Haushälterin hat, Mrs Twistleton?«

»Tatsächlich? Der alte Bock. Von wem hast du das?«

Jane verdreht die Augen. Typisch Henry, dass er sich mehr für Klatsch interessiert als für die Frage, was hinter einer solch finsteren Tat stehen könnte. »Das ist doch gleichgültig. Wir müssen alle unter die Lupe nehmen, die zum Zeitpunkt von Madame Renaults Tod in der Nähe waren. Ich sagte dir ja schon, warum ich glaube, dass sie mindestens eine Stunde vor dem Eintreffen der Ballgäste ermordet wurde. Damit bleiben die Harcourts, ihre Dienerschaft, die Händler, die ins Haus kamen, und nicht zuletzt Mr Fitzgerald.« Sie zählt ihre möglichen Verdächtigen an den Fingern ab. »Die Gesellschaft der Rivers ist früher gekommen, um sich bei den Harcourts umzukleiden, und Mr Fitzgerald war bemerkenswert ruhig, als die Leiche gefunden wurde. Fandst du nicht auch?«

Henry verzieht das Gesicht. »Doch, aber ich habe es mir damit erklärt, dass er als Kind schlimme Dinge mit angesehen haben muss. Auf einer Plantage auf Jamaika aufzuwachsen war bestimmt nicht einfach. Hast du das Pamphlet gelesen, das ich dir dagelassen habe?«

»Noch nicht, aber ich lese es noch, versprochen.« Es ehrt Henry, dass er im Zweifel immer für den Beschuldigten ist, und unter normalen Umständen würde sie ihn dafür bewundern. Aber gerade ist nichts normal, und in Janes Überlegungen haben alle, deren Unschuld nicht bewiesen ist, vorerst als schuldig zu gelten. »Sprich doch einmal mit ihm. Auch mit Sir John. Sieh zu, was du herausfinden kannst.«

Henry bleibt stehen. »Jane, wenn einer von ihnen diese Frau umgebracht hat, wird er es mir gegenüber kaum zugeben.«

»Trotzdem. Ich kann es nicht tun – es würde als ungebührlich gelten, wenn ich mich den beiden nähere. Reden Gentlemen nicht auch einmal vertraulich miteinander, so wie Damen es tun? Lade die beiden auf eine Partie Karten ein und versuch, möglichst viel in Erfahrung zu bringen.« Es ist frustrierend, dass sie ihre Nachforschungen immer nur aus der Ferne anstellen kann. Wie soll sie damit vorankommen, wenn der Anstand sie dermaßen einengt, dass sie sich unter einem Baum verstecken muss?

Henry hebt die Hände. »Vielleicht Mr Fitzgerald. Aber so, wie Sir John spielt, wäre ich pleite, bevor ich auch nur den Namen seines Schneiders herausbekommen habe.«

»Er spielt um hohe Einsätze?«

»Tun das nicht alle Gentlemen?«

»Du nicht.«

»Ich würde es aber tun, wenn ich es mir leisten könnte.«

»Hm.« Erst Unzucht, dann auch noch Glücksspiel ... um Sir Johns »guten Namen« ist es schlechter bestellt denn je. »Und was ist mit Jonathan Harcourt? Als Schuljungen wart ihr Freunde.«

»Wohl kaum«, gibt Henry spöttisch zurück.

Es stimmt, die Austen-Jungen galten als eine wilde Horde, immer darauf aus, draußen zu sein und in irgendeiner gefährlichen Sportart gegeneinander anzutreten. Jonathan dagegen saß nach dem Unterricht stundenlang da und malte. Er hatte wahrscheinlich mehr mit Cassandra oder ihr gemein als mit irgendeinem ihrer Brüder.

Henry reibt sich die Wange, auf der die dunklen Stoppeln gewiss schon länger sprießen als einen halben Tag. Bei seinem Offizier käme er mit diesem ungepflegten Zustand nicht davon, aber seit er zu Hause ist, haben sich seine Maßstäbe verschoben. »Viel wahrscheinlicher ist doch, dass einer ihrer ... Bekannten aus Basingstoke sie umgebracht hat. Schließlich war sie Hutmacherin.«

»Und?« Jane starrt ihn an.

Er hebt eine Braue. »Die stehen nun mal ... in einem gewissen Ruf.«

»Ach ja? Und welchem?« Sie ist perplex. Noch nie hat sie

erlebt, dass Henry auf die Händlerschicht herabgeschaut hätte.

»Nun ja, dass sie Damen von …« Leichte Röte steigt ihm ins Gesicht. »… fragwürdiger Moral sind.«

»Aber Tante Phila war auch Hutmacherin, oder? Bevor sie nach Indien gegangen ist und Mr Hancock geheiratet hat.«

Henry grinst. »Ja, ich glaube, das war sie in der Tat.«

Sie boxt ihn in den Oberarm. »Du meinst aber nicht, dass Madame Renault deshalb auf dem Ball war? Weil sie ein Rendezvous mit einem Gentleman hatte?«

»Ich habe keine Ahnung, warum sie dort war. Glaub mir, ich wünschte, ich hätte die Tür zu dieser Kammer nie aufgemacht.«

»Ah ja. Du hast mir übrigens nie erklärt, was du mit der liebreizenden Mrs Chute dort drinnen vorhattest.«

Er setzt eine zerknirschte Miene auf. »Komm! Wir laufen um die Wette.« Und schon rennt er los, dass die Hühner gackernd davonstieben.

Jane saust hinterher. »Du bist derjenige mit der fragwürdigen Moral, Lieutenant Austen!«

8. Kapitel

uf der Straße von Steventon nach Popham taucht eine Postkutsche auf. Jane hat seit dem Frühstück am Fenster gestanden und danach Ausschau gehalten. Jetzt stürmt sie, dicht gefolgt von ihren beiden Brüdern, aus dem Pfarrhaus ins Freie. Aus der Kutsche lehnt sich Eliza weit heraus. Sie ist Mutter und Witwe und Mitte dreißig, aber die mädchenhaften Züge und ihre anmutige Gestalt lassen sie aussehen wie eine jungvermählte Fünfundzwanzigjährige. Sie ist eine so strahlende Erscheinung, dass Frauen leicht argwöhnen, sie könnten neben ihr langweilig wirken. Nicht so Jane. Sie findet es herrlich, sich im Glanz ihrer Cousine zu sonnen.

»Ihr lieben Steventoner, wie schön es ist, euch zu sehen!«, ruft Eliza, als die Kutsche zum Stehen kommt. Der Miniatur-Dreispitz mit schwarzem Spitzenschleier sitzt so kühn schräg auf ihrem Haar, dass er die Halbtrauerkleidung fast Lügen straft.

Sofort wünscht sich Jane, sie könnte die Cousine von den anderen weglocken und ungestört nicht nur zu ihren Nachforschungen im Fall Madame Renault zurate ziehen, sondern auch zu Tom. Seit er sie von Ashe nach Hause begleitet hat, hat sie ihn nicht mehr gesehen. Allerdings hat er ihr eine Nachricht zugespielt – hinter einem lockeren Stein im Gemäuer von St. Nicholas hat sie einen Brief an »Miss Western« gefunden. Seit sie die Kühnheit besessen hat, ihn zu fragen, ob sein schrecklicher heller Rock eine Hommage an seinen Namensvetter, den Romanhelden Mr Jones, darstellen soll, hat er sie in all seinen Briefen als die Herzensdame des berühmten Findelkinds angesprochen und nicht als »Miss Austen«.

Vermutlich ist es eine Vorsichtsmaßnahme, um ihren guten Ruf zu schützen, falls die Nachrichten in falsche Hände geraten. Dabei hat sie ihm mehrmals erklärt, dass solche Tarnung nicht nötig ist, weil sie den Stein eigenhändig mit ihrem Federmesser gelockert hat und sich sicher ist, dass niemand sonst davon weiß. Offensichtlich findet Tom an der Albernei aber Gefallen. So amüsant es auch ist, Jane kann nicht umhin zu denken, ihr Verehrer hätte ein passenderes, beständigeres Vorbild finden können.

Madam,

mein Herz ist in Ihrer Hand, daher bitte ich Sie, fällen Sie ob meines törichten Geredes kein Urteil über mich, solange Sie nicht meinem Einspruch Gehör geschenkt haben. Vergeben Sie mir meine Vermessenheit wie auch meine Vergehen. In diesem Fall wurde in dem Bemühen gesprochen, hilfreich zu sein: Um zur Verteidigung beizutragen, kann ich Ihnen nur vor Augen führen, welche Anschuldigungen andere vorbringen werden. Seien Sie versichert, kein Elend der Welt kommt dem meinen gleich, da ich schuldig bin, Ihren Kummer nur noch vergrößert zu haben. Deshalb flehe ich Sie an, kehren Sie zurück in diese Arme, die stets ausgebreitet sind, Sie zu empfangen.

Ihr ergebener Diener
Thomas Jones

Noch hat Jane nicht geantwortet. Vielleicht ist es kleinlich, ihn auch nach dieser Entschuldigung noch für sein herzloses Gerede zu bestrafen, doch ihr fällt nichts Besseres ein, wie sie ihn anspornen kann, ihr seine Liebe zu beweisen – indem er eine Möglichkeit findet, Georgy zu retten. Und indem er seine Absichten ihr gegenüber erklärt.

Eliza führt eine behandschuhte Hand an die roten Lippen und wirft ihre Küsse wahllos auf sämtliche Austens, die Schafe der Austens und sogar Squire Terrys Bullen, der auf der Weide weiter oben an der Straße steht. Sie trägt das Haar leicht gepudert und hinten hochgesteckt, wobei sich drei lange, lockige Strähnen gelöst haben und sich dekorativ um ihre Schulter ringeln. Jane war neugierig, ob Eliza inzwischen, wie Henry, auf den förmlichen Puder verzichten würde, war sie doch immer nach der neuesten Mode zurechtgemacht. Vielleicht liegt James richtig, und gepudertes Haar bleibt trotz der darauf erhobenen Steuer *de rigueur*. Jane selbst als einfaches Mädchen vom Lande hat sich damit nie abgegeben. Sie sind zwar Cousinen ersten Grades, aber Eliza steht für eine ganz andere Klasse von Frauen – sie hat einmal im selben Saal getanzt wie Königin Marie-Antoinette!

James und Henry wetteifern darum, wer dem glamourösen Gast aus der Kutsche helfen darf. James gewinnt und erhält das Privileg, Elizas anmutige Hand zu halten, während sie heraussteigt und dabei einen schwarzen Seidenstrumpf sowie einen eleganten Schuh aufblitzen lässt. Der Absatz ist mindestens fünf Zentimeter hoch, und auf der Silberspange funkeln Edelsteine.

Ein errötender James verneigt sich tief, während Henry Elizas Sohn aus der Kutsche hebt. Neun Jahre ist Hastings alt, immer noch hellblond und hübsch. Seine rosigen Wangen haben sich ordentlich gerundet. Er leidet an ähnlichen phlegmatischen Beschwerden wie Georgy. Auch Hastings neigt zu Krampfanfällen, vor allem wenn er neue Zähne bekommt. Doch dank der Ausdauer seiner Mutter lispelt der aufgeweckte Knabe nun sowohl auf Englisch als auch auf Französisch, und er hat sogar lesen gelernt. Was Georgy wohl alles könnte, wäre er das einzige Kind einer so hingebungsvollen Mutter gewesen? Jane schiebt den Gedanken beiseite. Ihre Eltern haben getan, was sie konnten.

Beim Tee berichtet Mr Austen der zunehmend bestürzten Eliza von Georgys schlimmer Lage, während Mrs Austen in ihr Taschentuch beißt und sich das Schluchzen verkneift. Sie sitzen im besten Salon, dem etwas größeren, der Besuchern vorbehalten ist. Die Fenster hier gehen zum Garten hinaus, an den gelb tapezierten Wänden hängen kleine Ölbilder auf Zinn und einige französische Drucke ländlicher Szenen. James und Henry quetschen sich links und rechts von Eliza auf das Sofa, Mr und Mrs Austen haben in Sesseln Platz genommen, Jane sitzt auf der Armlehne ihres Vaters.

Eliza schlägt die Hände an die mit Rouge betupften Wangen. »Das ist ja furchtbar, ganz furchtbar! Mein armer Georgy. Ich bitte Sie, sagen Sie mir, was ich tun kann. Haben Sie einen Anwalt mit dem Fall betraut?«

»Die Justiz schert sich keinen Deut um Georgy«, sagt Jane düster. »Wir müssen herausfinden, was der Toten wirklich zugestoßen ist. Ich habe bereits einige diskrete Befragungen …«

James seufzt. »Nicht doch, Jane. Siehst du nicht, wie sehr das Eliza aufregt?«

Eliza schnieft. Schwärzlich gefärbte Tränen kullern ihr über die Wangen.

Mr Austen tätschelt ihr die kleine, diamantengeschmückte Hand. »Beunruhigen Sie sich nicht, liebe Nichte. James hat einen Anwalt beauftragt, und Neddy besteht darauf, die Kosten zu übernehmen. Es ist ein Bursche in Winchester, dessen Sohn ich hier im Pfarrhaus unterrichtet habe.«

Fürs Erste gibt Jane auf. Es hat keinen Sinn, Eliza um Hilfe zu bitten, solange die ganze Familie versammelt ist. James wird ihr einreden wollen, es sei das Beste, den offiziellen Stellen zu vertrauen, Henry wird sich über sie, Jane, lustig machen, weil sie versucht, das Verbrechen auf eigene Faust aufzuklären. Ihre Eltern sind völlig taub für ihr Flehen, sie sollten sich doch alle gemeinsam bemühen, die Wahrheit herauszufinden. Und Cassandra ist nicht da, das heißt, sie hat niemanden, auf dessen Unterstützung sie hoffen kann. Im Moment ist Anna die Einzige, die ihr zuhört. Mit großen Augen blickt die Kleine ernst zu ihr auf, während Jane sie in den Armen wiegt und flüsternd ihre Theorien dazu ausbreitet, wer Madame Renault getötet haben könnte. Nein, sie muss den rechten Augenblick abwarten und dann Eliza geschickt auf ihre Seite ziehen.

Eliza drückt sich ein weißes Taschentuch mit Spitzenborte an die Augen und verschmiert es mit Schminkeflecken. »Was für eine Tragödie! Es tut mir sehr leid, dass ich in solch schweren Zeiten hier einfalle.«

Hastings hockt auf dem türkischen Teppich bei Anna, die Jane inzwischen dort abgesetzt hat, und spielt mit ihr Kuckuck. Die Kleine ist entzückt von ihrem neuen Freund und kreischt vor Lachen, sobald sein lustiges Gesicht wieder hinter seinen Händen zum Vorschein kommt.

»Sie gehören zur Familie, Eliza«, sagt Mr Austen und drückt die Hand seiner Nichte. Seine Augen sind feucht. Drei Jahre ist es her, dass Elizas Mutter, Janes Tante Phila, dem Wüten des Brustkrebses erlegen ist. Seit dem Tod seiner Schwester gehen die Begegnungen mit seiner Nichte Mr Austen sehr ans Herz. »Sie sind immer willkommen, in guten wie in schlechten Zeiten.«

Eliza lächelt reizend und legt ihre Hand auf die des Onkels.

Anna hat sich derart in ihrem Spaß hochgeschaukelt, dass

sie einen Schluckauf bekommt. Ihr erstauntes Gesicht bringt alle zum Lachen.

»Und Jonathan Harcourt und Miss Rivers, die Armen. Dass ihre Verlobung nun mit diesem Skandal behaftet ist«, sagt Eliza und knüllt das fleckige Taschentuch zusammen.

Jane verschränkt die Arme. »Ja, sehr unpassend von Madame Renault, dass sie sich in Deane House hat ermorden lassen und Sophy den großen Augenblick ruiniert hat. Anscheinend war Sophy sehr darauf aus, dass Jonathan ihr vor großem Publikum auf dem Ball seinen Antrag macht; zweifellos um uns, das Fußvolk, damit zu beeindrucken, in welche astronomischen gesellschaftlichen Höhen sie aufsteigt. Das wird ihr jetzt, da sie in der Luft hängt, vermutlich leidtun.«

Ihr fällt wieder ein, wie Sophy an Jonathans Verlässlichkeit gezweifelt hat.

Bis Ende des Jahres bist du verheiratet.

Aber bis dahin kann noch alles Mögliche geschehen, Mama.

Warum ist Sophy so verunsichert? Hat die Hutmacherin sie etwa bei einer Indiskretion ertappt und wollte Geld für ihr Schweigen, ist sie deshalb nach Deane House gekommen? Da sie so oft allein ausreitet, hätte Sophy reichlich Gelegenheit für unbedachte Tändeleien.

»Vielleicht hat sie es gar nicht eilig, den guten alten Bettnässer-John zu heiraten«, bemerkt Henry.

»Also bitte!«, ruft Mrs Austen aus und lässt ihr Taschentuch sinken. »Ich hoffe doch, da ist er inzwischen herausgewachsen.«

»Armer Jonathan.« James schüttelt den Kopf. »Wisst ihr noch, wie er sich immer geduckt hat, wenn Vater ihn mal streng anschaute, weil er seine Partizip-Formen vergessen hatte?«

Henry verschränkt die Hände hinter dem Kopf und streckt die langen Beine aus. »Vor dir hat er sich noch viel mehr gefürchtet, Mutter. Wenn er ein Loch im Ärmel hatte, ist er vor Angst fast vergangen.«

»Der liebe Jonathan«, seufzt Mrs Austen. »Er war immer von der bänglichen Sorte. Das ist seine Künstlernatur, nehme ich an.«

Eliza legt den Kopf schräg. »Und sie war Französin, die Hutmacherin, ja?«

Jane nickt. »Ich habe auf dem Markt in Basingstoke einen Strohhut bei ihr gekauft.«

Elizas dunkle Augen funkeln. »Kann ich mir den ansehen?«

»Natürlich.« Und sie eilen gemeinsam hinaus.

Vor langer Zeit haben Cassandra und Jane beschlossen, sich ein Schlafzimmer zu teilen, damit sie den winzigen Raum daneben als »Ankleidezimmer« nutzen können. In Wahrheit ist es ihr privates Wohnzimmer, nur ist die Kammer so klein, dass die Bezeichnung lächerlich klingen würde. Jane öffnet die knarrende Tür und schiebt sich am Klavier mit den Stapeln von Notenheften vorbei. Die hellblaue Tapete hat ein Muster aus zarten weißen Blüten, und dazu passen die blau-weiß gestreiften Vorhänge an den Fenstern. An der Wand stehen in einer ordentlichen Reihe auf dem braunen Teppich Cassandras Aquarelle und Malkästen.

Kaum haben sie den Raum betreten, nimmt Eliza Janes Hände und bedeckt ihr Gesicht mit Küssen. »Meine liebe Jane, ich freue mich so, dich zu sehen! Und du bist eine solche Schönheit geworden.«

»Wohl kaum«, seufzt Jane und schaut in den Spiegel über ihrem Frisiertisch. Elizas Lippen haben rote Flecken auf ihrem Gesicht hinterlassen; sie sieht aus, als hätte sie sich böse Pocken eingefangen.

»O doch! Du hast eine so reizende Figur – und dein süßes Gesicht, die funkelnden Augen …« Eliza legt ihr eine Hand an die Wange. »Wirklich, ich glaube, ich kenne keine andere Familie, die so mit gutem Aussehen und glücklichem Naturell gesegnet ist wie die Austens.« Dann neigt sie den Kopf und hebt eine gezupfte Braue. »Und wie ich höre, bin ich nicht die Einzige, die das denkt? Du musst mir sofort alles über deinen irischen Freund erzählen!«

»Woher weißt du denn von meinem ›irischen Freund‹?«

Eliza tippt sich an die fein geschnittene Nase. »Ich habe meine Informanten.« Ihr Blick wandert zum Frisiertisch, wo auf dem Holzständer der spitzenverzierte Hut von Madame Renault hängt. Janes Schreibpult ist aufgeklappt, auf dem grünen Leder liegt noch ihr jüngster Brief an Cassandra mit ihrer Liste von Verdächtigen. Dahinter staubt die Einladung zum Ball bei den Harcourts langsam ein. »Ist er das?«

»Ja, das ist er.« Jane hält die Luft an. Der Hut ist eins der schönsten Dinge, die sie je besessen hat, und sie hat Sorge, Eliza könnte ihn als provinziell oder altmodisch abtun. Er hat eine schlichte Bergère-Form, aber das Band aus elfenbeinfarbener Spitze, das über die Krone verläuft und zu beiden Seiten herunterhängt, ist wunderschön. Schweres, festes Gewebe mit einem Muster aus kunstvoll ineinander verschlungenen Blüten und Blättern.

»Der ist wirklich bildhübsch.« Eliza hebt den Hut hoch, balanciert ihn auf einem Finger und lässt ihn darauf kreisen, sodass sie ihn von allen Seiten anschauen kann. »Aber französisch ist er nicht.«

Jane runzelt die Stirn. Sollte sich herausstellen, dass Madame Renault eine schlichte Mrs Reynolds war und sie sich ihre zwölf Shilling und Sixpence für einen gewöhnlichen englischen Hut hat abschwatzen lassen, will sie das vielleicht gar nicht wissen. »Bist du dir sicher?«

Eliza bedenkt sie mit einem strengen Blick. »Mit Spitze kenne ich mich aus, Jane.«

»Ich wollte nicht ...«

»Und die hier ist exquisit.« Eliza fährt mit dem Finger über das Band. »Siehst du, wie aufwendig sie geklöppelt ist, sodass das Muster entsteht? In Frankreich gibt sich heute niemand mehr mit diesen althergebrachten Techniken ab. Nein, sie kaufen maschinell hergestelltes Netzgewebe, und da sticken sie die Muster drauf. Das hier ist viel zu fein, um französisch zu sein. Ich würde sagen, es ist Brüsseler Spitze.«

»Brüsseler?« Jane versucht, sich den Holzglobus im Schulzimmer ihres Vaters vor Augen zu rufen. Brüssel hat zu den Österreichischen Niederlanden gehört, allerdings bevor die neue Französische Republik angefangen hat, ihre Nachbarländer zu annektieren.

»Darauf würde ich mein Hab und Gut verwetten.« Eliza lässt das Spitzenband über ihren Handrücken fließen wie Wasser. »Was hat diese Madame Renault dir erzählt, von wo in Frankreich sie kam?«

Jane schweigt einen Moment. »Genau genommen ... hat sie das, glaube ich, nie gesagt«, erklärt sie schließlich. »Wir dachten nur, wegen ihres Akzents ...«

»Ihr dachtet nur?« Eliza schnalzt mit der Zunge. »Oh, *ma chérie*, wenn du einen Mörder schnappen willst, wirst du künftig aber genauer sein müssen!« Sie greift nach dem angefangenen Brief an Cassandra. »Ich nehme an, das ist deine Liste von Verdächtigen?«

»Nun, so würde ich das nicht sagen. Aber es sind die Leute, mit denen ich gern im Zuge meiner Nachforschungen sprechen würde.« Jane beißt sich auf die Lippe und wartet ergeben auf Elizas Rüge, dass sie es hier wohl übertrieben habe.

Stattdessen lässt Eliza sich auf der Klavierbank nieder und sagt: »Sehr gut. Jetzt erzähl mir alles über diese Leute. Ich will wissen, was sie jeweils durch Madame Renaults Tod hätten gewinnen können.«

»Also meinst du nicht, ich sollte das dem Friedensrichter überlassen? Ich habe versucht, meine Brüder dazu zu bringen, dass sie mittun, aber sie finden, dass ich mich zur Närrin mache.«

Eliza hebt das zarte Kinn. »Jane, wenn ich es meinem Ehemann oder den Offiziellen überlassen hätte, mich vor dem Mob zu beschützen, der marodierend durch Frankreich zog, dann wäre ich jetzt meinen Kopf los.« Sie klopft auf den freien Platz neben sich. »Und nun komm, wir haben zu tun.«

»Gut«, sagt Jane, »wenn du es so siehst …«

Eliza hat völlig recht. Beim ersten Anzeichen der Aufstände ist die verwegene Cousine mit ihrem Jungen aus Frankreich geflohen. Auch ihren Mann, Capitaine de Feuillide, hat sie überredet, nach England nachzukommen, doch als die Jakobiner eine Freundin von ihm, eine ältere Marquise, ins Gefängnis warfen, bestand der galante Hauptmann darauf, nach Frankreich zurückzukehren und sich für die Freilassung der Freundin einzusetzen. Am Ende wurde er des Hochverrats angeklagt und exekutiert.

Eliza würde ihr Schicksal oder das Schicksal derer, die sie ins Herz geschlossen hat, nicht in ungeschickte fremde Hände legen, und das wird Jane auch nicht tun.

9. Kapitel

Während der folgenden Tage befragt Jane unter dem Vorwand, sie mache mit Eliza Höflichkeitsbesuche, die Nachbarn. Die Gegenwart der lebhaften Cousine erleichtert die Sache erheblich, denn während sie sich nicht daran stören, wenn ihre Schwestern zu Fuß über Land wandern, bestehen Henry und James in Elizas Fall darauf, sie überallhin zu kutschieren. Da die Comtesse de Feuillide die Austens schon ihr Leben lang regelmäßig besucht, wird sie in deren großem Bekanntenkreis freudig willkommen geheißen. Es gibt in England keinen respektablen Haushalt, der einer Comtesse die Tür weisen würde, selbst wenn ihr Titel ein französischer ist. Die Nachbarn erwidern Janes Besuche und laden sie und die gesellige Cousine wiederum ein, bis schließlich die gesamte Nachbarschaft aufgescheucht ist und niemand mehr irgendwen antrifft, weil alle unterwegs sind, um Besuche zu machen.

In Kempshott Park will Jane sämtliche Geheimnisse ergründen, die die Rivers möglicherweise hüten. Sie hat ihre Komplizin auf den geplanten Dreifachangriff vorbereitet: Nicht nur will sie fragen, ob die Rivers in der Zeit, bevor die anderen Ballgäste eintrafen, etwas Ungewöhnliches gesehen oder gehört haben, und herausfinden, ob es womöglich zwischen Sophy und dem Opfer eine Verbindung gab, sie will auch, dass Eliza Mr Fitzgeralds Vergangenheit auskundschaftet. Im Grunde ist er ein Fremder. Während der zehn Jahre,

131

die die Rivers nun schon die nächsten Nachbarn der Austens sind, hat Jane nie etwas von einem »Mr Douglas Fitzgerald« gehört. Erst vor wenigen Wochen ist er als der natürliche Sohn von Captain Rivers eingeführt worden.

Mrs Rivers, die sonst stets frostige Witwe, bittet Jane und Eliza in ihren Salon und drängt sie, sich vor dem Kamin mit seinen geschnitzten Muschelornamenten und Schnörkeln zu wärmen. Der Raum droht in Quasten und Fransen zu versinken, und jede geeignete Oberfläche ist mit Blattgold belegt. Mrs Rivers weist auf ein Mahagonisofa mit Porzellanintarsien in den Lehnen. Sie selbst setzt sich nicht, sondern dreht sich auf ihrem türkischen Teppich im Kreis. »Wo kann Sophy nur hingegangen sein? Sie will gewiss nicht unhöflich sein.«

»Sie wird sicherlich bald kommen.« Jane lächelt und erfreut sich daran, wie unterwürfig die Witwe der gesellschaftlich höhergestellten Eliza begegnet.

Erfrischungen bietet Mrs Rivers nicht an, aber da sie zuvor bei den Terrys im Gutshaus gewesen sind, hat Jane bereits mehr als genug Plumpudding und lauwarmen Tee zu sich genommen.

In einer Ecke des Zimmers sitzt die zweitälteste Rivers-Tochter (die vielleicht Claire heißt, Jane kann sich nicht erinnern und ist, was ihre Bekanntschaft angeht, weit über den Punkt hinaus, an dem es noch passend gewesen wäre, danach zu fragen) und arbeitet an einem Mustertuch. Stirnrunzelnd zieht sie einen zinnoberroten Seidenfaden durch das stramm gespannte Leinen. »Ich weiß nicht, Mama. Wahrscheinlich tuschelt sie wieder mit Douglas.«

Mrs Rivers läuft tiefrot an. »Schweig, Clara! Wie kannst du es wagen, anzudeuten, dass deine Schwester sich unziemlich beträgt.«

Clara (also nicht Claire) bleibt der Mund offen stehen. Sie sieht aus wie eine unschuldige Version von Sophy – das gleiche helle Haar, die gleichen ebenmäßigen Züge, nur ohne das einstudierte, gezierte Lächeln. »Was? Ich meinte nur, dass die beiden immer etwas zu flüstern haben.« An Jane und Eliza gewandt erklärt sie: »Sie sind sich nämlich zu fein, um sich mit uns anderen abzugeben.«

Mrs Rivers macht eine energische Handbewegung. »Sei still, Kind, Schluss mit diesem Unfug.«

Die Tür geht auf, und Mr Fitzgerald, unter dem Arm ein kleines schwarzes, ledergebundenes Buch, betritt den Salon. Er kleidet sich bereits wie ein Geistlicher, allerdings wie einer, der sich einen weit besseren Schneider leisten kann als Mr Austen oder James. Sein schwarzer Frack und die Kniebundhose sind aus feinster Wolle gearbeitet und sitzen makellos.

»Miss Austen, welch Vergnügen«, sagt er und verneigt sich.

»Mr Fitzgerald. Dies ist meine Cousine, die Comtesse de Feuillide. Ich glaube, Sie sind einander noch nicht vorgestellt worden?«

Er verneigt sich erneut, diesmal sogar noch anmutiger. »Eure Ladyschaft.«

Eliza dreht sich etwas, sodass sie sich Mr Fitzgerald von ihrer besten Seite präsentiert. Sie hat Jane erklärt, dass eine Dame, die sich möglichst vorteilhaft zeigen will, den Rücken durchbiegen und den Busen heben sollte. Nun lässt sie den Blick von Kopf bis Fuß über den schlanken, muskulösen Mr Fitzgerald gleiten, als wollten ihre geschwungenen Wimpern ihn streicheln.

Jane muss lächeln. Wenn Mr Fitzgerald nicht aufpasst, zieht die kokette Comtesse gleich den Fächer aus ihrem Retikül und wedelt ihm verschlüsselte Verführungsbotschaften zu.

»Clara, geh und sieh nach, wo deine Schwester steckt«, befiehlt Mrs Rivers.

Grollend wirft Clara ihre Stickerei in den Nähkorb, der zu ihren Füßen steht. »Wozu? Wenn sie nicht mit ihm zusammen war, wird sie in den Stallungen sein … und nach Pferd riechen wie üblich.«

»Clara!«, kreischt Mrs Rivers.

Ohne ihre Mutter eines Blickes zu würdigen, verlässt Clara den Salon, während Mr Fitzgerald sichtlich ein Lächeln unterdrückt und sich an dem Sekretär auf der anderen Seite des Raums niederlässt.

Eliza wirft eine lange Ringellocke über die Schulter zurück. »Erzählen Sie, Mr Fitzgerald, was führt Sie nach Hampshire?«

»Die Familie, Ma'am. Wie bei Ihnen auch, nehme ich an?«

Eliza lächelt höflich, wobei ihre weißen Zähne blitzen. »Und werden Sie länger bleiben?«

Er schlägt sein Buch auf, befeuchtet eine Fingerspitze und beginnt zu blättern. »Das hängt ganz davon ab. Ich hoffe, im neuen Jahr meine Ordination zu erhalten.«

»Sie sind angehender Geistlicher? Wie schön.« Sie stupst mit der Spitze ihres Schuhs an Janes Knöchel. »Findest du nicht auch, Jane?«

Angesichts der Tatsache, dass sie das Glück hat, in einer Zeit solch großen philosophischen wie wissenschaftlichen Fortschritts zu leben, kann Jane nicht verstehen, weshalb so viele junge Männer, ihre eigenen Brüder eingeschlossen, den Entschluss fassen, Geistlicher zu werden. Aber sie ist dazu erzogen, untadelige Manieren an den Tag zu legen, deshalb antwortet sie nicht: »Eigentlich nicht«, sondern setzt ein künstliches Lächeln auf und fragt: »Und was hat Sie dazu bewogen, sich für den Dienst in der Kirche zu entscheiden?«

»Wenn ein Mann einen Beruf haben muss, ist doch der des Seelenhirten der beste, würde ich sagen.« Sein Gesichtsausdruck bleibt unbewegt. »Nicht wahr?«

»Und müssen Sie?«, fragt Eliza geradezu. »Einen Beruf haben, meine ich.«

»In der Tat, ich fürchte, das muss ich, Ma'am. Mein Vater ist sehr großzügig, aber seinen Möglichkeiten, mir zu Unabhängigkeit zu verhelfen, sind Grenzen gesetzt.«

»Lächerlich«, wirft Mrs Rivers ein. »Warum soll ein Mann, der ein solches Vermögen anhäuft, es nicht an seinen Sohn weitergeben können? Nun, noch hat er nicht aufgegeben, Douglas, das wissen Sie. Ihre Mutter wird ihm keine Ruhe lassen, bis die Sache mit Ihrem Erbe geregelt ist. Diesen Sturköpfen in der Assembly werden wir es zeigen! Wie können sie es wagen, Captain Rivers vorzuschreiben, was er mit seinem Geld zu tun hat?«

Mr Fitzgerald findet die gesuchte Stelle in seinem Buch und hält es mit beiden Händen aufgeklappt vor sich. »Bitte, liebe Tante. Diese Angelegenheiten interessieren doch die Damen nicht.«

»Es gibt in der Frage Ihres Erbes ein juristisches Hindernis?«, fragt Jane unbeirrt. Weil Mr Fitzgerald Captain Rivers' unehelicher Sohn ist? Das kann eigentlich nicht sein: Für neues Geld gibt es keine vorherbestimmte Erbfolge.

»Einige … Hürden müssen noch genommen werden, ja.« Seine Kiefermuskeln sind angespannt. »Also ist es das Beste, ich stelle mich darauf ein, meinen eigenen Weg zu gehen. Mein Vater kennt jemanden in Cumberland, der vielleicht eine Pfarrstelle zu vergeben hat, aber noch ist nichts fest verabredet. Und eigentlich würde ich gern noch etwas mehr reisen, bevor ich mich niederlasse.«

Mrs Rivers gähnt. »Zeigen Sie den Damen doch Ihre Aquarelle, Douglas.«

»Bitte, Tante, zwingen Sie mich nicht dazu.«

»Also wirklich, Douglas. Was meinen Sie, warum Captain Rivers so viel Geld in Ihre Erziehung gesteckt hat? Wenn Sie als Gentleman anerkannt werden wollen, müssen Sie schon ein wenig zuvorkommender werden.«

Jane krampft die Zehen in ihren Stiefeln zusammen. Mrs Rivers ist wirklich die Taktlosigkeit in Person.

»Nun, ich enttäusche meinen Vater wirklich nicht gern, aber ich denke, Sie sollten ihm schleunigst schreiben und ihn davon in Kenntnis setzen, dass meine künstlerischen Fähigkeiten erheblich zu wünschen übrig lassen. Raten Sie ihm, mich sofort aus der feinen Gesellschaft abzuberufen, damit es nicht noch zu weiteren Peinlichkeiten kommt. Clara dachte neulich, mein Gebirgspanorama sei eine Portion *gelato*.«

»*Gelato?*«, fragt Jane.

Mr Fitzgerald lächelt entschuldigend. »Pardon, das ist italienisch für ›Eiscreme‹.«

»Oh, vom lateinischen Wort für ›Frost‹?« Jane kichert fast ebenso überdreht wie Eliza, aber im Geiste fährt sie mit dem Zeigefinger über den Globus ihres Vaters.

Angesichts der Tatsache, dass Reisenden der größte Teil Europas wegen Frankreichs Drang, sein Reich zu vergrößern, versperrt ist, fragt sie sich, welche Route Mr Fitzgerald gewählt haben könnte, um die italienischen Alpen zu erreichen. Und ob er dabei vielleicht durch Brüssel gekommen ist.

»Genau.« Mr Fitzgerald hebt sein Buch in die Höhe. »Darf ich Ihnen stattdessen ein Gedicht vorlesen?«

Jane kneift die Augen zusammen und versucht die goldenen Lettern auf dem Buchdeckel zu entziffern. Wenn sie sich nicht täuscht, sind es Gedichte von William Cowper. Da die Cowper-Gedichtsammlung ihres Vaters häufiger in Henrys Seesack steckt, als im Regal zu stehen, hatte sie noch nicht oft Gelegenheit, darin zu lesen. Sie beschließt, sich das Exemplar aus Mrs Martins Leihbücherei zu sichern und selbst zu prüfen, ob der Dichter die Bewunderung dieser jungen Männer verdient.

»Wenn es denn sein muss.« Mrs Rivers seufzt und blickt zur stuckverzierten Decke hinauf.

Mr Fitzgerald räuspert sich.

> »Das Frührot dämmerte noch kaum,
> Ich lag und schlief zur Maienzeit;
> Da hatt ich einen holden Traum,
> Der macht das Herz zum Singen weit ...«

Plötzlich fliegt die Tür auf, und Sophy kommt hereingestürmt. »Eure Ladyschaft, Miss Austen, ich bedaure sehr, dass ich Sie habe warten lassen.« Ihre Wangen sind so gerötet, dass Eliza mit ihrem Rouge kaum dagegen ankommt.

Mrs Rivers starrt sie an. »Was ist mit deinem Haar passiert?«

Sophy tastet nach ihrer Frisur. »Nichts.«

Ihre Mutter verengt die Augen. »Es ist ganz zerdrückt. Du hast es doch heute Morgen erst machen lassen. Ich weiß, du bist gern in Gesellschaft dieser Französin mit ihren vielen Skandalgeschichten, aber die Locken sollten länger halten als ein paar Stunden.«

Sophy kehrt ihr den Rücken zu und schaut hinaus in den Park. »Ich habe nur einen kleinen Ausritt unternommen. Der Hut muss die Frisur zerdrückt haben.«

Mrs Rivers eilt zu ihr und versucht ihre Locken in Form zu bringen. »Schon wieder? Also wirklich, Sophy, muss das denn sein? Ich stehe bei Lady Harcourt im Wort, dass du das Reiten aufgegeben hast. Es ist ein so gefährlicher Zeitvertreib, schon gar für eine Ehefrau und Mutter. Da du ohnehin damit aufhören musst, wenn du erst verheiratet bist, kannst du es genauso gut gleich sein lassen.«

Jane tippt auf ihren Ringfinger. Das ist genau der richtige Augenblick. Eliza gibt ein Hüsteln von sich. »Meinen Glückwunsch, Miss Rivers. Wie ich höre, läuten bald die Hochzeitsglocken?«

Sophys Kopf fährt zu ihnen herum. »Vielen Dank, Ma'am, aber der Glückwunsch kommt etwas zu früh. Es ist noch keine offizielle Ankündigung erfolgt.«

Mrs Rivers seufzt vernehmlich. »Musst du denn so auf Förmlichkeiten beharren, Liebes? Alle Welt weiß, dass die Verlobung bevorsteht.«

Sophy ballt die Hände zu Fäusten. »Diese Dinge sind wichtig, Mutter. Wir wollen die Harcourts nicht in Verlegenheit bringen. Ich bin nicht verlobt, und du tust mir keinen Gefallen damit, so zu tun, als wäre ich es.«

»Ich habe von dem schrecklichen Vorkommnis in Deane House gehört«, sagt Eliza. »Das muss entsetzlich gewesen sein für Sie.«

»Schrecklich, einfach schrecklich.« Sophy berührt kurz den Elfenbeinanhänger an ihrem Halsband und schüttelt die frisch zurechtgezupften Locken.

»Jane und ich haben uns gefragt, ob Sie in der Zeit, bevor der Ball anfing, irgendetwas gesehen oder gehört haben.«

Sophy umklammert ihren Anhänger fester. »Irgendetwas?«

»Etwas, das helfen könnte zu verstehen, was geschehen ist«, sagt Jane. »Sie haben sich dort angekleidet, nicht wahr? Waren Sie den ganzen Nachmittag oben?«

Sophy wirft einen raschen Blick zu Mr Fitzgerald hinüber. Der senkt den Kopf und starrt angelegentlich auf sein Buch. »Warum? Ja. Wir waren alle oben.«

»War irgendjemand bei Ihnen? Ihre Zofe vielleicht?«

»Was wird das?«, spöttelt Sophy. »Sind Sie hier, um uns frohe Weihnachten zu wünschen, Jane, oder wollen Sie mich des Mordes beschuldigen?«

»Nichts dergleichen«, gibt Jane erschrocken zurück. »Ich dachte nur, Sie hätten vielleicht etwas beobachtet, das sich als nützlich erweisen könnte. Weiter nichts. Haben Sie die Frau gekannt?«

»Gekannt? Die? Woher?«

»Vom Markt in Basingstoke.«

»B-basingstoke?« Sophy prustet los, als hätte Jane einen großartigen Witz gemacht. Was durchaus vorkommt, nur wüsste Jane diesmal nicht, was an dem, was sie gesagt hat, so lustig sein soll. »Basingstoke? Hast du das gehört, Mama?«

Mrs Rivers schnaubt. Selbst Mr Fitzgerald kann offenbar nur mit Mühe an sich halten.

»Ach, Jane, Sie sind zu drollig. *Sie* haben sicher auf dem Markt in Basingstoke ein paar hübsche Stücke gefunden, aber es ist wahrlich nicht Lock's in Mayfair.« Sophy wirft den Kopf zurück. »*Wir* bestücken unsere Schränke immer zu Beginn der Saison in der Stadt.«

Janes Wangen brennen. Selbst Eliza neben ihr fehlen die Worte. Bei allen anderen Befragungen wurde an diesem Punkt Mitgefühl mit der Toten bekundet. Einige Damen haben zugegeben, dass sie ihnen der Beschreibung nach bekannt vorkomme, und eine, dass sie ihr eine Haube abgekauft habe. Keine hat die Gelegenheit genutzt, um Jane wegen ihres provinziellen Geschmacks in Modedingen oder ihrer beschränkten finanziellen Mittel vor den Kopf zu stoßen.

Aber der Ausdruck in Sophys grauen Augen ist hart. Das Schicksal von Madame Renault lässt sie vollkommen ungerührt.

»Willst du uns nicht etwas vorspielen, Liebes?«, fragt Mrs Rivers.

»Natürlich, Mutter.« Triumphierend rauscht Sophy hinüber zum Klavier. »Was möchten Sie hören, vielleicht eine Etüde von Cramer?« Sie verschränkt die Hände, reckt sie über den Kopf und dehnt ihre Finger. Unter den eng anliegenden Ärmeln zeichnen sich deutlich ihre Arme ab. Die vielen Stunden auf dem Pferderücken haben ihr zu einer Physis verholfen, die für eine junge Lady auffallend athletisch ist. Sollte Madame Renault mit der Absicht nach Deane House gekommen sein, Sophy Geld abzunehmen – weil sie vielleicht etwas gesehen hatte, das die Harcourts an der Verbindung mit den Rivers zweifeln lassen könnte –, hätte Sophy ohne Frage sowohl die Kraft als auch das nötige rachsüchtige Temperament gehabt, den Bettwärmer zu schwingen und die Hutmacherin zu töten.

Sophy klappt den Klavierdeckel hoch und sieht Jane scharf an. »Ich könnte auch eine der irischen Weisen spielen, von denen Sie so angetan sind, Miss Austen.«

Janes Gesicht glüht jetzt wie eine Eisenstange im Schmelzofen. Das hochnäsige Lächeln lässt keinen Zweifel daran, dass Sophy auf Janes Schwärmerei für Tom anspielt. Sie muss sie beide zusammen gesehen haben, vielleicht ist sie an ihnen vorbeigeritten, als sie gemeinsam spazieren gingen, oder einer von Janes Brüdern hat etwas ausgeplaudert.

Nein, es wird Mary Lloyd gewesen sein, die das Gerücht in Umlauf gebracht hat. Jane hat versucht, ihre Empfindungen für Tom für sich zu behalten, auch ihren Freundinnen und der Familie gegenüber. Die Einzige, der sie direkt davon berichtet hat, ist Cassandra, und die ist in Kintbury. Mit Martha Lloyd, die ihrer Schwester Mary täglich schreibt.

Schweren Herzens gesteht sie sich ein, dass sie Cassandra nicht ausdrücklich auf die Vertraulichkeit dieser Mitteilung hingewiesen hat. Genau genommen hat sie wohl eher damit angegeben, wie viele Aufmerksamkeiten Tom ihr erwies. Das Geheimnis muss postwendend gelüftet worden sein.

Doch Sophy ist schlau, denn es war ein doppelter Hieb – zugleich eine Anspielung auf eine frühere Demütigung. Bei der Feier zu Ehren von Jonathans Heimkehr unterhielt Jane die Gesellschaft mit mehreren Stücken aus Thomas Moores

Sammlung irischer Melodien. Danach lobte Sophy ihr Spiel generös. Zu generös. Als eine, die sich das Spielen mehr oder weniger selbst beigebracht hat, weiß Jane, was sie kann, aber auch, wo ihre Grenzen sind. Nachdem Sophy Janes »bezaubernd schlichten Stil« hinlänglich gepriesen hatte, setzte sie sich an den Flügel und lieferte selbst eine virtuose Darbietung ab. Es war eine tiefe Demütigung.

Kein Wunder, dass Jonathan danach Jane keines Blickes mehr würdigte – nicht, dass sie sich das gewünscht hätte. Jedenfalls nicht, seit sie Tom kennengelernt hat. Aber sie muss wie ein plumpes Dummchen dagestanden haben, wohingegen Sophy es überzeugend so aussehen ließ, als sei sie beides: großzügig *und* vollkommen. Innerlich kochend sitzt Jane da und zupft an ihren Handschuhen herum, während Sophy mit empörend leichtem Anschlag und blitzschnellen Fingern ein bekanntes Stück zu Gehör bringt.

Sobald sie fertig ist, verabschieden sie sich und verlassen das Herrenhaus auf dem schnellsten Weg. Sie werden sich zurückziehen, um ungestört ihre Wunden zu lecken und einen neuen Plan zu schmieden, wie Sophy und Mr Fitzgerald befragt werden können. Falls Sophy dachte, mit ihrer Vehemenz könnte sie sich Janes Nachfragen entziehen, hat sie sich getäuscht. Jetzt will Jane die Rivalin erst recht blamiert sehen.

2. An Cassandra Austen

Steventon, Mittwoch, den 23. Dezember 1795

Meine liebe Cassandra,

ja, es tut mir sehr leid, aber Du musst tatsächlich über Weihnachten bei den Fowles bleiben, wie es geplant war. Sei gewiss, dass Du in Steventon nicht mehr für Georgys Sache tun könntest, als Du es in Kintbury kannst. Im Augenblick ist Dein Platz an der Seite Deines Verlobten. Der Himmel allein weiß, wie lange der junge Mr Fowle für seine Reise nach St. Lucia und zurück brauchen wird. Er könnte ganze zwei Jahre fort sein, und ist Dein Schatz erst einmal weg, wird Dich gewiss jede Stunde reuen, die Du nicht in seiner Gesellschaft verbracht hast. Abgesehen davon sagt Vater, bei dem vielen Hin und Her nach Winchester, um nach dem lieben Georgy zu sehen, hätten wir gar niemanden, der Dich holen könnte. Nun also: Wer könnte die glücklose Hutmacherin Madame Renault getötet haben? Mithilfe unserer Comtesse habe ich meine Liste von Verdächtigen wie folgt erweitert:

Sophy Rivers (könnte die Hutmacherin ein Geheimnis der selbstgefälligen Sophy gehütet haben)? Sophy beteuert, sie seien sich nie begegnet, aber die Dame, wie mich dünkt, gelobt zu viel.

Von mir aus wirf mir vor, dass mein Verdacht einzig auf meiner Abneigung gegen unsere Nachbarin beruht – doch ich glaube, ich habe einen Blick dafür, wer eine Mörderin sein könnte. Deine Gebete sind äußerst willkommen, aber Mutter bittet auch darum, dass Du Mrs Fowles Küchen-

142

mädchen ausspionierst und Dir das Rezept für ihre Fischsoße beschaffst. Die mit Portwein und Anchovis. Die mag Georgy besonders gern, und in eine Flasche abgefüllt hält sie sich sehr gut.

Die herzlichsten Grüße von uns allen
J. A.

PS: Wenn Du diesen Brief gelesen hast, falte ein Schiffchen daraus und lass es auf dem Fluss Kennet davontreiben.

An Miss Austen
Bei Rev. Mr Fowle
Kintbury
Newbury

10. Kapitel

An Heiligabend bringt James Jane und Eliza in der Kutsche nach Basingstoke. Er bietet auch an, sich den Damen anzuschließen, ihre Einkäufe zu tragen und sie von Geschäft zu Geschäft zu begleiten, doch Eliza macht ihm klar, dass es höflicher wäre, wenn er dem Pfarrer der Stadt einen Besuch abstattete, während Jane und sie ihre »weiblichen Besorgungen« machten. Die respektablen Bekanntschaften der Austens hat Jane inzwischen sämtlich abgegrast, ohne der Antwort auf die Frage, wer die Hutmacherin ermordet hat, auch nur ein Stück näher gekommen zu sein. Und es wäre ihr unmöglich, die eher zwielichtige Seite von Madame Renaults Leben auszuforschen, würde ihr behütender großer Bruder jeden ihrer Schritte überwachen.

Trotz Henrys Warnungen, auf was sie stoßen könnte, hält sie es für an der Zeit, herauszufinden, wie genau Madame Renault ihren Lebensunterhalt verdient hat. Wie Sophy so kränkend angemerkt hat, ist Basingstoke nicht eben die Hauptstadt. Madame Renault war Händlerin, sie hat ein Leben in der Öffentlichkeit geführt. Für Jane bleibt es ein Rätsel, warum sich nie Angehörige von ihr gemeldet haben. Und wenn sie jede einzelne Person in der kleinen Stadt fragen muss, um jemanden zu finden, der die Hutmacherin gekannt hat – sie wird es tun.

Kaum hat James sie abgesetzt, begeben sich die Damen auf

direktem Weg zu dem überdachten Markt. Sie zeigen an verschiedenen Ständen das Spitzenband von Madame Renault und fragen, ob jemand es wiedererkennt oder sich an die Frau erinnert, die es gemacht hat. Unglücklicherweise quillt Basingstoke über von Leuten, die nach einem kleinen Geschenk für ihre Lieben suchen oder Trockenfrüchte und Nüsse für ihre Festtafel erstehen wollen. Bei den Händlern herrscht Hochbetrieb, und sie sind wenig geneigt, sich ablenken zu lassen. Die meisten behaupten, sie würden die Spitze nicht erkennen und hätten von einer »Madame Renault« nie gehört.

Enttäuscht von dieser Gleichgültigkeit und erschöpft von dem Geschiebe, unterbrechen Jane und Eliza die Detektivarbeit für eine Weile und ziehen sich in die Kurzwarenhandlung zurück. Als das Ladenmädchen ihre Einkäufe verpackt, unternimmt Jane jedoch einen weiteren Versuch – und hat Glück. Die mürrische junge Frau teilt mit, sie sei zwar keineswegs sicher, glaube aber, »die Frau mit den fremdländischen Hüten« habe ein Zimmer im *Angel Inn* gemietet.

Jane kennt das Gasthaus gut. Oder vielmehr die Gesellschaftssäle, die Flucht von straßenseitigen Räumen im ersten Stock des labyrinthischen Fachwerkhauses. Einmal im Monat findet in diesen Sälen ein Ball statt, und da fehlt Jane selten. Das nächste Mal plant sie am Silvesterabend hinzugehen. Sie hofft, das schimmernde goldene Band, das sie soeben erstanden hat, um ihr helles Kleid zu verschönern, wird bewirken, dass Tom sie umschwirrt wie eine Motte eine brennende Kerze. Eliza in ihrer unendlichen Weisheit, was Angelegenheiten des Herzens betrifft, behauptet, die Nähe beim Tanzen könne bewirken, dass ein Gentleman endlich den letzten Schritt des Liebeswerbens tut.

Seit sie ihn zuletzt gesehen hat, sind einige Tage vergangen, aber sie hat seiner unterwürfigen Bitte um Vergebung mit der Gnade der engelsgleichen Miss Western stattgegeben, und ihre Korrespondenz wurde mit Schwung wieder aufgenommen. Seine Worte schmerzen sie immer noch, aber sie weiß, dass sie, wenn es um Georgy geht, besonders empfindlich ist. So ist es bei allen Austen-Kindern. Die Schuljungen, die im Pfarrhaus wohnen, haben es ebenso wie die Kinder im Dorf am eigenen Leib erfahren: Keiner von Janes Brüdern lässt Hänseleien und Spott über Georgy ungestraft. Selbst von Cassandra ist bekannt, dass sie einmal einen Stein aufgehoben hat, um ihn zu verteidigen. Wenn eine blutige Nase oder eine Tracht Prügel mit einem Ast doch nur auch jetzt genügen würde, um ihn zu retten!

Jane klammert sich an Elizas Arm, als sie Mr Toke, dem Eigentümer des *Angel Inn*, in einen ruhigen Winkel des Speisezimmers im Erdgeschoss folgen. Hier wirkt das Gasthaus schmuddeliger, als sie es je wahrgenommen hat. An den Tischen sitzen Arbeiter, die Brotstücke in Holzschalen tunken und Zinnkrüge mit Ale vor sich stehen haben. In der Luft hängt der durchdringende Geruch von ungewaschenen Leibern und verkochtem Kohl.

Zum Glück zeigt Eliza sich wie gewohnt unbeeindruckt. »Und, war sie hier? Die Hutmacherin? Es ist unerlässlich, dass wir erfahren, wo sie gewohnt hat.«

Mr Toke wischt sich an seiner fleckigen Schürze die Hände ab. »Ja, die war hier. Ist im August angekommen, genau zur Erntezeit. Schlaue Frau. Ein bisschen hochnäsig, aber es gab nie Ärger. Als sie plötzlich weg war, dachten wir, sie ist bei Nacht und Nebel abgehauen. Aber dann kam die Nachricht von Sir John und … nun ja.« Er atmet geräuschvoll aus. »Meine Frau war sehr betrübt, als sie hörte, wie sie gestorben ist.«

Jane presst ihren Korb an die Brust. »Allerdings, das waren wir auch.«

Der Wirt fährt sich über die Silberstoppeln am Kinn. »Eigentlich wollten wir ihr Zeug verkaufen, damit ihre Schulden beglichen sind – nicht, dass ein paar alte Holzklöppel dafür gelangt hätten. Aber Sir John hat gesagt, wir sollen ihm die Rechnung schicken. Is'n guter Mann, der Baronet, ein hochgeschätzter Gast hier.«

Ein weiteres Mal wundert sich Jane über Sir Johns Großzügigkeit. Erst bezahlt er die Beerdigung, jetzt kommt er auch noch für die Schulden der Toten auf. So viel Menschenfreundlichkeit muss einen Grund haben. Sir John wird seiner Verantwortung als Landbesitzer gerecht, gilt aber nicht als verschwenderisch. Sie wüsste sofort ein paar Cottages auf den Deane-Ländereien, bei denen dringend das Dach in Ordnung gebracht werden müsste.

Und niemand erwähnt Monsieur Renault.

Vielleicht hat Madame Renaults Ehemann nicht bei ihr in Basingstoke gewohnt. Er kann sonst wo sein, arbeiten oder sich um die Kinder kümmern, während sie ihm ihre Einnahmen geschickt hat, aus den Hutverkäufen oder anderer, weniger achtbarer Arbeit. Was, wenn Monsieur Renault noch nicht einmal weiß, dass seine Frau tot ist? Wird sie, Jane, diejenige sein, die den Lieben von Madame Renault die traurige Mitteilung machen muss?

»Kann dafür nicht ihr Ehemann aufkommen?«

Mr Toke runzelt die Stirn. »Gibt keinen Ehemann. Hat uns erzählt, dass sie Witwe ist. Schätze, er ist in der Schlacht gefallen. Gibt grad so viele davon. Auf dem Kontinent.«

Jane senkt den Kopf und betrachtet die abgetretenen Dielen. Der Krieg in Europa hat auch Elizas Ehemann geholt, den größten Teil ihres Vermögens und das Erbe ihres Sohnes. Und sobald sie an Frank und Charles denkt, die auf dem Karibischen Meer nach feindlichen Schiffen Ausschau halten, krampft sich ihr Herz zusammen.

Sie zählt die Monate zurück. Wenn Madame Renault zum

Zeitpunkt ihres Todes im fünften Monat schwanger war, muss die Empfängnis im Juli gelegen haben. Das Kind kann noch von ihrem Mann gewesen sein, empfangen, bevor er starb und sie in England Zuflucht suchte.

Genauso gut kann Monsieur Renault da aber auch schon tot gewesen sein oder nie existiert haben. Vielleicht ist Madame Renault wegen des Vaters ihres illegitimen Kindes nach Basingstoke gekommen.

Jane macht einen Schritt weg aus dem Gang, durch den ein Serviermädchen ein Holztablett voll überschwappender Ale-Krüge schleppt. Sie fürchtet, der Geruch aus dem Gasthaus wird noch tagelang in ihrem Umhang festsitzen. »Heißt das, ihre Sachen sind noch hier?«

Mr Toke fährt sich mit einer fettigen Hand durch das schüttere graue Haar. »Ja, Miss. Keins von den Mädchen will da rein. Dumme Dinger, die denken, da spukt's. Ich warte drauf, dass Sir John bezahlt. Dann packen wir das Zeug zusammen und schicken es hin.«

Jane holt tief Luft. »Können wir sie uns ansehen?«

Zweifel malt sich auf Mr Tokes müdem Gesicht. »Das sollte ich nicht ...« Wortlos greift Eliza in die Tasche und fördert ein paar Silbermünzen zutage. Es klimpert leise, als sie sie in Mr Tokes ausgestreckte Hand rieseln lässt. Er stopft sie tief in seine Schürzentasche. »Also gut, ein paar Minuten. Was kann es schon schaden?«

Die Damen folgen ihm in den Hof, eine enge Stiege hinauf, durch einen schmalen Gang und wieder ein paar Stufen abwärts, bis sie vor einer Reihe von Türen stehen. Das verwirrende Auf und Ab durch verschiedene Ein- und Ausgänge und über mehrere Ebenen erinnert seltsam an das Pfarrhaus in Steventon.

Mr Toke zieht ein dickes Schlüsselbund hervor und öffnet eine Dachkammer, deren Fenster zu den Stallungen hinausgeht. Sie ist in etwa so groß wie Janes Ankleidezimmer, wirkt aber, da sie so spärlich möbliert ist, viel geräumiger. Die rosa Wandfarbe blättert hier und da ab. Über dem Bett hängt an einem Nagel ein Kruzifix. Eine saubere Flickendecke ist ordentlich über die Matratze gebreitet und an den Ecken eingesteckt.

Eliza tritt an den Tisch, wo an einem walzenförmigen Kissen ein Streifen elfenbeinfarbener Spitze befestigt ist. »Ich hab's dir gesagt. Brüsseler Spitze.«

Die noch unfertige Seite des Blumenmusters teilt sich in über zwanzig Baumwollfäden, die jeweils fest um einen Holzklöppel gewickelt sind. Die Arbeit zeugt von hoher Könnerschaft. Für ein paar Zentimeter dieses verschlungenen Musters muss Madame Renault Stunden gebraucht haben. Was für eine wunderschöne Spitze das geworden wäre, hätte Madame Renault sie nur fertigstellen können.

Eliza hebt den obersten von einem kleinen Stapel Strohhüte hoch. Er ähnelt Janes, aber ohne das Spitzenband ist er gewöhnlich und langweilig. »Gewiss hat sie die fertig gekauft und dann die Spitze angebracht.«

Jane geht in die Mitte des Raums, dreht sich einmal um sich selbst und schaut in sämtliche Ecken. »Dann war sie also gar keine Hutmacherin.« Dass sie Madame Renault jetzt näher und zugleich ferner ist als jemals zuvor, macht sie leicht schwindelig.

Während sie den Hut vorsichtig wieder auf den Stapel setzt, schüttelt Eliza den Kopf. »Keine Hutmacherin und keine Französin.«

Mr Toke steht in der offenen Tür. »So, meine Damen, haben Sie genug gesehen? Ich hab Gäste, die essen und trinken wollen.«

Auf dem Nachttisch entdeckt Jane neben einem schlichten hölzernen Rosenkranz ein dünnes Buch. Es ist genau die Gedichtsammlung von William Cowper, die sie sich aus der

Leihbücherei holen wollte. Sie schlägt das Buch auf und sieht das eingeklebte Schild. »Das hat ihr nicht gehört. Es ist aus Mrs Martins Leihbücherei. Sollen wir es für Sie zurückgeben?«

»Weiß nich. Vielleicht sollt ich lieber warten, bis Sir John es gesehen hat?«

»Das können Sie. Aber ich bezweifle, dass er es Ihnen dankt, wenn noch zusätzliche Leihgebühren auflaufen.« Jane hält das aufgeklappte Buch hoch und zeigt ihm das unverkennbare Etikett von Mrs Martins Bücherei.

»Nehmen Sie das Buch. Und jetzt gehen Sie besser.«

Jane lässt es in ihren Korb gleiten. »Wie oft kommt denn Sir John hierher?«

Mr Toke kriegt den Mund nicht auf.

»Sie haben gesagt, er sei ein hochgeschätzter Gast. Wie oft sucht er Ihr Haus auf, und was tut er hier?«

»Oh, er ist oft hier. Seine Gentleman-Freunde und er mieten gern ein Privatzimmer zum Kartenspielen. Oder wenn's einen Hahnenkampf gibt, da kommt er auch manchmal und schließt eine kleine Wette ab.«

Also hatte Henry recht. Sir John ist ein Spieler. Natürlich spielen alle Gentlemen, aber auf etwas so Derbes und Gewöhnliches wie einen Hahnenkampf wettet doch nur jemand, der sich nicht beherrschen kann.

Jane beäugt das schmale Bett. *Hutmacherinnen stehen in einem gewissen Ruf ...* Genau genommen war Madame Renault keine Hutmacherin, aber sie lebte am Rande der Gesellschaft und brauchte sicher dringend Geld. Im fünften Monat muss ihr die Zeit knapp geworden sein, sie wusste, dass ihre Möglichkeiten, ihren Lebensunterhalt zu verdienen, nach der Geburt sehr begrenzt sein würden. War sie unter diesen Umständen so verzweifelt, dass sie versuchte, Sir John um Geld anzugehen? Mittels Erpressung oder indem sie selbst ein Arrangement mit dem lasterhaften Baronet traf? »Hat er hier ein eigenes Zimmer?«

Mr Toke weicht einen Schritt zurück. »Wie meinen, junge Dame?«

Eliza schlägt die Hand vor den Mund.

Jane lässt nicht locker. »Oder hat er vielleicht für jemand anderen ein Zimmer gemietet?«

»Was unterstellen Sie, Miss?«

Janes Wangen glühen. Aber sie muss jetzt die Wahrheit wissen. »Ich unterstelle gar nichts. Ich habe mich nur gefragt, ob Sir John, der regelmäßig hier ist, und Madame Renault, die hier gewohnt hat, einander vielleicht einmal über den Weg gelaufen sind. Haben sich die beiden gekannt, wissen Sie das?«

Mr Toke reißt die Tür weit auf und tritt hinter Jane, um sie aus der Kammer zu drängen. »Der Ton, in dem Sie mir kommen, gefällt mir nicht, Miss. Dies ist ein ehrenwertes Haus, lassen Sie sich das gesagt sein. Wir verdienen unser Brot damit, dass wir die angesehensten Familien der Grafschaft bewirten, und nicht, indem wir bei sündigem Benehmen ein Auge zudrücken. Es wird Zeit, dass Sie mein Haus verlassen. Ich bringe Sie zur Tür.«

Wieder draußen, im eisigen Wind, blättert Jane mit geröteten Wangen in dem Buch. Wie kommt Mr Toke dazu, *sie* ungebührlichen Verhaltens zu bezichtigen? Für Feinheiten hat sie keine Zeit, seit dem Mord sind fast vierzehn Tage vergangen, und weder der Friedensrichter noch sie selbst hat bei der Suche nach dem Schuldigen Fortschritte gemacht. Es muss einen Grund geben, weshalb Sir John Madame Renaults Verbindlichkeiten übernimmt, und sie würde den Inhalt ihres Geldbeutels darauf wetten, dass es ein ruchloser Grund ist.

Eliza, schlotternd vor Kälte, schließt ihren lavendelblauen

Mantel bis oben hin und schaut Jane beim Blättern zu. Weiter hinten steckt ein gefaltetes Blatt Papier zwischen den Seiten, allem Anschein nach ein Lesezeichen.

Hastig faltet Jane es auseinander. »Ach, nur eine Quittung«, sagt sie enttäuscht und starrt auf die Zeichen und Zahlen.

Eliza hebt unter ihrem schwarzen Schleier eine Braue. »Dachtest du, es sei ein Liebesbriefchen von Sir John?«

Jane steckt den Zettel ein. Sie wird ihn sich noch genauer ansehen. »Warum sonst sollte er alles bezahlen? Und wann genau ist Madame Renaults Mann gestorben? Ich habe dir erzählt, dass Dame Culham sagt, sie sei in Erwartung gewesen. Ungefähr im fünften Monat.« Eine dumpfe Ahnung sagt ihr, dass sie zunächst herausfinden muss, wer der Vater von Madame Renaults Kind war. Sobald sie das weiß, wird sie auch das Geheimnis um ihren Tod lüften.

Eliza hakt sich bei ihr ein. »Oh, *ma chérie*. Um ein Kind zu machen, braucht man nicht zwingend einen Ehemann.«

Jane verdreht die Augen. Sie ist auf einem Bauernhof aufgewachsen, nicht in einem Nonnenkloster. »Das weiß ich, Eliza. Ich habe vielleicht nicht deine Weltläufigkeit, aber ich lebe auch nicht hinter dem Mond.«

11. Kapitel

Mrs Martin betreibt ihre Leihbücherei in der Apotheke ihres Mannes in der London Road. Jane war begeistert, als das Ausleihen möglich wurde, denn aus den Beständen ihres Vaters hatte sie mit fünfzehn Jahren bereits alles gelesen, was sie interessierte. Jetzt hofft sie, dass die Ausleihliste von Madame Renault etwas über ihr Leben und vielleicht sogar über ihren Tod enthüllt. Wobei sie jedoch nur ungern darüber nachdenkt, welches Bild sich Leute wohl von ihr selbst machen würden, die wüssten, welche skandalösen Bände sie im Lauf der Jahre ausgeliehen hat.

Als sie die verglaste Tür aufstößt, ertönt eine Glocke. In dem Geschäft riecht es süßlich und pfeffrig, frisch und modrig, alles zugleich. Die Wände sind vom Boden bis zur Decke mit Regalen und Vitrinenschränken bedeckt. Der überwiegende Teil ist mit Glasbehältern gefüllt, mit merkwürdig geformten Fläschchen und Steingutgefäßen, die alles enthalten, was es in der modernen Welt an Tinkturen und Heilmitteln gibt. Mrs Martins Sammlung von Büchern beansprucht nur eine Wand, und auch die nur zum Teil.

Anders als in privaten Bibliotheken sind die Bücher hier nicht einheitlich gebunden, und es stehen Bände aller Größen und in unterschiedlichen Stadien der Abnutzung nebeneinander. Neue in glänzendem schwarzem Leder mit Goldprägedruck auf dem Rücken neben solchen, deren Einband eingerissen ist oder die von zwei marmorierten Pappdeckeln und einem Zwirnsfaden zusammengehalten werden.

Sowohl Mr Austen als auch Mrs Lefroy haben ihre Bibliothek danach zusammengestellt, welche Texte zur Aufklärung und Erbauung beitragen oder literarische Meriten haben, wohingegen es Mrs Martin einzig um Beliebtheit geht, und das ergibt eine herrlich bunte Auswahl. Jedes Mal, wenn sie die Regalfächer durchgeht, malt Jane sich aus, wie sie *Lady Susan* einfach zwischen die anderen Bände stellt. Anonym natürlich, sie verspürt nicht den Wunsch, zur Außenseiterin zu werden. In ihrer schönsten Schrift in eins ihrer elegantesten Notizbücher übertragen, wäre das Werk in Mrs Martins Bücher-Sammelsurium keineswegs fehl am Platz. Jane stellt sich vor, wie sie unauffällig am Apothekentresen herumsteht und die ersten wirklich unvoreingenommenen Kommentare zu ihrer Arbeit aufschnappt. Wären die Leute in Basingstoke von den Eskapaden ihrer Heldin entsetzt oder entzückt? Beides vielleicht.

»Ach, Miss Austen!«, ruft Mrs Martin, die hinter dem Tresen steht. Sie ist eine leutselige Frau Ende dreißig, heute in einem rot gepunkteten Kleid mit einer Trägerschürze aus Spitze darüber. »Ich fürchte, meine Mrs Radcliffes sind alle ausgeliehen. Kann ich Sie vielleicht für etwas anderes begeistern?«

»Ich will heute nichts ausleihen, Mrs Martin, ich bringe etwas zurück. Das haben wir im Zimmer der dahingeschiedenen Madame Renault im *Angel Inn* gefunden.« Jane hält das Buch hoch. »Aber wenn ich es recht bedenke – kann ich es für eine Weile mitnehmen?«

»Also war es doch diese arme junge Frau, die ermordet wurde.« Mrs Martin schüttelt den Kopf, dass ihr die dunkelblonden Locken um die Schläfen hüpfen. »Wir haben es in der *Hampshire Chronicle* gelesen. Trotzdem habe ich gebetet, dass sie es nicht war, sie hat nämlich ihren Namen etwas anders geschrieben. Schauen Sie.«

Sie taucht für einen Moment ab, und gleich darauf legt sie ein dickes, ledergebundenes Wirtschaftsbuch auf den Tresen. Sie schlägt es auf und dreht es so, dass Jane und Eliza auch hineinschauen können. Auf der ersten Seite sind alle aufgelistet, die bei Mrs Martin ausleihen. Weit oben sieht Jane ihren eigenen Namen sowie den von Cassandra und Mr Austen. Mrs Austen verschlingt alles, was ihr Mann und die Töchter ausleihen, sobald es einmal unbeaufsichtigt herumliegt.

Jane hält die Luft an, während Mrs Martins Zeigefinger über die Liste fährt und schließlich beim jüngsten Eintrag verharrt. Die Tinte ist noch tiefschwarz: *Mme Zoë Renard.*

»Ich muss mich verhört haben«, sagt Jane und macht sich Vorwürfe wegen ihrer Achtlosigkeit. Vielleicht ist die falsche Schreibweise, die sie in Umlauf gebracht hat, der Grund, weshalb niemand von Madame Renards Bekannten zur Beerdigung gekommen ist. »Sie hat ihren Namen nur einmal genannt. Und ihr Akzent war so, dass sie die erste Silbe betont hat.«

»Und es heißt, sie ist erschlagen worden? In Deane House? Mein Gott, wie weit ist es mit dieser Welt nur gekommen.«

Es schmerzt Jane, zu sehen, wie Mrs Martin die Feder ins Tintenfass taucht und den Namen »Renard« dick durchstreicht. »Eine nicht sehr hochgewachsene Dame, richtig?« Jane hält eine Hand waagerecht auf Höhe ihres Wangenknochens. »Sie hat Spitzen geklöppelt und Hüte geputzt. Hat hin und wieder einen Marktstand gemietet. Ich meine sogar, Sie haben auch etwas von ihr auf, oder?«

»Ja, das stimmt.« Auf Mrs Martins Haar sitzt ein Baumwollhäubchen mit hübscher Spitzenrüsche. Das verschlungene Blumenmuster erinnert sehr an das des Bandes an Janes

155

Hut. »Wir haben einen Handel abgeschlossen: die Haube für ihre Mitgliedschaft.«

Aus den hinteren Räumlichkeiten, wo er sein Laboratorium hat, ruft Mr Martin: »Wir müssen ein Geschäft führen und nicht dich mit der neuesten französischen Mode ausstatten.« Er steht vor einer Waage und ist damit beschäftigt, die Gewichte auf der einen Schale und ein braunes Pulver auf der anderen auszutarieren. Der Apotheker ist mindestens zehn Jahre älter als seine Frau, aber wie sie sehr gepflegt, mit ordentlich gestutztem Backenbart und einer gestärkten Schürze über Leinenhemd und Weste.

Mrs Martin lehnt sich mit verschränkten Armen auf den Tresen. »Achten Sie gar nicht auf ihn. Also … was wollten Sie gerade sagen?«

Eliza zieht einen Handschuh aus und betastet die Rüsche an Mrs Martins Haube. »Das ist Brüsseler Spitze. Viel edler als französische. Hat Madame Renard je erwähnt, wo sie herkam?«

Mrs Martin schüttelt den Kopf. »Sie war sehr ruhig. Zurückhaltend. Sie hat gern Gedichte ausgeliehen. Keine Schmöker. Keinen von diesen Schauerromanen, die Sie so lieben, Miss Austen.« Sie nickt in Janes Richtung und blättert in ihrem Buch zu der Seite, auf der die Ausleihen von »Miss J. Austen« verzeichnet sind, um die genauen Angaben zum eben entliehenen Buch hinzuzufügen. Darüber sind, nach dem Datum der Ausleihe geordnet, Janes sämtliche Vergehen wider den guten literarischen Geschmack aufgelistet.

Ob sie will oder nicht, Jane zuckt zusammen. Dabei sollte ihr das vor Eliza nicht peinlich sein. Die Cousine lauscht nicht nur begierig Auszügen aus *Lady Susan*, sondern hat auch, soweit ihr Gedächtnis es hergab, abendlang die Familie unterhalten, indem sie die Handlung der Skandalromane erzählte, die sie in Frankreich gelesen hat. Besonders einen,

Gefährliche Begegnungen oder so ähnlich, würde Jane nur zu gern in die Finger bekommen. »Können wir uns ansehen, was Madame Renard ausgeliehen hat?«

Mrs Martin blättert in ihrem Buch. »Sie hatte gar nicht die Zeit, sich viel auszuleihen, sie meldete sich erst im Oktober an, nachdem ich sie auf dem Markt kennengelernt hatte. Wir sind über die Haube ins Gespräch gekommen, wissen Sie, und ich habe sie mit ihrem Akzent kaum verstanden. Sie sagte, dass sie noch dabei sei, Englisch zu lernen, und dass sie es besser lesen als sprechen könne. Also habe ich die Bibliothek erwähnt, und schon hatten wir unseren kleinen Handel. Den Cowper hat sie geliebt. Den hat sie mehrmals verlängert.«

Bei der Vorstellung, wie Madame Renard allein in ihrer Dachkammer gesessen und Gedichte gelesen hat, wird Jane schwer ums Herz. Aber ganz allein kann sie nicht gewesen sein, von irgendwem hatte sie schließlich das Kind. Mr Toke wird nicht mit dem Namen ihres Geliebten herausrücken, aber vielleicht hat Mrs Martin sie einmal auf der Straße mit einem Mann gesehen. »Kennen Sie jemanden, mit dem sie Umgang hatte?«

Mrs Martin blinzelt. »Ich habe sie nie mit jemandem gesehen.«

»Nie? Auch nicht vielleicht mit einem befreundeten Gentleman?«

»Nein, von der Sorte war sie nicht, keineswegs. Sie hat einen sehr wohlerzogenen Eindruck gemacht. Und sie hat die Nase ziemlich hoch getragen, sodass ich dachte, sie sei vielleicht eine von diesen unglücklichen Emigranten. Eine Dame, die in Not geraten ist. Der Tanzlehrer im *Angel Inn* ist ein französischer Graf, und es gibt eine sehr gute Friseuse, die behauptet, sie sei eine ›ci-devant Vicomtesse‹, was auch immer das sein mag.«

Jane legt die Hand auf Elizas Arm. Wäre Capitaine de

Feuillide nicht solch ein Kavalier gewesen, hätte auch er zu »diesen unglücklichen Emigranten« gehört. Stattdessen ist er unter der Guillotine und anschließend in einem Massengrab gelandet. »Da wir schon hier sind, nehme ich gleich etwas Bittererde für meine Mutter mit.«

Elizas Arm zittert, aber ihrer Stimme ist nichts anzuhören. »Und ich möchte für meinen Jungen eine Tinktur aus Süßholz und Beinwell. Er leidet sehr an phlegmatischen Beschwerden.«

Mr Martin sucht ihnen das Bestellte heraus. Währenddessen holt Mrs Martin einen Verlagskatalog herbei und fragt Jane um Rat, welcher der darin angepriesenen »Schmöker« bei ihren Leihbücherei-Mitgliedern wohl am besten ankommen würde. Jane ist hocherfreut, *Camilla* angekündigt zu sehen, ein weiteres Werk der Autorin von *Evelina*. Sie nimmt sich vor, ihren Vater zu überreden, dass er dafür selbst subskribieren soll, sodass sie ihr eigenes Exemplar in der Bibliothek im Pfarrhaus stehen haben. Allein auf Mrs Martin sollte sie sich lieber nicht verlassen, sonst muss sie womöglich warten, bis Mary Lloyd das Buch gelesen hat. Neben *Camilla* rät sie Mrs Martin noch zu einem verlockenden, drei Bände umfassenden Roman mit dem Titel *Der Mönch*, von dem behauptet wird, er sei durch und durch schaurig. Gemeinsam suchen sie nach einer englischen Übersetzung der *Gefährlichen Begegnungen*, doch unter diesem Titel ist keine vermerkt, und an den Namen des Autors kann Eliza sich nicht erinnern. Dann erscheint Mr Martin und stellt zwei kleine Glasgefäße neben einen riesigen Mörser auf den Tresen.

Eliza lächelt verbindlich. »Hat Madame Renard einmal etwas bei Ihnen gekauft, Sir?«

»Nicht, dass ich mich erinnere«, sagt er, während er die Gläschen mit passenden Korken verschließt und mit Wachs versiegelt.

Das unschuldige Lächeln könnte Eliza mit Rouge ins Gesicht gemalt sein. »Nichts für Frauenleiden? Vielleicht etwas, um ihren Monatsfluss wiederherzustellen?«

Jane bewundert die Cousine, die den Apotheker mit so ungerührter Miene fragt, ob Madame Renard ihn um Polei oder ein anderes Mittel ersucht hat, das eine Fehlgeburt bewirken könnte.

Mr Martin runzelt die Stirn. »Ganz gewiss nicht! Das würde ich wohl kaum vergessen.«

Die Tür geht auf, und die kleine Glocke erklingt und unterbricht die Befragung des Apothekers. Die Damen rücken am Tresen ein wenig beiseite, damit Mr Martin sich um die neue Kundin kümmern kann.

»Noch ein Fläschchen Schwarze Tropfen? Ich habe Ihnen doch erst vor ein paar Tagen eins gegeben.«

Aus dem Augenwinkel sieht Jane sie im Profil, eine gut aussehende Frau mit aschblondem Haar und überraschend dunklen Brauen. Mit honigsüßer Stimme sagt sie: »Wenn Sie so freundlich wären, Sir.«

Erst jetzt erkennt Jane sie. Es ist Mrs Twistleton. Sie trägt das gewohnte schwarze Seidenkleid und darüber einen smaragdgrünen Samtumhang.

»Sagen Sie Ihrem Herrn, dass er mit dieser Opiumtinktur vorsichtig sein muss.« Mr Martin hebt einen mahnenden Zeigefinger. »In großen Mengen kann sie sehr schädlich sein.«

»Es steht weder mir noch Ihnen zu, dem Baronet Vorschriften zu machen. Wenn Sie das Bestellte nicht herausgeben wollen, muss ich Sir John eben empfehlen, seinen Bedarf woanders zu decken.« Sie hebt das Kinn und starrt Mr Martin trotzig an.

Einige unbehagliche Augenblicke lang hält der Apotheker ihrem Starren stand, dann gibt er ein leises Schnauben von sich und verschwindet in seinem Laboratorium.

Mrs Twistletons Mundwinkel bewegen sich leicht nach oben. »Und ich nehme noch etwas Rosenwasser«, ruft sie in Mrs Martins Richtung, ohne sie eines Blickes zu würdigen.

»Rose?«, fragt Mrs Martin naserümpfend nach. »Sind Sie sicher, dass Sie nicht Maiglöckchen meinen? Diesen Duft bevorzugt Lady Harcourt sonst.«

»Wie aufmerksam«, gibt Mrs Twistleton zurück. »Das Rosenwasser ist für mich. Sie können dafür eine gesonderte Rechnung ausstellen. Auch wenn meine Herrin den Duft bevorzugt, ich finde Maiglöckchen doch etwas altmodisch und süßlich. Meinen Sie nicht?«

Der mürrischen Miene, mit der Mrs Martin das Gewünschte herbeiholt, entnimmt Jane, dass sie von den Gerüchten über Mrs Twistletons wechselhafte Geschichte weiß. Für sie und ihren Mann ist es gewiss ein Ärgernis, sich einer solchen Frau im neuen Gewand der Ehrbarkeit fügen zu müssen. Sobald sie das Bestellte erhalten und in ihrem Korb verstaut hat, wendet Mrs Twistleton sich zum Gehen. Jane kommt ihr zuvor und hält ihr die Tür auf.

Mrs Twistleton fährt zurück. »Miss Austen! Ich habe Sie gar nicht gesehen.«

»Mrs Twistleton«, gibt Jane lächelnd zurück und bleibt ihr dicht auf den Fersen. »Hätten Sie einen Augenblick Zeit? Ich würde Sie gern ein paar Dinge fragen, wegen des schrecklichen Vorkommnisses auf dem Ball. Ich versuche herauszufinden, wer der Mörder ist.«

Ohne auch nur ihren Schritt zu verlangsamen, zieht Mrs Twistleton sich die Kapuze über den Kopf. Der Rand ist mit Fuchspelz besetzt. »Ich bin sehr in Eile. Ich muss die Postkutsche zurück nach Deane erreichen. Abgesehen davon wissen Sie sehr gut, wer der Mörder ist. Sie haben gehört, was Mr Craven sagte: Es war einer von den Vagabunden, die sich auf dem Anwesen herumtrieben.«

»Aber haben Sie denn einen Hinweis auf solch ein Lager gefunden? Der Suchtrupp hat nichts entdeckt, was darauf hindeuten würde, dass dort jemand unter freiem Himmel genächtigt hat.« Es fällt ihr nicht leicht, mit der Haushälterin Schritt zu halten. »Ich weiß, er sagte, das sei nicht der Fall, aber halten Sie es für möglich, dass Sir John die Tote wiedererkannt hat?«

Abrupt bleibt Mrs Twistleton stehen. »Hören Sie, Miss Austen«, sagt sie mit wutverzerrtem Gesicht. »Niemand von uns in Deane House hat das arme Ding gekannt. Ich weiß, Ihr Bruder ist verhaftet worden, weil er ihre Kette gestohlen hat, und es ist nur natürlich, dass Sie nun einen anderen Schuldigen suchen, aber das gibt Ihnen nicht das Recht, bösartige Anschuldigungen in die Welt zu setzen. Wagen Sie es nicht, an Sir Johns Wort zu zweifeln, hören Sie? Und nun Guten Tag.« Damit wendet sie sich ab und marschiert davon, während Jane wie angewurzelt stehen bleibt.

Gleich darauf hört sie Eliza eilig näher kommen. »Wo bist du denn hingelaufen? Wir haben doch gerade die Bibliothekarin befragt!«

Jane verfolgt, wie die Gestalt von Mrs Twistleton sich auf der belebten Straße entfernt. »Das ist Sir Johns Haushälterin – und seine Mätresse.«

Eliza reißt die Augen auf. »Du meinst, sie weiß etwas?«

»Ich *weiß*, dass sie etwas weiß! Als ich sie fragte, ob Sir John Madame Renard erkannt haben könnte, hat sie mich angefaucht wie eine wilde Katze.«

»Denkst du, sie war eifersüchtig? Vielleicht hat sie in Madame Renard eine Rivalin gesehen?«

»Ich weiß nicht …« Jane will nicht naiv erscheinen, aber Mrs Martins Beschreibung von Madame Renard als einer stolzen jungen Frau passt genau zu dem Eindruck, den sie selbst von der Spitzenklöpplerin gewonnen hat. Sosehr sie es auch versucht, sie kann sich einfach nicht vorstellen, wie Madame Renard sich Sir John hingibt. Statt sich mit ihm einzulassen, hat sie wahrscheinlich eher etwas beobachtet, das ihn und seine Haushälterin kompromittiert. Trotz aller Beteuerungen von Mr Toke wäre das *Angel Inn* ein Ort, an dem der Baronet sich ohne Weiteres neben dem Glücksspiel auch anderen Lastern hingeben könnte. »Vielleicht hat es schon genügt, dass sie überhaupt in Deane House auftauchte. Mrs Twistleton könnte es mit der Angst zu tun bekommen haben. Womöglich dachte sie, Madame Renard wollte ihrer Herrin reinen Wein darüber einschenken, was sie wirklich für eine ist? Lady Harcourt hätte sie bestimmt sofort entlassen. Dann hätte sie keinen Mann mehr gehabt, der sie aushält, und auch keine Stellung.«

Elizas rote Lippen bilden ein vollendetes O. »Du meinst, die Haushälterin könnte Madame Renard getötet haben?«

Jane erschauert. Am Ende dieses Ausflugs nach Basingstoke wünscht sie sich vor allem ein heißes Bad und eine kräftige Bürste. »Ich male mir nur alle denkbaren Versionen von Madame Renards Geschichte aus und gleiche sie mit den Tatsachen ab, sodass ich sehe, welche passt. Sir John und Mrs Twistleton könnten es auch zusammen gewesen sein. Vielleicht ist Madame Renard hinter ihr Verhältnis gekommen und war in solcher Geldnot, dass sie versuchte, die beiden zu erpressen. Und da kamen sie zu dem Schluss, dass es das Beste wäre, sie aus dem Weg zu räumen.«

Eliza greift sich an die Kehle. »Mein Gott, Jane, du kommst auf Ideen. Ich bin heilfroh, dass ich nicht hier war, als das passiert ist. Weiß der Himmel, welche von meinen privaten Affären du ausgegraben hättest, um mir schändliche Machenschaften zu unterstellen.«

Jane nimmt die Hand ihrer Cousine. »Da hast du völlig recht. Dir traue ich nämlich alles zu, Comtesse.«

12. Kapitel

Den Gottesdienst in St. Nicholas am ersten Weihnachtstag hält Mr Austen. Er tritt an die Kanzel, haucht auf seine Brillengläser und reibt sie mit seinem Taschentuch sauber, dann liest er von einem zerfledderten Manuskript dieselbe Predigt ab, die er schon in den vergangenen zehn Jahren am Weihnachtstag gehalten hat. Niemand stört sich daran. Was sie an Originalität vermissen lässt, macht sie durch Kürze wett. Die kleine Schar Weber, Spinnerinnen und Landarbeiter, die in der feuchten und zugigen Kirche zusammengekommen sind, können es ebenso wenig erwarten, an ihren Kamin zurückzukehren und den kostbaren freien Tag zu genießen, wie Jane. Doch ihr ist elend zumute, weil sie das Weihnachtsfest begehen, während Georgy für ein Verbrechen, das er nicht begangen hat, eingesperrt ist.

In der Hoffnung, etwas zu finden, das helfen könnte, die Unschuld ihres Bruders zu beweisen, hat sie versucht, die Quittung zu entschlüsseln, die in Zoë Renards Bibliotheksbuch lag. Leider ist die Schrift so geneigt und voller Kleckse, dass sie überhaupt nicht daraus schlau wird. Sie beschließt, das Blatt der Familie zu zeigen, vielleicht kann jemand von den anderen es lesen. Sie sind schließlich geübt darin, auch ihr Gekritzel zu entziffern, selbst dann, wenn ihre Geschichte sie so vorwärtsgezogen hat, dass sie in größter Hast schreiben musste.

Während Sally das Weihnachtsessen vorbereitet, versammelt sich die Familie im besten Salon. Jane und Mrs Austen tragen ihre schönsten hellen Hauskleider mit rosa persischen Unterröcken. Eliza erscheint in Aschgrau, einem Ton, der nur geringfügig dunkler ist. Die Taillenlinie rutscht bei ihrer Cousine immer weiter nach oben. Jane weiß nicht recht, was sie von dieser neuen Mode halten soll, außer dass das kürzere Mieder, das Eliza darunter trägt, deutlich bequemer aussieht als ihre eigenen Unterkleider.

Gleich morgens war Henry in Winchester, Georgy besuchen. Er gibt sich große Mühe, der Familie zu vermitteln, dass Georgy unverändert guter Dinge ist und der Gefängnisdirektor und seine Frau sich gewissenhaft um ihn kümmern. Der Vollständigkeit halber hat Jane sowohl Henry als auch James gebeten, bei ihren Besuchen im Kerker ein genaueres Alibi von Jack zu erfragen. Es beunruhigt sie sehr, dass keiner von beiden bislang eine verlässliche Antwort mitgebracht hat.

»Hast du Jack gefragt, wo er am Abend des Mordes war?«, erkundigt sie sich bei Henry.

»Er kann nicht für Georgy aussagen, weil er Botengänge zu erledigen hatte«, sagt James.

Sowenig sie sich den Spielkameraden aus Kindertagen als möglichen Verdächtigen vorstellen kann, so sehr erfüllt es Jane inzwischen mit Sorge, dass er selbst unter Druck mit seiner Angabe so vage bleibt. »Das weiß ich, aber kann denn irgendwer für *ihn* aussagen?«

Sally, die gerade ein Tablett mit Zitronensorbets hereinbringt, strauchelt. Die meisten Gläser kann sie retten, doch zwei rutschen ihr durch die Finger, fallen zu Boden und gehen kaputt. Mrs Austen eilt ihr zu Hilfe, bevor Anna in die Nähe der Scherben gelangen kann.

James starrt sie an. »Jane, du beschuldigst doch nicht etwa

Jack Smith, etwas mit dem Tod von Madame Renard zu tun zu haben?«

»Nein ... nicht direkt.« Sie spürt, wie ihr das Blut in die Wangen steigt. »Aber ich finde, es ist nur gerecht, wenn alle angeben müssen, wo sie am Abend des Mordes waren. Und sei es nur, damit sie ausgeschlossen werden können.«

»Nun mal langsam, Jane«, sagt Henry, der am Kamin lehnt, um sich zu wärmen. »Jack hat sich sein Leben lang um Georgy gekümmert. Dass Georgy jetzt in dieser Lage ist, quält ihn genauso wie uns.«

Alle starren sie an, als wäre ihr ein zweiter Kopf gewachsen, mit Hörnern. Ihr Gefühl sträubt sich dagegen, an Jack zu zweifeln, aber sie ist überzeugt, dass nur ein Weg zur Wahrheit führen wird, nämlich der, alle Möglichkeiten in Betracht zu ziehen. »Ich will doch nur ...«

In ungewöhnlich strengem Ton verkündet Mr Austen: »Jane, Jack Smith hat mit dem, was dieser Frau zugestoßen ist, nichts zu tun. Er ist ein guter Christenmensch.«

»Ich weiß ...«

Mrs Austen, die Sally beim Zusammenkehren beaufsichtigt, fällt ihr ins Wort. »Er gehört doch zur Familie. Und er murrt nie über seine Aufgabe. Er hat sich noch nicht einmal beschwert, als euer Vater ihm keinen Lohnvorschuss geben wollte.«

»Er hat um ein Darlehen gebeten?«, fragt Jane besorgt. Nein, unmöglich. Und wenn er noch so sehr in Geldnot wäre, Jack würde niemals so tief sinken, dass er etwas nimmt, das ihm nicht gehört.

Mrs Austen nickt. »Ja, um Squire Terry die Sau abzukaufen. Wir haben ihm aber erklärt, dass wir uns das nicht leisten können. Wo Weihnachten vor der Tür stand und die Hochzeit deiner Schwester geplant werden muss.«

»Wann war das, Papa?«

Mr Austen reibt sich die Augen. »Ich weiß es nicht mehr. Ein paar Tage vor dem Ball, nehme ich an.«

Ihre Eltern wollen es nicht zur Kenntnis nehmen, aber Jack versucht schon seit Jahren, etwas Eigenes auf die Beine zu stellen. Wenn er nun keine Lust mehr hatte, zu warten, »bis sich etwas ergibt«, und stattdessen beschlossen hat, sich zu nehmen, was er haben will?

Sollte er der Räuber gewesen sein, wäre klar, wie Georgy zu der Kette gekommen ist. Er muss sie bei Jacks Sachen gefunden haben. Aber dass Jack einen Mord verübt? Gewiss nicht. Es sei denn, die Sache war nicht geplant und er ist in Panik geraten. Wie ihre Mutter gesagt hat: Es könnte ein Gelegenheitstäter gewesen sein, einer, der sein Opfer zwar berauben, aber nicht töten wollte. »Aber wenn das so ist, muss doch umso dringender geklärt werden, wo er an dem Abend war. Versteht ihr das nicht?«

»Jane«, donnert Mr Austen, dass Jane und ihre Mutter zusammenfahren. »Ich lasse nicht zu, dass du mit Anschuldigungen um dich wirfst. Du spielst ein sehr gefährliches Spiel.«

Jane ist geknickt. Bislang war es für sie stets selbstverständlich, dass ihr Vater sie unterstützt. »Ich überprüfe nur alle Möglichkeiten.«

»Das mag sein, aber du darfst nicht mit dem Finger auf unsere Freunde zeigen«, sagt er. »Wir wollen nicht erleben, dass ein weiterer Mann unschuldig verurteilt wird. Wenn du nicht aufpasst, setzt du eine Hexenjagd in Gang.«

»Natürlich, Vater, es tut mir leid. Ich verspreche, ich verliere kein Wort mehr darüber.« Sie senkt den Blick und krampft die Finger in den Stoff ihres Kleides. Wenn sie Jack selbst befragen könnte, müsste sie nicht ständig ihre Brüder drängen, es zu tun. »Wenn ihr Georgy das nächste Mal besuchen fahrt, nehmt ihr mich dann bitte mit?«

Bis auf Annas leises Quietschen und das Tapsen von Hastings, der die Kleine rund um das Sofa jagt, ist es still im Raum. Jane empfindet es als demütigend, dass sie, wenn sie irgendwohin will, immer darauf angewiesen ist, von anderen mitgenommen zu werden. Letztlich bedeutet das, dass sie für jeden ihrer Schritte eine Erlaubnis einholen muss.

Was das angeht, macht Sophy es richtig. So eine gute Reiterin zu sein und nach Belieben kommen und gehen zu können muss sehr befreiend sein. Und das Wissen, dass sie eines Tages ein eigenes Vermögen zur Verfügung haben wird, kann natürlich auch nicht schaden.

James schaut zu Mr Austen hinüber. »Vater?«

Mr Austen bedeckt seine Augen mit der flachen Hand. »Solange sie verspricht, sich zu benehmen, soll sie in Gottes Namen mitfahren.«

Jane nickt knapp. Natürlich möchte sie Georgy sehen. Aber wenn die anderen nicht den Mumm haben, Jack zu fragen, wo er an dem Abend war, muss sie es eben tun. Sosehr die Vorstellung, dass Jack in den Tod von Madame Renard verwickelt sein könnte, auch schmerzt – solange sie die Wahrheit nicht herausgefunden hat, wird sie niemanden von ihren Nachforschungen ausnehmen.

In der nächsten Stunde gelingt es der temperamentvollen Eliza, den Austens zu ein wenig Unbeschwertheit zu verhelfen, indem sie auf ihrer Gitarre spielt. Bei *Nos Galan* fallen alle ein, und mit James und Henry, die sich immer abwechseln, singt sie ein Duett. Noch nie hat Jane ihre Brüder so eifrig ihre musikalischen Fähigkeiten vorführen sehen. Sie haben beide eine annehmbare Stimme, aber keiner bringt die Strebsamkeit auf, die es braucht, ein hervorragender Musiker zu werden. Das gilt besonders für Henry, der als Knabe jede Woche ein anderes Instrument angefangen hat.

Die Papierkette, die Jane mit Hastings gebastelt hat, hängt

an dem Balken über dem Esstisch und reicht tatsächlich von einem Ende zum anderen, trotz aller Versuche Annas, das Kunstwerk zu zerstören. Natürlich ist die Dekoration nicht so üppig und künstlerisch, wie Cassandra sie angefertigt hätte, wäre sie denn da. Jane bezweifelt, dass sie selbst sich überhaupt die Mühe gemacht hätte, wären nicht Eliza und Hastings bei ihnen. Solange Georgy im Gefängnis ausharren muss, hätte sie ein puritanisches Weihnachten als passender empfunden.

Sie denkt an Tom. Wie die Lefroys und er wohl Weihnachten feiern? Es muss dort weitaus kultivierter zugehen, mit mehr Fleisch auf den Platten und weniger Unterbrechungen durch Kinder. Ob er erwartet, dass später, wenn sie verheiratet sind, alle Abendessen so vonstattengehen? Oder wird ihm die etwas ungestümere Art von häuslicher Harmonie, wie sie bei den Austens herrscht, gefallen?

»Welche Pute verspeisen wir denn?«, fragt sie nach dem Tischgebet.

Alle Gerichte werden gleichzeitig serviert. Mit jeder der Platten, die sie rund um Janes Tischschmuck aus immergrünen Zweigen anordnet, wirkt Sally erschöpfter, rot im Gesicht, ja den Tränen nahe. Da sie Gäste im Haus haben, hätten sie wirklich ein zweites Mädchen holen sollen, das ihr an diesem Tag hilft.

Mrs Austen platziert Anna und Hastings an dem Ende des Esstischs, das am weitesten vom Kamin entfernt ist. »Die schwarz gepunktete.«

»Ach, die mochte ich besonders!«, sagt Henry, der neben James den Frauen gegenüber auf einer Bank sitzt.

Mr Austen nimmt seinen Platz an der Stirnseite der Tafel ein. »Nun, ich nehme an, mit etwas Plumpudding und Buttersoße magst du sie noch viel lieber.«

»Stimmt.« Henry häuft sich Roastbeef, Kartoffeln und –

Janes Meinung nach höchst unvernünftigerweise – Jerusalem-Artischocken auf den Teller.

Mr Austen reicht Tranchiermesser und -gabel an seinen Ältesten weiter. »Wärst du so freundlich, James?«

Die Gelegenheit, als Paterfamilias aufzutreten, wird von James freudig ergriffen. »Gewiss, Vater.« Er knöpft seine Manschetten auf und krempelt die Ärmel bis zu den Ellbogen hoch. Eliza reicht den Krug mit Weißwein herum, und während James über dem riesigen Putenbraten keucht und schnauft, schenken sich alle ein.

Henry lacht. »Möchtest du, dass ich meinen Säbel hole und dir zur Hand gehe?«

Auf James' Stirn schimmert Schweiß. »Nein, nein, ich lasse mich doch von diesem alten Mädchen nicht unterkriegen.«

Jane wendet sich an ihre Mutter, die damit beschäftigt ist, die Teller der Kinder zu füllen. »Hast du schon einmal Schwarze Tropfen genommen?«

Mrs Austen bindet Hastings eine Serviette um. »Ja. Sie sind sehr, sehr stark. Und beängstigend abführend ...«

Jane hebt die Hand. »Das genügt mir, danke.«

»Warum? Überlegst du, sie gegen deine innere Unruhe zu nehmen?«

»Bestimmt nicht. Du weißt, wie Laudanum mir das Denken vernebelt, und ich mag es gar nicht, so betäubt zu sein. Wir haben nur die Haushälterin der Harcourts in der Stadt getroffen. Anscheinend nehmen sie in Deane House reichlich Schwarze Tropfen.«

Mrs Austen trinkt einen Schluck Wein. »Für Lady Harcourts Nerven, nehme ich an. Caroline war schon immer etwas ...« Sie zögert. »... eine etwas nervöse Natur. Da hat das Schrecknis auf dem Ball sicher nicht gerade geholfen.«

Jane schüttelt ihre Serviette aus und breitet sie über ihren

Schoß. »Wie viel nimmt man üblicherweise davon, wenn man seine Nerven beruhigen will?«

»Ich weiß nicht. Einen oder zwei Tropfen am Tag?«

»Dann dürfte sie in einer Woche keine ganze Flasche aufgebraucht haben, oder? Jedenfalls nicht sie allein?«

»Himmel!«, sagt Henry. »Ich würde sagen, das reicht, um eine ganze Schwadron ruhigzustellen.«

»Und du hast mit deinen ungehörigen Mutmaßungen über die Tote ganz und gar falschgelegen. Madame Renard heißt sie übrigens. Wir wissen aus berufenem Mund, nämlich von Mrs Martin, dass sie eine ehrbare Frau war. Es hat sich herausgestellt, dass sie gar keine Hutmacherin war. Sie hat Spitzen gemacht. Oder stehen Spitzenklöpplerinnen auch in einem solchen Ruf wie Hutmacherinnen?«

Henry verschluckt sich. Sein Adamsapfel hüpft hinter dem gestärkten Leinenhalstuch auf und ab.

»Was meinst du mit ›einem solchen Ruf‹?« Eliza stellt ihr Glas ab.

»Nein.« Henry hustet und läuft rot an. »Soweit ich weiß, sind Spitzenklöpplerinnen in der Regel nette alte Damen.«

Eliza beugt sich zu ihm über den Tisch. »In welchem Ruf stehen denn Hutmacherinnen?«

Auf James' Gesicht erscheint ein spitzbübisches Lächeln. »Na, Henry, du bist doch ein Mann von Welt. Nur zu, erzähl uns, in welchem Ruf Hutmacherinnen stehen!«

Henry trinkt einen Schluck Wein und sieht Jane böse an.

Mrs Austen strafft die Schultern. »Dieses Gespräch sollten wir nicht vor den Kindern führen.«

Jane schaut zu Anna und Hastings hinüber. »Die hören doch gar nicht zu.« Am anderen Ende des Tischs stopft Anna sich Kartoffelstücke in den Mund, vorher zerquetscht sie sie so, dass die weiche Masse zwischen ihren Fingern hervorquillt. Hastings steckt in seiner besten Jacke; die goldenen

Locken reichen ihm bis auf die Schultern. Die Hände im Schoß, sitzt er reglos da und starrt ins Leere. Es ist, als wäre sein Körper anwesend, sein Geist jedoch an einem ganz anderen Ort.

»Hastings … Hastings?« Eliza springt auf, dass ihr Stuhl hintenüberkippt.

Die Augen des Jungen verdrehen sich, es ist nur noch das Weiße zu sehen. Er beginnt zu zucken. Sein ganzer Leib krampft und ruckt, und der Kopf wird nach vorn und wieder nach hinten geworfen. Sein Oberkörper versteift sich, und er schlägt gegen den Tisch. Eliza eilt zu ihm, doch Henry, der näher bei ihm gesessen hat, ist vor ihr da. Als Hastings von den heftigen Bewegungen seines Körpers hochgerissen wird, packt Henry ihn mit beiden Händen und bettet ihn auf dem türkischen Teppich.

»Schnell!« Mrs Austen greift nach einem Silberlöffel. »Steck ihm den in den Mund, er beißt sich sonst auf die Zunge!«

Elizas Gesicht ist verzerrt. »Nein, nein, ihr erstickt ihn noch!«, ruft sie. Von einem Augenblick zum nächsten hat sie sich in eine Löwenmutter verwandelt. Sie kniet sich neben ihren Jungen, der von wilden Zuckungen geschüttelt wird.

Mr Austen zieht den Serviettenzipfel aus seinem Kragen. »Gütiger Gott!«

James, das Tranchiermesser und die Gabel noch in Händen, ist in der Bewegung erstarrt und verfolgt das Geschehen mit offenem Mund. Anna weint laut und läuft krebsrot an. Mrs Austen nimmt sie hoch und dreht sich mit ihr auf dem Arm so, dass sie nicht sieht, was geschieht.

»Schsch …« Henry, der neben Eliza und Hastings hockt, hebt die Hände. »Ist gut, ist ja gut.«

Aber es ist nicht gut. Eliza stehen Tränen in den Augen. Hastings zuckt am ganzen Leib, Schaum tritt ihm vor den

Mund. Henry angelt ein Samtkissen vom Sofa. Als er es ihrem Sohn unter den Kopf schiebt, schreit Eliza vor Angst.

»Schsch ... ich rühre ihn nicht an, versprochen. Das geht vorbei. Wir warten einfach, bis es vorbei ist.«

Und Jane denkt zurück: Das Schwierigste mit Georgy im Pfarrhaus war weder sein Drang, draußen herumzustromern, noch die Tatsache, dass er nicht sprechen konnte. Damit sind alle gut zurechtgekommen. Schlimm waren diese Anfälle. Sie kamen aus dem Nichts, als griffe unvermittelt die Hand eines bösen Dämons nach ihrem Bruder und schüttelte ihn mit aller Gewalt. Es gab nichts, was ihre Eltern hätten tun können, um die Anfälle zu verhindern, und wenn einer kam, war er durch nichts aufzuhalten. Wie jetzt Hastings wurde Georgy am ganzen Leib von Zuckungen und Krämpfen gepackt. Jane konnte nur verängstigt zusehen, bis die wilden Bewegungen schließlich nachließen und die Abstände zwischen ihnen größer wurden. Dann lag Georgy, zitternd und schweißnass, völlig erschöpft in den Armen der Mutter. Nach jedem Anfall war er tagelang geschwächt und verwirrt.

Jedes Mal, wenn es dazu kam, war Janes Eindruck, dass Georgy ihnen ein Stück mehr entglitt. Er verstand weniger, und die Laute, die er zu bilden gelernt hatte, verschwanden wieder. Eines Tages, so ihre Angst, würden sie ihn ganz verlieren.

Mit einem Kloß im Hals und voller Kummer erhebt sie sich und geht hinüber zu Eliza, kniet auf dem Teppich nieder und greift nach der Hand der Cousine. Eliza klammert sich an sie, rückt näher an sie heran und lehnt den Kopf an ihre Schulter. Jane streicht ihr sanft über das modisch frisierte Haar, holt ihr Taschentuch hervor und trocknet Eliza die Wangen.

»Ruhig, ganz ruhig, Henry hat recht«, flüstert sie der

schluchzenden Eliza zu. »Es geht vorbei, es geht immer vorbei. Wir müssen einfach abwarten.«

Später, als der Vollmond am Nachthimmel hängt und zarte Schneeflocken herniederschweben, bringt Jane eine Tasse Tee hinauf in das hintere Schlafzimmer, in dem Eliza und Hastings untergebracht sind. Sie klopft sachte an und schiebt die Tür mit der Fußspitze auf. Hastings schläft tief und fest. Der kleine Körper liegt in der Mitte des Doppelbetts. Seine Wangen sind gerötet, die Lippen entspannt. So friedlich und im Kerzenschein sieht er aus wie der Inbegriff eines Cherubs. Eliza sitzt in einem Sessel neben dem Bett und starrt auf ihren Sohn. Ihr Gesicht ist vom Weinen so karminrot wie ihr Morgenmantel, das gebürstete Haar hängt ihr offen über die Schultern. Ohne den Puder ist es fast ebenso dunkel wie das von Jane.

»Ich bringe dir etwas Tee.« Jane hält ihr die Tasse hin.

Eliza versucht zu lächeln, doch es gelingt nur halb. Sie streckt die zitternden Arme aus, und Jane reicht ihr die Tasse, hält sie aber selbst auch noch fest, bis sie sicher auf Elizas Knie abgestellt ist.

Dann zieht sie sich den Stuhl vom Frisiertisch heran und setzt sich zu Eliza. »Wie geht es ihm?«

Als Eliza sich zu Hastings umwendet, werfen ihre Wimpern dunkle Schatten auf ihre Wangen. »Ach, du kennst es ja. Es ist wieder gut, er muss sich nur ausruhen.«

»Passiert es oft?«

»Jetzt nicht mehr so oft. Jedes Mal bete ich, dass es das letzte Mal ist. Und dann, bei der kleinsten Erkältung oder wenn das Wetter umschlägt …« Ihre Stimme bricht, sie presst die Faust gegen den Mund. »Ich habe so darauf geachtet, dass er für die Reise warm eingepackt ist, aber vielleicht hat die Fahrt in der zugigen Kutsche schon gereicht. Und bei Georgy?«

Jane senkt den Blick. Genau diese Frage wagt sie nie zu stellen, wenn ihr Vater oder ihre Brüder aus Winchester zurückkommen. Die Vorstellung, dass Georgy vor Fremden auf dem dreckigen Kerkerboden einen solchen Anfall erleiden könnte, ist unerträglich. »Nicht mehr, glaube ich.«

»Das ist gut.« Eliza trinkt einen Schluck von ihrem Tee. »Äh! Wie viel Zucker hast du da hineingetan?«

»Wir haben gerade einen neuen Zuckerhut bekommen, und Mutter sagt, das hilft gegen den Schock. Oder hätte ich dir lieber ein paar Schwarze Tropfen mitbringen sollen?«

Nun gelingt Eliza ein zwar kleines, aber echtes Lächeln.

Jane schiebt die Hand in die Tasche, zieht die ominöse Quittung hervor und streicht sie auf ihrem Schoß glatt. »Hier habe ich lange herumgerätselt. Es ist eine furchtbare Handschrift, aber ich kann das Datum entziffern und etwas über zwei Schmuckstücke.« Sie reicht das Blatt Eliza und hofft, sie ein wenig von ihren nie endenden mütterlichen Sorgen ablenken zu können.

Eliza stellt die Tasse auf den Frisiertisch und hält die Quittung in den Schein einer Talgkerze.

30. August 1795

Eine Damenkette, 18 Kt, mit Perlen	*36 Gn*
Ein Herrenring, Intaglio	*14 Gn*
Insgesamt:	*50 Gn*

3. November 1795
Erhalten

»Siehst du? Das könnte ihre Kette sein. Die Georgy dann irgendwie in die Finger gekriegt hat. Und ein Ring für einen Herrn. Vielleicht ein Siegelring mit graviertem Stein? Aber das ergibt doch keinen Sinn! Warum hätte Zoë Renard Geld für Schmuck ausgeben sollen, wo sie sich gleichzeitig die Finger wundgearbeitet und im *Angel Inn* so bescheiden gewohnt hat? Und sieh dir den Preis an!« Jane tippt auf die kleine Zahlenkolonne. »Du hast die Kette nicht gesehen, aber sie ist wirklich besonders schön. Mit so vielen Perlen – ich hätte gedacht, dass sie mehrere Hundert Pfund wert ist. Aber hier steht, sie hat nur fünfzig Guineen für beides bezahlt, den Ring *und* die Kette.«

Stirnrunzelnd dreht Eliza das Blatt um, sieht sich die Rückseite an, hält es gefährlich nahe an die Flamme und studiert die Schrift. »Ich glaube, das ist keine Quittung. Jedenfalls keine von einem Juwelier.«

Jane schaut Eliza mit schief gelegtem Kopf an. »Aber es muss eine sein. Ich habe mir das Blatt hundertmal angesehen, und das sind die einzigen Wörter, die ich entziffern kann.«

»Ja, aber sieh doch genau hin! Es steht noch ein zweites Datum drauf, der dritte November. Und heißt das ›Erhalten‹ da unten?«

»Ja. Das muss das Datum sein, an dem sie den Schmuck, den sie im August bestellt hat, bekommen hat. Vielleicht ist der Betrag so niedrig, weil das nur eine Anzahlung war?«

»Nein. Es ist, wie du gesagt hast. Sie war eine Frau, die weder die Mittel noch den Drang hatte, Schmuck zu kaufen.« Eliza faltet das Blatt zusammen und hält es hoch. Ihre dunklen Augen blitzen. »Das stammt nicht von einem Juwelier, sondern von einem *Pfandleiher*. Madame Renard muss die Kette und den Ring im August versetzt haben, vielleicht, damit sie ihre Miete im *Angel Inn* bezahlen konnte.«

»Oh …«, sagt Jane unsicher. Sie hat nie Schmuck besessen, geschweige denn welchen versetzt. »Ist der Betrag deshalb so niedrig?«

»Wer in einer verzweifelten Lage ist, nimmt, was er kriegen kann. Die Frage ist nur, woher hatte sie das Geld, mit dem sie die Stücke ausgelöst hat? So viele Hüte kann sie gar nicht verkauft haben.«

»Warum hat sie den Schmuck nicht gleich richtig verkauft? Dann hätte sie doch viel mehr bekommen?«

Eliza zuckt die Achseln. »Die Stücke könnten von sentimentalem Wert gewesen sein, die Kette vielleicht ein Familienerbstück.«

»Ja, und der Ring ...« Jane springt auf. »Der Ring, Eliza. Ein Herrenring! Bestimmt ein Zeichen der Liebe. Sie hat ihn von jemandem bekommen, der ihr sehr viel bedeutete. Vom Vater ihres ungeborenen Kindes!«

Eliza legt einen Finger an die Lippen und schaut zu ihrem schlafenden Sohn.

»Verzeih«, flüstert Jane. »Sicher ist sie nach Basingstoke gekommen, um nach ihm zu suchen. Weil sie verzweifelt war. Weil sie sein Kind unter dem Herzen trug. Und dann hat sie ihn gefunden, und *er* hat ihr das Geld gegeben, mit dem sie sich den Schmuck zurückholen konnte.«

Eliza faltet das Blatt zusammen und gibt es Jane zurück. »Mit dir geht die Fantasie durch.«

Plötzlich ist Jane ganz leicht zumute. Genauso euphorisch ist sie, wenn in ihrer Vorstellung eine neue Geschichte Gestalt annimmt. »Der Ring ist ein Hinweis – der erste echte Hinweis, den wir gefunden haben. Von einem Ring hat bisher niemand gesprochen.«

»Weil der Dieb sich damit aus dem Staub gemacht hat?«

»Das wäre möglich, ja. Wobei, wenn Mutter recht hat und der Dieb die Kette weggeworfen hat, weil sie ihn mit dem Mord in Verbindung gebracht hätte, warum hätte er dann den Ring behalten sollen? Ein Ring mit Gravur wäre doch erst recht zuzuordnen gewesen.« Sie schaukelt leicht vor und zurück, während sie alle möglichen Wendungen durchspielt, die die Geschichte genommen haben kann. »Es hätte viel näher gelegen, die Kette zu verkaufen und den Ring Georgy unterzujubeln.«

»Da hast du recht. Gold und Perlen sind leicht zu veräußern.«

»Was, wenn der Dieb den Ring nicht genommen hat, weil Madame Renard ihn zum Zeitpunkt des Angriffs gar nicht getragen hat? Weil zum Beispiel der Gentleman, der ihn ihr geschenkt hatte, ihn wieder an sich genommen hat, nachdem sie ihn beim Pfandleiher ausgelöst hatte?«

»Warum hätte er das tun sollen?«

»Weil er nicht wollte, dass irgendwer von ihrer Verbindung erfährt. Andernfalls wäre er doch zur Beisetzung gekommen.« Jane schaudert beim Gedanken an die trostlose Beerdigung. »Dass ein Gentleman einer Frau, der er auf dem Kontinent begegnet, seinen Ring schenkt, ist das eine – dass sie diesen Ring dann aber hier öffentlich trägt, wäre etwas ganz anderes. Basingstoke ist eine kleine Stadt. Die Zahl der angesehenen, begüterten Familien in Hampshire ist begrenzt. Ein Siegelring, vor allem einer mit einem Wappen, könnte erkannt werden.«

»Er könnte noch in ihrem Zimmer liegen, bei ihren anderen Sachen.«

»Nein. Weißt du nicht mehr? Mr Toke sagte, der Erlös aus dem Verkauf ihrer Habseligkeiten würde nicht reichen, um ihre Mietschulden zu begleichen. Es muss so sein, dass der ursprüngliche Besitzer sich den Ring zurückgeholt hat, um nicht entdeckt zu werden.«

Eliza legt Hastings sanft den Handrücken auf die Stirn. »Gut gemacht, *ma chérie*. Aber bitte weck meinen Jungen nicht auf, er braucht jetzt Ruhe.«

Jane platzt schier vor Tatendurst. Sie möchte losziehen und die Ringfinger sämtlicher Gentlemen in der Grafschaft

177

inspizieren. »Aber verstehst du denn nicht? Wenn wir den Ring finden, haben wir ihren heimlichen Geliebten. Und wer könnte uns schneller zu ihrem Mörder führen als er?«

3. An Cassandra Austen

Steventon, Donnerstag, den 31. Dezember 1795

Meine liebste Cassandra,

wenn Du mich noch einmal bittest, mich um Mutter zu kümmern, muss ich glauben, dass Du mich für lieblos hältst, und das kann doch nicht sein. Du weißt, dass ich die Beschwerden meiner Mutter aufs Genaueste beobachte und sie Dir in jedem zweiten Brief – jeweils physiologisch und nach den betroffenen Körpersäften gekennzeichnet – auflise. Also zurück zu der viel dringlicheren Frage, wer die unglückliche ~~Hutmacherin~~ Spitzenklöpplerin Madame ~~Renault~~ Renard getötet hat. Es war kein Freund oder Liebhaber – sie war keine Hutmacherin, weder in dem einen Sinn des Wortes noch im anderen. Aber das Netz meines Argwohns spannt sich jetzt auch über:

– Jack Smith. (Ein Raubüberfall, der schiefgelaufen ist? Ich bezweifle das, aber Mama sagt, sie würde nicht ausschließen, dass es ein Gelegenheitsdieb war, und ich muss zugeben, es wäre die einfachste Erklärung dafür, dass Georgy die Kette hatte.)

Zu der Frage, warum sie überhaupt hier war – könnte es sein, dass sie wegen des Eigentümers eines goldenen Siegelrings mit Edelstein und Gravur nach Basingstoke kam? Und falls ja, wie finde ich den fraglichen Gentleman?

Wie mein blaues Kleid anstelle Deines eigenen in Deine Reisetasche geraten konnte, ist mir ein Rätsel. Es muss daran liegen, dass Sally sich so nachlässig um unsere Garderobe kümmert. Ich werde sie in Deinem Namen ernsthaft tadeln. Reiß meinen Brief in Streifen, tauch diese in Mehl und Wasser und mach Dir einen Brauthut aus Papiermaché. Ich bin sicher, Du wirst damit bezaubernd aussehen.

Deine Dich liebende Schwester
J. A.

An Miss Austen
bei Rev. Mr Fowle
Kintbury
Newbury

13. Kapitel

Das Jahr endet mit einem kalten, klaren Abend. Der abnehmende Mond steht fast im letzten Viertel, erleuchtet aber die Landstraßen genügend, als Henry und James sie zum Silvesterball im *Angel Inn* kutschieren. Jane sitzt neben Eliza und blickt hinaus zu den Sternen, die am tintenschwarzen Himmel flackern. Im tiefsten Innern wäre sie gern wieder die unbekümmerte junge Frau, die sie war, bevor sie ihrem Bruder zur Wäschekammer der Harcourts gefolgt ist und die erschlagene Zoë Renard entdeckt hat. Aber wie wäre das möglich, wo Georgy noch immer in Gefahr ist?

Stattdessen wird sie ihr Gewissen beruhigen, indem sie ihr Bestes tut, ihren Bruder zu retten – sie wird mit so vielen Gentlemen tanzen wie nur möglich und dabei nach einem Siegelring mit graviertem Stein Ausschau halten. Wenn sie den Vater von Madame Renards Ungeborenem findet, könnte der sie zum Mörder führen. Erst wenn sie ihre Mission erfüllt hat, wird sie sich gestatten, sich so oft mit Tom zu zeigen, dass die örtlichen Klatschbasen ihre helle Freude haben werden.

Eliza hat ihr Rouge auf Lippen und Wangen getupft und ihr ein wenig von ihrem französischen Parfum hinter die Ohren und aufs Dekolleté gespritzt. Auch Sallys Gesicht hat die Cousine mit Rouge aufgefrischt; es war das erste Mal seit Weihnachten, dass das Mädchen gelächelt hat. Während der vergangenen Tage hat Sally so den Kopf hängen lassen, dass Jane Sorge hat, ihre Mutter könnte vor lauter Kummer wegen Georgy vergessen haben, ihr ihre Weihnachtsgabe zuzustecken. Es ist alter Brauch, dass die Hausangestellten am zweiten Weihnachtsfeiertag ein kleines Extra bekommen, Sally muss also damit gerechnet haben. Jane nimmt sich vor, die Sache schnellstmöglich in Ordnung zu bringen, und sei es nur, damit Sally künftig etwas behutsamer vorgeht, wenn sie ihr die Frisur macht.

Ohne Cassandra, die Sally in die Schranken gewiesen hätte, ist diese im Umgang mit Papierlockenwicklern und Brennschere geradezu entfesselt. Sie hantiert alles andere als zartfühlend, und was sie unter gutem Stil versteht, ist das Gegenteil von dezent. Dabei herausgekommen ist eine Art Korkenzieherfontäne, die aus Janes Scheitel entspringt. Eliza hat Jane das neue changierende Goldband so oft um die Taille gewunden, dass diese nun deutlich höher zu sitzen scheint, genau wie die neue Mode es verlangt. So aufgeputzt, sieht Jane gut aus wie noch nie, und besser, fürchtet sie, wird sie vielleicht nie aussehen.

Kaum sind sie auf dem Hof des *Angel Inn* zum Stehen gekommen, reißt James die Kutschentür auf und reicht Eliza die Hand, sodass Jane sich beim Aussteigen auf Henrys Arm stützen muss. Das stört sie nicht im Geringsten. Er sieht prachtvoll aus in seiner Uniform, und sie zeigt sich jederzeit lieber am Arm eines Soldaten, sogar eines Seemanns, als mit einem Geistlichen.

Daran, wie Henry die Schultern strafft und beobachtet, wie Eliza vor ihnen am Arm des älteren Bruders die gewundene Treppe hinaufgeht, erkennt Jane, dass er mit der Aufteilung nicht ganz so zufrieden ist wie sie. Elizas Überkleid aus glänzender Seide schillert bei jeder Bewegung ihrer Hüften. Henry war schon immer vernarrt in sie. Jetzt ist er Mitte zwanzig, der Altersunterschied von zehn Jahren spielt keine Rolle mehr, und Jane spürt, dass seine Leidenschaft für die glamouröse Cousine eine gefährlich körperliche ist.

Im Schein der Leuchter bietet das *Angel Inn* einen sehr viel respektableren Anblick. Sobald sie den Ballsaal betreten haben, hebt sich Jane auf die Zehenspitzen und sucht die Menge nach Tom ab. Der Saal ist groß, quadratisch, bietet viel Platz zum Tanzen. Schwerer Nelken- und Zitrusduft liegt in der Luft. Rund um den Tanzboden sind Tische eingedeckt, mit weißen Tüchern und efeugeschmückten Silberkandelabern, dort sind die besseren Familien der Grafschaft versammelt. Die Chutes, die Digweeds und die Terrys – alle mit gepuderten Haaren, mit Schmuck behängt und leicht erhitzt. Auf einem Podium, über dem ein großer Messingleuchter hängt, sitzt das Orchester und spielt einen schwungvollen Tanz. An diesem Abend ist die volle Besetzung da, Streicher, Holz- und Blechbläser und natürlich ein großes Hammerklavier. Die schöne Musik hebt augenblicklich Janes Stimmung.

Gegenüber, auf der anderen Seite des Tanzbodens, reckt ihre Freundin Alethea einen weißen Arm in elfenbeinfarbenem Handschuh und winkt eifrig. Sie trägt das rötliche Haar hoch auf dem Kopf aufgetürmt und mit Straußenfedern geschmückt. Ihr Vater, Mr Bigg-Wither, hat ihnen einen der besten Tische gesichert, nahe an einem Fenster, sodass sie frische Luft haben, und mit ungehindertem Blick auf die Tanzenden. Alethea rutscht ungeduldig auf ihrem Stuhl herum. An ihren Ohren wie an ihrem Hals funkeln Diamanten, und das zarte Musselinkleid schimmert mit seinen goldenen und silbernen Pailletten. Als Jane und ihre Begleitung näher kommen, lächelt Alethea Jane zu, klopft auf den freien Stuhl neben sich und schaut mit großem Augenaufschlag zu James und Henry auf. »Oh, gut, du hast Männer mitgebracht!«

James läuft rot an und klammert sich Halt suchend an Elizas Arm, während Henry Jane stehen lässt und nach Elizas anderem Ellbogen greift. Offenbar soll ihre Cousine als Schutzschild gegen jedes auf Beutezug befindliche weibliche Wesen dienen. Dabei können sie bei Alethea ganz unbesorgt sein. Jane ist fest davon überzeugt, dass diese sich für James und Henry nur im Zusammenhang mit dem Tanzboden interessiert. Es sind an die hundert Menschen zugegen. Zieht man diejenigen ab, die vermutlich nicht die Absicht haben zu tanzen, bleiben immer noch genug, um mindestens fünfundzwanzig Paare zu bilden.

Jane holt Bleistift und Notizbuch hervor, um ihre Beobachtungen festzuhalten. »Sei nicht so unverblümt, Alethea. Du verscheuchst die schüchternen Wesen ja.«

Alethea zieht eine Schnute. »Aber wir Frauen sind in der Überzahl, wie immer. Sieh dich doch um, wir sind doppelt so viele! Glaub mir, Jane, am Ende des Abends werden wir selbst abwechselnd die Gentlemen geben müssen.«

Währenddessen hält Jane weiter nach Tom Ausschau. Normalerweise hätte sie nichts dagegen, mit Alethea ein Paar zu bilden, aber heute wünscht sie sich, aufgefordert zu werden – zum Tanzen und zu mehr.

»Was tust du da?« James zeigt auf ihr Notizbuch. »Muss das sein?«

»Ich halte Ideen für meine neue Geschichte fest. Da gibt es eine Szene auf einem Ball. Kann eine Schriftstellerin sich nicht genauso vom echten Leben etwas abschauen wie ein Maler?« Das ist nur halb gelogen. Sie entwirft gerade die Handlung ihrer nächsten Geschichte und möchte einen großen Ball einbauen, der in den eleganten Versammlungsräumen in Bath abgehalten wird. Da sie noch nie dort war, muss sie sich vorerst von ihrer unmittelbaren Umgebung inspirieren lassen. Zugleich legt sie aber auch eine Liste sämtlicher anwesender Gentlemen an, sodass sie später nur noch ein Häkchen oder ein Kreuz hinter die Namen setzen muss, um zu wissen, wer von ihnen einen Siegelring mit Gravur trägt.

»Das schickt sich nicht. Die Leute werden denken, du machst dir Notizen über sie. Pack das weg.«

Dass ihr Bruder sie öffentlich derart maßregelt, treibt Jane die Hitze ins Gesicht. »Dann mache ich eben eine Tanzliste. Bist du damit zufrieden? Alethea, du kannst mit James anfangen. Du wirst feststellen, dass er schon viel besser geworden ist. Wir haben die Schritte mit ihm geübt.«

Alethea lacht. »Sehr schlau! Ich muss unbedingt anfangen, mit meinem kleinen Bruder zu üben.«

»Und wenn die Lloyds kommen«, Jane richtet ihren Stift auf James, »musst du zweimal mit Mary tanzen.«

»Warum soll Mary ihn zweimal haben?« Alethea hakt sich bei James unter und zieht ihn in Richtung Tanzfläche.

Eliza lässt seinen anderen Arm los, und so hat er keine Stütze mehr, an die er sich klammern kann.

»Wer soll denn sonst mit Mary tanzen?«, fragt Jane und legt den Kopf schräg. »Bei ihrer Heimsuchung.«

»Sei nicht so gemein.« James runzelt die Stirn. »So schlimm sind die Pockennarben nicht.«

»Von den Pockennarben redest du«, erwidert Jane mit einem Achselzucken. »Ich habe ihr Wesen gemeint.« Als die anderen hinter vorgehaltener Hand kichern, läuft James dunkelrot an. »Und Henry …«

Henry legt Eliza den Arm um die Taille und zieht sie fort. »Untersteh dich! Ich sorge selbst für mich.« Eliza und er sind ein so umwerfendes Paar, dass sich vor ihnen wie von selbst eine Schneise in der Menge auftut. Sie gehen hinüber zu dem Tisch mit den Erfrischungen, wo ein rasierter und gewaschener Mr Toke aus einer riesigen Schüssel Punsch ausschenkt. Jane kann nur beten, dass er sie in ihrem ganzen

Putz nicht als die impertinente junge Dame erkennt, die er kürzlich seines Hauses verwiesen hat.

Hinter ihr ertönt ein höfliches Hüsteln. Sie fährt herum und sieht sich einem wohlvertrauten elfenbeinfarbenen Frack gegenüber. Der würzige Duft eines Bergamotte-Eau de Cologne steigt ihr in die Nase, und ihr Atem geht schneller. Tom begrüßt sie übertrieben feierlich, verneigt sich tief und presst ihre Hand an seine Lippen. Ihr ist, als würde noch durch das Ziegenleder des Handschuhs ihre Haut durch die Berührung versengt. »Miss Austen, darf ich hoffen, dass Sie mir die Ehre zuteilwerden lassen, mir den ersten Tanz zu gewähren?«

»Das dürfen Sie, Sir.« Als er sich weigert, ihre Hand loszulassen, macht sie einen Knicks.

Seine Lippen verziehen sich zu einem weichen Lächeln. »Und den nächsten?« Jane bleibt die Luft weg. »Und möglichst noch den danach?«

Strahlend lässt sie sich von ihm auf den Tanzboden führen. Es ist, als schwebe sie auf Wolken.

Jonathan Harcourt und Sophy Rivers, deren Verlobung inzwischen förmlich in der *Times* bekannt gegeben worden ist, sind gebeten, den Ball zu eröffnen. Sie stehen einander gegenüber ganz vorn in der Reihe der Tänzerinnen und Tänzer. Sophys Blick über dem blitzenden Diamantenhalsband ist steinern, und ihre grimmige Miene hat wenig Ähnlichkeit mit dem Bildnis auf dem Elfenbeinanhänger. Eigentlich müsste sie in ihrem Element sein, tanzend ihren Aufstieg in die Kreise des *haut ton* feiern. Stattdessen wirkt sie eher wie eine Kriegerin, den Fächer aus Straußenfedern hält sie wie einen Schild vor sich. Jonathan starrt auf ihre Schuhe. Er ist ein schlaksiger junger Mann, größer als seine beiden Eltern, und steht leicht gebeugt, als wollte er sich dafür entschuldigen, dass er so hoch aufgeschossen ist.

Eliza und Henry sind die nächsten in der Reihe. Sie haben

gerötete Wangen, werfen einander Blicke zu und sehen tausendmal mehr aus wie frisch Verliebte als das offiziell verlobte Paar. Jane fragt sich, ob ihrer Cousine klar ist, welche Wirkung sie auf Henry hat. Falls ja, wäre es höchst unverantwortlich von ihr, weiter ihr Spiel mit ihm zu treiben.

Dann kommen James und Alethea sowie eine aufgedrehte Mary Lloyd, der es irgendwie gelungen ist, sich den flotten Mr Fitzgerald als Tanzpartner zu angeln. Die Musiker heben die Bögen und spielen eine Allemande. Jonathan und Sophy geben die ersten Schritte vor, und die weiteren Paare wiederholen sie eins nach dem anderen, bis die ganze Reihe in Bewegung ist.

Diesen einen Tanz lang ist Janes Welt hell und funkelnd. Als Tom sie bei der Hand nimmt und sie in eine Pirouette führt, vibriert ihr Innerstes vor Freude. Er kommt ihr so nahe, dass sie seinen heißen Atem spürt. »Ein Jammer, dass es hier kein Gewächshaus gibt.«

»Aber Mr Lefroy, was deuten Sie da an?« Jane errötet bei der Erinnerung, wie hemmungslos sie beim Ball der Harcourts geflirtet haben, bevor der Abend die schlimme Wendung nahm. Vor der gesamten guten Gesellschaft von Steventon fragte Tom sie unumwunden, ob sie fröstele, und verglich sie mit einer »Treibhausblume, die draußen in der Kälte stehen muss«. Dann zwinkerte er ihr zu, und ein Funke begann in ihr zu sprühen. So ließ er sie wissen, dass er im Gewächshaus auf sie warten würde. Von allen Männern, die sie bislang kennengelernt hat, ist er der Einzige, der ihrem Scharfsinn und Witz Paroli bieten kann.

»Ich will nur sagen, dass ich alles dafür geben würde, jetzt mit Ihnen allein zu sein«, murmelt er. Jane hängt an seinen Lippen. »Wir treffen uns morgen. Mittags, vor der Kirche Ihres Vaters?«

Ihr Puls beschleunigt sich. Sie nickt. Morgen ist Neujahr.

Welches Datum könnte passender sein, um die neue Richtung des eigenen Lebens festzulegen? Wäre das Goldband nicht so fest um sie geschlungen, ihr Herz würde einen Sprung machen vor Freude.

Die Musik endet. Jane und Tom lösen sich einen Augenblick später voneinander als die anderen Paare. Und als sie wieder in der Reihe stehen und den Musikern applaudieren, strahlen sie einander an.

Gleich darauf nimmt Tom sie bei der Hand und führt sie zu dem Tisch mit den Erfrischungen. Jane bleibt etwas abseits stehen, um nicht in Mr Tokes Blickfeld zu geraten. Sir John schiebt sich an ihr vorbei, in jeder Hand einen Kelch mit Punsch. An seinen dicken Fingern sieht sie keinen Ring. Sie zieht ihr Notizbuch hervor und malt ein Kreuz hinter seinen Namen.

Der Baronet geht geradewegs zu seiner Frau, die nicht weit vom Orchester neben Mrs Rivers auf einem Sofa thront. Stocksteif sitzt Lady Harcourt da und starrt hinüber zu ihrem Sohn. Der steht stumm und reglos vor der düster dreinschauenden Sophy. Sir John stellt einen der Kelche neben eine Vase mit einem Strauß Trockenblumen auf einen Sockel, holt ein Fläschchen aus der Westentasche und gibt daraus ein paar Tropfen in den anderen Kelch.

Als er den manipulierten Punsch seiner Frau reicht, zieht sich alles in Jane zusammen. Sicher weiß sie es nicht, aber sie vermutet, Lady Harcourt hat keine Ahnung, dass ihr Gemahl ihr etwas ins Getränk gemischt hat, und zwar höchstwahrscheinlich Schwarze Tropfen.

Tom reicht ihr ein Glas, und um ihrer wachsenden Unruhe zu begegnen, leert sie es in einem Zug. Der Punsch ist stark. Jane lässt ihrem Gaumen nicht viel Zeit, Rum und Brandy zu schmecken. Sie kann Tom nicht von Sir Johns hinterhältiger Tat erzählen, dafür stehen zu viele Leute in ihrer Nähe.

Zurück auf dem Tanzboden, rückt Jane in der Reihe auf, bis sie neben Sophy Rivers steht. Bei der nächsten Drehung flüstert sie Tom ins Ohr: »Würden Sie mir einen Gefallen tun?«

Er lehnt sich etwas zurück. »Hängt davon ab ...«

»Können wir wechseln?« Sie dreht sich zu Sophy und Jonathan um.

Die Gelegenheit, Jonathan über das merkwürdige Verhalten seines Vaters auszuhorchen, ist zu günstig, als dass sie sie verstreichen lassen könnte, und der Punsch hat sie mutig gemacht. Sie wird versuchen, Jonathan ein paar Worte zu dem unschönen Umgang seiner Eltern miteinander zu entlocken, um besser zu verstehen, was der Baronet für ein Mensch ist. Sir Johns Missachtung der Gesundheit seiner Frau und seine Neigung, gefallene Frauen in seinem Haus – nicht zu reden von seinem Bett – willkommen zu heißen, machen ihn verdächtig. Wozu mag er noch imstande sein? Wenn sie ihrem Ziel, die Finger sämtlicher Gentlemen im Raum zu inspizieren, näher kommen will, muss sie Tom wohl oder übel irgendwann stehen lassen, da kann sie auch jetzt gleich beginnen.

»Diese Art von Gefallen sagt mir gar nicht zu. Wenn er mich von Ihnen weglotst.«

Jane sieht ihn bittend an. »Es ist wichtig. Ich erkläre Ihnen später, warum.«

Tom schmollt. Doch bei der nächsten Tanzfigur nimmt er statt ihrer Hand die von Miss Rivers. Jane ergreift die Hand von Jonathan. Er erschrickt, entspannt sich aber gleich darauf, eher erleichtert, dass er nun mit der Tochter seines früheren Schulmeisters tanzt und nicht mit seiner Verlobten. »Miss Austen?«

»Mr Harcourt. Verzeihen Sie, dass ich mich so hereindränge, aber seit Sie von Ihrer Grand Tour zurück sind, hatte ich noch nicht das Vergnügen, mit Ihnen zu tanzen.« Sie stehen einander gegenüber und warten, bis sie mit den nächsten Schritten an der Reihe sind. Jane lächelt ihn freundlich an.

»Das stimmt. Aber Ihr Klavierspiel bei meiner Willkommensfeier hat mir sehr gefallen«, sagt Jonathan ohne auch nur den Hauch eines spöttischen Funkelns in den blauen Augen. Er ist ganz in Schwarz, nur das weiße Hemd und das ebenfalls weiße Halstuch durchbrechen die Düsternis. Selbst das glänzende schwarze Haar ist zum Zopf gebunden und mit einem schwarzen Band umwickelt.

»Danke, das ist sehr liebenswürdig, aber mir ist wohl bewusst, dass an dem Tag deutlich größere Talente geglänzt haben als ich. Sagen Sie, wie geht es Ihrer Mutter? Sie muss doch sehr froh sein, Sie wieder zu Hause zu haben.«

Jonathan blinzelt. »Meiner Mutter?«

»Es ist gewiss ein großer Trost für sie, dass Sie wieder hier sind und bald heiraten werden. Haben sich ihre nervösen Zustände gebessert?«

Kurz zuckt es um seine blassen Lippen, dann presst er sie aufeinander. »Meine Mutter ist wohlauf wie immer, vielen Dank. Aber wie geht es *Ihrer* Familie, Miss Austen? Ich habe von Georgys Schwierigkeiten gehört, das tut mir sehr leid. Ich hoffe und bete, die Sache wird geklärt und er kommt bald frei.«

Als sie sich vorstellt, dass ihr Bruder im Gefängnis schmachtet, während sie sich hier unter die *beau monde* mischt, wird Jane leicht taumelig zumute. Seltsam, dass ausgerechnet Jonathan an Georgy denkt. »Das ist sehr freundlich von Ihnen. Meine Familie ... hält sich wacker.« Sie zögert, überlegt fieberhaft, wie sie ihn ausfragen kann, ohne zu viel von sich preiszugeben. Schließlich kann sie ihn schlecht fragen, ob er weiß, dass sein Vater Hausangestellte in sein Bett holt, im Begriff ist, seine Frau, Jonathans Mutter, zu vergiften, und durchaus für den Mord verantwortlich sein könnte, der den Verlobungsball zunichtegemacht hat. »Sie haben im Ausland Kunst studiert, nicht wahr? Ich erinnere mich gut an die lustigen Karikaturen, die Sie gezeichnet haben, als Sie noch meines Vaters Schüler waren.«

Er reicht ihr die Hand. Es ist jetzt an ihnen, die Arme zu heben und einen Bogen zu bilden, den die anderen Tänzer passieren. »Das habe ich, ja.«

Sie spürt, wie seine papiertrockenen Finger zittern. Fast ist es, als stütze sie ihn. »Sagen Sie mir noch einmal, wo?«

Jonathan schluckt und wartet, bis das nächste Paar durch ihren Bogen geschlüpft ist. »Brüssel.«

Ihr rauscht das Blut in den Ohren. Alles um sie her verschwimmt, während sie Jonathan anstarrt. »Brüssel?«

Er ist auf den Kontinent gereist, um Kunst zu studieren.

Was hat er dort noch getan? Madame Renard kennengelernt und mit ihr ein Kind gezeugt?

Sein Gesicht wirkt schlaff, sein Blick ist leer. »An der Königlichen Akademie. Jedenfalls bis die Franzosen einmarschiert sind.« Die Tanzenden ziehen den Kopf ein und gleiten unter ihren hochgereckten Armen durch. Jonathans Ausdruck ist so emotionslos, dass er sie an Hastings kurz vor seinem Anfall erinnert.

Janes Atem geht schneller. Wenn es doch nur möglich wäre, einem anderen Menschen in den Kopf zu sehen und zu wissen, was er denkt! Die Feier zu Jonathans Heimkehr, bei der Sophy sie am Klavier gedemütigt hat, war im September, das heißt, er könnte Madame Renard im Juli in Brüssel getroffen und geschwängert haben.

Aber Jonathan ist keiner von der Sorte, die eine junge Frau ruiniert und sie dann mittellos zurücklässt. Oder doch? Kann er Madame Renard tatsächlich verführt, ihr Versprechungen gemacht und seinen Ring geschenkt haben und dann nach

England zurückgekehrt sein, um eine reiche Erbin zu heiraten? Er war immer so ein sanfter Mensch.

Aber Männer können sich ändern. Jungen wachsen heran und sind plötzlich vollkommen andere Geschöpfe. Und dass das Benehmen eines Mannes hinter verschlossenen Türen ganz anders sein kann als die freundliche Art, die er öffentlich an den Tag legt, weiß Jane, weil immer wieder grün und blau geschlagene Frauen an die Hintertür des Pfarrhauses klopfen und den Beistand des Pastors erbitten.

Sie schluckt ein paarmal. »Sie vermissen es sicher.«

»Das tue ich, ja.« Sein Ton ist bitter. Jane lässt seine Hände los und weicht einen Schritt zurück. Das letzte Paar hat ihren Bogen passiert. Jonathan, die dunklen Brauen zusammengezogen, starrt sie unverwandt an. »Gott, ich wünschte, ich hätte nie wieder einen Fuß auf diese Insel gesetzt.«

Der Nachdruck, mit dem er das sagt, erschreckt Jane. Der Tanz ist zu Ende, die anderen Paare applaudieren und zerstreuen sich. Jonathan hebt die Hände, um ebenfalls, schlaff und langsam, zu klatschen. Am kleinen Finger der linken Hand trägt er einen goldenen Siegelring mit einem rotbraunen Stein.

Jane kann den Blick nicht davon wenden. Jonathan hat sich in Brüssel aufgehalten, als Madame Renard schwanger wurde, *und* er trägt einen Siegelring. Ihr Mund ist trocken, sie hat das Gefühl, die Entdeckung droht sie zu ersticken. Er schaut sie düster an, zweifellos sieht er, dass ihr nicht wohl ist. Sie taumelt ein paar Schritte zurück – noch ist sie nicht so weit, dass sie ihn zur Rede stellen kann. Sie kennt Jonathan schon ihr Leben lang. Es kann nicht sein, dass er in Madame Renards Untergang verwickelt ist. Undenkbar.

14. Kapitel

Es sind weitere Kutschen eingetroffen, und der Ballsaal ist brechend voll. Jane zittert am ganzen Leib. Sie schiebt sich durch das Gedränge, stößt mit anderen Leibern zusammen, späht über fremde Schultern hinweg, sucht überall nach Tom. Sie braucht einen Verbündeten, dem sie sich anvertrauen kann, einen, der ihr nicht vorhält, die Fantasie gehe mit ihr durch. Jonathan hat sich nicht gewunden, ist nicht schuldbewusst zusammengezuckt – und dennoch kann Jane weder über sein Bekenntnis, in Brüssel gewesen zu sein, einfach hinweggehen noch über den Siegelring, der an seinem Finger blitzt.

Der Geruch von Schweiß und Tabakqualm verklebt ihr die Kehle. Sie erhebt sich auf die Zehenspitzen. Da, auf der gegenüberliegenden Seite des Raums, steht Tom, er ist ins Gespräch mit seiner Tante und seinem Onkel vertieft. Mrs Lefroy hält ihm und ihrem Mann George einen mahnenden Zeigefinger vor die Nase. Kein Zweifel, sie schimpft mit ihnen. Vielleicht hat sie sie erwischt, wie sie sich zu den Kartentischen fortstehlen wollten. Mr Lefroy tätschelt seiner Frau beruhigend den Arm, während Tom etwas missmutig dasteht, die Arme verschränkt.

Ihre Blicke treffen sich, doch er bedeutet ihr mit einem knappen Kopfschütteln, dass sie jetzt nicht dazukommen soll. Enttäuscht drängt sie sich erneut durch die Menge, diesmal zu Mr Toke und seiner Punschschüssel. Der Tanz und die beunruhigende Begegnung mit Jonathan haben sie so durstig gemacht, dass sie ihr Glas wieder in einem Zug leert und sofort noch einmal hinhält, um es füllen zu lassen. Inzwischen ist es ihr egal, ob der Herr des Hauses sie erkennt oder nicht, kann er sie doch schlecht vor der versammelten Grafschaft hinauswerfen. Sollte er es versuchen, wäre das ein gehöriger Dämpfer für die Stimmung im Saal.

Nicht weit von ihr steht Eliza an eine Säule gelehnt und wedelt sich mit einem Papierfächer Luft zu. Jane steuert auf sie zu wie ein Schiff auf den lange ersehnten Streifen Land. Aber bei Eliza steht schon Sir John und redet auf sie ein. Die dicken Locken seiner Perücke schwingen über seinem gewaltigen Bauch.

Jetzt klappt Eliza den Fächer zusammen. »Wirklich, Sir. Dies ist weder der geeignete Zeitpunkt noch der rechte Ort. Und um meine geschäftlichen Angelegenheiten kümmert sich mein Onkel, Mr Austen.«

Jane starrt Sir John herausfordernd an und hakt sich bei Eliza ein. Ohne den Blick von der Cousine und ihr zu wenden, grummelt er den Herren neben sich etwas zu. Mittlerweile ist der Raum so voll, dass sie zwischen Leibern regelrecht eingeklemmt sind. Wohin sie sich auch wenden, der Weg ist von breitschultrigen Herren im Frack und Damen mit turmhoher, straußenfedergeschmückter Frisur versperrt.

Solange sein Vater in Hörweite ist, kann Jane Eliza nichts von Jonathans möglicher Verbindung zu Madame Renard erzählen. Stattdessen wird sie, bevor ihr Beau wieder an ihrer Seite ist, herausfinden, wie Eliza von Tom denkt. »Und? Was hältst du von ihm?«

»Er ist ganz und gar impertinent.« Sie wirft einen Blick zu Sir John hinüber, öffnet den Fächer wieder und wedelt energisch damit. Das gefältelte Papier zeigt eine ländliche Szene:

Während Eliza sich Kühlung verschafft, tollen ein farbenfroh gekleideter Schäfer und eine Schäferin in einer französisch anmutenden Landschaft umher.

»Nein, nicht er. Ich meine meinen irischen Freund.« Jane nickt hinüber zur anderen Seite des Raums, wo Mrs Lefroy gerade die Hand auf Toms Arm legt und ihn in Richtung Tür zieht. Mr George Lefroy folgt ihnen in ein paar Schritten Abstand. Sie müssen auf dem Weg nach draußen sein, um frische Luft zu schnappen. Es wird immer heißer in den Gesellschaftsräumen, immer stickiger. Auf Janes Oberlippe sammelt sich Schweiß, sie spürt feuchte Flecken unter den Armen und betet, dass der Musselin sich nicht zu dunkel färbt. Wenn Mr Toke doch seine Leute anweisen würde, ein paar mehr Fenster aufzumachen!

»Oh.« Eliza schaut hinüber zu Tom, der Mrs Lefroy gerade das Cape um die Schultern legt. »Er ist reizend. Außerordentlich charmant und teuflisch gut aussehend. Und soweit ich das beurteilen kann, ist er sehr verliebt in dich. Was weißt du über seine Familie?«

Janes Nackenhaare sträuben sich. »Seine Familie?«

»Ja.« Elizas Blick ruht auf Tom. »Er ist sehr jung. Noch keine zwanzig, sagst du? Und steht als Anwalt ganz am Anfang. Wenn er keinen Gönner hat, werden Jahre vergehen, bis er es sich leisten kann zu heiraten. Also, was weißt du über seine Familie?«

»Nun …« Jane schluckt. Ein Diener trägt ein Tablett voller Gläser mit Weißwein vorbei. Sie nimmt eins und leert es zügig. Der Wein ist warm und süß und hinterlässt einen Nachgeschmack wie Erbrochenes. »Sein Vater war Hauptmann in der Armee, aber jetzt lebt er mit Toms Mutter in Irland.«

Eliza schiebt den Fächer zusammen und tippt sich damit gegen die Wange. »Ist Tom ein Einzelkind?«

»Nein, er hat fünf ältere Schwestern und …«

»Fünf?« Eliza reißt die Augen auf. »Wie viele davon sind verheiratet?«

»Keine.« Jane senkt den Blick. Unter dem Saum ihres Kleides schauen die rosa Satinschuhe hervor. Mit einem Schuss weißem Weinessig, etwas Laugenseife und viel Muskelkraft hat Sally die übelsten Grasflecken wegbekommen, nur um die Zehen ist noch ein Gelbstich zu sehen. »Ich glaube, sie leben alle noch zu Hause.«

»Also wird dein Mr Lefroy sie alle unterstützen müssen?« Bevor sie weiterspricht, klappt Eliza den Fächer wieder auf und hält ihn sich vor den Mund. »Was würde Lady Susan wohl zu so einer Verbindung sagen, Jane?«

»Sie würde sagen, such dir zum Heiraten einen reichen, dummen alten Mann und behalt Mr Lefroy als Liebhaber.«

Eliza kichert. »Ganz so geldgierig musst du ja nicht gleich sein, aber ich rate doch zu etwas Umsicht. Hüte dein kostbares Herz.«

Jane holt tief Luft und will dagegenhalten. Ihre Eltern hatten am Anfang so gut wie nichts, aber das hat Cassandra Leigh nicht davon abgehalten, George Austen, den attraktiven, wenn auch mittellosen Geistlichen, der sofort ihr Herz erobert hatte, zu heiraten. Mit Fleiß und großer Entschlossenheit haben sie sich ihr Leben eingerichtet.

Für Hühner oder sonstige bäuerliche Aufgaben interessiert Jane sich nicht, aber sie könnte eine Mädchenschule betreiben. Schlimmer als die, in die Cassandra und sie geschickt wurden, könnte sie kaum sein. Zumindest würde sie alles daransetzen, dass ihre Schülerinnen am Leben bleiben. Die Austen-Töchter können froh sein, dass sie die Zeit dort bei der achtlosen Leiterin und dem grassierenden Typhus überlebt haben.

Eliza strafft die Schultern und reckt die Brust heraus. Jane folgt ihrem Blick und landet bei Mr Fitzgerald, der offenbar gerade eine Tirade von Mrs Rivers über sich ergehen lassen muss. »Das dort zum Beispiel ist ein aussichtsreicher junger Mann. Ich habe mich ein wenig über seine Verhältnisse informiert – wie du es gewünscht hast.«

»Wirklich?« Jane wird ihren Argwohn gegen Mr Fitzgerald nicht los. Er könnte in Brüssel gewesen sein, als Madame Renard schwanger wurde. Zweifellos könnte er genauso gut der Vater ihres Kindes sein wie Jonathan.

»Er ist der einzige Sohn, den Captain Rivers anerkannt hat, und der Liebling der Familie. Gerechterweise müsste das stattliche Vermögen seines Vaters an ihn fallen. Allerdings gilt es, wie Mrs Rivers angedeutet hat, noch legale Hürden zu nehmen. Im Augenblick ist der Stand der, dass er höchstens zweitausend Pfund erben kann. Und keinerlei Landbesitz auf den Westindischen Inseln, fürchte ich.«

»Was macht er dann überhaupt hier?«

»Er besucht seine Familie.«

»Die Rivers?« Jane hebt eine Braue. »Warum sollte irgendjemand mit denen Zeit verbringen, wenn er nicht unbedingt muss?«

Eliza verzieht das Gesicht. »Was Sophy angeht, hast du recht. Sie hat es wirklich auf dich abgesehen. Ich dachte immer, du seist überempfindlich, weil sie in allem so viel besser ist als du, und das grünäugige Ungeheuer hätte dich erwischt.«

»Sie ist nicht in allem besser als ich. Warum sollte ich also eifersüchtig sein?«

»Also, mir fallen da dreißigtausend Gründe ein.«

»Hm …« Jane starrt hinüber zu Sophy, die gerade, unverändert missmutig, mit Jonathan ein Menuett tanzt. Schnippisch war sie immer, aber die Heftigkeit, mit der sie jedwede Verbindung zu Madame Renard bestritten hat, ging darüber weit hinaus. Hat Jane mit ihren Fragen einen Nerv getroffen? Und warum prahlt Sophy gar nicht damit, dass sie sich den Erben eines Baronets geangelt hat? Ist der strahlende Triumph von schlechtem Gewissen verdeckt? Wegen der Sünden, die sie begangen hat, um diesen Status zu erlangen? Oder argwöhnt sie, dass ihr Verlobter genauso treulos ist wie sein verderbter Vater? Jonathan ist in der Lage, ihr gesellschaftliches Ansehen und Sicherheit zu bieten, aber darüber hinaus will doch jede Frau geliebt und geschätzt werden.

Sophys finsterer Blick ruht auf ihrer Mutter, die nicht aufhört, den gut gestellten Mr Fitzgerald zu schelten. Seine Perücke schimmert und glitzert im Kerzenlicht, da müssen tatsächlich einige Silberfäden in das Pferdehaar eingewoben sein. »Bestimmt ist Mr Fitzgerald hier, um seine Verwandten um Geld zu bitten«, sagt Jane. »Er hat ein Faible fürs Reisen, und so, wie er aussieht, gibt er das, was er hat, genauso schnell aus wie seine verschwenderischen Verwandten.«

»Es kann auch einen anderen Grund geben.«

»Nämlich?«

Eliza fächelt sich mit rasender Geschwindigkeit. »Ist das nicht offensichtlich?«

»Für mich nicht.«

»O bitte, Jane. Du sagst doch, du seist nicht hinterm Mond aufgewachsen. Er ist alleinstehend und hat ein recht ordentliches Vermögen zu erwarten. Also nehme ich an, er hält Ausschau nach einer Ehefrau.«

»Ich bin mir nicht sicher, dass das notwendigerweise daraus folgt, Eliza.«

»Unfug! Es ist genau, wie Mrs Rivers sagt. Wenn er vom englischen Landadel freundlich aufgenommen werden will, muss er sich beliebt machen und eine passende junge Dame zum Heiraten finden. Selbst wenn er das Vermögen seines Vaters nie zur Gänze für sich beanspruchen kann, reicht das, was ihm bereits zugesprochen wurde, um seinen Lebensunterhalt zu sichern. Er ist vielseitig gebildet und sieht blendend aus. Du solltest ihn in Erwägung ziehen, ernsthaft, Jane. Dein Vater hat doch Verbindungen, er könnte Mr Fitzgerald bestimmt zu einer einträglichen Stelle ...«

Mrs Rivers gestikuliert jetzt heftig in ihre Richtung. Mr Fitzgerald lässt die breiten Schultern hängen, verneigt sich kurz vor seiner Tante und kommt auf sie beide zu. Jane behält eisern ihr Lächeln im Gesicht, während sie Eliza zwischen zusammengebissenen Zähnen zuraunt: »Ich versuche, einen Mörder zu kriegen, nicht einen Ehemann.«

»Kannst du nicht beides zur selben Zeit tun? Das wäre eine hervorragende Ausbeute.«

»Nein. Außerdem weißt du, dass meine Neigung in eine andere Richtung geht.«

»Ja, das ist leider nicht zu übersehen.«

Es bleibt Jane erspart, Tom zu verteidigen, denn nun steht Mr Fitzgerald vor ihnen und verbeugt sich. »Miss Austen, darf ich um die Ehre bitten?«

»Ich?« Jane greift sich an die Brust.

Hat sie richtig gehört? Wieso hat Mr Fitzgerald sie in Elizas Umlaufbahn überhaupt bemerkt? Vielleicht hat Eliza recht, und Mrs Rivers hat ihn auf sie angesetzt. Es stimmt ja: Sie hat mehr Verbindungen zur anglikanischen Kirche, als sie aufzählen könnte. Eliza presst ihr die Hand ins Kreuz und schiebt sie so heftig vorwärts, dass sie sich an Mr Fitzgeralds Arm klammern muss, um nicht vornüberzufallen. Während er sie zur Tanzfläche führt, stellt sie fest, dass er an keinem seiner langen, schlanken Finger einen Ring trägt – aber das beweist noch nicht seine Unschuld. Er könnte auch einfach vorsichtig sein und darauf achten, dass er nicht in der Öffentlichkeit etwas zur Schau stellt, das ihn mit Madame Renard in Verbindung bringen könnte.

Sie dreht sich noch einmal zu ihrer Cousine um und meint

an den Fältchen um Elizas Augen zu erkennen, dass sie hinter ihrem bunten Fächer lacht. Neben ihr taucht Henry auf, er bringt zwei Kelche mit Punsch. Er senkt den Kopf, als wollte er Eliza etwas zuflüstern, doch stattdessen küsst er sie seitlich auf den Hals, und Eliza schließt verzückt die Augen. Was denkt er sich dabei? Und Eliza – wie viel Punsch hat sie schon getrunken?

Die Musiker bemühen sich nicht länger um besondere Raffinesse, sondern warten mit einer beliebten Ballade auf, die bestens zu einem ländlichen Tanz passt. Es würde Jane nicht wundern, wenn sie an diesem Abend auch noch *Mr Beveridge's Maggot* spielen würden. Mr Fitzgerald ist zum Glück ein sehr guter Tänzer, selbst die langweiligsten Schritte wirken bei ihm noch elegant. Er führt Jane mit so sanfter Sicherheit in die Drehungen, dass ihr aufgewühlter Geist zur Ruhe kommt.

Fest entschlossen, herauszufinden, warum er wirklich hier ist, legt sie den Kopf in den Nacken und blickt zu ihm auf. »Gefällt es Ihnen hier in Hampshire, Mr Fitzgerald?«

Seine Stimme ist voll und tief. »Oh, sehr. Besonders gefallen mir Ihre ländlichen Tänze.«

Neben dem Orchesterpodium zetert Mrs Rivers, während Sophy die Nase rümpft, als stünde sie knietief in einem Haufen verrottender Fische.

Jane nickt in ihre Richtung. »Ihre Familie scheint weniger begeistert. Sind unsere ländlichen Tänze für ihren Geschmack nicht fein genug?«

Mr Fitzgerald schaut aus seiner großen Höhe auf sie herab. »Sophy? Ich nehme an, sie hatte bei der Wahl ihrer Tanzpartner weniger Glück als ich.« Seine dichten Wimpern sind perfekt gebogen, fast als hätte Sally sie mit ihrer Lockenschere bearbeitet.

Während er ihre Taille umfasst und sie sich im Wechselschritt ans Ende der Reihe bewegen, überlässt Jane sich ganz Mr Fitzgeralds Armen. »Aber wer könnte Miss Rivers lieber sein als Mr Harcourt? Unter den Männern sticht ihn doch nur sein Vater an Rang aus. Und dass sie gern mit Sir John tanzen würde, bezweifle ich.«

Der Baronet steht immer noch neben der Säule und redet lautstark auf die älteren Gentlemen ein, die ihn umringen. Dass er so ausdauernd im Ballsaal verweilt, ist seltsam. Die meisten Herren seines Alters und mit seinen Vorlieben sind längst an den Kartentischen. Hinter ihm sitzt Lady Harcourt halb schlafend zurückgelehnt auf einem Sofa.

»In der Tat, wer?«, fragt Mr Fitzgerald lächelnd, als sie am Ende der Reihe ankommen.

Jane ist schwindelig. Sie schiebt es auf den Weißwein. »Haben Sie etwas zu Ihrer Pfarrstelle gehört?«, fragt sie in der Hoffnung, ihn zu überrumpeln, sodass er ihr seine Finanzlage aus freien Stücken darlegt.

Für einen Moment deutet sich ein Stirnrunzeln an. »Noch nicht. Aber meine Ordination ist für Anfang des neuen Jahres bestätigt. Und wie gesagt, bevor ich mich niederlasse, möchte ich noch ein wenig von der Welt sehen.«

Genau, wie sie vermutet hat. Er ist ein junger Mann mit Hang zum Nichtstun, ein unbeständiger Charakter mit Sinn für die angenehmen Seiten des Lebens. Ein echter Rivers, nur mit anderem Namen. »Reisen? Haben Sie vor, auf die Insel zurückzukehren, auf der Sie geboren sind? Ihre Eltern würden es doch gewiss gern sehen, wenn Sie Ihren Beruf dort ausübten.«

Nun runzelt er die Stirn, und sein Ausdruck verdüstert sich. »Nein, Miss Austen, ich fürchte, das ist nicht möglich. Es hat meine Mutter sehr geschmerzt, mich wegzuschicken, aber wenn sie erleben müsste, dass ich zurückkomme, würde ihr das das Herz brechen.«

Jane blickt unverwandt zu ihm auf, um ihn zum Weitersprechen zu bewegen. »Ach?« Henrys Worte hallen in ihr nach. *Auf einer Plantage auf Jamaika aufzuwachsen war bestimmt nicht einfach.* Das Pamphlet, von dem er sprach, hat sie nie gelesen – sie sollte sich wirklich einmal Zeit dafür nehmen.

»Es ist schwierig, wissen Sie. Es gibt dort Gesetze, immer neue werden eingeführt, die darauf zielen, einem farbigen Mann Beschränkungen aufzuerlegen. Obwohl ich die Unterstützung meines Vaters habe, sind meine Privilegien begrenzt. Es gibt Einschränkungen, welche öffentlichen Ämter ich bekleiden, wie viel Land ich besitzen, wie viel vom Vermögen meines Vaters ich erben darf. Und diese Liste wird jeden Tag länger.«

Jane ist verblüfft. Die Diskriminierungen, die er in England erlebt, sind wahrscheinlich eher indirekter Art. Doch der Wohlstand und die gesellschaftliche Stellung seiner Familie werden hier weitaus schwerer wiegen als die Vorurteile, denen er begegnet. Sie überlegt, was sie Geistreiches sagen könnte, um die Anspannung aus dem Gespräch zu nehmen. »Das hört sich an, als sprächen Sie von der Lage einer Frau.«

»Nicht ganz. Und, das muss ich nicht betonen, meine Schwestern sehen sich doppelter Verfolgung ausgesetzt.« Mr Fitzgerald schluckt, bevor er hinzufügt: »Entschuldigen Sie mich, Miss Austen.« Damit lässt er ihre Hand los und stürmt an ihr vorbei, hinüber zu Sophy und Mrs Rivers, die am Rand der Tanzfläche stehen und sich streiten.

Janes Wangen glühen. Sie hat ihn mit ihrer plumpen Bemerkung gekränkt und verdient nichts anderes als die öffentliche Demütigung, mitten im Tanz stehen gelassen zu werden. Wie kommt sie dazu, ihren kleinlichen Wunsch nach Unabhängigkeit mit seinem Freiheitskampf zu vergleichen?

Wie viel strenger beschränkt wäre sie in ihren Möglichkeiten, wenn sie nicht einfach eine Frau wäre, sondern eine farbige Frau?

Schließlich erkennt jeder in ihren vermeintlich so höflichen, vornehmen, wohlerzogenen Kreisen an, dass Mr Fitzgerald der leibliche Sohn von Captain Rivers ist, aber noch niemand hat sich herabgelassen, nach seiner Mutter zu fragen – einer beeindruckenden Frau, die nicht ruhen wird, bis ihm sein Vermögen sicher ist. Manchmal könnte Jane sich aus Ärger über sich selbst die Zunge abbeißen – dass sie immer zu schnell drauflosredet und es dann ausgiebig bereuen muss!

Ehe sie sich versieht, greift ein anderer Gentleman nach ihrer Hand und zieht sie zurück in die Reihe der Tanzenden. Jane blickt lächelnd zu ihrem Retter auf – und hat die buschigen, schwarz-silbrigen Brauen von Mr Craven vor sich. »Was machen Sie denn hier?«

Er öffnet den Mund, gibt jedoch keinen Laut von sich. Die lachsfarbene Weste mit den seidenbezogenen Knöpfen spannt über seinem Bauch. »Ich begleite meine Schwester und meine Nichte«, sagt er schließlich. »Ich bin über die Feiertage bei ihnen in Deane.«

»Ach, wirklich?« Der Gedanke, dass sie dem Mann, der für Georgys Misere verantwortlich ist, jederzeit auf einer ihrer Spaziergänge begegnen könnte, gefällt ihr gar nicht. Zwar hat sie gerade erst Mr Fitzgerald mit ihrer Bemerkung gekränkt und bedauert das zutiefst, aber Wein und Punsch haben ihr die Zunge gelöst – sie kann einfach nicht an sich halten. »Sagen Sie, glauben Sie allen Ernstes, mein Bruder Georgy wäre imstande gewesen, der armen Frau ihre Kette zu stehlen und sie dem Tod zu überlassen?«

Auf Mr Cravens Stirn bildet sich ein feuchter Schimmer. »Des Mordes habe ich ihn nicht beschuldigt.«

»Aber so gut wie. Wenn er schuldig gesprochen wird, droht ihm die Todesstrafe, und das ist dann Ihr Werk.« Jane zwingt sich, langsam und gleichmäßig zu atmen, dabei wünscht sie, sie könnte ihre Röcke raffen und davonlaufen. Oder, wenn das nicht möglich ist, Mr Craven so lange ohrfeigen, bis er zur Vernunft kommt und Georgy freilässt. Alles in ihr begehrt auf, aber die gesamte gute Gesellschaft von Hampshire und darüber hinaus hat sie im Blick. Sie muss Haltung bewahren. Um Georgys willen.

Mr Craven zieht seine Dachs-Brauen in höchster Konzentration zusammen. »Miss Austen. Ich bedaure zutiefst, dass Ihre Familie in diese missliche Lage geraten ist, und ich verstehe, dass Sie das alles sehr aufregt. Aber als Friedenrichter muss ich mich auf die Beweise stützen, die mir vorliegen.«

Jane beißt die Zähne zusammen. »Dann werde ich Ihnen Ihre Beweise liefern, Mr Craven.«

»Sie haben mit eigenen Augen gesehen, wie Ihr Bruder die Kette aus der Tasche zog.«

»Das heißt nicht, dass er sie gestohlen hat. Und ganz bestimmt hat er Madame Renard nicht getötet. Das entspricht nicht seinem Wesen.«

Mr Craven legt den Kopf schräg. »Wen?« Sie beschreiben hüpfend eine Acht rund um ein anderes Paar – wie sich herausstellt, James und Mary. Jane muss also warten, bis Mr Craven und sie wieder zusammenkommen, erst dann kann sie es erklären. »Madame Renard. Ich hatte mich bei ihrem Namen verhört. Es tut mir leid, das hätte ich Ihnen längst sagen sollen.«

»Allerdings.«

»Ich habe in ihrem Zimmer im *Angel Inn* ein ausgeliehenes Buch gefunden, und das hat mich zu ihrer Leseliste in der Leihbücherei geführt.«

»Das war sehr klug.«

Jetzt müssen Jane und Mr Craven stehen bleiben, bis James und Mary sie umrundet haben. Jane ist dankbar für die Gelegenheit, wieder zu Atem zu kommen. »Wer immer es war, der Zoë Renard getötet hat, er hat ihr die Kette vom Hals gerissen und aller Wahrscheinlichkeit nach Georgy zugesteckt, und zwar weil er genau wusste, dass mein Bruder sich nicht würde verteidigen können.« Es kostet sie große Willenskraft, nicht in einen schrillen Ton zu verfallen. »Und ich werde es beweisen. Sagen Sie mir, was Sie brauchen, um meinen Bruder freilassen zu können!«

Mr Craven ergreift noch einmal ihre Hand zum letzten Abschnitt in diesem Tanz. »Nun ... sobald ein physisches Beweisstück vorliegt, das einen anderen mit dem Verbrechen in Verbindung bringt, oder jemand ein unterschriebenes Geständnis liefert, kann die Klage aufgehoben werden.« Sie drehen sich mit Mary und James im Kreis.

Jane erwartet, dass James sie erneut öffentlich tadeln wird, weil sie es an Anstand fehlen lässt und den Friedensrichter wegen Georgys Fall sogar auf dem Tanzboden drangsaliert, doch James hört ihrem Gespräch nicht zu. Stattdessen springt er ungewohnt unbekümmert mit Mary Lloyd im Arm herum. Und Mary, kaum zu glauben, scheint ebenfalls ihren Spaß zu haben! Als sie zu James aufblickt, wirkt ihr Gesicht ganz mädchenhaft, und ihre dunklen Augen leuchten so warm, dass sie richtig hübsch ist.

Die Musik endet, und Jane löst ihre Hand aus Mr Cravens feuchtem Griff. »Dann werde ich Ihnen genau das bringen. Guten Abend, Sir.« Sie starrt ihn unverwandt an und klatscht so entschlossen, dass ihre Hände schmerzen.

4. An Cassandra Austen

Steventon, Freitag, den 1. Januar 1796

Meine liebste Cassandra,

natürlich war das nicht ernst gemeint: Ich werde doch Sally nicht dafür tadeln, dass Du unsere blauen Kleider verwechselt hast. Wofür hältst Du mich? Mutter, und mit ihr die ganze Familie, wäre verloren ohne Sally. Verzeih mir, aber was den Klatsch vom Ball angeht, musst Du Dich an Mary halten. Meine Gedanken kreisen allein um die Frage, wer die glücklose ~~Hutmacherin~~ Spitzenklöpplerin Madame Renard getötet haben könnte. Dir, die Du von allen nur das Beste denkst, mag das unglaublich erscheinen, aber inzwischen sieht meine vollständige Liste von Verdächtigen folgendermaßen aus:

Der ungeschickteste Dieb von ganz England (und wahrscheinlich des ganzen British Empire)
Mrs Twistleton (Hatte Madame Renard vor, die Haushälterin als Dirne bloßzustellen?)
Sir John Harcourt (Ist sein Versuch, die Spitzenklöpplerin zum Schweigen zu bringen, damit sie seine lasterhaften Umtriebe nicht verrät, aus dem Ruder gelaufen?)
Sophy Rivers (Kann Madame R. etwas gewusst haben, das es Sophy unmöglich gemacht hätte, an ihren begehrten Titel zu kommen?)

Jack Smith (Ich kann den Gedanken auch nicht ertragen, aber wie ist Georgy in den Besitz der Kette gekommen?)

Was den Vater von Madame Renards Ungeborenem angeht, so glaube ich, dass es sich um einen Gentleman handelt, der sich den Sommer über in Brüssel aufgehalten hat und einen goldenen Siegelring besitzt. Und das verweist auf:

Douglas Fitzgerald (Einen Ring habe ich nicht gesehen, aber Du kennst die Rivers und ihren Hang, sich zu schmücken.)
Jonathan Harcourt (Ich kann mir allerdings schon nicht vorstellen, dass er einem Teller mit Petits Fours zu Leibe rückt, geschweige denn einer unschuldigen jungen Frau. Was meinst Du?)

Ja, es ist äußerst großzügig von Neddy, dass er darauf besteht, die Rechnung des Anwalts zu übernehmen, aber es ist ja nicht so, dass er dafür große Opfer bringen müsste, oder? Es besteht also kein Grund, ihn heiligzusprechen. Du oder ich (vor allem Du, denn Du warst im Rechnen nie besonders gut), wir würden unsere letzten Twopence und noch mehr hergeben, wenn es Georgy helfen würde. Aber ich habe, wie immer, schon zu viel gesagt. Schneide diesen Brief in Schnipsel und verwende sie als Mulch für Mrs Fowles Rhabarber. So Gott will, bewahrt meine Bitterkeit die Süßspeisen des nächsten Sommers vor Frost.

Ganz die Deine
J. A.

An Miss Austen
bei Rev. Mr Fowle
Kintbury
Newbury

15. Kapitel

Als Jane am nächsten Morgen endlich auftaucht, stampft Sally in ihren Holzpantinen durch die Küche. Sie scheppert mit den Schüsseln und klappert mit Besteck, als wolle sie gegen sämtliche Ungerechtigkeiten der Welt protestieren. Im Familiensalon lässt Hastings einen Haufen Holzspielstäbchen auf den Fliesenboden fallen, und Anna kreischt vor Begeisterung. Mr Austen sitzt in seinem abgewetzten Ledersessel am Feuer und raschelt mit der Zeitung. Am Tisch kichert Eliza, Mrs Austen kratzt mit dem Besteck auf ihrem Teller herum, und James atmet vernehmlich. Stöhnend lässt Jane sich auf einen der steiflehnigen Stühle fallen, stützt die Ellbogen auf die Tischdecke und birgt das Gesicht in den Händen. Sie bereut schwer, dass sie den ganzen Abend abwechselnd Mr Tokes Punsch und den ekelhaften Weißwein getrunken hat.

Henry schiebt eine Terrine zu ihr herüber. »Iss etwas Rührei mit ordentlich Salz.« Zum ersten Mal seit Elizas Ankunft ist er hemdsärmelig und unrasiert am Frühstückstisch erschienen. »Das hilft, ich versprech's dir.«

»Allein bei dem Anblick dreht sich mir der Magen um.« Sie muss sich zusammenreißen. Es ist bereits nach elf, in einer Stunde wird sie sich mit Tom treffen. Ihr ist so elend, dass sie es noch nicht einmal geschafft hat, sich hübsch anzuziehen. Stattdessen steckt sie in ihrem rehbraunen Kleid mit Flanellunterrock. Nicht gerade eine Kombination, die für einen entscheidenden Augenblick im Leben einer jungen Dame passend wäre. Sie kann nur hoffen, dass die Aufregung in dem Moment, da Tom ihr endlich den Heiratsantrag macht, jede Erinnerung an ihren schäbigen Aufzug auslöschen wird.

James schabt mit dem stumpfen Buttermesser die schwarze Kruste von seiner gerösteten Scheibe Brot. »Lieber Toast?« Krümel rieseln auf seinen Teller und das makellos weiße Tischtuch.

Jane schüttelt den Kopf. Die Bewegung lässt den dumpfen Schmerz, der in ihrem Hirn zu sitzen scheint, gegen die Schädeldecke pochen.

»Tee, und zwar viel.« Eliza greift nach der Kanne und schenkt ihr ein. Sie trägt einen hübschen silbergrauen Morgenmantel und ist gepflegt wie immer. Ihre dunklen Augen funkeln, die Wangen haben sogar etwas Farbe. Die Cousine ist mehr an diese Art von gesellschaftlichem Leben gewöhnt. Sie wird schon als Debütantin in Paris gelernt haben, mit ihren Kräften hauszuhalten. Entweder das, oder sie hat einen raffinierten Trick mit ihrer französischen Kosmetik angewendet. »Ein bisschen Zucker könnte auch helfen. Ein Jammer, dass wir keinen Kaffee haben. Der ist viel belebender.«

Mr Austen schüttelt seine Zeitung aus. »Kaffee? Wir sind hier nicht in Godmersham.« Godmersham ist der luxuriöse Landsitz in Kent, den Neddy von seinen Adoptiveltern, den Knights, erben wird. Bislang war noch niemand von den Austens dort eingeladen, aber in ihrer Vorstellung ist es ein Ort des schieren Überflusses.

Mit unsicheren Händen zieht Jane die Tasse und Untertasse zu sich heran. »Gut, also Tee.« Ihre Finger zittern so stark, dass sie die Tasse mit beiden Händen halten muss. Als sie sie wieder absetzt, ist auf der Untertasse genauso viel von der dunkelbraunen Flüssigkeit wie in der Tasse.

Mrs Austen gibt einen Seufzer von sich. »Es freut mich, dass ihr alle so einen schönen Abend hattet.«

Henry lächelt verschmitzt. »Das kann man wohl sagen. Vor allem Jane. Sie hat mit praktisch jedem begehrenswerten Junggesellen getanzt. Und außerdem mit einigen nicht begehrenswerten.«

Bei der Erinnerung daran, wie sie zur Musik herumgewirbelt ist, dreht sich alles in Janes Kopf. Tom hat sie gestern nicht mehr gefunden. Harry Digweed erzählte ihr, die Lefroys seien gegangen, weil Mrs Lefroy Kopfschmerzen gehabt habe. Dann fragte Harry, ob sie statt mit Tom vielleicht mit ihm tanzen wolle, und da er zu diesem Zeitpunkt wusste, dass sie frei war, konnte sie schlecht Nein sagen.

Harry trägt keine Ringe, und zum Ball bei den Harcourts in Deane House kam er zu spät. Grund war ein lustiger Vorfall, in den ein resolutes Moorhuhn, zwei seiner Brüder und ein Splitter Flintenschrot verwickelt waren. An die Einzelheiten erinnert Jane sich nicht, aber sie hat sich gestern ausgeschüttet vor Lachen.

Mrs Austen tätschelt ihrer Tochter die Hand. »Ach, meine Liebe, es gibt noch Hoffnung für dich …«

Jane versucht, finster dreinzuschauen, aber die Zunge liegt ihr so dick und geschwollen im Mund. »Wenn James nur mit seinen Aufmerksamkeiten auch etwas freigebiger gewesen wäre. Ich habe gesagt, du sollst zweimal mit Mary Lloyd tanzen, und nicht, dass du dich den ganzen Abend von ihr vereinnahmen lassen kannst.«

James betrachtet seine Fingernägel. »Nun, Mary ist eine ausgezeichnete Partnerin.« Er ist förmlich gekleidet, wie immer. Nur der leichte Schweißfilm auf seiner Stirn und die rot geränderten Augen verraten, wie gut er sich amüsiert hat.

»Das ist Alethea auch«, grollt Jane. »Aber die hast du nach dem ersten Tanz geschnitten.«

»Mary hat gesagt, dass Alethea nichts dagegen hat, mit Miss Terry zu tanzen.«

»Darum geht es nicht«, erwidert Jane. »Jede Dame sollte zunächst wenigstens zweimal in den Genuss kommen, mit einem Gentleman zu tanzen, bevor sie unwürdigerweise gezwungen ist, sich mit jemandem vom eigenen Geschlecht zusammenzutun.«

Mrs Austens Miene hat sich aufgehellt. »Lass ihn doch, Jane. Wenn es ihm Freude macht, mit Mary zu tanzen, soll er mit Mary tanzen. Du solltest ihr einen Besuch abstatten, James. Nimm Anna mit. Ich habe noch eine Dose von Marys Mutter, die zurückgegeben werden muss, und du könntest als kleine Aufmerksamkeit ein wenig von meinem Rahmkäse mitbringen. Ich habe eben frischen gemacht.«

Jane fragt sich, ob ihre Mutter sich gerade von ihrer Sorge um Georgy ablenkt oder schon die nächste Generation Austens plant. Sollte Letzteres der Fall sein – armer James. Dann gnade ihm Gott.

Er trinkt errötend einen Schluck Tee. »Immer mit der Ruhe, Mutter.«

»Erzählt, wie haben Jonathan und Sophy zusammen ausgesehen?«, fragt Mrs Austen.

»Selbstgefällig wie immer.« Henry grinst und zwinkert Jane zu. »Eliza und ich fanden, dass Jonathan deutlich mehr Schwung hatte, als er mit dir getanzt hat, Jane.«

Mrs Austen reißt die Augen auf. »Du hast mit Jonathan getanzt? Ach, es ist ein Jammer, dass Sophy da die Erste war. Du hättest oben in Deane Haus so ein schönes Leben haben können.«

»Mutter!« Jane schaudert. Sollte Jonathan wirklich nach seinem lüsternen Vater kommen, kann es gut sein, dass er während seiner Zeit in Brüssel Madame Renard verführt – und sie dann mit gebrochenem Herzen und dem Kind im

Leib zurückgelassen hat, um nach England zurückzukehren. Ein derart laxes Verhältnis zu Moral und Anstand würde ihn wohl selbst nach den Maßstäben ihrer Mutter als möglichen Heiratskandidaten aus dem Rennen werfen.

Mrs Austen bedeckt Janes Hand mit der ihren. Ihre Finger sind lang, kühl und von der vielen Gartenarbeit leicht schwielig. »Stell dir doch nur vor, Liebes, mit einem Ehemann wie Jonathan würde dir nie die Tinte ausgehen oder das Papier. Auch der Zucker nicht. Du könntest ein ganzes Heer von Kinderfrauen einstellen, die dir beim Aufziehen deiner Kinder helfen würden. Und ganz bestimmt hättest du nie Blut an den Händen, weil du gerade einem Huhn den Hals umdrehen musstest.«

Nun ja, andererseits könnte ihre Mutter durchaus dazu zu bewegen sein, vor den außerehelichen Vergnügungen eines wohlhabenden Schwiegersohnes die Augen zu verschließen. Sogar Jane sieht die Verlockung. Es wäre in der Tat herrlich, einfach nach Basingstoke schicken und neue Tinte ordern zu können, statt sich mühsam die Zutaten beschaffen und selbst welche herstellen zu müssen.

Im kalten Licht des neuen Morgens gesteht sie sich ein, dass eine Mädchenschule zu führen eine Qual wäre, ganz zu schweigen von der Aussicht, auch noch die eigenen Kinder ständig am Schürzenband zu haben. Sie hat die kleine Anna von Herzen gern, aber am liebsten sind ihr die ruhigen Momente des Tages. Wenn sie längere Zeit in Gesellschaft war, sehnt sie sich nach der Stille in ihrem Ankleidezimmer, wo sie die alltäglichen Plagen aus dem Kopf bekommt, indem sie die Finger über die schwarzen und weißen Tasten ihres Klaviers spazieren lässt und Zeile um Zeile Wörter auf eine leere Seite schreibt. »Danke, Mutter, ich habe es verstanden.«

»Was das Vermögen der Harcourts angeht, wäre ich mir nicht so sicher«, sagt Eliza.

»Was willst du denn damit sagen?«, fragt James. »Sie gehören zu den bestsituierten Familien in ganz Hampshire.«

»Es liegt mir fern, Spekulationen über ihre Angelegenheiten anzustellen ... und ich will keine Gerüchte in die Welt setzen – aber Sir John hat den größten Teil des Abends damit zugebracht, mich wegen eines Darlehens zu bedrängen.«

Auch wenn sie es bestreitet, ist die Cousine offensichtlich in ihrem Element. Zu schade, dass ihre Zeit am Hofe Ludwigs XVI. so kurz war!

»Tatsächlich?«, fragt James.

»Das stimmt.« Henry legt beide Hände flach auf den Tisch. »Und er war äußerst hartnäckig. Ich musste einschreiten und ihn auffordern, Eliza in Ruhe zu lassen.«

James wirft seine Scheibe Toast auf den Teller. »Aber warum sollte Sir John ein Darlehen brauchen?«

»Um bei einer besonders günstigen Gelegenheit zu investieren, wie er sagte. Er habe die erforderlichen Mittel nicht parat, könne Eliza aber einen spektakulären Gewinn versprechen.«

Bei der Vorstellung, wie Sir John lautstark auf Eliza einredet, um die Reste ihres Vermögens in seine plumpen Finger zu bekommen, schaudert Jane. Könnten Geldsorgen erklären, warum in der Wäschekammer der Harcourts eine tote Frau gefunden worden ist? »Wie unverfroren. Du wirst aber nicht einwilligen, oder?«

Eliza lacht, doch es klingt freudlos. »Wenn ich nur die Wahl hätte ... Wie du weißt, ist ein großer Teil meines Geldes in Frankreich buchstäblich untergegangen.« Capitaine de Feuillide hat Elizas Mitgift dazu verwendet, Bewässerungsmöglichkeiten für seinen Landbesitz zu schaffen, aber da er des Hochverrats schuldig gesprochen wurde, hat die Französische Republik das frisch gewonnene Ackerland konfisziert, was bedeutet, dass Eliza aus ihrer Investition vermutlich nie einen

Gewinn erhalten wird. Zum Glück lehnte Mr Austen es damals ab, ihr alles Geld auf einmal auszuzahlen, und so bleibt ihr zumindest ein Teil der zehntausend Pfund, die ihr außerordentlich großzügiger Pate Warren Hastings ihr vermacht hat.

Henry schlägt mit der Faust auf den Tisch. »Du wirst es zurückbekommen. Wir werden diesen Aufstand niederschlagen und die Ordnung in der Welt wiederherstellen – selbst in Frankreich. Dann erbt Hastings alles, was ihm von Rechts wegen zusteht.«

Eliza lächelt schmallippig. »Natürlich. Aber bis dahin habe ich die Absicht, mit dem, was mir geblieben ist, besonders vorsichtig umzugehen. Ich werde der reinste Geizkragen sein und jeden Penny umdrehen, um meinen Kleinen abzusichern.« Sie kitzelt Hastings, der sich gerade ein Stück von ihrem Toast angelt, unter dem Kinn.

Mrs Austen tätschelt Eliza den Arm und lächelt mitfühlend. »Sehr weise, meine Liebe.«

Mr Austen räuspert sich. »Ich fürchte, Sie sind die Letzte, die jemals als Geizkragen gelten kann, liebe Nichte. Verstehen Sie doch unter Genügsamkeit, zum Dinner nur eine Flasche Champagner zu leeren und nicht zwei.«

Alle lachen und Eliza am lautesten. Niemand spricht aus, was Janes Überzeugung nach alle in der Runde denken: Die Wahrscheinlichkeit, dass er jemals ein selbstständiges Leben führen kann, ist bei Hastings ebenso gering wie bei Georgy. Eliza wird für ihren Sohn sorgen müssen, solange sie beide leben.

Jane sieht ihren Vater prüfend an. »Hat Sir John dich eigentlich dafür bezahlt, dass du Madame Renard beerdigt hast?«

Ohne den Blick von seiner Zeitung zu wenden, sagt er: »Noch nicht, aber das wird er gewiss. Du weißt ja, die Leute denken immer, Geistliche leben von Gebeten und frommen

Wünschen. Je reicher sie sind, desto schwerer habe ich es, den Zehnten von ihnen einzutreiben.«

Janes Blick geht zu Eliza, die die Augenbrauen hebt. Könnte Jonathan so verzweifelt darauf aus gewesen sein, durch die Heirat mit der reichen Erbin Sophy die Familienfinanzen aufzubessern, dass er seine schwangere Geliebte ermordet hat, weil sie ihm im Weg stand? Nein. So gravierend können die Geldsorgen der Harcourts nicht sein. Die Familie besitzt große Ländereien, und es geht das Gerücht, dass Lady Harcourt eine beträchtliche Summe mit in die Ehe gebracht hat. Andererseits könnten Geldnöte eine Erklärung dafür sein, dass am Abend des Balls die geschliffenen Diamanten in Lady Harcourts Tiara durch Strass ersetzt waren.

Jane trinkt ihren Tee aus und erhebt sich. »Ich glaube, ich gehe ein wenig an die frische Luft.«

James blickt auf. Seine graubraunen Augen schimmern leicht. »Gehst du zufällig nach Deane? Hättest du gern Gesellschaft?«

»Nein, danke.« Dass ihr Bruder sie auf ihrer romantischen Mission begleitet, ist das Letzte, was Jane möchte. Sie hebt eine Hand an die Stirn. »Ich brauche Frieden und Stille.«

Es herrscht bittere Kälte. Der Himmel ist klar, es geht ein eisiger Wind. Jane ist froh, dass es trocken ist. Die Finger werden klamm werden in den Fäustlingen, aber wenigstens muss sie nicht mit den hölzernen Unterschuhen herumstapfen. Der Tee hat seine Wirkung getan. Die Schmetterlinge in ihrem Bauch flattern wegen der Aussicht, endlich ihre Zukunft mit Tom zu klären, und nicht, weil sie gestern Abend zu viel Wein und Stärkeres getrunken hat. Sie knöpft den Umhang zu und setzt die Kapuze auf. Mit etwas Glück haben ihre Wangen, bis sie Tom trifft, durch die Kälte schon ein wenig Farbe, und er wird ihr altes Kleid gar nicht bemerken.

Sie durchquert den Garten ihrer Mutter. Die Gemüsebeete liegen nackt und kahl da, nur ein paar Büschel Unkraut halten sich hartnäckig. Die Hühner und Zwerghühner im Hof sträuben das braune Gefieder, während sie auf dem harten Boden scharren, stets auf der Suche nach einem Leckerbissen. Im Stall stehen Greylass und die anderen Pferde. Aus ihren Nüstern steigen weiße Wölkchen auf, hin und wieder treten sie gegen die Tür ihrer Box. Bestimmt vermisst das Pony Cassandra. Jane nimmt sich vor, ihm eine Möhre zu bringen. Im selben Moment weiß sie, dass sie das vergessen wird, und rügt sich wegen ihrer Achtlosigkeit.

Der private Zugang der Austens zum Kirchhof von St. Nicholas befindet sich oben auf dem kleinen Hügel. Auf den Schnörkeln des schmiedeeisernen Tores glitzert eine dünne Schicht Eis. Der Riegel lässt sich nur schwer zurückziehen, das Tor quietscht in den Angeln. Auf dem Friedhof ist alles still. Efeuranken hängen über die Mauer, auf den verwitterten Grabsteinen schimmern Moose und Flechten in verschiedenen Grün- und Grautönen. Im Vorbeigehen liest Jane die Namen, die in den Granit gehauen sind. Lord und Lady Portal liegen Seite an Seite in ihren identischen Sarkophagen, während ganze Generationen von Boltons unter einer flachen Grabtafel zusammengedrängt sind. Menschen, denen Jane nie begegnet ist, die sie aber als alte Freunde betrachtet.

Tom steht vor der Kirche. Er schaut zu Boden und hat die Hände tief in den Taschen seines Rocks vergraben. Janes Herz schlägt höher. Einen Augenblick mustert sie ihn, bevor er sie sieht. Er trägt einen leuchtend blauen Schal um den Hals geschlungen; die Fransen wehen im Wind. Welche seiner fünf älteren Schwestern ihm den wohl gestrickt hat?

Als er sie bemerkt, strahlt er. »Sie sind gekommen.«

Hitze fährt ihr durch den frierenden Leib. »Und Sie sind

hier.« Sie läuft auf ihn zu, und ihrer beider Atemwolken vereinen sich.

Er schließt die Augen und neigt sich ihr entgegen, blonde Wimpern auf fein geschnittenen Wangenknochen. »Ich bin hier«, murmelt er und küsst sie. Seine Lippen sind warm, nur die Nasenspitze ist eiskalt. »Es tut mir so leid wegen des Balls, meine Tante ...«

»... hatte Kopfschmerzen, ich weiß.« Jane hakt sich bei ihm unter. »Das macht nichts, wir sind ja jetzt zusammen.«

Er legt seine behandschuhte Hand auf ihre, und sie gehen die Straße hinunter. »Das sind wir.«

Jane lässt sich gern von ihm führen. Solange sie im Gleichschritt bleiben, ist ihr egal, wohin sie gehen. Sie schlendern durch den Wald, biegen in den Pfad nach Popham ein. Der alte Weg quert Weiden, auf denen wollige Schafe und dunkelbraune Kühe stehen. Tom reicht ihr die Hand, als sie über ein Gatter klettert. Sie springt hinunter in seine Arme, und sie küssen sich noch einmal und noch einmal, bis ihr vor Seligkeit schwindelig wird. Schließlich gehen sie weiter. Er ist ungewöhnlich still, blickt zu Boden, runzelt leicht die Stirn.

Er muss nervös sein. Eine einfache Frage, an der so viel hängt. Bestimmt weiß er, dass sie Ja sagen wird. Das wird sie doch, oder?

Wenn die Frage nur nicht so überfrachtet wäre und sie vernünftig darüber sprechen könnten. *Nehmen Sie Zucker in den Tee? Ja, bitte, ich mag ihn süß. Wollen wir heiraten? Nein, danke, ich lebe lieber allein.* Und das wär's, kein Schmerz, keine Feindseligkeit.

In dem Versuch, die Spannung etwas zu mindern, erzählt sie ihm, dass Madame Renard und Jonathan Harcourt einander in Brüssel begegnet sein und eine Affäre begonnen haben könnten. »Sie haben beide eine Verbindung zu dieser Stadt.

Und dann der Ring, das kann doch kein Zufall sein. Was meinen Sie?«

»Und deshalb glauben Sie, er hat sie getötet?«

»Nun …« Jane zögert. So weit würde sie nicht gehen, aber Tom schaut sie an, als beschuldige sie Jonathan, auf dem Altar von St. Andrew neugeborene Kinder zu opfern und allabendlich im Speisezimmer von Deane House mit dem Teufel zu dinieren.

»Das sind reine Mutmaßungen, wissen Sie. Ich fürchte, eine so spärlich belegte Anschuldigung hätte vor Gericht keine Chance. Sie wissen ja nicht einmal sicher, ob die beiden zur selben Zeit in Brüssel waren. Oder ob sie einander überhaupt je begegnet sind.«

»Und was ist mit dem Ring?«

Tom zieht seinen linken Handschuh ab. »Bitte sehr, ein Herrenring mit Gravur.« Er trägt einen Ring, der dem von Jonathan sehr ähnlich ist, nur dass er einen schwarzen Stein hat und Jonathan eine rotbraunen. Jane zieht einen Fäustling aus und umfasst seine Finger, um sich den Ring genauer anzuschauen. Es ist Onyx, eingraviert sind ein Hugenottenkreuz und eine Taube.

»Mein Großonkel Langlois hat ihn mir geschenkt. Das erspart mir die Mühe, mir ein Siegel entwerfen zu lassen. Beschuldigen Sie mich nun auch, Madame Renard erschlagen zu haben?«

»Unsinn.« Jane schiebt seinen Arm weg. Die Muskeln unter den vielen Lagen Stoff sind angenehm fest. »Zunächst einmal wäre der schreckliche Frack, den Sie immer anhaben, dann blutgetränkt gewesen.« Ihre Blicke treffen sich, und Tom prustet los. Wahrscheinlich sieht er sich wieder einmal an der Stelle seines literarischen Namenspatrons: der helle Mantel ruiniert, nachdem er im Kampf mit einer Horde betrunkener Soldaten Miss Westerns Ehre verteidigt hat.

Bevor sie Handschuh und Fäustling wieder anziehen, nimmt er Janes Hand und drückt sie fest, presst seine Handfläche gegen ihre und zieht sie weiter. Sie tauchen aus dem Wald auf und stehen am Rand eines Feldes, das sich einen steilen Hügel hinauf erstreckt. Jane hat Hemmungen, ihren Argwohn gegen Jonathan weiter zu erklären, sonst hält Tom sie womöglich noch für töricht. Einen Mörder fangen zu wollen mag albern erscheinen, aber Georgys Lage ist todernst. Und mit seinem juristischen Wissen wäre Tom für ihr Bemühen, die Unschuld ihres Bruders zu beweisen, der ideale Verbündete. »Sie sind der Fachmann. Sagen Sie mir, wie man vor Gericht ein Plädoyer hält, das gewinnt.«

»Nun …« Tom bleibt stehen und lächelt etwas kläglich, so als finde er es befremdlich, dass er dieses Gespräch mit ihr führt. »Wenn man die Geschworenen überzeugen will, muss man vor allen Dingen zeigen, dass der Angeklagte die Mittel, ein Motiv und die Gelegenheit hatte, das Verbrechen zu begehen. So gut wie alle Gewalttaten sind sinnlos, aber das hindert die Geschworenen nicht, nach einem Grund zu fragen. Ohne den ist es für einen moralisch aufrechten Menschen schwer, eine solche Tat überhaupt zu begreifen. Hat jemand Ihren Bruder gefragt, wo er am Abend des Balls gewesen ist?«

»Er war im Cottage. Allein. Jack hatte Botengänge zu erledigen, und Nan war zu einer Zwillingsgeburt gerufen worden. Normalerweise lassen sie ihn nicht allein, aber Georgy schlief, und es war ein Notfall …«

»Was wissen Sie über diesen Burschen, Jack Smith? Botengänge erledigen klingt für mich nach Vorwand. Könnte er in die Tat verwickelt sein, was meinen Sie?«

»Ich habe diese Möglichkeit angesprochen, aber mein Vater und meine Brüder sind unwillig, eine genauere Erklärung von ihm zu fordern.«

»Und er ist Georgys Betreuer?«

»Schon seit Kindertagen.«

»Da haben wir's. Er muss sich doch eine richtige Arbeit wünschen. Ein eigenes Leben. Sich ständig auf die Launen eines anderen einzulassen ist sicher nicht einfach. Es wäre verständlich, wenn ihm diese Last zu groß würde.«

Jane zupft an den Bändern ihres Umhangs. »Und noch etwas. Jack hat versucht, Geld aufzutreiben, das er in einen eigenen Viehbestand stecken wollte. Nur eine Sau genau genommen, für eine Zucht. Trotzdem war ihm das sehr wichtig. Er hat meinen Vater um einen Lohnvorschuss gebeten, aber mein Vater hat abgelehnt.«

»Also hätte er einen Grund, Ihrer Familie zu grollen. Es scheint plausibel, dass er den Raub begangen, die Sache verpfuscht und das Opfer des Diebstahls dabei getötet hat. Und Ihr Bruder muss irgendwie auf die Beute gestoßen sein, bevor Jack flüchten konnte.«

Vor Janes geistigem Auge erscheint ein Bild von Jack und ihr als Kinder. Hand in Hand waten sie durch den Bach, der hinter Dame Culhams Cottage vorbeifließt. Im aufspritzenden Wasser und in Jacks braunen Augen schimmert das Sonnenlicht. Dame Culham sitzt am Ufer und lässt die Füße ins kalte Wasser baumeln, neben ihr liegt Georgy, den Kopf in ihrem Schoß.

Sie schluckt. »Aber wenn Jack es wirklich getan hätte, würde er doch kaum darauf bestehen, mit ins Gefängnis zu gehen, oder?«

»Vielleicht will er Ihren Bruder im Auge behalten. Dafür sorgen, dass der Vorwurf an ihm hängen bleibt. Den Ring, vermute ich, hortet er noch irgendwo. Sobald der Prozess vorbei ist, wird er verschwinden. Der Schmuck hätte so viel Geld eingebracht, dass ein Mann wie er irgendwo anders damit neu anfangen könnte.«

Jane starrt auf das Land, das sich vor ihr erstreckt, und in ihrem Kopf dreht sich alles. Es gelingt ihr nicht, sich eine Welt vorzustellen, in der ihr Bruder von seinem Betreuer so böse verraten wird. Alles um sie her, die Wiesen und Felder, alles wellt sich bis zum Horizont. Nur ein paar Kirchturmspitzen ragen hier und da zwischen den Hügeln empor.

In dem Versuch, das Gleichgewicht wiederzuerlangen, richtet sie den Blick fest auf Terrys Fachwerkscheune an der Winchester Road. Sie wird in der Gegend die »rote Scheune« genannt, weil der Putz bei Sonnenuntergang tiefrot leuchtet. Jetzt, im bleichen Winterlicht, ist sie eher die »schmutzig graue Scheune«.

»Ist das die Art von Motiv, die es braucht, um Geschworene zu überzeugen?«

Tom verschränkt die Arme und blickt hinüber zu den bleigrauen Wolken, die sich am Horizont sammeln. »Ja. Und geht es am Ende nicht immer darum? Liebe oder Geld. Meistens geht es um eins von diesen beiden.«

Jane ist kurz davor, ihm zu erzählen, dass Madame Renard schwanger war. Zu erklären, dass auch bei Jonathan Harcourt Geld das Motiv gewesen sein könnte, die Spitzenklöpplerin zu töten. Hätte seine Geliebte preisgegeben, dass Jonathan der Vater ihres Ungeborenen war, hätte das seine Chance, die Erbin Sophy zu heiraten und ihre dreißigtausend Pfund Mitgift einzustreichen, zunichtegemacht. Und da Sir John Eliza wegen eines Darlehens bedrängt und Lady Harcourt ihre Diamanten gegen Strass eingetauscht hat, ist es sehr gut möglich, dass sie in finanziellen Schwierigkeiten stecken.

Aber das klingt alles so weit hergeholt. Jane hat genügend Lehrgeld gezahlt, sie weiß, dass es einfach ist, solche Hirngespinste zu entwickeln, aber sehr schwer, sie in die Welt hinauszutragen. Kein Zweifel, Tom wird sie auslachen, wenn sie ein solches Szenario vor ihm ausbreitet. Genauso gut kann Madame Renard eine ehrenwerte Witwe gewesen sein, die das Kind ihres Mannes unter dem Herzen trug und von einem hirnlosen Dieb im Zuge eines Raubüberfalls getötet wurde.

Am Fuß des Hügels reitet eine junge Dame in weinrotem Reitkostüm auf einem rotbraunen Pferd die Straße entlang. Bei der Scheune angelangt, gleitet sie elegant vom Pferderücken, legt die Zügel um einen Zaunpfahl und schlüpft ins Innere. Jane schirmt ihre Augen gegen den silbrigen Himmel ab. »War das Miss Rivers?«

Tom blinzelt. »Ich glaube, ja.«

»Was macht sie in der roten Scheune?«

»Vielleicht hat ihr Pferd ein Hufeisen verloren. Wir sollten hingehen und fragen, ob sie Hilfe braucht.«

»Mir kam das Pferd aber nicht lahm vor.«

Jetzt ertönt Hufgeklapper, und aus der entgegengesetzten Richtung kommt ein weiterer Reiter angesprengt. Ein Mann mit Mantel und Dreispitz. Vor der Scheune bringt er sein schwarzes Jagdpferd abrupt zum Stehen. Das Tier wiehert und bäumt sich hoch auf, die Vorderhufe in der Luft. Der Reiter springt unbeeindruckt ab, macht das Pferd neben dem von Sophy fest und schaut sich nach beiden Seiten um, sodass sein Gesicht zu sehen ist.

Mr Fitzgerald. Unmöglich, ihn zu verwechseln. Er schlägt den Kragen hoch und folgt Miss Rivers ins Innere der Scheune.

Janes Magen verkrampft sich. Es ist so offensichtlich – die Rivers sind Emporkömmlinge. Mr Fitzgerald ist von seinem Vater nach England geschickt worden, damit aus ihm »ein Gentleman« wird. Sollte der Vater erfahren, dass sein Sohn mit einer Händlerin Unzucht getrieben hat, wird er sehr zornig sein. So zornig, dass er ihn verstößt und darauf verzichtet, gegen die jamaikanischen Gesetze vorzugehen, die es

Mr Fitzgerald verwehren, das große Vermögen zu erben. Zoë Renard muss Mr Fitzgerald nach Deane House gefolgt sein, um ihn um Unterstützung zu bitten – er aber hat sie umgebracht, weil er die Affäre geheim halten wollte. Und er hat versucht, ihr die Kette zu stehlen. Er braucht Geld. Wenn Sophy Rivers jetzt in der Scheune genauso mit Schmuck behängt ist wie sonst immer, könnte sie sein nächstes Opfer werden …

»O mein Gott. Ich habe mich so getäuscht!« Jane prescht an Tom vorbei, den Hügel hinunter.

»Jane! Halt!«

Aber Jane kann nicht anhalten. Das Gefälle zwingt sie, die Beine immer schneller zu bewegen, fast überschlägt sie sich, es ist ein Gefühl, als würde sie den Abhang hinter dem Pfarrhaus hinunterrollen.

»Cowper!«, schreit sie in den Wind. Es kann kein Zufall sein, dass Madame Renard gerade den Dichter liebte, dessen Gedicht Mr Fitzgerald vorgelesen hat.

Irgendwo hinter ihr ruft Tom: »Ich glaube wirklich nicht …«

Um nicht vornüberzufallen, fängt Jane sich mit beiden Händen an der rauen Holztür der Scheune ab. Die Tür springt mit einem Schlag auf.

16. Kapitel

*J*ane taumelt ins Innere. Zwischen zwei schwanken-
den Heuhaufen hält Mr Fitzgerald eine willenlose
Sophy fest und beugt sich über sie. Zoë Renard konnte Jane nicht mehr helfen, aber Sophy wird sie retten. »Lassen Sie sie los, Sie Schurke!«

Mr Fitzgerald fährt hoch. Sophys Busen hebt und senkt
sich heftig unter der halb aufgeknöpften Reitjacke, ihre Wangen glühen. »Jane? Was machen Sie hier?«

Mr Fitzgerald kehrt Jane den Rücken zu. Sein Hut liegt auf
dem Boden, neben Miss Rivers' Handschuhen.

Jane streckt Sophy die Hand hin. »Sophy, wo ist Ihre Kette?«

Sophy schielt zu ihrer halb entblößten Brust. »Ich fand, sie
passte nicht zu meinem Reitkleid. Aber was geht Sie das an?«

Haben Sophy und Mr Fitzgerald sich gerade umarmt?
»Halten Sie sich von Mr Fitzgerald fern! Sie können ihm
nicht trauen. Wie gut kennen Sie ihn überhaupt?«

»Also wirklich, Jane. Das sollte doch spätestens jetzt offensichtlich sein.«

»Jane!« Tom kommt zur Tür hereingestürzt und schlittert
über den mit Heu bestreuten Steinboden. »Miss Rivers,
Mr Fitzgerald.« Er nimmt Jane beim Arm und schiebt sie
sanft Richtung Tür. »Wir sollten gehen.«

Die beiden haben sich tatsächlich geküsst, und zwar lei-
denschaftlich. Jane macht sich los, bleibt stehen und zeigt auf

223

Mr Fitzgerald. »Aber er war es. Er ist der Mörder. Deshalb war er auch so gefasst, als wir den Leichnam gefunden haben. Er wusste, dass sie da liegt. Er hat eine Reise in die italienischen Alpen unternommen und auf dem Weg dahin Madame Renard kennengelernt und verführt. Sie muss ihm nach Hampshire gefolgt sein, und damit Captain Rivers nichts davon erfährt und ihn womöglich enterbt, blieb ihm nichts anderes übrig, als sie umzubringen.«

Mr Fitzgerald fährt zu Jane herum und starrt sie entgeistert an. Sophy stellt sich vor ihn, schirmt seinen Körper mit ihrem ab. »Was fällt Ihnen ein?« Ihre Stimme bebt. »Douglas ist als Junge hierhergekommen, und seitdem hat er das Land nicht verlassen. Und ganz bestimmt hat er niemanden umgebracht. Wenn er gefasst war, dann, weil er ein hervorragender Geistlicher ist.«

Jane stockt. »Aber sein Gemälde? Das Bergpanorama?«

Tom hat sie wieder beim Ellbogen genommen und versucht, sie wegzuziehen.

»Der Scafell, Miss Austen«, stößt Mr Fitzgerald hervor. »Im Lake District, Cumberland. Ich habe Ihnen doch erzählt, dass ich bei Bekannten meines Vaters war, um über meine berufliche Zukunft zu sprechen.«

»Aber das *gelato*?«, fragt Jane, weiß jedoch im selben Moment, dass sie gerade nach dem letzten Strohhalm greift. Sie ist so verzweifelt darauf aus, Georgy zu retten, dass sie Zusammenhänge herstellt, wo keine sind.

Sophy verzieht das Gesicht. »Douglas ist ein gebildeter Mann, Jane. Er spricht mehrere moderne Sprachen fließend und genauso die alten.«

»Ja«, ergänzt Mr Fitzgerald. »Und neben meinem College in Durham gab es eine sehr nette italienische Konditorei.«

»Falls Sie vorhaben, weiter diese schrecklichen Anschuldigungen gegen ihn zu erheben – ich kann bezeugen, wo

Douglas vor dem Ball war.« Sophie zittert vor Zorn. »Wir waren zusammen, in meinem Zimmer, und haben das Gleiche getan wie eben, bevor Sie uns so grob unterbrochen haben.«

Jane könnte im Erdboden versinken. Dies war der schlimmste Fehler ihres Lebens. Der schlimmste Fehler, den überhaupt irgendwer im Leben begehen kann. Der schlimmste Fehler mehrerer unglückseliger Leben zusammengenommen. Sie ist eine Witzfigur, nichts sonst. Wie sie jemals glauben konnte, sie sei imstande, den Mord aufzuklären und Georgy zu retten, ist unbegreiflich. »Oh. Es tut mir unendlich leid …«

Sophy steht kerzengerade da, ihre Hand in der von Mr Fitzgerald. In ihrem Reitkostüm, mit dem blonden Haar und den geröteten Wangen ist sie ungleich schöner als in dem Ballkleid am Abend zuvor. »Niemand bringt mich dazu, mich zu schämen. Das ist keine schmutzige Affäre, wir sind verlobt.«

»Verlobt?«, wiederholt Jane verwirrt. »Aber was ist mit Mr Harcourt? Wir haben doch erst vor ein paar Stunden auf Ihre Verlobung mit ihm angestoßen.«

»Gestern Abend musste ich mich meiner tyrannischen Mutter, die mich unbedingt mit Jonathan Harcourt verheiraten will, noch beugen. Aber gleich heute Morgen habe ich die Verlobung beendet, und das kann jeder wissen.«

»Heute Morgen?«

»Ja.« Sophy löst sich von Mr Fitzgerald und macht einen Schritt auf Jane zu. »Verstehen Sie noch immer nicht? Und da sagen alle, Sie seien *so* klug! Ich werde Ihnen auf die Sprünge helfen: Wie war Ihr Geburtstag, Jane?«

Es ist der erste Januar, Sophys Geburtstag. Und Sophy ist ziemlich genau ein Jahr älter als Jane. »Sie sind einundzwanzig geworden!«

»Allerdings. Also bin ich seit heute Morgen volljährig. Und das heißt – so der letzte Wille meines Vaters –, mir steht mein gesamtes Vermögen zur Verfügung. Ich werde mich keinen Tag länger von einer …«, mit jedem Wort kommt sie einen Schritt weiter auf Jane zu, »… kleingeistigen, bösartigen, bigotten Person herumkommandieren lassen.«

Jane schlägt beide Hände vor den vorschnellen Mund. Wogen der Scham drohen über ihr zusammenzuschlagen. Wie viel leichter es war, den Außenseiter, Mr Fitzgerald, des Mordes zu beschuldigen, als in Betracht zu ziehen, dass einer ihrer Kindheitsfreunde ein solches Verbrechen begangen haben könnte. »Sophy, Mr Fitzgerald, verzeihen Sie mir.«

Mr Fitzgerald winkt einfach ab. Wenn sie bedenkt, dass sie ihn soeben der Verkommenheit und eines kaltblütigen Mordes bezichtigt hat, ist das mehr Edelmut, als sie verdient. Sie schließt die Augen und sinkt in bislang ungekannte Abgründe von Reue.

Tom legt ihr den Arm um die Taille und zieht sie fort. »Wie Sie sagten, Miss Rivers: Das geht uns nichts an.«

Sophy stellt sich wieder neben ihren Geliebten. »Sobald Douglas ordiniert ist, gehen wir nach Schottland und heiraten dort«, sagt sie, und ihr Ton ist jetzt weich.

Mr Fitzgerald legt eine Hand aufs Herz. »Aber mein Liebling, du verdienst etwas anderes, als auf diese Weise durchbrennen zu müssen.«

»Du bist alles, was ich zum Glücklichsein brauche, Douglas. Und wenn das heißt, dass wir die Verbindung zu unserer schrecklichen Familie kappen müssen – nun, dann soll es eben so sein.«

Mr Fitzgerald nimmt ihre Hand und presst sie an seine Lippen. Sie schauen einander in die Augen, und die Innigkeit zwischen den beiden versetzt Jane einen Schock.

»Hm.« Tom hüstelt leise. Seine Wangen sind dunkelrot. »Es tut uns leid, dass wir Sie gestört haben. Nicht wahr, Miss Austen?«

»Allerdings. Ich kann gar nicht sagen, wie sehr.« Jane starrt auf ihre Stiefelspitzen, und Tom zieht sie in Richtung der offenen Tür. »Wirklich, es tut mir unendlich leid.«

»Sie können es allen erzählen«, ruft Sophy ihnen nach. »Gehen Sie geradewegs zu Ihrer kleinen Freundin Mary Lloyd, wenn Ihnen danach ist. Oder setzen Sie eine Annonce in die *Basigstoke Gazette*. Ich schätze, das läuft auf das Gleiche hinaus.«

Jane dreht sich noch einmal um. »Wirklich, Sophy, ich würde nie ...«

»Und tun Sie nicht so prüde! Die ganze Grafschaft weiß, was Sie zwei während des Balls bei den Harcourts im Gewächshaus gemacht haben.«

Das verschlägt Jane die Sprache.

Tom legt ihr den Arm um die Taille, hebt sie hoch und trägt sie aus der Scheune ins Freie. »Genau. Es geht uns nichts an. Wir werden kein Wort darüber verlieren.«

Den ganzen Weg zurück nach Steventon hört Tom nicht auf, über Jane zu lachen. Lange nimmt sie es sportlich, doch auf dem letzten Stück durch den Wald verliert sie die Geduld. »Ich weiß nicht, was so lustig ist.« Bei St. Nicholas angelangt, bleibt sie stehen, verschränkt die Arme und sieht ihn herausfordernd an.

Er steht vornübergebeugt und stützt die Hände auf die Knie. »Ihr Gesicht!«

»Haben Sie gewusst, was zwischen den beiden ist?«

»Ich wusste nur, dass etwas nicht stimmt. Sie war die freudloseste Braut, die ich je gesehen habe.« Er grinst sie an. »Ich hoffe, Sie sagen es niemandem. Es wäre nicht fair, es herumzuerzählen, nachdem wir da so hineingeplatzt sind. Und es würde auf uns zurückfallen.«

Allmählich verliert Jane den Überblick über die vielen Geheimnisse, die sie zu hüten hat. Dass Madame Renard schwanger war, die heimliche Verlobung von Sophy Rivers und Mr Fitzgerald, nicht zu reden von ihrer eigenen heimlichen Verbandelung mit Tom. »Ich werde bestimmt nichts sagen. Vor allem werde ich meine Mutter nicht darauf stoßen, dass Jonathan Harcourt wieder auf dem Heiratsmarkt ist.« Toms Grinsen verschwindet. »Sonst sorgt sie schneller, als Sie ›Gretna Green‹ sagen können, dafür, dass ich in meinem schönsten Musselinkleid in Deane House sitze und Klavierstückchen vorspiele.« Damit macht sie auf dem Absatz kehrt und geht durch den Kirchhof davon.

»Warten Sie!«, ruft Tom ihr nach, doch er holt sie nicht mehr ein, bevor sie durch das kleine Tor auf das Austen'sche Grundstück schlüpft.

Zwar ist nicht zu leugnen, dass sie sich höchst unklug verhalten und jede Menge wohlverdienten Spott auf sich gezogen hat, aber zumindest kann sie nun zwei Namen von ihrer Liste der Verdächtigen streichen. Weder Mr Fitzgerald hat Madame Renard getötet noch Sophy. Sie haben eindeutig ein Alibi – und das Geheimnis, das sie so sorgsam gehütet haben, war ihre gegenseitige Zuneigung. Das bedeutet, dass Jane dem Ziel, den wahren Mörder zu finden, auf gewissen Umwegen immerhin zwei Schritte nähergekommen ist.

5. An Cassandra Austen

Steventon, Freitag, den 1. Januar 1796

Meine liebe Cassandra,

zwei Briefe an einem Tag, wie verschwenderisch Deine Schwester doch ist! Verzeih die damit verbundenen Ausgaben, aber ich muss Dir mitteilen, dass ich mittels eifriger Nachforschungen nun zwei der Verdächtigen von meiner Liste entfernt habe. Sophy war es nicht – die Eiskönigin hat ein Herz. Ebenso wenig war es Mr Fitzgerald – seine Geldsorgen sind behoben. Bist Du Dir wirklich sicher, dass Du heiraten willst? Berichte mir, wie es ist, mit Mr Fowle in Kintbury eingesperrt zu sein. Wünschst Du Dir manchmal, Du könntest heimlich eine Kutsche nehmen und nach Hause kommen, zu Deinen Aquarellfarben und unserer gemütlichen Runde am Kamin? Reiß diesen Brief in Fetzen und gib sie als Streu in den Käfig von Mrs Fowles Kanarienvogel.

Voller Liebe Deine
J. A.

An Miss Austen
bei Rev. Mr Fowle
Kintbury
Newbury

17. Kapitel

Am späten Nachmittag, das matte Sonnenlicht ist von dunklen Schatten und silbrigem Mondschein abgelöst worden, sucht Jane im ganzen Pfarrhaus nach Eliza. Jetzt, da ihre Schwester in Kintbury ist, vermag nur Eliza mit ihrer überschwänglichen Art, sie aufzumuntern. Vielleicht kann sie nicht alle Kränkungen und Demütigungen vor Eliza ausbreiten wie vor Cassandra, aber Elizas lebhaftes Wesen wird ihr aus ihrer Niedergeschlagenheit heraushelfen. Jane findet sie schließlich in ihrem Zimmer, im Morgenmantel, ihr Haar liegt zum Zopf geflochten über der Schulter. Auf dem Frisiertisch steht ein flackerndes Talglicht, dessen Schein Elizas langen Schatten auf die Blumentapete wirft. Sie ist dabei, Wäschestücke zusammenzulegen und in eine Reisetasche zu packen. Jane drückt die Tür gerade so weit auf, dass sie hindurchschlüpfen kann. »Mutter sagt, du verlässt uns morgen. Ich hatte gehofft, du würdest viel länger bleiben!«

Eliza nimmt eins von Hastings Hemden und inspiziert den ordentlich gesäumten Halsausschnitt. »Wir haben eine Einladung von alten Freunden in Brighton. Die Seeluft wird Hastings guttun. Und deine Eltern haben gerade so viel zu bewältigen. Ich will eure Geduld nicht überbeanspruchen.« Ihre Stimme ist dünn. Sie versucht, fröhlich zu klingen wie immer, doch diesmal gelingt es ihr nicht.

Jane lässt sich auf den Stuhl neben dem Bett fallen. »Aber du wirst mir fehlen.« Sie hat noch nicht einmal das rehbraune Kattunkleid ausgezogen. Am Saum klebt feuchte Erde, und sie hinterlässt bei jedem Schritt schlammige Spuren.

Eliza hebt den Kopf. »Und du mir, *ma chérie*.« Ihre Augen sind gerötet, die Wangen blass. »Wie war dein Spaziergang?«

Jane weicht ihrem Blick aus und starrt stattdessen auf die Reisetasche. »Sehr erfrischend«, behauptet sie, immer noch zerknirscht über ihren Ausbruch. Die Scham klebt an ihr wie ein kaltes, klammes Nachthemd. Wie sehr sie auch hofft, Georgy retten zu können, Mr Fitzgerald hat eine solche Behandlung nicht verdient. Die Angst vor dem, was ihrem Bruder droht, macht sie nachlässig. Es war bequem, anzunehmen, dass der Berg, den Mr Fitzgerald gemalt hat, sich in Europa befinden müsse. Und Cowper wird anscheinend gerade von allen gelesen. Nachdem sie den Gedichtband durchgeblättert hat, der in Madame Renards Zimmer lag, versteht sie auch, warum.

Peinlich, aber wahr: Sie ist ihren eigenen Vorurteilen auf den Leim gegangen. Damit ist sie keinen Deut besser als Mr Craven, der Sir Johns Geschichte von einer Horde Vagabunden geschluckt hat, weil das bequemer war, als nach der Wahrheit zu forschen. Und Sophy hat alles mit angehört. Das Verabscheuungswürdigste an Sophy Rivers ist, dass sie all das ist, was Jane gern wäre: hübsch, reich und obendrein mit einem gut aussehenden, geistreichen und ehrenwerten jungen Mann verlobt.

Eliza legt Jane die Hand an die Wange und zwingt sie, ihr in die Augen zu schauen. »Und was ist mit deinem irischen Freund? Deinen Vater und deine Brüder führst du vielleicht an der Nase herum, meine süße, unschuldige Cousine, aber ich bin die Meisterin der Intrige, ich erkenne eine Freundin auf romantischer Mission.«

Jane spitzt die Lippen, um nicht säuerlich dreinzuschauen. »Wenn du es unbedingt wissen willst: Es war nett.«

»Es war nett, sonst nichts? Also habt ihr euch nichts versprochen?«

»Nein, haben wir nicht.« Dass sie weggelaufen ist, als Tom über sie lachte, war bockig. Jetzt weiß sie das, aber nachdem er sich so aufreizend benommen hatte, war sie nicht in der Stimmung, ein ernstes Gespräch über ihre gemeinsame Zukunft zu führen. Wie es wohl wäre, mit ihm verheiratet zu sein und nicht weglaufen zu können? Sie schaudert.

»Gut.« Eliza legt Hastings' Hemd sorgfältig zusammen. »Als ich Capitaine de Feuillide geheiratet habe, war ich so alt wie du jetzt. Ich hielt mich für eine Frau, die bereit ist, zu lieben und geliebt zu werden. Wenn ich heute zurückblicke, weiß ich: Ich war ein naives kleines Ding.« Damit stopft sie das ordentlich gefaltete Hemd in die Reisetasche, dass die Baumwolle knittert, und macht all ihre Bemühungen zunichte.

»Bereust du es?« Obwohl sie seit Langem ahnt, dass Eliza mit ihrem französischen Grafen nie so zufrieden war, wie sie vorgab, hat Jane es noch nie gewagt, so direkt zu fragen.

»Nein.« Eliza schüttelt so entschieden den Kopf, dass ihr der Zopf von der Schulter rutscht und weit über den Rücken hinunterhängt. »Wie könnte ich? Schließlich habe ich meinen lieben Jungen von ihm! Aber ich wünschte, ich hätte mir, bevor ich ihm mein Jawort gab, mehr Zeit genommen, mich selbst besser kennenzulernen. Ist eine Ehe erst einmal geschlossen, führt so leicht kein Weg mehr aus ihr heraus. Genieß deine Jahre der Freiheit, *ma chérie*, bevor es zu spät ist. Besser noch: Genieß deine Liebeleien. Du wirst von diesen Erinnerungen zehren, wenn du eine Matrone bist und die Auswahl dürftiger wird. Jedenfalls habe ich es so gehört.«

Jane lacht. Auch Eliza lächelt, aber es bleibt ein halbes Lächeln. »Darf ich dich etwas fragen?«

»Alles.« Eliza legt den Kopf schräg. »Solange ich nicht verpflichtet bin, zu antworten …«

»Warum hast du Mr Martin gefragt, ob Madame Renard bei ihm eine Tinktur gekauft hat, die ihren Monatsfluss wieder in Gang bringen könnte?«

»Weil sie in einer so verzweifelten Lage war. Eine junge Frau, allein, Hunderte Meilen von ihrer Familie entfernt, und dann mit einem Kind unter dem Herzen. Niemand hätte es ihr verdenken können, wenn sie versucht hätte, einen … Unfall herbeizuführen. Andererseits scheint sie – nach allem, was ihr sagt, Mrs Martin und du – keineswegs verzweifelt gewesen zu sein. Gewiss, sie hat ihren Schmuck versetzt, aber bald darauf hatte sie schon das Geld, ihn zurückzuholen. Sie hat Englisch gelernt. Und dass sie sich in der Leihbücherei angemeldet hat, zeigt, dass sie Zeit hatte. Sie war im Begriff, sich hier ein Leben aufzubauen.«

Die Vorhänge am Fenster sind offen. Am schwarzen Himmel glitzert hier und da ein einzelner Stern. Jane denkt daran, wie gleichgültig es Madame Renard zu sein schien, ob sie ihr den Hut abkaufen würde oder nicht. Während sie sich im Spiegel bewunderte und über den Preis jammerte, blieb die Händlerin unbeeindruckt. Zoë Renard verhielt sich, als sei sie unabhängig, ihre eigene Herrin – und nicht eine mittellose Frau mit einem schmachvollen Geheimnis. Sie führte ein schlichtes Leben, war aber stolz auf das, was sie konnte, und sehr klar in dem, was sie wollte und was nicht.

»Du hast recht. Sie hat sich nicht so verhalten, als mangelte es ihr an Geld oder Zuversicht. Was bedeutet das?«

»Vielleicht, dass sie nicht so allein war, wie wir angenommen haben. Dass sich eben doch jemand um sie gekümmert hat.« Einer von Elizas Mundwinkeln hebt sich. »Du weißt, wir Frauen haben gern unsere Geheimnisse.«

»Irgendwer in Basingstoke oder Umgebung, der ihr Geld gab, damit sie ihren Schmuck auslösen konnte, aber keinesfalls wollte, dass jemand von dem Verhältnis erfährt?«

»Vielleicht. Du gibst nicht auf, hm?« Eliza nimmt das nächste Hemd vom Wäschehaufen. Die Reisetasche ist fast voll. Ohne ihre Cremetiegel und Fläschchen, die auf dem Frisiertisch herumstehen, und Hastings' verstreutes Spielzeug wird das Zimmer leer und öde sein.

»Keinesfalls. Es kommt nicht infrage, dass ich abwarte und zusehe, wie Georgy für etwas, das er nicht getan hat, leiden muss. Außerdem ist Madame Renards Geist zu wünschen, dass er endlich zur Ruhe kommt. Was, wie ich glaube, unmöglich ist, solange ihr Mörder nicht seiner gerechten Strafe zugeführt ist.«

»Gut. Und werde niemals zu fügsam, versprichst du mir das? Eine Frau kann sich nicht endlos verbiegen, sonst wird sie gebrochen.«

Ein Gefühl sagt Jane allerdings, dass Madame Renard der Schädel eingeschlagen worden sein könnte, weil sie eben nicht fügsam genug war. Sie schluckt und verscheucht das Bild der armen, blutüberströmten Frau aus ihrem Kopf.

Am nächsten Morgen stellen Jane und die Familie sich vor dem Pfarrhaus auf, um Eliza und Hastings zum Abschied zu winken. James, im Mantel seines Vaters, klettert auf den Kutschbock. »Danke, vielen Dank für alles, ihr lieben Steventoner.« Eliza küsst Mr und Mrs Austen auf beide Wangen. »Sie sind die Nächstenliebe selbst. Obwohl Sie so viele eigene Sorgen haben, waren Sie Hastings und mir die besten Gastgeber.«

»Und Sie sind Balsam für unsere bekümmerten Seelen, liebe Nichte«, sagt Mr Austen.

»Es war gar nicht der Rede wert«, ergänzt seine Frau, »und versprechen Sie, dass bis zu Ihrem nächsten Besuch nicht wieder ein ganzes Jahr vergeht!« Sie wiegt die schreiende Anna auf dem Arm. Die Kleine, schon ganz rot im Gesicht,

streckt verzweifelt die drallen Ärmchen nach ihrem Spielkameraden aus.

Jane drückt die zierliche Cousine fest an sich, und als sie
schließlich loslässt, muss sie zwinkern, um die Tränen zurückzuhalten.

Henry nimmt Hastings hoch, fährt ihm durch die blonden
Locken und setzt ihn in die Kutsche. Dann steht er stramm,
sodass sich Eliza auf die Zehenspitzen stellen muss, um ihm
einen kleinen Kuss auf die Wange zu geben. Er blickt so angespannt zu ihr hinunter, dass an seinem Hals eine Ader her-
vortritt. Er ist der einzige Austen, der nur einen Kuss bekommt. Selbst Sally wird zu ihrem großen Erstaunen mit
zweien bedacht.

Als sich die Kutsche mit quietschenden Rädern in Bewegung setzt, stürmt Henry ins Haus und wirft die Tür zu, dass
das Rosenspalier rund um den Türrahmen herunterzufallen
droht.

»Was hat er?«, fragt Mrs Austen.

Jane zuckt die Achseln. »Wer weiß?«

Dabei ist offensichtlich, dass Henrys düstere Stimmung
einzig mit Elizas plötzlicher Abreise zusammenhängt. Jane
hat allerdings keine Lust, die schwierige Beziehung zwischen
Henry und Eliza mit ihrer Mutter zu besprechen. Sie möchte
sich lieber selbst nicht damit befassen. Er kann doch nicht
geglaubt haben, dass die Cousine ihn ernsthaft als Anwärter
auf ihre Hand in Erwägung ziehen würde? Jane folgt der
Kutsche noch ein Stück die Straße hinunter. Am Fuß der
kahlen, dornigen Hecke liegt haufenweise altes Laub. Der
Wagen ist gerade hinter der Wegbiegung verschwunden, da
taucht eine Gestalt im braunen Umhang auf.

Jane beschirmt ihre Augen und blinzelt ins morgendliche
Sonnenlicht. Gegen den strahlenden Himmel zeichnet sich
Mary Lloyds Topfhut ab. »War das deine Cousine? Ist sie

abgereist? Warum fährt James sie und nicht Henry? Oder euer Vater?«

»Mein Vater sagt, er sei zu alt, um bei diesem Wetter herumzukarriolen. Und ich glaube, Henry und sie haben sich überworfen.«

Mary steht wie angewurzelt da und starrt betrübt in Richtung Wegbiegung.

Während sie auf Mary zugeht, raschelt das Laub unter Janes Füßen. Die Kälte kriecht durch die dünnen Ledersohlen und legt sich um ihre Zehen. »Was machst du ohne Begleitung hier draußen? Ich dachte, dein Onkel sorgt dafür, dass du hinter Schloss und Riegel bleibst?«

Mary dreht sich um und schaut sie an. Ihre Augen haben einen ungewohnten Glanz. »Onkel Richard ist nach Deane House gerufen worden, deshalb bin ich hier. Da herrscht riesige Aufregung ... ich wollte dich abholen. Anscheinend werden sie *ihn* verhaften.«

»Ich hab's gewusst!« Jane kommen die Tränen vor Erleichterung, und Mary starrt sie erstaunt an. »Ich wusste, dass er sie umgebracht hat!«

Mr Craven muss denselben Hinweisen gefolgt sein wie sie und schließlich Jonathan Harcourt mit der Toten in Verbindung gebracht haben. Seine Nachforschungen werden ergeben haben, dass die beiden zur selben Zeit in Brüssel waren und dass Madame Renard den Ring von Jonathan versetzt hat. Nun wird Georgy freikommen und zur Familie zurückkehren können. Dieser Albtraum hat ein Ende.

18 Kapitel

»Du hast wirklich eine schreckliche Fantasie, Jane«, sagt Mary kopfschüttelnd, als sie Richtung Deane House den Hügel hinauftrotten. Die Straße ist schmutzig, an Janes Röcken bleibt Schlamm kleben und macht alles schwer. Sie hätte wirklich noch ihre Unterschuhe holen sollen, um die Stiefel zu schützen, aber sie hatte es viel zu eilig, zum Herrenhaus zu kommen, wo, laut Mary, jeden Augenblick Sir John verhaftet werden wird, weil er seine Schulden nicht beglichen hat – und nicht etwa Jonathan, weil er in den Tod von Madame Renard verstrickt wäre.

»Ach, hör auf. Könntest du mir einfach noch mal alles von vorn erzählen? Bitte?«

Mary klammert sich an Janes Arm, sie gerät immer wieder ins Stolpern mit ihrem groben Schuhwerk. »Aber wie kommst du nur darauf, dass Mr Harcourt wegen des Mordes verhaftet werden könnte? Das muss an den vielen Schauerromanen liegen, die du liest. Ich mühe mich die ganze Zeit, wenigstens den einen zu schaffen, über den ihr, Martha und du, dauernd redet. Den, der im Schwarzwald spielt. Aber er ist viel zu verwirrend. Außerdem ist es unchristlich, sich immerzu mit Geisterbeschwörung, Zauberern und derlei Dingen zu befassen. Nein, da sind mir die Gedichte deines Bruders lieber.«

Jane atmet tief durch, um ihren Zorn zu bezwingen. »Muss ich dich wirklich daran erinnern, Mary, dass du diejenige warst, die behauptet hat, der Geist von Madame Renard würde uns mitteilen, wer sie ermordet hat?«

»Das war etwas anderes.«

»Wieso?«

»Das hat mein Onkel gesagt.«

Jane ist jetzt wirklich wütend. »Wenn das so ist, kannst du dann bitte *Der Geisterbanner* an Mrs Martin zurückgeben, damit jemand anders es sich ausleihen kann, eine Leserin, die es mehr zu schätzen weiß? Und jetzt flehe ich dich an: Hör auf mit diesem Gerede! Erzähl mir lieber, was vorgefallen ist.«

»Das habe ich dir schon erzählt. Wir saßen gerade beim Frühstück, da klopfte ein Stallbursche von Deane House an die Seitentür und verlangte nach dem Friedensrichter. Anscheinend hat Mr Harcourt meinen Onkel gebeten, sofort zu kommen, weil der alte Mr Chute und sein Büttel damit drohten, Sir John zu verhaften und ins Schuldgefängnis zu bringen.«

»Demnach hat Mr Chute Sir John Geld geliehen. Und zwar eine Menge, wenn er ihn sogar ins Gefängnis werfen lassen will.« Jane wippt auf den Zehenspitzen und kann den Drang, loszurennen, nur mit Mühe unterdrücken. Wenn Mr Chute über seine Frau genauso argwöhnisch wacht wie über sein Geld, kann Henry froh sein, dass seine Tändelei mit Mrs Chute auf dem Ball der Harcourts keine Folgen hatte. Waren die Schulden bei Mr Chute der wahre Grund, warum Sir John versucht hat, an Elizas Geld zu kommen? So ein Gauner: wollte hier stehlen, um da zu bezahlen.

»Ich weiß es nicht. Mein Onkel sagte, ich soll zu Hause bleiben, bis er wiederkommt. Aber ich dachte, wenn ich dich abhole, können wir zusammen hingehen und sehen, ob wir etwas aufschnappen. Dann kann ich, wenn ich erwischt werde, sagen, du hättest mich gezwungen hinzugehen.«

»Du bist mir vielleicht eine treue Freundin.« Im Stillen rügt Jane sich dafür, vorschnelle Schlüsse gezogen zu haben. Es war dumm, zu hoffen, die offiziell Zuständigen hätten den wahren Schuldigen dingfest gemacht. Die schwerfällige englische Justiz wird kaum besondere Eile an den Tag legen, einer einfachen jungen Frau Gerechtigkeit angedeihen zu lassen – so schnell sie auch zur Stelle sein mag, wenn es darum geht, die Interessen eines wohlhabenden Gentleman zu wahren.

»Ich verstehe immer noch nicht, warum du glaubst, dass Mr Harcourt die Hutmacherin umgebracht hat.«

Deane House ist jetzt in Sichtweite, und Jane macht sich von Mary los und eilt voran. »Spitzenklöpplerin. Und ich sage nicht, dass er sie umgebracht hat, sondern nur, dass ich so eine Ahnung habe, dass es zwischen den beiden eine Verbindung gibt.« Ihre Stiefel werden ruiniert sein und ihr Kleidersaum nicht mehr zu retten, aber ohne die klobigen Unterschuhe ist sie um einiges schneller als Mary.

Hat Sir John Madame Renard umgebracht, weil sie ihn wegen seines Arrangements mit Mrs Twistleton erpresste und er nicht mehr genug Geld hatte, um für ihr Schweigen zu bezahlen? Vielleicht wusste Madame Renard auch zu genau, welche Schulden Sir John während seiner Kartenspielrunden im *Angel Inn* angehäuft hatte? Sowohl Sir John als auch Mrs Twistleton schienen, als der Leichnam entdeckt wurde, so entsetzt wie alle anderen, aber natürlich können sie das vorgetäuscht und sich damit gegenseitig gedeckt haben. Oder war es doch Jonathan? Hat er seine Geliebte getötet, damit sie seine Ehe mit der reichen Sophy nicht gefährdete? Kann der drohende finanzielle Ruin einen sonst gesitteten Mann so weit bringen, dass er das grausamste aller Verbrechen begeht?

Als sie auf die Tür des Tudor-Hauses zusteuert, sieht sie in der Auffahrt eine luxuriöse Barouche mit einem perfekt abgestimmten Paar grauer Pferde stehen und warten. Daneben bewacht Mr Chutes Büttel eine Mietkutsche, in der der festgenommene Sir John sitzt. Mrs Twistleton steht daneben und betupft sich mit einem Taschentuch die verquollenen Augen. Ihr sonst so hübsches Gesicht wirkt ausgezehrt. Sir John lehnt sich gefährlich weit aus der Kutsche und hält ihre Hand. Ohne seine Perücke erscheint er kleiner und weitaus weniger imposant. Dünnes Haar klebt ihm strähnig am Schädel, am Hinterkopf hat er eine kahle Stelle, was ihn verletzlich aussehen lässt. Keiner von ihnen bemerkt, dass Jane sich an ihnen vorbeischleicht.

Aus der offenen Haustür schallt zorniges Geschrei. Jane bleibt an der Schwelle stehen und späht in die düstere eichengetäfelte Eingangshalle. Hinter ihr hastet Mary die Stufen herauf, die Unterschuhe baumeln von ihrem Arm. Sie muss sie auf dem letzten Stück ausgezogen haben, um Jane einzuholen. Gemeinsam bleiben sie im Schatten der Tür stehen und versuchen, zu sehen, was sich abspielt, ohne selbst gesehen zu werden.

»Ich bitte Sie, meine Herren …« Mr Craven steht genau unter dem Messingleuchter und hebt beide Hände, als müsste er blutdürstige Faustkämpfer auseinanderhalten.

Auf dem Sofa unter der geschnitzten Treppe kauert Lady Harcourt und hält sich ein Fläschchen Riechsalz unter die gebogene Nase. Neben ihr steht Jonathan, stützt sich mit einer Hand auf dem Treppenpfosten ab und fährt sich mit der anderen durch das strähnige Haar. »Nehmen Sie meinen Vater mit.« Er trägt keinen Rock, nur eine enge elfenbeinfarbene Weste. »Aber ich bitte Sie, geben Sie mir eine Woche Zeit, wenigstens ein paar Tage, damit ich die Rückzahlung regeln kann. Bitte, Sir.« Er legt die Hände zusammen und verschränkt die Finger wie zum Gebet. »Wenn Sie jetzt den gesamten Betrag fordern, werden sich sofort die Geier auf uns stürzen. Unsere Pächter wären ebenso ruiniert wie wir, und das wäre nicht recht.«

Mr Craven lässt die Hände fallen und neigt den Kopf. »Was sagen Sie, Mr Chute? Geben Sie dem Jungen doch eine Chance, er hat ja recht. Wenn Sie das öffentlich machen, kommen Sir Johns Gläubiger alle auf einmal, und Sie werden um jeden Fetzen kämpfen müssen. Ihre Aussichten, die gesamte Summe zurückzuerhalten, sind weitaus besser, wenn Sie Mr Harcourt einen kleinen Aufschub gewähren.«

Mr Chute, der auf der anderen Seite der Halle steht, kneift die Augen zusammen und umklammert den Knauf seines Gehstocks mit der goldenen Spitze. »Gut, gut, ich bin einverstanden.« Sein Samtrock und die passende Kniebundhose sind mit bunten Blumen bestickt. Selbst auf seinen glänzenden Schuhspitzen blitzen Diamanten und Rubine. »Aber Sir John wird das Schuldgefängnis erst verlassen, wenn jeder einzelne Penny, den er mir schuldet, wieder in meiner Geldkassette ist. Haben Sie das verstanden, Junge?«

»Nein, Sie dürfen ihn nicht mitnehmen, das lasse ich nicht zu.« Lady Harcourt erhebt sich von ihrem Sofa und macht händeringend ein paar Schritte auf Mr Chute zu. Ihre Stimme zittert, angespannt wie eine Saite kurz vorm Zerreißen. »Es ist nicht gerecht. Ich habe schon meinen Sohn verloren.« Ihr Blick geht hinauf zum Treppenabsatz. Der marmorne Edwin betrachtet die Szene mit leeren, toten Augen. »Und Sie wollen mir jetzt noch meinen Mann nehmen. Das dulde ich nicht, lassen Sie sich das gesagt sein.«

Jane muss schlucken. Als Mr Craven Georgy wegbrachte, hat sie sich vorgestellt, wie sie weinend und schreiend hinter dem Wagen herläuft und sich vor Verzweiflung die Haare ausreißt. Doch sie hat den Drang niedergerungen und getan, was die Kinderfrau ihr sagte, war brav und ist losgerannt, um ihrem Vater Bescheid zu geben.

241

»Mutter, bitte …« Jonathan stellt sich zwischen Lady Harcourt und Mr Chute. »Geh doch und leg dich ein wenig hin. Nimm deine Medizin.« Er hat Schweißflecken unter den Armen und ist aschfahl im Gesicht. An seinen Gegner gewandt fügt er hinzu: »Ich habe verstanden. Danke, Sir. Ich werde sofort eine Versteigerung in die Wege leiten. Jedes Stück Silber oder Zinn, alles, was wir nur irgend verkaufen können, kommt unter den Hammer. Sie haben mein Wort.«

Mr Craven reibt sich die Hände. »Ausgezeichnet. Darf ich vorschlagen, dass Sie einander die Hand darauf geben, meine Herren?« Mr Chute fährt sich übers Kinn, dann ergreift er Jonathans Hand und schüttelt sie einmal kurz. »Sehr gut, sehr gut.« Mr Craven wirft einen Blick auf seine Taschenuhr.

Jane wird wütend. Der Friedensrichter hat die Möglichkeit, dass zwischen dem Mord an Madame Renard und den gigantischen Schulden der Harcourts ein Zusammenhang bestehen könnte, noch nicht einmal in Betracht gezogen. Er ist mehr darauf bedacht, den Frieden zwischen zwei wohlhabenden Nachbarn zu wahren, als darauf, den Mörder zu finden und Georgys Namen reinzuwaschen. Sie aber wird die Gelegenheit, Jonathan zuzusetzen, nicht ungenutzt verstreichen lassen.

»Ist das alles?« Sie kommt aus ihrer Deckung und tritt in die Halle.

»Miss Austen, was machen Sie denn hier?« Mr Cravens Blick wandert von ihrem Gesicht hinab zu ihren schmutzigen Stiefeln und wieder aufwärts. »Mary? Bist du das da an der Tür? Ich habe dir doch ausdrücklich gesagt, du sollst zu Hause bleiben!«

Als Jane dem Friedensrichter so direkt gegenübersteht, werden ihr die Knie weich. »Ein Handschlag, und damit lassen Sie ihn davonkommen?«

»Wovon zum Teufel sprechen Sie, Miss Austen? Sie können nicht einfach so hier hereinplatzen.«

Jane richtet einen bebenden Zeigefinger auf Jonathan. »*Sie* waren es, nicht wahr? Sie haben die arme Frau umgebracht, genau hier, und den Leichnam in Ihrer Wäschekammer liegen lassen.«

Jonathan krümmt sich wie unter einem Schlag.

»Sind Sie noch ganz bei Trost?« Mr Craven starrt Jane fassungslos an.

Lady Harcourt kreischt hysterisch und will sich auf sie stürzen.

»Mutter!«, schreit Jonathan.

Lady Harcourt holt aus und schlägt nach Jane. Ihre Krallen kommen Jane so nahe, dass diese einen Lufthauch auf der Wange spürt. Sie taumelt einen Schritt zurück, und Mr Craven packt Lady Harcourt um die Taille, bevor sie Jane erreichen kann.

Jonathan kommt herbei und nimmt seine Mutter in die Arme. »Komm, Mutter, nach oben, ins Bett. Es war ein furchtbarer Schock, aber du brauchst dich nicht zu sorgen ...« Halb zieht, halb trägt er sie die Treppe hinauf. »Mrs Twistleton, bereiten Sie meiner Mutter sofort ihre Tinktur.«

Die Haushälterin taucht von irgendwo hinter Jane auf. »Ganz ruhig, Madam.« Sie rafft ihre Röcke, dass bestickte Seidenstrümpfe aufblitzen, und eilt hinter Jonathan und seiner Mutter her nach oben.

Lady Harcourt reckt den Kopf und grinst Jane über die Schulter ihres Sohnes hinweg höhnisch an. In ihren Augen funkelt Bosheit. Sämtliche Nerven in Janes Leib vibrieren.

»Wirklich, Miss Austen!« Mr Craven macht einen Schritt auf sie zu. »Haben Sie den Verstand verloren? Was um alles in der Welt bringt Sie dazu, eine solche Anschuldigung zu erheben?«

Mary, die dicht hinter Jane steht, streicht ihr das Haar aus dem Gesicht. »Ist alles in Ordnung? Die alte Hexe hätte dir fast die Augen ausgekratzt.«

Ein wenig zu heftig schiebt Jane Marys Hand weg, reckt das Kinn und sieht Mr Craven an. »Sie sind es, dem der Verstand fehlt. Begreifen Sie nicht?« In ihrem Kopf pocht es, ihr ist schwindelig. »Zwischen Sir Johns Schulden und dem Mord muss es einen Zusammenhang geben.«

»Miss Austen, ich kann Ihnen versichern, hier handelt es sich um eine geschäftliche Angelegenheit zwischen Sir John und Mr Chute. Das hat mit der Toten nichts zu tun. Diese Sache habe ich bereits geklärt. Täter war einer der Vagabunden, die in Sir Johns Anwesen eingedrungen sind.«

»Das glauben Sie immer noch? Obwohl Sie längst wissen, dass es keinerlei Beweis für die Anwesenheit von Fremden gibt?«

»Miss Austen, wie ich Ihnen bereits vorgestern Abend sagte, klage ich Ihren Bruder nicht des Mordes an …« Er kommt einen weiteren Schritt auf Jane zu und senkt die Stimme zu einem Flüstern. »Bitte zwingen Sie mich nicht, es doch zu tun.«

Plötzlich erkennt Jane mit schmerzlicher Klarheit, dass Mr Craven den Geschichten von Sir John keineswegs mehr Glauben schenkt als sie. Doch er hält Georgy tatsächlich für schuldig, nicht nur des Diebstahls, sondern auch des Mordes an Madame Renard. Sein Vorgehen ist nicht ignorant, sondern vielmehr von Mitgefühl geleitet. Er will nicht weiter ermitteln, weil er das, was er dabei herausfinden könnte, fürchtet. Ihm ist klar, so schrecklich es für Jane und ihre Familie wäre, wenn Georgy als Dieb gehängt würde – es wäre noch weit schlimmer, wenn er als Mörder verurteilt würde.

Selbst das einfachste Recht eines Christenmenschen würde Georgy dann versagt werden, das Recht, in geweihter Erde zur letzten Ruhe gebettet zu werden. Stattdessen würde sein Leichnam nach der Hinrichtung vor einer höhnischen Menge in Winchester nach Deane gebracht und, in Ketten gelegt, als makabre Warnung an alle künftigen Mörder am nächsten Galgen öffentlich zur Schau gestellt. Es könnte Jahre dauern, bis Vögel und Maden ihm auch den letzten Fetzen Kleidung, das letzte Fleisch von den Knochen gefressen hätten. Erst dann würde man den Austens erlauben, ihn abzunehmen und seine Gebeine zu begraben. Und selbst dann würden sie das nicht auf dem Kirchhof von St. Nicholas tun dürfen. Georgy müsste an einer Wegkreuzung unter die Erde, mit einem Pfahl durchs Herz, der markierte, dass seine Seele selbst am Tag des Jüngsten Gerichts der Erlösung nicht würdig sei, sondern dazu verdammt, bis in alle Ewigkeit auf der Erde umherzuwandern.

Wenn der Kummer ihre Eltern nicht töten würde, die Schande täte es gewiss.

Mary legt den Arm um Jane und bewahrt sie davor, unter der Wucht dieser Erkenntnis zusammenzubrechen.

»Ich finde allein hinaus.« Mr Chute löst die Spannung auf, indem er kurz den Hut vor den Damen lüftet und dem Ausgang zustrebt.

Mr Craven hebt noch einmal die Hand. »Und Sie wollen Sir John nicht vielleicht doch hierlassen?«, ruft er ihm hinterher. »Sie sind natürlich im Recht, aber …«

»Dieser Aufschneider hat mich zum Narren gehalten.« Mr Chute fuchtelt mit seinem Stock. »Eine ordentliche Portion Schuldgefängnis wird ihn lehren, dass man mit mir keine Spielchen spielt.«

»Nun, wie Sie wünschen.« Mr Craven tritt ebenfalls vor die Tür, und Mary folgt ihm, die immer noch benommene Jane im Schlepptau.

Draußen auf der Auffahrt nickt Mr Chute seinem Kutscher zu und klettert in seine Barouche. Der Büttel steigt auf eins der Pferde vor der Mietkutsche und gibt ihm einen leichten Schlag mit der Peitsche. Wiehernd schütteln beide Tiere die Mähne und heben die Vorderhufe. Die Kutsche setzt sich ächzend in Bewegung. Sir John dreht sich noch einmal nach Deane House um und kämpft beim letzten Blick auf den Sitz seiner Vorfahren sichtlich um Beherrschung.

Als beide Kutschen außer Sichtweite sind, bietet Mr Craven Jane den Arm. »Bitte, Miss Austen, gestatten Sie mir, Sie nach Hause zu begleiten.«

Sie starrt auf seinen Ellbogen, Tränen verschleiern ihr die Sicht. »Danke, Sir, aber ich komme allein zurecht.« Sie schiebt Marys Hand sanft von ihrer Taille und geht allein die Auffahrt hinunter. Dabei spürt sie den Blick der beiden auf sich wie eine Last. Doch so schwer diese auch wiegt, sie geht weiter, sie will sich um jeden Preis zusammennehmen. Wenn es schon sonst keinen Grund gibt – allein um Georgys willen darf sie sich von diesem neuerlichen Rückschlag nicht bezwingen lassen.

19. Kapitel

ls Jane nach Hause kommt, steht Lycidas, Mrs Lefroys wohlerzogener Wallach, vor dem Pfarrhaus an einen Zaunpfahl gebunden. Immer wieder versucht Mrs Lefroy, Jane zu überreden, auf ihm zu reiten. Jane lehnt stets ab. Stattdessen schaut sie angstvoll zu, wie ihre Freundin im Sattel über hüfthohe Hecken setzt. Bei der Vorstellung, sie könnte sich in solcher Höhe über dem Boden befinden und sich ganz auf ein anderes Geschöpf verlassen müssen, krampft sich in Jane alles zusammen.

Reiten verlangt, dass man ruhig im Sattel sitzt und die Macht des überlegenen menschlichen Verstandes einsetzt, um den Willen des Tieres dem eigenen unterzuordnen. Nach ihrem Sturz hat Jane die kindliche Arroganz eingebüßt, die nötig wäre, damit sie so an sich glauben könnte. Sie streichelt den weißen Stern auf Lycidas' Stirn, wobei er freundschaftlich gegen ihre Schulter stupst, dann geht sie ins Haus, hängt ihren Umhang weg und versteckt die ramponierten Stiefel im Windfang an der Hintertür, bevor ihre Mutter mit ihr schimpfen kann.

Ihre Eltern und Mrs Lefroy sitzen behaglich und angeregt plaudernd bei Tee und Kuchen im guten Salon. Jane setzt sich zu ihnen. Sie hofft, dass Tom am Ende nun seine Tante geschickt hat, damit sie die Angelegenheit ihrer Verlobung mit ihren Eltern regelt. Mr Austen von den Vorteilen dieser Verbindung zu überzeugen könnte einige Zeit in Anspruch nehmen. Es stimmt, dass Tom und sie es sich nicht sofort leisten könnten, einen eigenen Hausstand zu gründen, doch Jane ist zuversichtlich, dass sie ihren Vater für Tom gewinnen kann. Es ist vielleicht keine ideale Partie, aber sie könnten einander glücklich machen – wenn man ihnen nur die Gelegenheit ließe.

Im Kamin brennt ein schönes Feuer. Auf dem Tisch steht das Porzellan mit dem blau-weißen Weidenmuster, das feinste Teegeschirr, das ihre Eltern besitzen; die wohlhabende Familie Knight hat es ihnen zur Hochzeit geschenkt. Drei Jahrzehnte ist das her. Die Kanne ist auch mit dem winzigen Sprung in der Tülle noch präsentabel, aber es gibt zu sechs Untertassen nur noch fünf Tassen, und der Milchkrug ist längst den Weg alles Irdischen gegangen. Jane gießt sich Tee ein, nimmt sich ein großes Stück Kuchen und unterhält die anderen mit den Einzelheiten ihres Nachmittags. Da ihr daran gelegen ist, die heitere Stimmung nicht zu verderben, lässt sie unerwähnt, dass sie Jonathan Harcourt im Beisein des Friedensrichters des Mordes beschuldigt hat.

Mrs Lefroy ist elegant wie immer, in einem gestreiften, taillierten Mantelkleid, das Haar gepudert und hoch auf dem Kopf aufgetürmt. »Liebste Jane, Sie verstehen es wirklich, Geschichten zu erzählen!« Sie rutscht auf dem Sessel ganz nach vorn, als wollte sie es sich nicht allzu bequem machen. »Unglaublich, dass Mr Chute tatsächlich Sir John ins Schuldgefängnis geschickt hat. Was für eine Demütigung für den Baronet.«

Mrs Austen schüttelt den Kopf. Ausnahmsweise trägt sie keine Schürze. »Kein Borger sei und auch Verleiher nicht. Jedenfalls, wenn es sich vermeiden lässt.«

Mr Austen balanciert seine Untertasse auf dem Knie. Das weiße Haar steht wie ein Heiligenschein um sein freundliches Gesicht. »Und so dreht sich Fortunas Rad für die Harcourts. Also so etwas!«

»Ein wirklicher Absturz, nicht?«, sagt Jane. »Sir John muss verzweifelt versucht haben, es nicht so weit kommen zu lassen. Ich nehme an, dass er sich deshalb wegen eines Darlehens an Eliza gewandt hat. Man will sich gar nicht ausmalen, was ein so stolzer Mann unter diesen Umständen alles tun könnte, um seine gesellschaftliche Stellung zu bewahren.«

Mrs Lefroy stellt ihre Tasse auf dem Mahagonitischchen neben sich ab, erhebt sich und schaut nach draußen in die Dämmerung. »Der Garten sieht hübsch aus. Würden Sie mich einmal herumführen, Jane?«

Mrs Austen runzelt die Stirn. »Aber wir haben gerade alles herausgerissen! Ich habe sehr viel Hühnermist zum Düngen für die Beete …« Sie schaut zu ihrem Mann, doch der zuckt nur die Achseln.

Mrs Lefroy bedenkt Jane mit einem bedeutungsvollen Blick. »Nun, ich könnte etwas frische Luft gebrauchen. Wollen wir, Jane?«

»Natürlich.« Jane lässt ihre erst halb geleerte Tasse stehen.

Im Windfang zieht sie hastig ihren Umhang und die schmutzigen Stiefel an, dann gehen sie zur Hintertür hinaus. Es wird dunkel. Am violetten Himmel blinkt der Abendstern. Der Mond ist in zwei perfekte Hälften geteilt, die eine schimmert silbrig, die andere liegt im Dunkeln. Rund um das Grundstück der Austens erheben sich die sanften Hügel New Hampshires. Die kahlen Äste der Eichen zeichnen sich gegen den Himmel ab wie Scherenschnitte. Jane führt ihren Gast an den leeren Gemüsebeeten vorbei, während Mrs Austen stirnrunzelnd am Fenster steht und nach draußen schaut.

Mrs Lefroy schlägt ihren Kragen hoch und nimmt Janes Arm. »Ihre Mutter kann mit einem zarten Wink nicht viel anfangen, hm?«

Jane lacht. Ihr Atem bildet Wölkchen, leicht und durchsichtig, wie ein erschöpfter Drache sie ausstoßen würde. »Ich würde sagen, es ist nicht gerade eine ihrer Stärken.«

Mrs Lefroys Miene bleibt ernst. »Ich musste Sie unbedingt allein sprechen, da … Also, ich fürchte, es ist etwas delikat.«

Janes Finger und Zehen sind bereits taub. »Oh.« Der Hof liegt verlassen da. Die Hühner sind in ihren Ställen eingeschlossen, sicher vor den Füchsen, die in der Gegend umherstreifen.

»Nun … zuallererst sollen Sie wissen, dass ich Sie das frage, weil Sie mir so ans Herz gewachsen sind.« Sie drückt Janes Arm. »Sie sind mir so lieb und teuer, wie eine Nichte es wäre, und worum es mir vor allem geht, ist Ihr Glück.«

»Oh?« Mit jedem Wort, das ihre Freundin sagt, sinkt Janes Mut weiter. Sie richtet den Blick fest geradeaus. »Das ist sehr freundlich. Sie wissen, wie gern ich Sie meinerseits habe.« Sie versucht zu lächeln, aber alle Muskeln in ihrem Gesicht sind erstarrt.

Mrs Lefroy ergreift ihren Ellenbogen und nötigt sie, ihr in die Augen zu sehen. »Ich komme also direkt zur Sache …« In dem violetten Licht wirkt ihre Haut fahl. »Hat mein Neffe Ihnen einen Antrag gemacht? Denn – sollte er das getan haben, hat er sich, fürchte ich, Ihnen gegenüber ins falsche Licht gerückt.«

»Ins falsche Licht?« Janes Mund ist so trocken, dass sie die Worte kaum herausbekommt. Sie war Tom so nahe, sie hat seinen warmen Atem gespürt, seinen Herzschlag. Wie kann der Mann, mit dem sie dieses heimliche Glück teilt, etwas vor ihr verbergen?

Mrs Lefroy lässt sich auf einem Baumstumpf nieder, als wäre es ein Stuhl. »Toms Eltern leben in bescheidenen Verhältnissen. Wie Sie wissen, haben sie zahlreiche Kinder. Toms ältere Schwestern haben nicht viel, was sie für eine Ehe empfiehlt.«

Jane nickt, so heftig, dass es sie fast aus dem Gleichgewicht bringt. Ihr Herz ist schwer, als laste eine der bemoosten Kalksteinplatten vom Friedhof darauf.

»Onkel Langlois ist der Einzige, der über gewisse Mittel verfügt, aber die sind durchaus nicht unendlich. Er war es, der Tom durch das Studium gebracht hat, und er wird ihm auch den Platz im Lincoln's Inn finanzieren. Aber die Erwartung war immer, das werden Sie verstehen, dass Tom alles daransetzt, seine Zukunft zu sichern, indem er ... nun ...«

»... heiratet«, sagt Jane ausdruckslos.

Das ist die hässliche Wahrheit, vor der sie davonläuft, seit sie Tom das erste Mal in die blauen Augen geschaut und mit Herzflattern ihr eigenes Spiegelbild darin gesehen hat – oder eher die modische junge Ehefrau und Mutter, die sie sein könnte.

Cassandra hat sie in ihren Briefen vorsichtig darauf hingewiesen, und Eliza hat sie gewarnt. Doch sie hat sich immer nach Kräften bemüht, diese Wahrheit nicht an sich heranzulassen.

Und nun hat sie sie erwischt, hält sie gepackt wie eine unerbittliche eiserne Falle – Tom Lefroy, der ehrgeizige junge Anwalt aus Limerick, kann es sich nicht leisten, einer mittellosen Pfarrerstochter aus Hampshire die ewige Treue zu schwören, und wenn er es noch so gern täte. Es wäre für sie beide der Ruin.

Mrs Lefroy drückt die flache Hand gegen die Brust. »Ich fürchte, ja. De facto wird er für seine ganze Familie verantwortlich sein. Sie sind alle von ihm abhängig. Es tut mir wirklich sehr leid. Ich wünschte, es wäre nicht so, aber ... es ist nun einmal so.« Tiefe Furchen durchziehen ihre Stirn. »Deshalb frage ich Sie noch einmal, Jane: Hat mein Neffe Ihnen einen Heiratsantrag gemacht?«

In Janes Kehle sitzt ein dicker Kloß. »Nein. Nichts dergleichen. Es ist nur eine kleine Tändelei.« Sie strengt sich so an, unbeschwert zu klingen, dass ihre Stimme einen schrillen Ton bekommt. Alles um sie her scheint sich zu drehen.

Es stimmt ja. Tom hat ihr nicht die Ehe angetragen. Jedenfalls nicht ausdrücklich. Vielleicht hatte er das nie vor, und es war allein ihre Fantasie, die hinter jedem Liebeswort von ihm, jedem innigen Blick und jedem brennenden Kuss, den er ihr auf die Lippen drückte, eine solche Absicht gesehen hat.

»Oh, was für eine Erleichterung.« Mrs Lefroy räuspert sich. »Ich hatte Sorge, er könnte zu große Erwartungen in Ihnen geweckt haben.«

»Keineswegs. Es ist nichts geschehen.« Jane wischt sich mit dem Handrücken die Tränen von den Wangen. »Wären Sie so freundlich, allein ins Haus zurückzukehren? Ich möchte gern noch ein paar Schritte tun.« Damit eilt sie zu dem schmiedeeisernen Tor, wobei sie sich an der efeuberankten Kalksteinmauer abstützt.

»Jane!«, ruft Mrs Lefroy.

Jane rettet sich auf den Kirchhof und duckt sich unter die ausladenden Zweige der Eibe. Im Schutz der immergrünen Nadeln presst sie die Hände vor den Mund, um den Kummer zurückzuhalten, um nicht zornige Worte hinauszuschreien, die sie nicht mehr zurücknehmen könnte.

»Jane?« Mrs Lefroy erscheint am Tor und schaut sich auf dem leeren Kirchhof um. »Bitte, Jane.« Sie geht vorsichtig auf dem Rasen umher, späht hinter weinende Engel und die Sarkophage der Portals. Zwischen den kaputten Schindeln des Kirchendachs schießen fiepende Fledermäuse empor. Sie gleiten als Silhouetten über den lila Himmel, steigen in die Höhe, stoßen im nächsten Augenblick wieder herab. »Bitte, Jane! Was soll ich denn Ihrer Mutter sagen?« Schließlich schüttelt sie den Kopf und kehrt auf das Grundstück der Austens zurück.

Erst als sie sicher weiß, dass sie allein ist, atmet Jane aus. In stoßweisen Schluchzern. Das Blut rauscht in ihren Ohren. Blind vor Tränen schlägt sie mit beiden Fäusten auf die raue Rinde, den mächtigen Stamm der Eibe ein, tritt dagegen, schleudert Zweige zur Seite, sodass sie zurückschnellen und ihr Gesicht treffen. Zwei riesige Grabsteine zerquetschen sie, zermalmen ihr das Herz, brechen ihr die Rippen, mahlen ihr den letzten Rest Luft aus der Lunge.

Die Ehe ist ein Handel, ein Kompromiss zwischen Vereinbarkeit und Verhältnissen. Es war Narrheit, zu glauben, dass es auch anders sein könnte. Wochenlang ist sie Toms Charme und dem eigenen Hoffen und Sehnen erlegen und hat sich etwas vorgegaukelt. Hat sich verleiten lassen von dem kostbaren Geheimnis, das sie im Herzen bewahrte, der gegenseitigen Anziehung, die es zwischen ihnen gibt; hat insgeheim gehofft, dass die Ehe auch etwas anderes sein könnte: eine echte Partnerschaft, im Geiste wie im Herzen.

Mit ihrer unbekümmert zur Schau gestellten Naivität hat sie sich zweifellos zum Gespött der Grafschaft gemacht. Kein bisschen besser als Mary, die so unverhohlen James anschmachtet, oder Henry, der Eliza nicht von der Seite gewichen ist. Sie ist eine dumme, glücklose junge Frau – ohne Geld, das sie für eine Ehe empfehlen würde, ohne jede Möglichkeit, ihr Schicksal selbst in die Hand zu nehmen. Heftig reißt sie Nadeln von den Ästen und presst sie zwischen den nackten Handflächen zusammen.

Sie heult laut auf in ihrer grünen Zelle. Ihre Fingernägel sind eingerissen, die Knöchel blutig, die Spitzen der Lederstiefel zerkratzt. Ihre Füße, die Finger, ihre Kehle, alles schmerzt.

Erschöpft schlingt sie die Arme um den Stamm und lässt sich unter dem alten Baum zu Boden gleiten. Mit einem dumpfen Geräusch treffen ihre Knie auf der kalten, feuchten Erde auf. Sie beugt sich vor und legt die Stirn an die zerklüftete Rinde, und ihr ganzer Körper bäumt sich unter Schluchzen auf.

Als sie vor Kälte zittert und ihre Zähne laut klappern, löst sie sich von dem Baum, kriecht unter den Zweigen hervor, kommt taumelnd auf die Füße und macht sich auf den Weg nach Hause.

Ihr Blick streift einen unerwarteten Farbklecks.

Müde schleicht sie hinüber zu dem frischen Haufen Erde, unter dem Zoë Renard zur Ruhe gebettet ist. Die Nackenhaare stellen sich ihr auf; es ist, als wäre sie über ihr eigenes Grab gelaufen.

Drei kirschrote Blumen liegen am Rand des kürzlich eröffneten Streifens Erde.

Kompakte Blüten mit Blättern, die an die Zacken einer kleinen Krone erinnern. Sie sehen so makellos aus, dass sie aus Wachs modelliert sein könnten. Jane nimmt eine in die zitternde Hand und sieht sie sich im Mondlicht genauer an. Es sind Kamelien, ein exotisches Gewächs; vor einiger Zeit hat Neddy einmal Mrs Austen solche Blüten geschickt. Sie stammten aus der Orangerie von Goodnestone House, dem prächtigen Landsitz in Kent, der der Familie seiner Frau gehört. Aber Jane hat nie gehört, dass irgendwo in Hampshire ein Kamelienstrauch wachsen würde.

Sie wickelt die Blüte vorsichtig in ihr Taschentuch und birgt sie unter ihrem Umhang, und dann stolpert sie in Richtung des Pfarrhauses mit seinen warm schimmernden Fenstern und dem Rauch, der aus den Kaminaufsätzen aufsteigt. Also ist sie nicht die Einzige, die um Madame Renard trauert. Die Spitzenklöpplerin wird im Tod heimlich umsorgt wie im Leben. Es gibt jemanden, der ihr Blumen bringt – seltene, teure Blüten – und sie auf ihrem Grab arrangiert. Aber wer ist es? Und warum hat dieser Mensch sich, als ihr Tod publik wurde, nicht zu ihr bekannt?

6. An Cassandra Austen

Steventon, Dienstag, den 5. Januar 1796

Liebste Cassandra,

geliebte Schwester, ich danke Dir für das Gift, das Du um meinetwillen über meinem abtrünnigen irischen Freund ausgekippt hast. Nie hätte ich für möglich gehalten, dass Dir derartige Flüche über die Lippen gehen. Wo hast Du solch lästerliche Ausdrücke überhaupt gelernt? Kommt das dabei heraus, wenn Du zu lange mit einem Seemann zusammengesperrt bist? Woher Du Deine neue, rüde Art auch hast, Du musst zusehen, dass Dein lodernder Zorn sich in würdevoll glimmenden Ärger wandelt. Ich kann Dir versichern, dass alles an mir, auch mein leichtsinniges Herz, heil geblieben ist. Wenn Du mir wirklich Schmerz ersparen willst, dann sei so freundlich und erwähne diese jämmerliche Affäre nie wieder auch nur mit einem Wort. Ich bin es so müde, überall, wo ich hinkomme, Getuschel darüber zu hören. Bitte, o Herr, sorg dafür, dass sich bald eine andere junge Dame hier in der Gegend in Liebesdingen zum Narren macht, damit ich von meiner Schmach erlöst werde.

Zurück zu der viel drängenderen Frage, wer und was das Schicksal der armen ~~Hutmacherin~~ Spitzenklöpplerin Madame Renard besiegelt hat.

Jonathan Harcourt (Hat er Madame Renard ruiniert und dann fallen gelassen, um seine Familie vor dem Ruin zu bewahren?)
Sir John (Hat er Madame Renard getötet, damit sein Sohn ungehindert die reiche Erbin einfangen konnte?)

Mrs Twistleton (Wäre ihr Beschützer bankrottgegangen, hätte sie sich nicht länger von ihm aushalten lassen kön- nen.)
Jack Smith (Verkauft er uns die Sau im Sack?)

Hiermit bestätige ich, dass ich Deine Rechnung bei Mrs Martin beglichen habe. Es gab wirklich keinen Anlass für Besorgnis. Sir Johns Schulden waren mehrere Tausend mal so hoch wie Deine, und die Bibliothekarin hätte Dich wegen Deiner überfälligen Gebühren wohl kaum ins Schuldgefängnis werfen lassen.

Immer Deine
J. A.

PS: Bitte knüll diesen Brief zu einer Kugel zusammen, und die wirf nach den Dachsparren von Mr Fowles Scheune, um die Spinnweben dort zu entfernen.

An Miss Austen
bei Rev. Mr Fowle
Kintbury
Newbury

20. Kapitel

*I*m flackernden Schein der Bienenwachskerzen in ihren Messingleuchtern werden Jane und James von einem livrierten Butler durch die weitläufigen Räume von Manydown House geführt. Jane wäre unendlich viel lieber zu Hause geblieben, als an diesem kalten, unwirtlichen Abend auf ein Fest zu gehen. Nach dem traurigen Ende ihrer Romanze mit Tom Lefroy möchte sie weder Alethea begegnen noch sonst irgendwem von den zu erwartenden Gästen bei Mr Bigg-Withers traditioneller Dreikönigsfeier. Aber wenn sie Georgys Leben retten will, sind Alleinsein und auch Stolz ein Luxus, den sie sich kaum leisten kann. Irgendjemand hier weiß mehr über Madame Renard, als er oder sie zu erkennen gibt. Vermutlich ist es ein und dieselbe Person, die der Spitzenklöpplerin Geld gegeben hat, damit sie ihren Schmuck auslösen konnte, und die ihr die Blumen ans Grab gelegt hat. Und Jane will um jeden Preis herausfinden, wer diese Person ist.

Der Kamelienfund hat in ihr das nagende Gefühl geweckt, dass sie etwas Entscheidendes übersehen hat. Jedenfalls wird sie noch einmal mit allen sprechen, die an jenem Abend in Deane House waren – angefangen bei Hannah. Aus dem ersten Gespräch mit dem Dienstmädchen weiß sie, womit Madame Renard erschlagen wurde und wann. Was hätte sie noch alles in Erfahrung bringen können, wenn sie nicht mit ihrer taktlosen Art dafür gesorgt hätte, dass dem armen

Mädchen schlecht wurde? Und wenn ihr klar gewesen wäre, dass das Leben ihres Bruders von den Ergebnissen ihrer Befragungen abhängt? Wie die Hühner ihrer Mutter wird sie nun auf immer demselben Flecken nackter Erde scharren und kratzen, bis sie auch den letzten Wurm gefunden hat, der ihren Nachforschungen Nahrung bietet.

Der Butler verneigt sich, ergreift die Messingtürknäufe und öffnet die Flügeltür zu dem prunkvollen Ballsaal von Manydown. Unter einem glitzernden Kristallleuchter stehen, in dem großen Raum luftig verteilt, ein paar wenige Familien beisammen. Alle Köpfe wenden sich den Neuankömmlingen zu. Jane bleibt dicht an James' Seite und hält Ausschau nach Hannah. Wie im Grunde zu erwarten war, ist das Dienstmädchen nirgends zu sehen. Überall nur Diener in ihrer besten Livree. James, der spürt, dass sie sich unbehaglich fühlt, tätschelt ihr die Hand, schaut sie aber nicht an.

Nach jenem niederschmetternden Gespräch hat Mrs Lefroy mit ihrem untrüglichen Gespür für Schicklichkeit Jane per Brief mitgeteilt, dass Mr Lefroy und sie ihren Neffen für die restliche Zeit seines Besuchs auf eine Rundreise durch die benachbarte Grafschaft mitnehmen würden. Wie die neugierig-mitfühlenden Mienen der Gäste hier verraten, hat die Nachricht, dass Tom aus Hampshire – und von ihr – entfernt worden ist, noch schneller die Runde gemacht als die anfängliche Aufregung über ihre Verliebtheit. Bis zu seiner Abreise hat Jane täglich hinter dem losen Stein in der Kirchenmauer nachgesehen, aber von Tom kein Wort. Die Kratzer an ihren Händen und die blauen Flecken an den Zehen mögen heilen, aber ihr Herz schmerzt von Tag zu Tag mehr. Sie reckt das Kinn, fest entschlossen, sich die erlittene Demütigung hier nicht anmerken zu lassen. Passend zu ihrer trotzigen Stimmung trägt sie ihr sturmgraues Satinkleid über dem rosafarbenen persischen Unterrock.

Da Sally unverändert mürrisch ist, hat Jane sich selbst frisiert. Ein paar von Natur aus lockige Strähnen hat sie rund ums Gesicht ungebändigt gelassen, den Rest hat sie zu einem festen Knoten gesteckt. Mrs Austen schwört, sie habe Sally am zweiten Feiertag eine großzügige Gabe zukommen lassen, und glaubt felsenfest, Jane bilde sich nur ein, dass das Mädchen schlecht gelaunt sei. Aber jedes Mal, wenn sie einander begegnen, spürt Jane, welche Kühle von Sally ausgeht. Vielleicht hält sie es wie Jane und zieht sich lieber zurück, als gezwungen zu sein, auf die wohlmeinenden Nachfragen anderer einzugehen.

Arm in Arm betreten Jane und James das gewachste Parkett. An jeder Schmalseite des großen Saals steht eine Reihe korinthisch anmutender Säulen. Jane hat schon bei früheren Anlässen hin und wieder gegen eine dieser Säulen geklopft und weiß daher, dass sie aus Holz sind, aber sie sind so gekonnt bemalt, Grau und Weiß ineinander verfließend, dass sie den flüchtigen Betrachter mühelos glauben machen, sie seien aus Marmor. An der Decke, oberhalb des Kranzgesimses, zeigt ein etruskischer Fries die Größen der Antike, wie sie auf Ruhebetten hingestreckt liegen und von ihren Sklaven Trauben gereicht bekommen. Der Stuck ist weiß und fein wie Zuckerwerk. Wandpaneele und Vorhänge sind in geschmackvollen Aprikosentönen gehalten. Jane hegt den Verdacht, dass Mr Bigg-Wither dieses Farbschema gewählt hat, weil es für seine Nachkommen mit ihrem rötlichen Haar die ideale Kulisse ist.

Tatsächlich ist Alethea, die auf sie zukommt, um sie zu begrüßen, makellos wie immer. »Oh, nur ihr beide?«

Jane strafft die Schultern und zwingt ein Lächeln auf ihr Gesicht. »Danke, Alethea. Wir freuen uns auch sehr, dich zu sehen.«

Je weiter der Januar voranschreitet, je näher Georgys Prozess im Februar rückt, desto mehr verdüstert sich bei allen Austens die Stimmung. James' Schreiben an den Anwalt werden im Ton immer schärfer. Henry stampft im Pfarrhaus herum wie ein eingesperrter Bulle. Nach außen erscheinen Mr und Mrs Austen wie der Inbegriff christlichen Stoizismus, aber Jane weiß, dass ihre Eltern mit jedem weiteren Tag tiefer in Niedergeschlagenheit versinken.

Alethea macht einen Schmollmund und schaut sich in dem dünn besetzten Raum um. »Verzeihung. Es ist nur – das Fest droht ziemlich öde zu werden.«

Das stimmt. Es sind so wenige Gäste da, dass sie mühelos auch in den guten Salon der Austens passen würden. Der Deckel von Mr Bigg-Withers Flügel ist geschlossen, dort wird kein Ton erklingen. Alethea übt nicht fleißig genug, um etwas vorzuspielen, und Jane ist ebenso wenig dazu aufgelegt wie die anderen Gäste. Die Diener haben die Teppiche beiseitegeräumt, damit getanzt werden kann, aber da es keine Musik gibt, bleibt die Tanzfläche leer. Jedes Geräusch hallt in dem großen Raum nach, und Jane hat bereits eine Gänsehaut. Der große Tisch ächzt unter dem Gewicht des Buffets. Bislang hat niemand die Platten mit Rinderbraten, gebratenem Hähnchen und süßen Weihnachtspastetchen angerührt. Jane dreht sich schon bei dem Anblick der Magen um. Sie hofft, dass wenigstens die Dienerschaft Hunger hat, denn sonst werden die Sache alle weggeworfen.

Alethea stemmt eine Hand in die Seite und hebt das Kinn. »Und wo ist Lieutenant Austen?«

»Der bläst zu Hause Trübsal. Und zwar schon seit Neujahr.« Obwohl ständig Briefe aus Brighton für ihn eintreffen, unverkennbar von Elizas Hand, ist er ungewohnt schlecht aufgelegt. Und Eliza schweigt sich über das, was zwischen ihnen vorgefallen ist, ebenfalls aus. In ihren Briefen an Jane geht sie auf Fragen nach dem Grund ihrer plötzlichen Abreise mit keiner Silbe ein. Stattdessen verlangt sie zu wissen, welche Fortschritte Jane bei ihren Nachforschungen zu verzeichnen hat. Während Jane in ihren Briefen an Cassandra mit nichts hinter dem Berg hält, ist es ihr Eliza gegenüber peinlich, ihre Patzer zu offenbaren. Wie es auch zu beschämend wäre, zugeben zu müssen, dass Eliza recht hatte, als sie sie warnte, wie gefährlich der Umgang mit teuflisch gut aussehenden jungen Anwälten aus Limerick ist.

James zupft am Kragen seines neuen Hemdes. Er hatte Jane inständig gebeten, es für diesen Abend fertig zu nähen. »Wir wissen nicht, was in Henry gefahren ist, aber er ist wirklich übler Laune. Sie würden ihn nicht hierhaben wollen, glauben Sie mir.«

»Alle haben uns verlassen. Die Lefroys sind nach Berkshire gefahren. Auf eine ›kleine Reise‹. Um diese Jahreszeit! Ist das zu glauben?« Alethea wendet sich Jane zu und senkt die Stimme. »Ich nehme allerdings an, du weißt das bereits.«

James hält sich hüstelnd die Hand vor den Mund und tritt einen Schritt beiseite. Jane hat sich vorgenommen, dass sie, wenn die Rede auf ihren irischen Freund kommt, schweigen wird wie Mr Bigg-Withers Klavier. Wenn sie die kursierenden Gerüchte nicht noch befeuert, indem sie ihre Gefühle verrät, werden sie bald von allein abflauen.

»Was ist passiert?«, fragt Alethea. »Wir dachten alle, ihr beide wärt für den Altar bestimmt. Aber Mrs Lefroy sagt, wenn sie zurückkommen, wird Tom direkt nach London weiterreisen, und es ist unwahrscheinlich, dass wir ihn vorher noch einmal zu Gesicht bekommen.«

Jane senkt den Blick und zuckt die Achseln. Die gelblich verfärbten Spitzen ihrer rosa Satinschuhe schauen vorwurfsvoll zu ihr auf.

»Ach, sag schon, Dummerchen. Du weißt genau, dass ich nur frage, weil ich mich um dich sorge. Warum willst du nicht, dass deine Freunde sich um dich kümmern?« Alethea führt sie zu einem der vier Marmorkamine, die in die Wände ringsum eingelassen sind.

Während Jane sich in einem Sessel niederlässt, schnippt Alethea mit den Fingern, um einen der Diener heranzuholen. Pflichtschuldig reicht er Jane ein großes Glas Rotwein, während Alethea ihr einen goldgeränderten Teller mit Dreikönigskuchen auf die Armlehne stellt. Auf dem Sofa ihr gegenüber sitzt plötzlich Mary Lloyd. Sie trägt wie üblich ihr cremefarbenes Musselinkleid und einen Schal, aber irgendetwas an ihr scheint an diesem Abend anders. Wenn Jane sich nicht sehr täuscht, hat sie einen winzigen Hauch Rouge auf den Wangen und da, wo ihre Brauen sein sollten, verlaufen zwei dünne schwarze Striche.

»Warum hast du James allein gelassen?«, fragt sie ungnädig. »Siehst du? Jetzt hat sich Mrs Chute auf ihn gestürzt. Wir kriegen ihn nie zurück.«

James steht tatsächlich, festgenagelt von einer munteren Mrs Chute, neben einer der falschen Marmorsäulen. Die jung verheiratete Dame dreht den goldenen Ring an ihrem Finger hin und her und reckt den Busen, während James sich hinter seiner Pastorenmiene verschanzt: Kinn erhoben, Blick in die Ferne gerichtet, als spräche er gerade zu seinen Schäfchen.

Alethea setzt sich zu Jane auf deren freie Armlehne und streckt den elegant beschuhten Fuß zum Feuer. »Jane brauchte etwas Fürsorge.«

Mary dreht sich zu Jane um. »Bist du krank? Wenn es dir nicht gut geht, hättest du lieber nicht kommen sollen. Und vor allem solltest du deinen Hals bedecken. Hier, nimm meinen Schal.«

»Nein, ich bin nicht krank.« Jane wendet sich ab. »Lass es gut sein, Alethea. Mir fehlt nichts.«

»Natürlich nicht.« Alethea malt Jane mit den Fingerspitzen kleine Kreise auf den Rücken. Jane windet sich und sieht gerade noch, wie Alethea in Marys Richtung mit den Lippen »Tom Lefroy« formt.

»Lass es gut sein, habe ich gesagt! Ich bin keine sitzen gelassene Braut.« Jane wischt Aletheas Hand fort. »Ich habe einen leidlich interessanten Mann kennengelernt. Wir hatten eine kleine Tändelei, und jetzt ist er weg. Das ist alles.«

Alethea senkt den Kopf. »Du bist so tapfer.«

»Du brauchst uns nichts vorzuspielen«, sagt Mary. »Wir haben genau wie du darauf gewartet, dass er endlich das Richtige tut und dir einen Antrag macht.«

»Das reicht jetzt wirklich, Mary. Könnt ihr denn nie damit aufhören? Ab sofort verbiete ich euch, diese jämmerliche Sache auch nur zu erwähnen, ob ich nun anwesend bin oder nicht. Ich will nie wieder hören, dass der Name ›Tom Lefroy‹ in einem Atemzug mit ›Miss Jane Austen‹ genannt wird. Habt ihr mich verstanden?«

Nun, da ihre Liebelei beendet ist, lässt sie alle je gehegten Zweifel, ob es richtig wäre, ihr Schicksal an Tom zu binden, ungehindert an die Oberfläche kommen. Sie ist nicht geduldig. Sie könnte nicht wie Cassandra dasitzen und lächeln und warten, während der Gegenstand ihrer Zuneigung ewig und drei Tage braucht, um das Geld zusammenzubringen, das für eine Heirat erforderlich wäre. Ebenso wenig kann sie sich vormachen, sie hätte sich darauf gefreut, als Ehefrau eines mittellosen Anwalts jahrelange Mühsal und Knechtschaft auf sich zu nehmen. Wie Mrs Austen sagt: »Kommt Armut zur Tür herein, fliegt die Liebe zum Fenster hinaus.«

Mary nickt nur stumm, während Alethea die Unterlippe vorschiebt. »Wenn du meinst, dass das hilft?«

»O ja.« Jane trinkt einen Schluck Rotwein. Er ist reich an Aromen, mit einer blumigen Note, wärmt sie von innen und kann den inneren Aufruhr für eine Weile besänftigen. »Wo ist Hannah? Ich sehe sie nirgends. Vielleicht in der Küche?«

»Sie musste zurück nach Basingstoke und sich um ihre Geschwister kümmern. Ihre Mutter liegt mit Halsbräune darnieder«, sagt Alethea. »Du siehst, sogar die Dienstboten meiden unser Fest. Ich weiß gar nicht, was los ist. Normalerweise bettelt die ganze Grafschaft um eine Einladung, und dieses Jahr will niemand kommen.«

Jane seufzt. Wenn sie noch nicht einmal ein paar ihrer Zeugen befragen kann, hätte sie sich die Peinlichkeit, sich öffentlich zu zeigen, während alle noch über sie und ihre missglückte Romanze tuscheln, wirklich ersparen können. Sie tröstet sich mit der Gewissheit, dass ihr kleiner Kreis sich bis zum nächsten Weihnachtsfest längst auf die betrübliche Geschichte von jemand anderem gestürzt haben wird. Die kurze Liaison von Miss Jane Austen und Mr Tom Lefroy ist derart unbedeutend, dass sie schon bald in Vergessenheit geraten wird. »Wann kommt Hannah denn wieder?«

»Das weiß ich nicht«, sagt Alethea. »Wenn es ihrer Mutter besser geht? Oder wenn die alte Frau …«

»… stirbt?«, ergänzt Mary.

Alethea verzieht das Gesicht. »Nun, ja.«

»Die Bräune ist keine Kleinigkeit.« Mary erwärmt sich sofort für dieses Thema. »Ich habe kräftige junge Landarbeiter gekannt, die binnen zwei Wochen daran zugrunde gegangen sind. Auch Hannah selbst könnte ihr noch zum Opfer fallen. Sie sollten schon einmal eine Liste mit Mädchen anlegen, die ihren Platz einnehmen könnten.«

Arme Hannah, sie ist ebenso vom Unglück verfolgt wie Jane. Es ist unwahrscheinlich, dass ihre Mutter einen Arzt bezahlen kann. Was aber vielleicht auch egal ist: Jane ist nicht davon überzeugt, dass Blutegel wirklich helfen. Eine Reise nach Bath wäre viel besser, aber das ist sicher vollkommen unmöglich. Wie es scheint, muss sie sich damit begnügen, zu warten, bis Hannah, so Gott will, nach Manydown zurückkehrt. Während Alethea und Mary sich über verschiedene Heilmittel austauschen, blickt Jane sich in dem spärlich besetzten Raum um und überlegt, wen sie noch befragen könnte. Vor jedem der vier Kamine hat sich ein Grüppchen Gäste zusammengefunden. Es sind so wenige, dass jede Person einen Diener für sich allein haben könnte. Mr Bigg-Wither geht herum und versucht, irgendwen zum Klavierspielen zu bewegen.

»Kommen die Rivers gar nicht?«, fragt Jane mitten in Aletheas und Marys Debatte über die Vor- und Nachteile von Gerstenwasser gegenüber Ingwerbier hinein. Wenn weder Sophy noch Mr Fitzgerald Madame Renard umgebracht hat, muss sie wenigstens herausfinden, ob die beiden an dem Abend etwas gehört oder gesehen haben, das sie zum wahren Täter führen könnte.

Alethea schüttelt die rötlich braunen Locken. »Nein. Anscheinend ist der umwerfende Mr Fitzgerald nach Canterbury gereist, um sich ordinieren zu lassen. Und der Rest der Familie ist mit Schnupfen hier geblieben.«

Jane runzelt die Stirn. »Ein Jammer. In jeder Hinsicht.«

Alethea kichert. »Also wirklich, Jane, was hast du gegen Geistliche?«

»Nichts. Ich habe nur schon so viele um mich, dass es für den Rest meines Lebens reicht.«

»Schnupfen? Das hat Mrs Rivers gesagt?«, fragt Mary. »Es ist nur … ich habe Sophy heute Morgen allein über das Feld hinter dem *Deane Gate Inn* reiten sehen. Und selbst Sophy würde doch nicht ausreiten, wenn sie krank wäre.«

»Bist du sicher, dass sie es war?« Warum lügt Sophy und ist heimlich draußen unterwegs? Ist sie womöglich mit Mr Fitzgerald durchgebrannt? Vielleicht hat Mrs Rivers die Einladung zu der Gesellschaft ausgeschlagen, weil sie hofft, den Skandal noch abwenden zu können. Jane allerdings würde keinen Penny darauf wetten, dass es ihr gelingt, die fehlgeleitete Tochter zurückzuholen. Vielmehr sieht sie direkt vor sich, wie Sophy auf ihrem rotbraunen Wallach bis nach Gretna Green galoppiert.

Mary streicht ihr Kleid über den Knien glatt. »Vollkommen sicher. Sie ist mit ihrem Pferd über die Begrenzung gesprungen, und das habe ich noch keine andere Dame tun sehen. Sogar Mrs Lefroy sagt, das ist viel zu hoch.«

»Diese kleine Schlange«, ruft Alethea aus. »Man kann doch nicht sagen, man sei zu krank, um zum Fest der Nachbarn zu kommen, und dann bei so guter Gesundheit sein, dass man über eine fast zwei Meter hohe Hecke setzt.«

Jane schaut sich weiter um. »Wo sind denn die Digweeds?«

»Die haben wir nicht eingeladen. Himmel, so verzweifelt sind wir nun auch nicht auf Gesellschaft angewiesen.«

Einen gibt es, den Jane wirklich zur Rede stellen sollte: Jonathan. Sie möchte nicht ins nächste Fettnäpfchen hineinstolpern und einen Unschuldigen beleidigen, wie sie es mit Mr Fitzgerald getan hat, aber andererseits hat sie für Feinsinnigkeiten keine Zeit. Sie schwenkt ihr Glas und lässt den dunklen Wein darin kreisen. »Und die Harcourts?«

»Ach, was für einen Albtraum sie durchmachen«, seufzt Alethea. »Ich habe versucht, Jonathan zu überreden, dass er kommt, doch er hatte Sorge, es könnte respektlos gegenüber seinem Vater wirken. Ich meinte, Sir John würde seinem Sohn einen weihnachtlichen Umtrunk bestimmt nicht verübeln, aber Jonathan will nicht den Eindruck erwecken, als könnte er fröhlich feiern, während sie Gefahr laufen, alles zu verlieren und ihre Pächter mit in den Abgrund zu reißen. Der arme Kerl.«

»Warum hast du ihn nicht geheiratet, Alethea?«, fragt Jane.

Alethea verschluckt sich an ihrem Wein. »Was ist das denn für eine Frage?«

»Ach, ich verstehe. Meine Herzensangelegenheiten dürfen ohne Weiteres das allgemeine Gesprächsthema Nummer eins sein, aber wehe, ich frage dich nach deinen!«

»Sei doch nicht so empfindlich. Ich habe nur nach Mr Lefroy gefragt, weil du mir am Herzen liegst. Ich bin deine Freundin, Jane.«

Darüber denkt Jane eine Weile nach. Warum haben erst Alethea und dann Sophy gezögert, einen Antrag von Jonathan anzunehmen? Oberflächlich betrachtet ist er ein großartiger Fang – sieht gut aus, hat Manieren und wird den Rang eines Baronets erben. Gibt es bei den Harcourts etwas, das Menschen zunächst anzieht, dann aber abstößt? Und könnte dieses Etwas irgendwie damit zu tun haben, dass in ihrer Wäschekammer eine tote Frau gefunden worden ist? »Nun, wenn das so ist, warum kannst du mir dann nicht erzählen, was wirklich zwischen dir und Jonathan Harcourt vorgefallen ist?«

»Gar nichts ist ›vorgefallen‹.« Aletheas Ton ist scharf. »Wenn du es unbedingt wissen willst: Ich hielt es nicht für fair, Jonathans Antrag anzunehmen. Edwin war gerade erst gestorben. Die ganze Familie stand noch unter Schock. Jonathan hat mir den Antrag bloß gemacht, weil er dachte, das könnte den Schmerz seiner Eltern lindern. Edwin war für die beiden immer der Lieblingssohn, weißt du? Nach dem Unglück hat Lady Harcourt das Bett überhaupt nicht mehr verlassen, und Sir John hat sich völlig dem Trunk ergeben. Der liebe Jonathan glaubte, er könne die Dinge zum Besseren wenden, indem er sesshaft wird und die Verantwortung für den Besitz übernimmt. Ich aber habe ihm gesagt, dass er sich durch den Tod seines Bruders nicht um seinen Traum bringen lassen darf. Alles deutete darauf hin, dass sein Vater noch viele Jahre zu leben hatte, und du weißt selbst, dass Jonathan immer Künstler werden wollte.«

Jane sieht den Schuljungen Jonathan vor sich, wie er sich im Pfarrhaus über sein Schreibpult beugte. So furchtsam er anfangs auch war, stets das Opfer übler Scherze, er lernte schnell, sich mit seinen Karikaturen zielsicher an den Raubeinen zu rächen. »Und er hatte ganz bestimmt nichts an sich, das dir unangenehm war? Du kennst ihn von uns allen am besten. Wenn es da etwas gab, musst du es mir sagen.«

Alethea kneift die Augen zusammen. »Nein, Jane. Jonathan Harcourt ist ein lieber, freundlicher Mann und für mich ein guter Freund. Ich halte es für ausgeschlossen, dass er eine hilflose Frau umbringen würde. Falls es das ist, was du andeuten willst.«

»Gibt es eigentlich irgendetwas, über das ihr beide nicht getratscht habt?« Jane sieht Mary böse an.

»Wie bitte?« Mary hält dem Blick stand. »Es ist ja nicht so, als wärst du mit deinen Verdächtigungen besonders zurückhaltend gewesen.«

»Angesichts von Aletheas eigener Geschichte mit Mr Harcourt war ich nicht sicher, ob ich auf ihre Unvoreingenommenheit bauen kann.«

»Aber du kannst unvoreingenommen sein, ja?«, sagt Alethea so heftig, dass einige Gäste neugierig zu ihnen herüberstarren.

Jane sieht ihrer Freundin fest in die Augen. In ihrer auf Höflichkeit bedachten Gesellschaft gibt es Dinge, die man sagen, und solche, die man nicht sagen kann. Sie beide haben diese Grenze bereits überschritten.

»Du solltest unbedingt den Dreikönigskuchen kosten, Jane«, versucht Mary abzulenken. »Er ist wirklich köstlich.«

Alethea reckt das Kinn und bläht die Nasenflügel. »Ich sehe nicht ein, warum eine Dame verpflichtet sein sollte, den erstbesten Heiratsantrag anzunehmen, den man ihr macht. Ich weiß die Gesellschaft eines Gentleman sehr wohl zu schätzen, und genauso eine kleine Tändelei, aber es gibt andere Dinge, die mir wichtiger sind. Meine Unabhängigkeit zum Beispiel.«

Jane studiert Aletheas stolze Miene. Mr Bigg war bereits wohlhabend, als er von seinen Verwandten, den Withers, den Landsitz Manydown erbte und aus Dankbarkeit ihren Namen dem seinen hinzufügte. Das Haus und den Grund wird er seinem Sohn vermachen, aber im Unterschied zu Mr Austen hat er genügend Geld, um seine Töchter ebenfalls sehr gut zu versorgen. Alethea wird nie gezwungen sein, eine lieblose Ehe einzugehen – oder von jemandem, den sie liebt, ferngehalten werden, nur weil die Zahlen nicht stimmen.

»Da bin ich ja ganz deiner Meinung. Wenn sich doch nur jede Dame den Luxus leisten könnte, wählerisch zu sein.«

»Ja. Ich weiß, dass ich privilegiert bin. Und gerade weil ich mir meiner glücklichen Lage bewusst bin, will ich sie nutzen. Ich brauche keinen Ehemann, mit dem ich mein Leben teile. Oder, Gott behüte, das Bett.«

Diese Zurückhaltung wundert Jane – die Vorstellung, das Schlafgemach mit Tom zu teilen, ist auf ihrer Liste unterdrückter Zweifel nie aufgetaucht, höchstens die unvermeidlichen Konsequenzen eines geteilten Betts. Es ist nicht so, dass sie Kinder nicht mag. Anna, Hastings und die Kleinen von Neddy – sie findet sie alle hinreißend, aber ihr ist aufgefallen, dass Tanten sich an den unterhaltsamen Seiten der Kinderaufzucht erfreuen können, während Mütter von der grundlegenderen Aufgabe, den Nachwuchs am Leben zu erhalten, ausgelaugt werden.

»Oh! Mr Chute ist gekommen, um seine Frau nach Hause zu holen.« Mary macht mehr oder weniger einen Satz über das Sofa hinweg und steuert geradewegs auf James zu.

Alethea lehnt sich auf ihrem Stuhl zurück, bis ihre und Janes Schulter sich berühren. »Es gibt kaum genug Paare zum Tanzen, also können wir ebenso gut Karten spielen. Wollen wir mit einer Partie *Vingt-et-un* anfangen?«

»Sehr gern. Aber setz nicht so hoch. Anders als du kann ich es mir nicht leisten, Geld zu verlieren.« Jane hebt den Teller mit Goldrand hoch und nimmt einen Bissen von dem Kuchen. Plötzlich hat sie etwas Hartes auf der Zunge. Sie spuckt es in die offene Hand und reibt es mit der Serviette sauber. Eine getrocknete Erbse.

Alethea lächelt. »Ach, du Glückliche. Du bist unsere Königin der Zwölften Nacht. Wer wohl dein König sein wird?«

Auf der anderen Seite des Saals brandet kurz Beifall auf. Dort steht, umringt von Bewunderern, darunter Mary, die wie eine Klette an James' Arm hängt, Mr Craven.

Er hebt die buschigen Brauen und lächelt stolz, in einer Hand ein Stück Kuchen, in der anderen eine getrocknete Bohne.

»O ja.« Jane hebt ihr Glas. »Ich Glückliche.«

21. Kapitel

Ein paar Tage später bittet Jane James unter dem Vorwand, sie habe eine eilige Besorgung für ihre Mutter zu machen, sie nach Basingstoke zu fahren. Sollte sich James, was unwahrscheinlich ist, erkundigen, um was für eine Besorgung es sich handelt, wird sie die magische Auskunft »Mr Martins Apotheke« geben. Dann wird er rot anlaufen und nicht weiter nachfragen. Bevor sie aufbricht, legt sie Madame Renards Quittung in ihr Notizbuch. Sie hat sich geschworen, sie jedem Pfandleiher in der kleinen Stadt zu zeigen, bis sie weiß, wer sie ausgestellt hat. Sollte Madame Renard wirklich von einem Gentleman ausgehalten worden sein, war dieser vielleicht dabei, als sie den Schmuck auslöste, ja, er könnte ihn sogar selbst abgeholt haben. Jane hofft sehr, dass einer der Pfandleiher ihr einen solchen Mann beschreiben wird. Wenn es Jonathan Harcourt war, könnte er sogar als einer der hiesigen Adligen erkannt worden sein.

Während James die Pferde anspannt, wickelt Jane sich fest in ihren Umhang und läuft hinaus auf den Kirchhof. Gestern Abend, als sie von der Abendandacht kam, lagen drei cremeweiße Kamelienblüten am Rand von Madame Renards Grab aufgereiht. Jetzt, am Morgen, liegen genauso drei Blüten da, allerdings sind es jetzt rosafarbene. Jane nimmt eine in die Hand. »Wo kommst du her? Und wer hat dich hier hingelegt?«

Diesmal ist es eine schlichtere Kamelienart, jeweils eine

Reihe Blütenblätter, die um ein gelbes Staubgefäß angeordnet sind. Behutsam legt Jane sie genauso wieder hin, wie sie sie vorgefunden hat; derjenige, der die Blüten bringt, soll nicht merken, dass sie ihn beobachtet. Aber genau das tut sie, und irgendwann wird sie wissen, wem Madame Renard so viel bedeutet hat, dass er oder sie täglich frische Blumen an ihr Grab legt.

Am Seiteneingang von St. Nicholas fegt der Küster Laub beiseite. Als Jane vorbeikommt, lüftet er den Hut.

Jane bleibt stehen und dreht sich zu ihm um. »Sagen Sie, haben Sie in letzter Zeit in diesem Bereich des Friedhofs Besucher gesehen?« Sie zeigt in die Richtung von Madame Renards Grab.

»Sie meinen da, wo die ermordete Frau liegt?« Der alte Mann nimmt den Hut ab. »Nein, Miss. Seit dem Tag, an dem sie begraben wurde, keine Menschenseele. Außer Ihnen natürlich.«

»Und Sie sind doch jeden Tag hier?«

Er stützt sich auf seinen Besenstiel. »Jeden Tag. Von Sonnenaufgang bis Sonnenuntergang finden Sie mich hier.«

Eine seltsame Spinne krabbelt Janes Rückgrat hinunter, tickt mit ihren acht haarigen Beinen jeden einzelnen Wirbel an.

Möglich, dass die Blumengabe mit dem Mörder nichts zu tun hat. Es können sogar Kinder aus dem Dorf sein, die die Blüten hinlegen, oder eine Frau, der das Elend von Madame Renard zu Herzen geht. Andererseits würden Kinder wohl kaum solch exotische Blumen bringen, und eine Frau käme bei Tageslicht. »Würden Sie bitte für mich die Augen offen halten? Und es mir sagen, wenn jemand kommt?«

Der Mann nickt und drückt den Hut an die Brust. »Natürlich, Miss.«

Allein und vor Kälte zitternd, sitzt Jane schließlich in der

272

Kutsche. Ein weiter, schmutzig weißer Himmel liegt über den Hügeln, als James sie die enge Straße nach Deane hinauflenkt. In Ermangelung angenehmerer Gesellschaft hat Jane Mary Lloyd gefragt, ob sie sich an der Suche beteiligen möchte; eine Entscheidung, die sie nicht aus freiem Willen getroffen hat. Henry leckt noch immer seine Wunden. Eliza und Cassandra haben sie verlassen. James würde nicht erlauben, dass seine kleine Schwester ohne Begleitung durch das lastergeplagte Basingstoke wandert, und Alethea kann sie nicht fragen, denn die ist, sobald es um Jonathan Harcourt geht, regelrecht blind. Also muss sie mit Mary vorliebnehmen.

Die Tür von Mrs Lloyds Cottage geht auf, und heraus tritt eine strahlende Mary, wie üblich mit Topfhut und schlammbraunem Umhang. Zwitschernd wie ein Vögelchen kommt sie an James' Seite angehüpft. James öffnet ihr die Kutschentür, und ein Schwall eisiger Luft schlägt Jane ins Gesicht.

Mary neigt den Kopf und sieht James träumerisch an. »Ach, Mr Austen, eigentlich dachte ich, ich könnte neben Ihnen auf dem Kutschbock sitzen. Es ist so herrliches Wetter.«

Heftiger Wind fährt in die Büsche, knickt kleine Zweige ab und treibt Blätterwirbel vor sich her. Jane steckt den Kopf nach draußen. »Was redest du da, Mary? Es ist eisig kalt! Wenn die Pferde nicht mehr könnten und wir über Nacht liegen blieben, würden uns sämtliche Gliedmaßen abfrieren.«

Mary scheint unbekümmert. Sie hat neue Handschuhe an, gelb wie Narzissen. »Ja, aber zumindest ist es trocken. Und ich hatte die Hoffnung, ich würde ein paar von den wunderschönen Gedichten deines Bruders zu hören bekommen.«

Auf dessen stolzem Austen-Gesicht erscheint ein Lächeln. »Oh, wirklich? An welches haben Sie denn gedacht?«

»Es war eins über … die Natur, glaube ich.« Mary senkt den Kopf und zupft an den Bändern ihres Umhangs.

»Ah ja. Die Natur ist in der Tat sehr inspirierend.« James strafft die Schultern und bietet Mary den Arm. »Aber Jane hat recht. Für Sie ist es hier draußen viel zu kalt. Wenn wir rechtzeitig zurück sind, komme ich gern noch zum Tee zu Ihnen.«

Beim Einsteigen lehnt Mary sich mit ihrer ganzen zierlichen Gestalt weit zurück, wirft sich praktisch in James' Arme. »Ach, das wäre schön! Mutter würde sich sehr freuen. Ihre Besuche muntern sie immer so auf.«

Bevor er die Tür schließt, lächelt James Mary schüchtern an. Jane verschränkt unter dem Umhang die Arme und wirft ihr einen schrägen Blick zu. Mary sitzt ihr gegenüber, rutscht auf der Lederbank hin und her, schaut einfältig lächelnd zum Fenster hinaus. Sie vibriert vor Glückseligkeit.

Bis sie die Hauptstraße erreichen, schafft Jane es, den Mund zu halten. »Glaub nicht, ich wüsste nicht, was du vorhast, Mary Lloyd. Du wirfst deine Netze nach James aus, das sieht doch jeder.«

»Ich? Ha. Und was ist mit dir? Du versuchst, dir meinen Onkel zu angeln.«

Jane prustet los. »Was redest du da?«

»Hast dich zur Königin der Zwölften Nacht gemacht, und er war der König.« Mary starrt sie an.

»Das habe ich ja wohl kaum *gemacht*. Woher hätte ich wissen sollen, dass die verwünschte Erbse gerade in meinem Kuchenstück war? Glaub mir, das Einzige, was ich von deinem Onkel will, ist, dass er die Klage gegen meinen Bruder fallen lässt.«

Mary zieht an ihren Hutbändern, löst die Schleife unter dem Kinn. »Das ist schade.« Sie legt den Hut neben sich auf die Bank. »Onkel Richard ist nämlich sehr angetan von dir.«

Jane wird vom Schaukeln der Kutsche leicht übel. »Nun, das sollte er lieber nicht sein. Ich habe ihm nicht erlaubt, von

mir angetan zu sein. Schließlich hat er mich bisher nur abge-
tan.«

»Was ist denn an meinem Onkel verkehrt?«

Jedes einzelne Ruckeln, jedes Quietschen der Räder zerrt
an Janes Nerven. »Zunächst mal, dass ich dann mit dir ver-
wandt wäre.«

Mary wendet sich rasch ab und schaut heftig blinzelnd aus
dem Fenster.

Diesmal ist Jane zu weit gegangen. Schon ehe sie es ganz
ausgesprochen hat, tut es ihr leid. Mary schaut drein, als hätte ihre Mutter sie geohrfeigt, und einen schrecklichen Moment lang sieht es so aus, als würde sie gleich weinen. Trotz
der schneidenden Kälte wird es Jane heiß unter ihrem Umhang. Sie hofft, dass Mary gleich kräftig zurücksticheln wird,
doch Mary blickt ein paar lange, schmerzhafte Augenblicke
nur hinaus auf die vorbeiziehenden Felder. Ihr Atem geht
schnell, und schließlich hält Jane es nicht mehr aus.

»Was hast du denn in Basingstoke vor?«, fragt sie. Vielleicht kann das die Spannung lindern.

Mary schnieft und fährt sich mit dem Handrücken über
die Wange. Danach hat ihr neuer Handschuh einen dunklen,
nassen Fleck. »Ich wollte grünen Musselin kaufen, für einen
Schal für den Frühling. Aber wahrscheinlich sagst du dann,
dass mich das noch fader macht – vergleichst mich mit einem
Grashalm oder etwas ähnlich Lustigem, bis alle im Laden
über mich lachen.«

Alle Kraft weicht aus Janes Gliedern, sie sind plötzlich
bleischwer. Sie braucht Marys Hilfe. Sie kann es sich nicht
leisten, sie vor den Kopf zu stoßen, gerade heute nicht. Warum ist ihr schnelles Mundwerk ihr immer so im Weg? Wie
viel einfacher wäre es, wenn sie, statt mit anderen zu sprechen, Briefe schreiben könnte! Sie hätte sich nicht so unsen-
sibel über Marys Gefühle für James äußern sollen. Aber jetzt

hat sie weder die Zeit noch das diplomatische Geschick, Mary zu besänftigen. Der Februar rückt näher, und ihr gehen die Ideen aus, was sie noch tun könnte, um Georgy zu retten.

»Ich werde einen Mörder fangen«, platzt es aus ihr heraus.

Mary kann nicht anders, als sie erstaunt anzustarren. »Was?«

»Madame Renard hat nicht lange vor ihrem Tod einen Siegelring – einen Herrenring – und ihre Kette versetzt. In dem Buch aus der Leihbücherei lag eine Quittung; sie hat beides wieder ausgelöst. Wo die Kette ist, wissen wir, aber der Ring ist bislang nicht aufgetaucht. Du musst mit mir zu allen Pfandleihern in Basingstoke gehen, bis ich den gefunden habe, mit dem sie gesprochen hat. Meine Hoffnung ist, dass er den Gentleman, dem der Ring gehört, beschreiben kann. Und es ist meine letzte Hoffnung, ich weiß nicht, was ich sonst noch tun kann, um Georgy zu retten. Bitte, Mary, hilf mir.«

Erschrocken fährt Mary zurück, sodass sie für einen Moment ein Doppelkinn hat. »Aber Jane, wir können doch nicht zu einem …«, jetzt flüstert sie, »… *Pfandleiher* gehen!«

Immer noch ist Jane unter dem schweren Umhang unangenehm heiß. »Das können wir sehr wohl, und das werden wir. Wir müssen nur James loswerden. Der würde das natürlich nie erlauben.«

»Aber wir sind … wir sind doch *junge Damen*. Es wäre höchst unschicklich, in so einem Etablissement gesehen zu werden.«

»Ich weiß. Aber es muss sein, Mary, verstehst du das nicht? Wenn auch nur die geringste Aussicht besteht, dass der Ring uns zum Mörder führt und Georgys Unschuld beweist, muss ich dem nachgehen. Georgys Leben steht auf dem Spiel. Wenn ich nicht so verzweifelt wäre, würde ich nicht ausgerechnet dich fragen, das weißt du.« Sie stockt, besorgt, dass sie Mary schon wieder gekränkt hat. »Bitte. Sag, dass du mitkommst, ja? Es sei denn, du findest wie dein Onkel, dass Georgy es verdient, am Galgen zu enden.«

Mary lässt den Kopf sinken. »Wie kannst du so etwas sagen, Jane? Du hast gesehen, wie ich Georgy Hemden genäht und seine Socken gestopft habe, während du uns vorgelesen hast. Alle zwei Wochen mache ich ihm einen Plumpudding. Ich besuche ihn in Dame Culhams altem Cottage, wo es immer nach Hammelfett riecht, und zwinge mich, ihr ekliges Gebräu aus Löwenzahn und Klettenwurzel zu trinken, während ich mich erkundige, wie es ihm geht.« Unter dem Ruckeln der Kutsche kippt ihre Stimme. »Du magst viele Gründe haben, mich nicht zu mögen, aber dass ich nicht zu eurer Familie halten würde, gehört ganz bestimmt nicht dazu.«

Es ist, als würde Janes Herz sich überschlagen. »Also machst du mit? Du hilfst mir?«

»Ich weiß nicht. Hast du James von der Quittung erzählt? Oder meinem Onkel? Sie wären viel besser geeignet, diese Nachforschungen anzustellen. Sollen wir das nicht lieber ihnen überlassen?«

»So, wie du es meinem Bruder überlässt, ob er dich beachtet oder nicht?«

Röte steigt Mary ins Gesicht, und sie versucht ein Lächeln zu unterdrücken. »Ist ja gut, ich mache mit. Aber nur, wenn du versprichst, auch mir zu helfen.«

Plötzlich fühlt Jane sich ganz leicht. Sie wusste, dass Mary dabei sein würde – dass sie viel zu neugierig sein würde, um abzulehnen. »Dir wobei zu helfen?«

Mary knetet ihre Hände im Schoß, dass das weiche Leder der Handschuhe etwas auszuhalten hat. »James. Sollte er mich wirklich irgendwann ernsthaft in Erwägung ziehen – versprichst du mir, dass du dann nicht dagegenredest? Oder dich so darüber lustig machst, dass du es ihm verleidest?«

»Mary Lloyd, du gerissenes kleines Ding! Ich wusste gar nicht, dass du so sein kannst.« Jane mustert Mary mit ganz neuem Respekt. Wenn Mary in der Lage ist, James glücklich zu machen, wird Jane sich für ihn freuen. Und Anna, das arme Kind, braucht eine Mutter. Sie nickt. »Warum denkst du denn, ich könnte dagegenreden? Ihr seid doch wie füreinander geschaffen.«

Mary strahlt. »Ist das dein Ernst?« Die Hoffnung in ihren dunklen Augen rührt Jane.

»Ja! James hält sich für großartig, und das tust du auch.« Mary sinkt in sich zusammen, aber Jane kann es nicht ändern. Mary soll nicht glauben, sie hätte auf einmal ein weiches Herz. »Außerdem: Je eher er wieder heiratet und nicht mehr ständig im Pfarrhaus herumsitzt, desto besser. Wenn du meine Schwägerin wirst, weiß ich wenigstens, was auf mich zukommt. Aber dass du dich gar nicht schämst! Seine schrecklichen Gedichte anzupreisen, als wäre er der Barde von Avon. Ich wette, du könntest kein Wort daraus zitieren.«

Woraufhin sich Mary kerzengerade aufrichtet, bis ihr Rücken die Lehne nicht mehr berührt. »Kann ich wohl.«

»Na dann – los!« Jane schlägt die Beine übereinander und schlingt die Hände um die Knie.

»Äh … Ich glaube, es gibt eine Zeile über …« Mary schaut aus dem Fenster. »… den Himmel?«

»Den Himmel?«

»Ja, den Himmel.« Mary presst die Lippen aufeinander, aber sie kann das aufsteigende Lachen nicht unterdrücken.

Jane prustet los, und Mary fällt ein. Während der restlichen Fahrt können sie einander kaum ansehen, ohne erneut loszukichern. Irgendwann meint Jane, sie hätte sich gefasst, aber als Mary mit den Lippen »Himmel« formt, muss sie dermaßen lachen, dass sie von der Lederbank in den Fußraum rutscht.

Es ist noch nicht Mittag, doch im *Angel Inn* drängen sich bereits Händler und Arbeiter bis vor die Tür, stoßen mit ihren Zinnkrügen an und pusten stinkenden Tabakqualm in die Luft. Jane rückt näher an Mary heran. Sie müssen warten, bis James Pferde und Kutsche festgemacht hat. Als er zurückkommt, stampft er mit den Füßen auf und reibt die Hände aneinander. »Um drei Uhr treffen wir uns hier wieder.« Er klappt die silberne Taschenuhr auf, die er vom Großvater mütterlicherseits geerbt hat. »Und keine Minute später. Ich muss rechtzeitig zur Abendandacht in der Kirche sein.«

Jane, die für ein so erfreuliches Erbe nie infrage kam, hebt eine Braue. »Marktzeit? Oder sollen wir uns nach der Uhr von St. Michael richten?«

Die Uhr am überdachten Markt hat seit dem großen Feuer 1656 weder tick noch tack gemacht, und der Pfarrer von St. Michael weigert sich, die seine aufzuziehen. Die Gottesdienste in der Kirche aus der Tudorzeit folgen dem Diktat einer alten Sonnenuhr – was praktisch wäre, wenn in Basingstoke ein heitereres Klima herrschen würde und die Sonnenuhr ihren Platz nicht in einem von Mauern umgebenen, dicht eingewachsenen Rosengarten hätte.

James klappt seine Uhr zu und steckt sie in die Rocktasche. »Sehr komisch, Jane. Seid einfach hier, bevor die Dämmerung einsetzt.«

»Seien Sie unbesorgt, Mr Austen«, erwidert Mary. »Ich nehme es mit der Zeit sehr genau. Ich werde dafür sorgen, dass wir Punkt drei wieder hier sind. Mutter wäre sehr enttäuscht, wenn Sie auf dem Rückweg keine Zeit mehr hätten, mit hereinzukommen.«

Jane verdreht die Augen, aber Mary, das muss man ihr lassen, macht ihre Sache im Folgenden ausgezeichnet und inspiziert die Schaufenster offenbar viel aufmerksamer als

Jane. Sie sagt eine Liste sämtlicher Pfandleiher in Basingstoke auf und führt Jane so geschickt durch die krummen mittelalterlichen Sträßchen, dass sie keinen einzigen Umweg machen. Jedes Mal, wenn sie um eine Ecke biegen, erblickt Jane das einschlägige Zeichen: drei goldfarbene Kugeln, die an goldenen Bogenstäben über der Ladentür hängen.

In den Geschäften wendet Mary sich den Regalen zu und kramt nach Kuriositäten, während Jane dem Inhaber die Quittung vorlegt. Keiner will sie ausgestellt haben, und einer wie der andere erklärt, er habe während der vergangenen Monate weder Halsketten mit Saatperlen noch Siegelringe im Laden gehabt. Bis sie schließlich in einem vollgestopften, muffigen Stübchen gegenüber von Mr Martins Apotheke an der London Road vor einem Mr Lipscombe stehen, der den Zeigefinger unter die verfilzte Perücke schiebt und sich den kahlen Schädel kratzt. Mit blutunterlaufenen Augen starrt er auf den Zettel und sagt: »Das ist jedenfalls meine Schrift. War sie zufällig 'ne Welsche?«

Auf der verstaubten Kommode hinter ihm stapeln sich Degen, Löffel, Gabeln und Krüge – lauter Dinge, die von langen Fingern leicht entwendet und fortgetragen werden können, ehe der rechtmäßige Besitzer es merkt und die Verfolgung aufnimmt. Der Laden von Mr Lipscombe ist mit Abstand der heruntergekommenste von allen, die sie heute aufgesucht haben, und der Geruch in dem beengten Raum ist kaum auszuhalten.

Jane versucht, mit angehaltener Luft zu sprechen, weshalb sie sich etwas näselnd anhört. »Hm, ja, sie war aus Brüssel.«

»Kleine Frau?« Er hält Jane die flach ausgestreckte Hand direkt vor die Nase, und sie bezwingt den Impuls, vor seinen schmuddeligen Fingern zurückzuzucken. »Dunkel? Still?«

»Ja, das könnte sie sein.« Ist Madame Renard nichts anderes mehr übrig geblieben, als ihren Schmuck für ein paar Pennys zu diesem Gauner zu tragen? Demnach war ihre Lage verzweifelt.

»Sie hatte Ihnen die Sachen doch nicht etwa geklaut, oder?« Mr Lipscombe klopft mit einem schwarz geränderten Fingernagel auf die verschmierte Glasabdeckung seines Raritätenschranks. »Dies ist ein anständiges Haus.«

Daran hat Jane ernste Zweifel. Als sie hier ankamen, hat Mr Lipscombe gerade mit einer armen Frau über den Wert einer goldenen Uhr gefeilscht. Die Frau fand die gebotene Summe viel zu niedrig, aber er erklärte nur grinsend, wenn die Uhr erst eingeschmolzen sei, werde der Preis für das bisschen Gold genau passen. »Nein, keineswegs«, sagt sie.

In jedem Winkel des Geschäfts finden sich Dinge zweifelhafter Herkunft. Über Haken an der Wand sind altmodische Haarteile mit Locken und Bändern drapiert wie die Köpfe gefallener französischer Aristokraten. Der Weg zur Tür ist halb mit ramponierten Sofas und einzelnen Sesseln verstellt. An einem Kleiderständer hängt alte Garderobe aller Art, von schmutzigen Lumpen bis hin zu zerknitterten Seidenkleidern und Pelzen, und alles riecht durchdringend nach Schweiß. Wenn Mrs Austen wüsste, dass Jane sich hier aufhält, wäre sie außer sich vor Sorge.

Andererseits – hätte ihre Mutter geahnt, was sie vorhat, hätte sie sie gar nicht erst aus dem Pfarrhaus gelassen. Nur ist ihre Mutter in letzter Zeit längst nicht so wachsam, wie Jane sie kennt. Mit jedem Tag, den Georgys Prozess näher rückt, zieht sie sich weiter in sich zurück. Es ist, als würde die Respekt einflößende Matriarchin vor Janes Augen zusammenschrumpfen.

»Sie …« Sie zögert, denn sie möchte den Schrecken nicht noch einmal durchleben, indem sie den gewaltsamen Tod von Madame Renard in allen Einzelheiten schildert. »Sie haben doch gewiss von der Frau gehört, die in Deane House ermordet aufgefunden wurde?«

Mr Lipscombe beugt sich vor, stützt sich mit seinem ganzen Gewicht auf die angeschlagene Glasplatte. »War das etwa sie?«

Jane zieht ihr Taschentuch hervor und hält es sich vor Mund und Nase. »Ich fürchte, ja.«

Er stößt einen leisen Pfiff aus. »Grundgütiger. Und sie war so 'ne Zarte.«

»Es war schrecklich. Wir versuchen nun ...« Sie verstummt. Es mag zynisch sein, aber sie traut Mr Lipscombe nicht. Wenn sie ihm sagt, dass sie den Mörder aufspüren will, weigert er sich vielleicht, ihr überhaupt etwas zu erzählen. »Wir versuchen, all ihre Bekannten zu finden, damit wir denen, die es noch nicht wissen, die traurige Nachricht überbringen können. War sie allein hier bei Ihnen? Oder war ein ...«, sie hüstelt in ihr Taschentuch, »... ein Herr bei ihr?«

Mr Lipscombe kratzt sich wieder die Schläfe. »Ein Herr?«

»Ja, der Herr, dem der Siegelring gehörte.« Sie tippt mit dem Finger auf die Quittung.

»Sie allein. Beide Male. Das weiß ich noch, weil die Kette so ungewöhnlich war. Ich hab gehofft, das Stück gut verkaufen zu können, aber sie ist schon nach ein paar Wochen wiedergekommen.« Nun reibt er sich den Nacken. Wahrscheinlich hat er Läuse. Zweifellos ist der ganze Laden davon befallen. Wo so viele Menschen ein und aus gehen und persönliche Dinge hinterlassen, ist das kaum zu vermeiden. »Ich hab gesagt, wenn sie die Kette noch mal versetzen will, soll sie unbedingt zu mir kommen, aber sie meinte, das würde nicht nötig sein. Weil sie woandershin zieht, hab ich gedacht, und deshalb hab ich mich auch nicht gewundert, dass ich sie nie wiedergesehen habe.«

»Aha.« Es juckt Jane am ganzen Leib, und Mary, die neben

ihr steht, kratzt sich heftig. »Und der Ring? Erinnern Sie sich an die Farbe des Steins? Oder an das, was eingraviert war?«

»Mein Kopf ist auch nich mehr, was er mal war. Ich wünschte, ich könnte Ihnen helfen, aber ich hab alles gesagt, was ich weiß.«

Jane ist völlig erschöpft, als sie wieder auf dem Fußweg stehen. Mary blinzelt in den bleichen Himmel. »Und nun? Nach meiner Berechnung haben wir mindestens noch eine Stunde Zeit.«

»Ich weiß es nicht. Allmählich scheint es hoffnungslos. Vielleicht sollten wir einfach irgendwo Tee trinken und auf James warten?«

Nie zuvor hat sie bedacht, wie einfach es für einen Dieb wäre, Madame Renards Schmuck loszuschlagen. Vielleicht war es tatsächlich ein schlichter Raubüberfall. Tom hatte recht. Die Summe, die die Kette und der Ring zusammen einbringen könnten, würde einem Mann wie Jack Smith vollkommen reichen, um sich ein eigenes Leben aufzubauen. Er könnte etwa in die Neue Welt gehen und dort einen Holzhof aufmachen. Warum nicht? Ihren Eltern hat er vielleicht weismachen können, dass er mit seinem Los zufrieden ist, aber sie weiß, dass in ihm noch ganz andere Möglichkeiten schlummern. Ihr Vater hat weitaus dümmere Schüler so weit gebracht, dass sie in Oxford studieren konnten. Jungen, deren Familie es sich leisten konnte, sie für ein gutes Leben auszustatten.

So schmerzlich die Vorstellung auch ist – wenn Jane sicher sein will, dass sie wirklich alles versucht hat, um ihren Bruder zu retten, dann muss sie den Spielkameraden aus Kindertagen genauso unter die Lupe nehmen wie alle anderen Verdächtigen. Sie hat erwogen, sich unter irgendeinem Vorwand Zugang zu Jacks Zimmer im Cottage zu verschaffen und es zu durchsuchen, aber Dame Culham ist nicht so leicht zu täuschen, und Jack würde einen gestohlenen Ring niemals da verstecken, wo seine Mutter ihn finden könnte.

Nein, wenn Jack den Ring gestohlen hat, wird er ihn im Wald gelassen haben, an einem Baumstamm vergraben oder unter einem Stein, den nur er, oder vielleicht auch Georgy, wiederfindet.

Also kann sie diesem schmerzhaften Verdacht erst nachgehen, wenn ihr Vater oder einer ihrer Brüder sie zu einem Besuch bei Georgy und Jack im Gefängnis begleitet. Trotz aller Versprechungen, sie einmal mitzunehmen, haben Henry und James den Weg nach Winchester seitdem immer zu Pferd zurückgelegt und behauptet, sie hätten keine Zeit, die Kutsche zu nehmen. Jane weiß, dass das gelogen war. Die beiden wollen sie schützen, aber sie schützen sie eben nicht, wenn sie nichts dafür tun, Georgys Unschuld zu beweisen, und das Letzte, was sie von ihrem Bruder sieht, sein Leichnam ist, der auf dem Marktplatz von Winchester am Galgen hängt.

Mary bedenkt sie mit einem strengen Blick. »Du darfst nicht bei der ersten Schwierigkeit aufgeben, Jane. Auf diese Weise erreichst du gar nichts. Hast du dir einmal überlegt, was es bedeutet, dass Madame Renard den Ring nicht hatte, als sie gefunden wurde? Dass der Dieb ihn wahrscheinlich mitgenommen hat. Wir sollten herausfinden, ob seit ihrem Tod jemand versucht hat, so einen Ring zu verkaufen.«

»Aber Mr Lipscombe hat uns alles gesagt, was er weiß, und von den anderen Pfandleihern will keiner zugeben, dass er einen Herrenring angenommen hat. Mir fällt nichts mehr ein, ich habe mein Pulver verschossen. Wenn ich den wahren Mörder nicht bis Ende des Monats finde ...«

Sie kann über den Prozess gegen Georgy nicht sprechen, ohne dass ihr die Tränen kommen. Ihr Bruder wird von dem, was der Richter und der Ankläger ihm vorhalten, kein Wort verstehen, und er wird schreckliche Angst haben. Sie muss um jeden Preis versuchen, ihn vor diesem Schicksal zu bewahren. Vielleicht ist es an der Zeit, dass sie noch einmal die Möglichkeit anspricht, ihn in eine Anstalt zu geben – aber allein bei dem Gedanken fühlt sie sich, als beginge sie Hochverrat.

Mary klopft mit der Fußspitze auf den Boden. »Beruhige dich doch, Jane. Pfandleiher sind nicht die Einzigen, die Schmuck kaufen und verkaufen, richtig?«

Das reißt Jane aus ihren trüben Gedanken. »Du meinst, wir sollen es beim Goldschmied versuchen?«

»Nein. Ich habe an einen Hehler gedacht. Wenn der Mörder mit dem Ring entkommen ist, wird er versucht haben, ihn möglichst schnell zu verkaufen. Wir könnten in die Schenke gehen oder ins Kaffeehaus und dort fragen. Da finden sich doch die verrufenen Gestalten zusammen, oder nicht? Jedenfalls ist es in den Romanen so.«

Jane starrt Mary ungläubig an; auf dem vertrauten Gesicht liegt ein ungewohnt lebhafter Ausdruck. »Dafür, dass du erst gar nicht helfen wolltest, geht es jetzt geradezu mit dir durch, Mary Lloyd!«

»Ich habe nie gesagt, dass ich nicht will. Ich weiß nicht, warum du so schlecht von mir denkst. Du brauchtest mich ja nur zu fragen ...« Während Mary noch plappert, erklingt auf der anderen Straßenseite eine Glocke.

Aus Mr Martins Apotheke tritt eine kleine, rundliche Gestalt, und Janes Herz macht einen Satz.

22. Kapitel

Halt!« Jane rennt direkt vor einer heranrollen-
den Kutsche auf die Straße. Mary packt sie am
Arm und reißt sie zurück. Die Kutsche rollt so
dicht an ihnen vorbei, dass Jane den Schweiß der Pferde
förmlich schmeckt. Gegenüber, auf dem Fußweg vor den Er-
kerfenstern der Apotheke, steht Hannah. Sie zieht sich die
Kapuze ihres ockergelben Umhangs über den Kopf und rückt
den Weidenkorb an ihrem Arm zurecht. Hannah könnte bei
der Suche nach dem Mörder Janes letzte Hoffnung sein. Sie
wird das Mädchen nicht davonlaufen lassen.

»Hannah!«, schreit sie.

Sobald die Straße frei ist, löst sie sich aus Marys Klam-
mergriff und eilt über das Kopfsteinpflaster auf die andere
Seite. Ihre Blicke begegnen sich, und es ist offensichtlich,
dass Hannah sie erkennt, aber sie wendet sich ab und geht
schnurstracks davon. Jane läuft ihr hinterher. Fast bekommt
sie einen Zipfel von Hannahs Umhang zu fassen, der sich im
Wind bläht. »Bitte, Hannah. Ich bin Miss Austen, wir sind
uns in Manydown begegnet.«

Hannah zieht die Schultern hoch und lässt sie wieder sinken, dann dreht sie sich um und schaut Jane an. »Miss Austen.« Sie macht einen Knicks, ihre Lippen aber bleiben ein
dünner Strich.

Jane zögert. Es gibt keinen Zweifel, Hannah ist über das
Zusammentreffen nicht froh. Und da ihre taktlosen Fragen

beim letzten Mal zur Folge hatten, dass Hannah schlecht wurde, kann sie ihr das nicht verdenken. »Wie geht es deiner Mutter? Miss Bigg sagte mir, sie sei krank.«

Hannah senkt den Blick und schaut auf ihren Korb. Ohne die Schürze, in ihren eigenen Kleidern und mit dem offen über die Schultern hängenden braunen Haar wirkt sie noch jünger. »Sie ist auf dem Weg der Besserung, dem Herrn sei Dank. Ich habe gerade neue Umschläge für sie geholt.«

»Bei Mr Martin?« Jane versucht zu klingen wie Cassandra, wenn sie mit Leuten aus der Gemeinde des Vaters spricht: munter, freundlich, nicht zu vertraulich. »Ein kluger Mann, nicht wahr? Wir können uns glücklich schätzen, einen so geschickten Apotheker hier zu haben. Meine Mutter verlässt sich auch auf seine Medizin, wenn sie … Nun gut, das ist ja für dich ohne Belang.«

»Einen guten Tag, Miss Austen.« Hannah macht auf dem Absatz kehrt.

»Warte noch, bitte!« Jane hat Mühe, mit ihr Schritt zu halten. »Ich wollte mich dafür entschuldigen, dass ich dich letztes Mal so aus der Fassung gebracht habe. Du hattest gerade einen großen Schock erlitten, und ich fürchte, mein Benehmen war nicht gerade freundlich. Es war nicht nett, dich so kurz danach mit den vielen Fragen zu bestürmen.«

Hannah schaut sie unter der Kapuze hervor von der Seite an. »Danke, Miss. Es hat mich schrecklich gequält, das muss ich sagen.«

»Ich würde mich aber sehr freuen, wenn wir uns noch einmal unterhalten könnten. Gewiss hast du viel mehr gesehen oder gehört, als dir an dem Tag klar war. Und wenn du alles noch einmal mit mir durchgehen würdest, ein letztes Mal, könnte ich vielleicht noch etwas Wichtiges heraushören.«

Hannahs Blick geht zu der Reihe von Cottages am Ende der London Road. Dort wohnen die Leute, die in der Fabrik arbeiten. »Alles, was ich weiß, habe ich Ihnen schon erzählt. Und jetzt muss ich nach Hause zu meiner Mutter. Sie wartet auf mich, und ich muss den Kleinen das Abendbrot machen.«

Kalter Wind bläst Jane ins Gesicht. »Bitte, Hannah. Ich lade dich auf ein Milchbrötchen ein.«

»Ich will kein Milchbrötchen. Ich will, dass dieses Ungeheuer gefasst und bestraft wird, genau wie Sie.« Ihre Stimme ist schrill. »Vagabunden, sagen die, die dafür zuständig sind. Als wär das eine Erklärung für alles. Eins sage ich Ihnen, Miss Austen, sollten wirklich Leute so verzweifelt gewesen sein, dass sie in dem Wald hinter Deane House ein Lager aufschlagen mussten – und ich sage nicht, dass ich das auch nur einen Augenblick glaube –, dann, weil sie Hasenfallen aufstellen oder Feuerholz sammeln wollten. Aber nicht, um einer Frau den Schädel einzuschlagen und sie dann einfach liegen zu lassen.«

Jane schaudert. Das Bild von Zoë Renards geschundenem Leib steht ihr wieder vor Augen. Bei der Erinnerung an das dunkel-klebrige Blut überall im Gesicht, auf dem Kleid und als Pfütze auf dem Boden dreht sich ihr der Magen um. So schrecklich viel Blut. Hannah muss Stunden gebraucht habe, um das zu beseitigen. »Du hast vollkommen recht, wir beide wollen das Gleiche, ich stelle mich nur sehr ungeschickt an.«

Hannahs Kinn bebt. »Wäre es eine von Ihnen gewesen, eine von den jungen Damen, die auf dem Ball waren, sie hätten keinen Stein auf dem andern gelassen, um den zu erwischen, der das getan hat. Aber es war eine von uns, eine einfache Frau, die versucht hat, ihren Lebensunterhalt ehrlich zu verdienen – wen stört es da schon, dass ihr jemand den Schädel zerschlagen und sie liegen gelassen hat, als wär sie Abfall?«

»Hannah, bitte … Wenn ich mich schlecht ausgedrückt habe, bitte ich dich um Verzeihung. Ich glaube auch, dass Mr Craven den Mord an der armen Frau nicht richtig untersucht hat. Deshalb bemühe ich mich, herauszufinden, wer das war. Und ich komme der Antwort näher, das spüre ich. Wenn du vielleicht doch noch einmal mit mir sprechen würdest?«

Hannah funkelt sie zornig an, geht aber nicht weg.

»Bitte!«

Und schließlich nickt Hannah kurz.

Es nähern sich Schritte, Mary hat sie eingeholt. Jane legt die Hand zaghaft auf Hannahs Arm. »Mary, das ist Hannah, sie ist Dienstmädchen in Manydown. Sie hat am Abend des …«, sie schluckt, »… des Mordes in Deane House gearbeitet. Und jetzt ist sie bereit, mitzukommen und noch ein paar Fragen zu beantworten.«

Mary sieht enttäuscht aus. »Das bedeutet wohl, dass wir nicht in die Schenke gehen und Bösewichte befragen.«

»Nein, Mary. Stattdessen laden wir Hannah zu Tee und einem …« Sie bricht ab, um das Mädchen nicht noch einmal zu brüskieren. »… zum Tee und einer Unterredung darüber ein, wie wir diesen Schurken vor Gericht bringen.«

Hannah macht einen kleinen Schritt auf Jane zu. »Also, vielleicht würde ich auch ein Milchbrötchen nehmen. Wo ich nun schon mitgehe.«

Mrs Plumptre steht unten in der Bäckerei, während ihre Töchter in der Teestube im ersten Stock bedienen. Es ist eins der wenigen Lokale in Basingstoke, in denen sich eine Dame auch ohne Begleitung niederlassen kann. Das Geschäft erfreut sich größter Beliebtheit, und so treffen sie auf eine lange Schlange von Dienstmädchen, Haushälterinnen und Damen, die unter dem grün gestreiften Vordach stehen und geduldig darauf warten, Brot und Kuchen aus dem großen Steinofen zu ergattern. Nachdem sie Erfrischungen bestellt hat, führt Jane die beiden anderen die enge, gewundene Treppe hinauf in die Teestuben. Genauer: die Teestube. Jedes Mal, wenn sie an dem Ladenschild vorbeikommt, möchte Jane das »n« am Ende am liebsten wegkratzen.

Fünf wacklige Tische drängen sich in dem engen Raum, von dem aus man auf die London Road blickt. Jane entscheidet sich für einen kleinen, runden, direkt unter dem Schiebefenster. Auf den anderen steht noch schmutziges Geschirr herum. Der Hauptandrang an Gästen ist vorbei, aber es muss noch aufgeräumt werden.

Während sie versucht, auf einem unbequemen Stuhl mit gerader Lehne eine annehmbare Position zu finden, steigt ihr ein himmlischer Duft von Zimt, Hefe und warmer Milch in die Nase. Sofort beginnt ihr Magen zu knurren. Ihr gegenüber hockt Hannah, den Umhang immer noch um die Schultern und den Korb auf dem Schoß. Mary fegt Krümel von der Tischdecke auf den Boden.

Bald kommt eine der zahlreichen, ununterscheidbaren Misses Plumptre die Treppe heraufgeklappert und bringt ihnen eine Kanne dampfenden Tee sowie drei Tassen und Untertassen, von denen nicht eine zur anderen passt. Während sie aufträgt, hält Jane den Tisch fest. Die Frau hat Mühe, alles unterzubringen, und beim Abstellen der Kanne tropft Tee auf das karierte Tischtuch. Hannah sitzt mit gesenktem Kopf da. Ihre Wangen glühen. Wahrscheinlich steht sie sonst eher in der Schlange vor der Bäckerei, als in der Teestube zu sitzen. Wenn sie es sich überhaupt leisten kann, hier zu kaufen.

Als sie endlich unter sich sind, faltet Jane eine Serviette zusammen und schiebt sie unter eins der Tischbeine, damit das Gewackel aufhört. »Es ist nett hier.« Sie lächelt. Oberflächliche Plauderei war nie ihre Stärke, aber sie ist auf der Hut und will Hannah nicht übergangslos mit Fragen bestürmen wie beim letzten Mal, sonst wird der Armen womöglich wieder schlecht. Stattdessen hält sie sich zurück und hofft, dass Hannah von sich aus erzählt.

Tatsächlich beginnt Hannah zu sprechen, auch wenn es eher ein Flüstern ist. »Sie geht mir nicht aus dem Sinn. Kaum dass ich abends den Kopf aufs Kissen lege, sehe ich ihr Gesicht vor mir. Und wenn ich noch so müde bin, ich kann nicht schlafen, weil ich immer an sie denken muss. Wie sie da gelegen hat und gestorben ist, ganz allein in dieser dunklen Kammer.«

»Sie hieß Zoë Renard, und sie war Spitzenklöpplerin. Aus Brüssel.«

Hannah nickt und denkt über das Gehörte nach. »Spitzenklöpplerin aus Brüssel. Warum ist sie denn ausgerechnet hierher gekommen?«

Jane hebt die Kanne mit leicht bebenden Händen hoch. Sie muss sich sehr konzentrieren, damit der Tee beim Einschenken in den Tassen landet und nicht das Tischtuch tränkt. »Das weiß ich nicht, aber es scheint so, als hätte sie ganz eigenständig gelebt. Ab und zu hatte sie einen Stand hier auf dem Markt, und sie hatte angefangen, Englisch zu lernen. Ja, sie hat sich sogar in der Leihbücherei angemeldet. Aber es ist uns nicht gelungen, auch nur einen Bekannten von ihr ausfindig zu machen – oder dahinterzukommen, warum jemand ihren Tod gewollt haben könnte.«

Mary gibt in zwei der Tassen Sahne. Jane zieht ihre schnell weg, ehe Mary den Tee verunreinigen kann.

Hannah starrt sie ausdruckslos an. »Es heißt, Ihr Bruder ist deswegen im Gefängnis. Nicht der Soldat, der sie gefunden hat. Der Stumme, der bei seiner Kinderfrau wohnt.«

In Janes gesellschaftlichen Kreisen würde niemand Georgys Inhaftierung direkt ansprechen. Die Leute bekunden ihr Mitgefühl angesichts der »schwierigen Lage« der Austens und fragen, wie es Georgy geht. Über Verbrechen und Gefängnisse, Unschuld oder Schuld spricht man nicht. Aber es wäre dumm, zu glauben, dass dieselbe Zurückhaltung auch hinter ihrem Rücken geübt wird.

»Nicht wegen des Mordes«, erklärt sie eilig. »Wegen Diebstahls. Irgendwie ist er an die Kette von Madame Renard gekommen. Oder jemand hat sie ihm gegeben. Er ist ein bisschen schwer von Begriff, weißt du. Und erklären kann er nicht, woher er sie hat, weil er, wie du schon sagst, nicht spricht.«

»Ich hab eine Cousine, die so ist.« Hannah seufzt. »Sandra. Meine Tante hat so spät geheiratet, dass sie gar nicht mehr gehofft hat, dass sie noch Kinder kriegen kann. Sie war so glücklich, als Sandra kam. Und jetzt macht sie sich immerzu Sorgen, was aus ihrer Tochter werden soll, wenn sie mal stirbt. Sandra würde keinen einzigen Tag allein zurechtkommen.« Hannahs Augen werden feucht. »Sie arbeitet mit meiner Tante in der Fabrik. Sprechen kann sie schon, aber sie denkt einfach von keinem was Böses. Meine Tante muss die ganze Zeit auf sie aufpassen, damit ihr nichts zustößt und sie sich nichts tut. Sie ist so gutgläubig, unsere Sandra. So lieb.«

Im Stillen macht Jane sich Vorwürfe, weil sie über ihre Mutter so hart geurteilt und sie an Elizas unerreichbar hohem Anspruch ans Muttersein gemessen hat. Ihre Eltern reden nicht groß darüber, aber sie hätten mit Freuden ihr Letztes gegeben, um jedes ihrer Kinder gut zu versorgen. Sein Leben lang ist Georgy geliebt und beschützt worden. Bis zu dem Tag, an dem er verhaftet wurde, hatte er nie ernsthaften Kummer zu ertragen. Unzählige Male hat Jane gehört, wie ihr Vater seine anderen Söhnen feierlich hat schwören lassen, dass sie, sollte ihm etwas zustoßen, gemeinsam für Georgys Unterhalt und Betreuung aufkommen werden.

Wahrscheinlich nimmt Mr Austen ihnen hinter ihrem, Janes, Rücken den gleichen Schwur in Bezug auf sie ab. Eine schreckliche Vorstellung: sich ein Leben lang auf die Mildtätigkeit seiner Geschwister verlassen zu müssen. »Also verstehst du mich?«

Hannah blickt auf den letzten Schluck Tee in ihrer Tasse

und nickt langsam. »Das war kein Räuber oder Dummkopf, der nicht wusste, wie stark er ist, und sie aus Versehen umgebracht hat. Das war ein gemeiner Teufel mit nichts als Bosheit im Herzen.«

Da möchte Jane nachhaken, aber sie will Hannah nicht wieder in Aufregung versetzen. Also fragt sie nur vage: »Warum meinst du?«

»Der Bettwärmer ... der war über und über mit Blut verschmiert, so als hätte der Mörder sich in einen richtigen Rausch reingesteigert.« Sie blickt auf ihren Korb. Jane und Mary starren sie entsetzt an. »Außerdem ... in dieser Kammer ist so viel. Wäre das ein Dieb gewesen, der hätte noch viel mehr mitgehen lassen. Die ganzen Kupferkessel und Pfannen, allein die müssen ein kleines Vermögen wert sein. Von der guten Leinenwäsche gar nicht zu reden.«

Der ganze Raum bebt, als Miss Plumptre mit einem schwer beladenen Tablett die Treppe heraufsteigt. Sie sieht den Tisch an und runzelt die Stirn, als könnte sie dadurch mehr Platz herbeizwingen. Jane schiebt Kanne und Tassen so weit zusammen, dass die drei Teller mit Brötchen noch unterkommen. Die Butterschale balanciert auf dem Milchkrug, und Jane muss ihre Untertasse samt Tasse auf den Schoß nehmen. »Bei unserem letzten Gespräch hast du gesagt, du arbeitest nicht gern in Deane House. Würdest du uns verraten, warum?«

»Es ist nur ...« Hannah stockt. »In Manydown müssen wir nie ein schlechtes Gewissen haben, wenn zum Beispiel mal ein Teelöffel fehlt oder jemandem ein Glas runterfällt. Mr Bigg-Wither ist immer höflich. Und seine Töchter genauso. Ja, sogar Master Harris ist ein freundlicher Junge. Da geht es in Deane House ganz anders zu.«

Mary teilt ihr Brötchen in zwei Hälften und bestreicht beide mit Butter. Jane hat seit dem Frühstück nichts gegessen und würde es ihr gern gleichtun, aber da Hannah noch nichts angerührt hat, wartet sie lieber, um nicht unhöflich zu sein. Vorerst pflückt sie nur eine Korinthe von ihrem Brötchen. »Wie ist es dort? Ich verspreche dir, dass nichts von dem, was du uns erzählst, weitergetragen wird«, ergänzt sie schnell, denn gerade wird ihr bewusst, wie unklug es war, die größte Klatschbase der Grafschaft in ihre geheimen Nachforschungen einzubeziehen.

»Das ist es ja gerade. Man weiß vorher nie, wie es dort ist. Manchmal, wenn Sir John zu Hause ist, bleibt alles ruhig. Lady Harcourt hält vielleicht im Salon ein Schläfchen, und Mrs Twistleton hat unten irgendwas zu tun. Und dann wieder kann es sein, dass Lady Harcourt Wutanfälle bekommt. Dann hat sie an allem, was die Dienerschaft tut, etwas auszusetzen – ganz besonders regt sie sich über Mrs Twistleton auf.«

»Lady Harcourt traut ihrer Haushälterin nicht?« Jane denkt daran, wie Sir John seiner Frau beim Neujahrsball Schlafmohnsaft in den Wein geträufelt hat. Setzt er sie zu Hause unter Drogen, damit zwischen ihr und den Hausangestellten Frieden herrscht?

»Nein. Und das macht es für uns andere so schwierig. Darum laufen ihnen dauernd die Dienstboten weg. Nichts ist schlimmer, als zwei Herrinnen zu haben. Wenn Mrs Twistleton einem sagt, man soll das Feuer so und so machen, kommt fünf Minuten später Lady Harcourt und befiehlt, dass man es noch mal neu und ganz anders macht. Sie gibt Mrs Twistleton ja noch nicht mal die Schlüssel. Wie soll man denn vor einer Haushälterin Respekt haben, die keine Schlüssel hat?«

Mit dem Hin und Her zwischen Herrschaften und Bediensteten kennt Jane sich aus. Im Pfarrhaus von Steventon wechseln die Dienstmädchen schneller als die Zuckerhüte. Ihre Mutter lebt in ständiger Sorge, dass eines ihrer Mädchen den Verlockungen einer anderen Stelle erliegen könnte. Es ist eine langwierige und mühevolle Prozedur, ein vertrauenswürdiges Mädchen zu finden und anzulernen, deshalb macht Jane sich auch wegen Sally solche Sorgen. Zum Kern von deren Ärger ist sie noch immer nicht vorgedrungen, aber irgendetwas treibt Sally um, das ist nicht zu übersehen. Sie summt nicht mehr vor sich hin, während sie in der Küche des Pfarrhauses rumort, und neuerdings weicht sie sogar Janes Blick aus. Was es auch ist, es muss ihr wirklich zusetzen. Mrs Austen mahnt Jane immer, die Dienstmädchen in Ruhe zu lassen. Trotzdem beschließt Jane, bei nächster Gelegenheit mit Sally zu sprechen. Vielleicht kann die Sache mit einem freien Nachmittag oder Hilfe in der Küche, wenn Gäste ins Haus stehen, aus der Welt geschafft werden.

»Warum geht Mrs Twistleton nicht woandershin? Oder, anders gefragt, warum entlässt Lady Harcourt sie nicht, wenn sie mit ihrer Arbeit nicht zufrieden ist?«

Auf Hannahs blassem Mondgesicht erscheinen rote Flecken. »Weiß nicht, Miss.«

Mary beugt sich vor und umklammert mit beiden Händen die überladene Tischplatte. »Wegen Sir John, stimmt's? Er hat ein Arrangement mit Mrs Twis...«

Jane versetzt ihr unter dem Tisch einen Tritt.

»Autsch!« Mary verzieht das Gesicht und reibt sich das Schienbein.

»Leg Hannah nichts in den Mund.«

»Dazu kann ich überhaupt nichts sagen, Miss, aber ich weiß...«, jetzt stecken sie alle drei die Köpfe zusammen, »... dass Mrs Twistleton, bevor sie Haushälterin in Deane House wurde, lange die Gäste im *Angel Inn* unterhalten hat...«

Also hatte Jane doch recht. Mr Tokes Reaktion auf ihre Frage, ob Sir John dauerhaft ein Zimmer im *Angel Inn* gehabt habe, war gar zu heftig – weil sie der Wahrheit zu nahe gekommen ist. Er lässt in seinem Etablissement zweifellos mehr Laster zu, als er zugeben will.

»Ich hab's dir gleich gesagt«, zischt Mary. »Sie ist keinen Deut besser, als es immer heißt.«

»Ach bitte, urteilen Sie nicht zu hart über sie. Deborah, also Mrs Twistleton, war nicht immer so. Sie war früher unsere Nachbarin, wissen Sie. Hat jung geheiratet, und dann kam ein Kind. Ein Junge, er kränkelte. Mit noch nicht mal vier Jahren ist er gestorben. Danach ist Deborah ein bisschen vom Weg abgekommen ... oder eher, sie hat immer öfter den Weg zur Ginflasche genommen. Eine Zeit lang hätte sie für ihr nächstes Glas alles getan. Mr Twistleton kam damit nicht zurecht. Er ist fortgegangen. Nach London, wie es heißt, wo er sein eigenes Leben lebt.«

»Arme Mrs Twistleton, wie traurig«, murmelt Jane. Sie weiß sehr wohl, was für ein Glück es ist, dass die Austens trotz aller Schwierigkeiten, die es hier und da gab, von solchen Verlusten verschont geblieben sind. Kaum eine Mutter kann alle ihre acht Kinder wohlbehalten großziehen, wie es Mrs Austen vergönnt war.

»Bestimmt haben Sir John und sie sich in ihrem Kummer gut verstanden. Sie haben sich kennengelernt, kurz nachdem das mit dem älteren Sohn von Sir John passiert war. Der Baronet war jeden Tag in Basingstoke und hat versucht, die Trauer durch Spielen und Trinken wegzukriegen. Nicht lange, und alle wussten, dass Deborah und er Bekanntschaft geschlossen hatten. Darauf war Deborah sehr stolz. Sie meinte, es ist nur recht und billig, dass sie ihn tröstet – Lady Harcourt hat ihm nach dem Tod des Sohnes nur noch die kalte Schulter gezeigt. Und lange macht so ein Mann das nicht mit, dass er verschmäht wird.«

Mary lehnt sich zurück und verschränkt die Arme. »Siehst du? Sie ist ein liederliches Frauenzimmer.«

»Still, Mary! Sprich weiter, Hannah.«

»Irgendwann hat Deborah die Arbeit in der Fabrik aufgegeben und ist in ein Zimmer im *Angel Inn* gezogen. Jeder hat gewusst, dass der Baronet für sie bezahlt. Und dann ist sie weg aus Basingstoke. Ich hab sie erst wiedergesehen, als sie seine Haushälterin war. Dass er sie gern hatte, hat ihr wieder auf den rechten Weg geholfen. Ich glaube, sie trinkt keinen Tropfen mehr. Und sie würde alles tun, damit er glücklich ist.«

Jane trinkt einen Schluck lauwarmen Tee. Arme Lady Harcourt. Es ist gewiss demütigend, eine solche Frau im eigenen Haus dulden zu müssen. Kein Wunder, dass sie die Fassung verloren und um sich geschlagen hat, als Sir John verhaftet wurde. Sie steht zweifellos unter enormem Druck. »Wo war Mrs Twistleton in den Stunden vor dem Ball?« Plötzlich ist sie hellwach.

»Eher: wo war sie nicht?«, erwidert Hannah. »Alle im Haus haben gezittert, dass an dem Abend auch alles wie am Schnürchen läuft. Mrs Twistleton ist ständig zwischen den Sälen, der Küche und der Halle hin- und hergelaufen und hat alles überwacht. Jedes Mal, wenn ich mich umgedreht habe, stand sie hinter mir und schimpfte, dass ich schneller machen soll, dass ich mir mehr Mühe geben soll.«

»Und die Familie?«

Hannah zuckt die Achseln und starrt auf das unberührte Milchbrötchen auf ihrem Teller. »Die waren jeder in seinem Zimmer und haben sich angekleidet. Runtergekommen sind sie erst kurz vor acht, als die ersten Kutschen vorfuhren. Bevor wir nach unten in die Dienstbotenräume mussten, durften wir Mädchen schnell in die Halle schauen. Die eleganten Leute und die geschmückte Halle – das war ein Bild, das man nicht vergisst.«

»Ich kann es immer noch nicht fassen, dass ich das alles

verpasst habe!« Mary rutscht auf ihrem Stuhl ein Stück tiefer. »Mutter und ich mussten darauf warten, dass Mrs Lefroy ihre Kutsche zurückschickte, um uns abzuholen. Als wir schließlich ankamen, hatte Mrs Chute gerade ihre schreckliche Entdeckung gemacht, und das Fest war unterbrochen. Mein Onkel sprang hinaus, um sich die Sache anzusehen, und wies den Kutscher an, sofort kehrtzumachen und uns wieder nach Hause zu bringen.«

»Das ist natürlich allergrößtes Pech für dich Ärmste.« Jane würde Mary gern viel härter angehen, weil sie so gar kein Mitgefühl hat, aber sie hält sich zurück.

Sie weiß, dass es ihr nicht zusteht, sich moralisch aufs hohe Ross zu setzen. Auch sie ist voll schmerzlicher Wehmut, wenn sie bedenkt, wie vielversprechend der Abend angefangen hat. Ja, die Pracht in der großen Halle war betörend, aber die wahre Verführung für sie war Tom mit seinem blonden Haar, dem hübschen Gesicht und dem unpassenden elfenbeinfarbenen Rock. Wie schnell ihre heimlichen Spiele doch in Tränen gemündet sind. Sie hätte es besser wissen und auf der Hut sein müssen. Was ist »große Torheit« anderes als ein Synonym für »Tom Lefroy«? Der traurige Vorwurf, den sie sich bis ans Ende ihrer Tage wird machen müssen.

Hannah zieht ein makellos sauberes Taschentuch hervor und wickelt ihr Brötchen hinein. Dann verstaut sie das Bündel neben den Päckchen aus Mr Martins Apotheke in ihrem Korb. »Ich habe Ihnen alles gesagt, was ich weiß. Jetzt muss ich zu meiner Mutter. Sie wird sich schon Sorgen machen, wo ich bleibe. Vielen Dank für den Tee.«

Jane beißt sich auf die Lippe. »Sollte dir doch noch etwas einfallen, lässt du es mich über Miss Bigg wissen, ja?«

»Ja.« Sie zögert. »Und das mit Ihrem Bruder tut mir sehr leid, Miss Austen. Für ihn und auch für Madame Renard hoffe ich, Sie finden den, der sie wirklich umgebracht hat.«

Tränen steigen Jane in die Augen. »Danke, Hannah. Das ist sehr freundlich.«

Die jungen Damen spähen aus dem Fenster, bis Hannah unten auf die Straße tritt. Sie schaut sich nach allen Seiten um, dann setzt sie die Kapuze auf, zieht die Schultern hoch und geht hinaus in den stürmischen Wind.

»Und? Was denkst du?«, fragt Mary.

Die Gestalt unten wird immer kleiner. Der Wind bläht den Umhang hinter ihr auf. Mit gesenktem Kopf stemmt sie sich dagegen.

»Ich weiß nicht, was ich denken soll ... außer, dass in Deane House irgendetwas sehr faul ist.« Jane starrt auf ihr Milchbrötchen und wünscht, sie hätte es Hannah noch mitgegeben. Dann müsste sie ihres nicht mit der Mutter teilen. Ihr selbst ist der Appetit vergangen.

7. An Cassandra Austen

Steventon, Dienstag, den 12. Januar 1796

Liebste Cassandra,

es freut mich zu hören, dass Du mit mir zufrieden bist, weil ich etwas mit Mary Lloyd unternehme. Vielleicht bist Du so gütig zu befinden, dass ich nun genug Buße getan habe, und gibst mir meine Martha zurück. Es ist äußerst selbstsüchtig, dass Du meine beste Freundin so lange für Dich behältst. Insbesondere, da Dein angenehmes Wesen Dich überall und bei jedermann sofort beliebt sein lässt, wohingegen mein komplizierter Geist für andere erst der Gewöhnung bedarf. Trotz unausgesetzter Nachforschungen weiß ich immer noch nicht, wer die arme ~~Hutmacherin~~ Spitzenklöpplerin Madame Renard getötet hat. Das

Einzige, was ich Dir sagen kann, ist, dass ich alles darum
geben würde, einige offene Gespräche führen zu können,
und zwar mit:

Jonathan Harcourt (Stand er unter großem Druck, die
Schulden seines Vaters zu tilgen?)
Sir John Harcourt (Hoffte er, dass Sophys Mitgift ihn vor
dem Schuldgefängnis bewahren würde?)
Mrs Twistleton (Hatte sie Angst, dass Lady Harcourt sie
aus dem Haus werfen könnte, falls sie herausfinden sollte,
was für eine Sorte Frau sie ist?)
Jack Smith (Wie sonst könnte Georgy an die Goldkette
von Madame Renard gekommen sein?)

Es tut mir leid, Dir über das Befinden des lieben Georgy
keine genauere Auskunft geben zu können. Trotz meines
unaufhörlichen Bittens und Drängens finden mein Vater
und meine Brüder immer neue Entschuldigungen, um
mich nicht nach Winchester mitnehmen zu müssen. Wie
Du bete ich, dass man ihnen glauben kann, wenn sie sagen, es gehe ihm gut. Und wenn das nicht, dann doch zumindest so gut, wie man eben hoffen kann. Zerreiß diesen
Brief und leg mit den Schnipseln Deine Unterschuhe aus.
Dann sind Deine Zehen besser vor der bitteren Kälte ge-
schützt, die uns gewiss noch bevorsteht.

Deine
J. A.

An Miss Austen
bei Rev. Mr Fowle
Kintbury
Newbury

23. Kapitel

Man braucht über zwei Stunden von Steventon nach Winchester – und heute noch etwas mehr, denn in der Nacht hat es stark geregnet. Dichter Nebel verdeckt die Sicht auf die Landschaft von Hampshire. Die Straßen sind holprig, die Kutschenräder rumpeln über immer neue Unebenheiten und aus dem Boden ragende Baumwurzeln. Bei jedem Ruck macht Janes Magen einen Satz. Da es nun gerade noch zwei Wochen sind, bis die Geschworenen zusammenkommen und über Georgy zu Gericht sitzen, haben James und Henry schließlich nachgegeben und ihr gestattet, dabei zu sein, wenn sie den Anwalt drängen, sich mehr für Georgy einzusetzen.

Anschließend werden ihre Brüder sie ins Gefängnis begleiten, damit sie Georgy besuchen kann. Und Jack Smith natürlich. Endlich erhält sie Gelegenheit, ihn genauer zu fragen, wo er am Abend des Mordes an Madame Renard gewesen ist. Der Gedanke, dass gerade derjenige, dem die Familie Georgy im besten Glauben anvertraut, ihn in dieses Elend gestürzt haben könnte, ist niederschmetternd. Aber Janes Verzweiflung ist zu groß, als dass sie noch zimperlich sein könnte. Wenn es ihren Bruder rettet, darf sie nicht davor zurückschrecken, auch der hässlichsten aller Möglichkeiten auf den Grund zu gehen.

James lenkt die Kutsche, während Henry mit düsterer Miene neben Jane im Inneren sitzt. Sie will ihn mit Passagen aus Elizas Briefen aus der Reserve locken, doch er bleibt stur und sagt kein Wort. Sie wünschte, Henrys Angebot, er könne kutschieren, wäre von James angenommen worden. Dann säße nun dieser neben ihr, und sie könnte sich von der Sorge um Georgy ablenken, indem sie über James' wachsende Zuneigung zu Mary spöttelt. Seit sie in Basingstoke waren, hat James sie zweimal zu Besuchen bei den Lloyds begleitet. Sie hat Wort gehalten und Mary ihm gegenüber mit keiner Silbe schlechtgemacht. Aber zu Mary hat sie alles mögliche Alberne über James gesagt, und als die beiden neulich im Garten turtelten, hat sie Marys Blick aufgefangen und in Richtung »Himmel« gezeigt.

Es wundert sie selbst, aber sie freut sich ehrlich für James. Ihr ältester Bruder mag sehr von sich eingenommen sein, aber wenn irgendwer in der Familie ihn braucht, ist er zur Stelle. Und Anna kann nichts Besseres passieren, als dass er wieder heiratet. Mrs Austen ist zu alt, um sich durchgehend um ein kleines Kind zu kümmern, Cassandra wird nicht mehr lange zu Hause wohnen, und Jane … nun, wie ihre Mutter immer sagt: Der Herr allein weiß, wohin es Jane verschlägt.

»Bist du dir auch wirklich sicher, dass du das willst?«, hat James sie am Morgen gefragt, als er ihr die Kutschentür aufhielt.

Sie hat ihm geradewegs in die Augen gesehen. »Georgy ist genauso mein Bruder wie deiner. Weiter gibt es dazu nichts zu sagen.«

Als sie sich nun Winchester nähern und Jane draußen die zerlumpte Prozession von Pilgern und Leuten aus den umliegenden Dörfern beobachtet, die sich auf die Tore der Stadt zubewegt, schrumpft ihre Selbstgewissheit zusehends. Hat sie wirklich den Mut, zu tun, was sie sich vorgenommen hat? Schon jetzt ist ihr leicht übel, und weil sie schlecht geschlafen hat, zittert sie am ganzen Leib.

Sie zieht den Umhang fester um die Schultern und klammert sich an ihren Weidenkorb. Darin sind Georgys Lieblingsspeisen verstaut, etwas von Mrs Austens Rahmkäse, Plumpudding von Mary und eine Ladung von Sallys höllisch würzigen Pfefferkuchen. Sie hofft, die Sachen werden Georgy aufmuntern und nicht etwa sein Heimweh noch verstärken.

Sie passieren das Tor der mittelalterlichen Stadt, fahren mitten hinein und lassen die Kutsche an einem geschäftigen Gasthof in der Great Minster Street stehen. Von dort hat man einen freien Blick auf die prächtige gotische Kathedrale, deren Spitztürme und reich verzierte Bögen gen Himmel streben und jedes andere Bauwerk ringsum winzig erscheinen lassen. Das alte Gotteshaus steht für die Anfänge des Christentums in Großbritannien, aber darunter, unter dem Kalksteinfundament, liegt eine viel weiter zurückreichende wilde, heidnische Vergangenheit.

Jane nimmt James' Arm, und gemeinsam gehen sie unter den Traufen alter Fachwerkhäuser durch die gewundenen Straßen. Es ist Mittwoch, Markttag. In den engen Gassen wimmelt es von Menschen und Tieren, auf dem Pflaster liegen Haufen von Dung und Stroh. Bauern treiben Schweine und Schafe, die zum Verkauf und zum Schlachten angeboten werden sollen, in behelfsmäßige Pferche. Es ist eine Kakofonie aus Grunzen und Blöken, und zwischendrin zuckt Jane immer wieder zusammen, wenn von hinten Leute »Vorsehen!« brüllen und schwer beladene Karren vorbeischieben. Neben dem alten Marktkreuz erspäht sie einen Stand, an dem es grünen Musselin gibt, wie Mary ihn gesucht hat – und rügt sich dafür, dass sie an einem Tag wie diesem überhaupt an solchen Firlefanz denkt.

Der Anwalt, Mr William Hayter, empfängt sie in seiner Kanzlei an der Hauptstraße im ersten Stock eines windschiefen alten Gebäudes, in dem sich unten die Werkstatt eines

Silberschmieds befindet. Jane erinnert sich an seinen Sohn, der ebenfalls William heißt: Als Schuljunge hat er im Garten ihrer Mutter immer Ohrenkneifer gegessen und davon Durchfall bekommen. Mr Hayter senior ist beleibt, hat gerötete Wangen und hervortretende Augen. Er trägt einen schwarzen Talar über seidener Weste und Kniebundhose. Auf seinem Kopf sitzt eine schlecht gekämmte Rosshaarperücke, leicht schief, so als habe er sie erst hastig aufgesetzt, als er den Besuch auf der Treppe hörte.

Im Kamin brennt ein großes Feuer, und das halb von weinroten Samtvorhängen verdeckte Mansardenfenster ist geschlossen. An den Wänden stehen Mahagoniregale voller gewichtiger Juristenschinken, auf sämtlichen Flächen in dem kleinen Raum stapeln sich mit rotem Schleifenband zu Bündeln geschnürte Akten. Nach der Kutschfahrt durch Wind und Kälte erscheint ihnen die Zimmerflucht des Anwalts heiß und stickig. James und Henry müssen unter der Dachschräge den Kopf einziehen, Jane dagegen kann aufrecht durch die Tür gehen. Wäre ihre Haube aufwendiger verziert, zum Beispiel mit einer Straußenfeder, hätte sie vielleicht den Staub von den Deckenbalken gefegt – was ohne Zweifel einmal angebracht wäre.

James zieht den Hut und drückt ihn an seine Brust. »Mr Hayter, das ist mein Bruder, Lieutenant Austen, und dies unsere Schwester, Miss Austen.«

Mr Hayter sieht Jane gar nicht an. Stattdessen schüttelt er James und Henry kräftig die Hand und dirigiert sie zu den beiden ochsenblutroten Ledersesseln vor seinem Ebenholzschreibtisch. Die einzige weitere Sitzgelegenheit, auf der sich keine Papiere türmen, ist ein dreibeiniger Schemel neben der Tür. Im Augenblick steht dort ein Silbertablett mit abgenagten Hühnerknochen und einem leeren Zinnkrug, aus dem der Geruch von Bier aufsteigt.

Jane nimmt das Tablett hoch und sieht sich nach einer Fläche um, auf der sie es abstellen könnte. Da sich keine findet, deponiert sie es neben dem Schemel auf dem Boden. Dann hockt sie sich auf die äußerste Kante der harten Sitzfläche.

James beugt sich vor, die Hände auf den Knien. »Bitte sagen Sie mir, dass Sie seit unserer letzten Zusammenkunft Fortschritte gemacht haben.«

Der Anwalt zwängt seinen aufgedunsenen Bauch hinter den Schreibtisch und zieht ein Bündel Papiere aus einer schwarzen Ledermappe. »Aber ja. Ich habe mich eingehend mit dem Fall beschäftigt. Lassen Sie mich sehen«, sagt er und wühlt in den Papieren. »Ach hier, ganz recht, ich erinnere mich. Nun, Gentlemen, da Sie es ausdrücklich ablehnen, Mr George Austen für schwachsinnig erklären zu lassen und damit einen Prozess zu verhindern, wäre meine Empfehlung, auf schuldig zu plädieren. Ich werde die geistige Schwäche Ihres Bruders betonen und den Richter eindringlich um Milde ersuchen. Es gibt freilich keine Garantie, aber wenn wir beharrlich sind und Zeugen für sein einst gutmütiges Wesen beibringen, bin ich zuversichtlich, dass die Strafe in Deportation umgewandelt werden kann.«

Jane schließt die Augen. Eine Last wie ein Mühlstein legt sich ihr auf die Brust. Wenn Georgy sich des schweren Diebstahls schuldig bekennt, gibt es anstelle des Galgens nur eine Möglichkeit: Australien. Dahin könnte selbst ein Jack Smith ihn nicht begleiten. Am Ende wäre es nur eine langsamere, grausamere Art, wie ihr Bruder zu Tode kommen würde. Aber nicht einmal Tom, diesem angeblich so brillanten Juristenkopf, ist eine bessere Strategie eingefallen.

»Milde?« Henry richtet sich kerzengerade auf. »Etwas Besseres haben Sie nicht auf Lager? Wie viel zahlen wir Ihnen noch gleich?«

James fährt sich über das leicht gepuderte Haar. »Bei allem

gebotenen Respekt, Sir, an diesem Punkt waren wir bereits.«
Er spricht abgehackt. Jane hat ihn noch nie so wütend gesehen, aber sie bezweifelt, dass jemand, der nicht zur Familie gehört, seinen Zorn auch nur bemerken würde. »Mein Bruder würde in Botany Bay nicht einen Tag überleben, geschweige denn vierzehn Jahre. Sie müssen endlich begreifen, dass er an ernsten Beschwerden leidet. Er braucht ständige ärztliche Betreuung, wie er überhaupt Begleitung braucht. Er ist nicht in der Lage, selbst für sich zu sorgen, schon gar nicht unter solch widrigen Umständen. Dort wäre er leichte Beute für schlimmste Misshandlungen und Ausbeutung aller Art.«

Das rote Gesicht von Mr Hayter ist für Jane zwischen den Schultern ihrer Brüder sichtbar. Sie reckt einen Finger in die Höhe, um seine Aufmerksamkeit zu erlangen, doch er beachtet sie nicht. Stattdessen lässt er die Papiere auf den Schreibtisch fallen und hebt die Hände. »Haben Sie denn irgendeine glaubwürdige Erklärung dafür gefunden, wie Mr George Austen an die Kette des Opfers gekommen ist, Gentlemen?«

James reibt sich mit den Daumen die Schläfen. »Wir nehmen an, jemand hat sie weggeworfen und er hat sie gefunden. Bevor die Frau ermordet wurde oder danach. Jedenfalls hat er ihr die Kette keinesfalls abgenommen; die beiden sind einander nie begegnet.«

»Der Mörder könnte sie ihm gegeben haben, um von sich selbst abzulenken«, ergänzt Henry. »Ich fürchte, unser Bruder ist zu Vorsicht oder Misstrauen einfach nicht in der Lage. Wenn jemand ihm so etwas gibt, wird er nicht fragen, warum. Von Geld hat er keinen Begriff. Er käme gar nicht auf die Idee, dass an einer solchen Gabe etwas verdächtig sein könnte.«

Mr Hayters Augen erinnern an die einer Echse. Sein Blick geht zwischen James und Henry hin und her. »Und können

Sie eine dieser Vermutungen in irgendeiner Weise beweisen?«

James dreht seinen Hut hin und her und senkt den Blick auf den dicken Teppich, während Henry die Arme verschränkt und aus dem Fenster starrt. Der Anwalt atmet geräuschvoll ein und wieder aus. »Dann, so fürchte ich, können wir auf mehr als Milde nicht hoffen.«

Jane beißt sich auf die Lippe. »Mit Verlaub, Sir, ich habe einige Befragungen vorgenommen …«

Die drei Männer hören sie nicht. Mr Hayter setzt eine ernste Miene auf. »Da die Kette sich im Besitz von Mr George Austen befand, und das steht außer Frage, wird jede Jury zwangsläufig das Schlimmste annehmen. Um die Wahrheit zu sagen: Ihr Bruder kann von Glück reden, dass er nur des Diebstahls beschuldigt wird und nicht des Mordes.«

Jane springt auf. »Aber er war es nicht!«, schreit sie.

James und Henry fahren herum und starren sie an, als hätten sie sie noch nie im Leben gesehen. Mr Hayter hüstelt, seine Kinne beben.

»Georgy kann nicht auf schuldig plädieren, *weil er es nicht getan hat.* Er war ja zum Zeitpunkt des Mordes noch nicht einmal in der Nähe von Deane House.«

Mr Hayter, der Janes Blick beharrlich ausweicht, wendet sich erneut an ihre Brüder. »Ihre Schwester wird hysterisch, meine Herren. Warum haben Sie sie überhaupt mit hierhergebracht? Eine Anwaltskanzlei ist kein geeigneter Ort für eine Frau.«

Entschlossen macht Jane einen Schritt auf ihn zu. »Wenn Sie mir einmal zuhören würden …« Näher kommt sie an den Schreibtisch nicht heran, denn ihre Brüder in ihren bequemen Sesseln sind im Weg. »Der Eigentümer von Deane House, Sir John, befand sich in schlimmen finanziellen Nöten. Inzwischen ist er verhaftet und ins Schuldgefängnis geworfen worden. Sein Sohn, Mr Harcourt, sollte am Abend des Mordes eine Verlobung mit einer reichen Erbin eingehen – diese Ehe hätte die Familie aus ihren Geldsorgen gerettet.«

»Und was soll das alles bedeuten?« Mr Haytes macht eine abfällige Handbewegung in ihre Richtung. Es ist, als hätte er ihr eins von seinen abgenagten Hühnerbeinen in den Hals gestoßen. Damit sie nicht daran erstickt, muss sie es ausspucken.

»Sie waren ein Liebespaar«, ruft sie aus. James schnappt nach Luft, Henry starrt ungläubig zu ihr hoch. »Jonathan und Madame Renard waren ein Liebespaar. So muss es sein – sie waren zur selben Zeit in Brüssel. Ich halte es für möglich, dass Mr Harcourt sie umgebracht hat, weil …«

»Halt«, donnert Mr Hayter. Seine Augen treten hervor, auf seiner Stirn pulsiert eine dicke Ader. »Eine solche Anschuldigung sollten Sie gut begründen können. Andernfalls machen Sie sich der Verleumdung schuldig – eines schweren Vergehens.«

Jane hebt das Kinn und erwiderte seinen Blick von oben herab. »Madame Renard erwartete ein Kind von Mr Harcourt. Die Hebamme, die mit dem Waschen des Leichnams betraut war, hat bestätigt, dass sie schwanger war.«

Mr Hayter verzieht den Mund zu einem verächtlichen Grinsen. »Um Ihrer Brüder willen, Miss Austen, werde ich so tun, als hätte ich das nicht gehört.« Dann richtet er den ausgestreckten Zeigefinger auf sie. »Und wenn Sie Mr George Austen wirklich das Leben retten wollen, werden Sie es vor keiner Menschenseele wiederholen.«

»Aber warum?« Wenn Mr Hayter doch nur einsehen würde, dass die Harcourts gute Gründe hatten, Madame Renard und ihr Kind aus dem Weg haben zu wollen. Jane ist überzeugt, dass er den Fall dann noch einmal genauer untersuchen würde. Er hat die nötige Autorität, er könnte die ganze Familie befragen und ebenso Jack. Um Georgys Unschuld zu beweisen, ist nur jemand mit wachem Verstand nötig, der den Fall in allen Einzelheiten erneut durchgeht. »Es beweist doch, dass es zwischen ihnen eine Verbindung gab, leuchtet Ihnen das nicht ein? Was, wenn sie damit gedroht hat, Jonathan als Schurken zu entlarven und damit seine Aussichten auf diese Ehe zu zerstören? Das könnte doch einen Mann zum Mörder …«

»Weil, *Miss* …«, Jane bekommt eine Gänsehaut, als Mr Hayter sie von oben bis unten mustert, »… es schon schwer genug sein wird, das Gericht davon zu überzeugen, dass Ihr Bruder wegen Diebstahls mit einem milden Urteil davonkommen soll, wo er von Rechts wegen des Mordes angeklagt sein müsste. Stünde auch nur die Andeutung im Raum, dass das Opfer in Erwartung war, wäre das nahezu unmöglich.« Er schlägt mit beiden Händen auf den Schreibtisch, dass Jane zusammenzuckt, und rafft seine Papiere zusammen. »Meine Herren, ich glaube, wir sind fertig, was meinen Sie?«

Jane schluckt. Ihr Blick wandert zwischen den entsetzten Gesichtern ihrer Brüder hin und her. Das kann nicht sein. Das Gesetz hat Georgy in einer Schlinge gefangen, und was sie auch tut, um die Schlinge zu lockern, sie wird nur umso enger zugezogen. Sie muss ihn retten, bevor sie sich um seine Kehle schließt.

Während die drei bedrückt den Kern der alten Stadt hinter sich lassen und sich in Richtung des neu errichteten Grafschaftsgefängnisses schleppen, schluchzt Jane in ihr Taschentuch. James legt ihr den Arm um die Schultern und zieht sie an sich. »Wir wissen, dass du nur helfen wolltest. Und es ist ja nichts passiert. Es war durchaus entgegenkommend von Mr Hayter, dass er sagte, er habe das nicht gehört.«

»Deswegen weine ich nicht, du Hohlkopf.« Sie holt tief Luft, verschluckt sich an ihren Tränen. »Ich weine vor Wut, weil er mir nicht zugehört hat.«

James drückt sie nur umso fester an sich.

Am Gefängnis angekommen, bleibt Henry stehen und lässt seinen Blick an dem gelben Backsteinbau nach oben wandern. Das Gebäude steht hinter einem hohen, mit Stacheln bewehrten Eisenzaun und nimmt fast die gesamte Länge der ungewöhnlich geraden Jewry Street ein. Zwei gedrungene Türme, dazwischen ein Giebeldreieck. Die vergitterten Fenster sind rundum mit Bath-Kalkstein verstärkt, ebenso die Ecken des Gebäudes, sodass es ganz und gar unzugänglich wirkt. Winchester Castle ist politischen Gefangenen vorbehalten, West Gate ist der Ort für Schuldner, und im Bridewell sind die Landstreicher untergebracht; nur jene, die schwerer Verbrechen angeklagt sind, des Diebstahls oder des Mordes, sitzen hinter diesen festungsgleichen Mauern des neuen Gefängnisses.

Henry verzieht das sonst so freundliche Gesicht zu einer bösen Grimasse. »Wollen wir unsere kleine Schwester wirklich in diese Hölle mitnehmen?«

Jane putzt sich die Nase und steckt das Taschentuch ein. »Ist Georgy da drin? Wenn ja, versuch gar nicht erst, mich fernzuhalten!«

Die Brüder wechseln einen Männer-Verschwörerblick, was Janes Wut erst recht schürt. Sie windet sich aus James' Arm.

»Kommt. Bringen wir es hinter uns.« James, der plötzlich noch bleicher ist als sonst, steuert mit hängenden Schultern auf das Gefängnis zu. Ein Wachmann erkennt ihn, tippt sich an den Hut und öffnet das erste Tor. James greift in die Tasche seines abgetragenen Mantels und reicht ihm eine Silbermünze. Dieses Ritual wiederholt er, während er Jane und Henry durch weitere Tore mit weiteren Wächtern führt, mehrere Male.

Ihr Vater hat ihr bereits erklärt, dass das Parlament dem Direktor ausreichende Mittel zur Führung seines Gefängnisses verweigert und daher die Wärter darauf angewiesen sind, sich von den Gefangenen schmieren zu lassen – ein Umstand, der die Finanzen der Austens erheblich belastet, auch wenn Neddy sich nach wie vor großzügig beteiligt. Sie können nur sicherstellen, dass Georgy von seinen Wärtern gut behandelt wird, indem sie immer wieder deutlich machen, dass er aus einer gut gestellten Familie kommt, die bereit ist, sich sein Wohlergehen etwas kosten zu lassen. Wie es den armen Schluckern geht, die keine solche Familie zur Unterstützung haben, mag man sich gar nicht vorstellen.

Jane hatte erwartet, dass aus allen Fenstern Häftlinge schauen und im Hof welche in Reih und Glied stehen und gedrillt werden wie Rekruten an der Marineschule in Portsmouth, die Frank und Charles besucht haben. Stattdessen sind die düsteren, engen Vorplätze bis auf die Wärter menschenleer, und die Fenster befinden sich viel zu weit oben, als dass man dort hinausschauen könnte. Aber zu hören sind die Insassen. Ein rhythmisches Stöhnen und Heulen wie von einem Schiff, dessen Bug durch die Wellen pflügt. Sie hält sich dicht hinter Henry, der schließlich vor dem Haus des Direktors stehen bleibt, einem Anbau am Haupttrakt des Gebäudes mit den Zellen. James schlägt mit dem Messingklopfer an die eindrucksvolle, schwarz glänzende Tür, in deren oberen Teil ein halbrundes, nicht vergittertes Fenster eingelassen ist.

Nach längerem Klopfen erscheint ein älterer Mann mit weißem Rauschebart an der Tür. »Mr Austen, schon wieder da?« Er öffnet die Tür halb und grinst, wobei zwei braune Stummel in entzündetem Zahnfleisch zum Vorschein kommen.

James tritt ein. »In der Tat, Mr Trigg, in der Tat.« Jane und

Henry folgen ihm ins Innere. Der Alte reißt die wässrigen Augen auf und mustert Jane neugierig. James erklärt, dass Mr Trigg der frühere Gefängnisdirektor und der Vater des jetzigen Inhabers dieses Postens ist.

Mr Trigg geht am Stock und stützt sich mit der anderen knotigen Hand an der dunkelgrünen Wand ab. Dabei prahlt er, seine ganze Familie wohne innerhalb der Gefängnismauern, drei Generationen von Triggs, Männer wie Frauen, die Hampshires Diebe und Mörder sicher unter Verschluss und vom ehrlichen Volk fernhielten.

»Gewiss wird sich unser geschätzter Logiergast sehr freuen, Sie zu sehen.« Der Alte verzieht den Mund zu etwas, das wohl ein Lächeln sein soll. »Er hatte keine gute Nacht, fürchte ich. Dieses Gesindel in den Zellen hat ohne Unterlass Radau gemacht. Es gab einen Tumult wegen eines Löffels, der verloren gegangen ist. Diebe unter sich, da gibt es so was wie Ehre nicht. Glauben Sie bloß nicht, es gäb welche. Wenn sie könnten, die würden noch einer den anderen fressen.« Er fuchtelt mit dem Daumen in Richtung des Gefängnisblocks. »Ich bin heilfroh, wenn das nächste Schwurgericht tagt und da drin aufgeräumt wird.«

Janes Herz schrumpft auf die Größe einer trockenen Erbse. Mr Trigg hat sich offenbar so an seinen »geschätzten Logiergast« gewöhnt, dass ihm gar nicht in den Sinn kommt, Georgy könnte im Februar genauso vom Gericht verurteilt werden wie jeder andere hier. Schwindel erfasst sie, als sie durch eine Reihe ineinander übergehender dunkler, spärlich möblierter Zimmer stolpert, immer hinter dem alten Mann her, der so gedankenlos daherredet.

Schließlich stößt Mr Trigg mit der Spitze seines Stocks eine Tür auf, und es schlägt ihnen ein Schwall warmer, abgestandener Luft entgegen. »Gäste, Mrs Trigg, machen Sie sich präsentabel.«

Jane braucht einen Moment, um sich an das Dämmerlicht zu gewöhnen. In dem feuchten Raum riecht es muffig wie zu Hause im Pfarrhaus in der Vorratskammer, die bei Sturm unter Wasser steht.

Neben der Feuerstelle steht eine blonde junge Frau mit Morgenhaube und wiegt ein zappelndes dralles Kind auf der Hüfte. Röte schießt ihr in die runden Wangen, und sie zerrt hastig ihr Mieder zurecht. Jane wird klar, dass sie sie beim Stillen gestört haben.

»Meiner Treu!« Die Frau lächelt freundlich. »Eine junge Dame hier bei uns, was für eine Ehre!«

James zieht den Hut. »Guten Tag, Mrs Trigg.« Als Geistlicher ist er es gewöhnt, ganz andere Dinge zu sehen als Jane. Sie bewundert, wie er Haltung bewahrt, während in ihr alles danach schreit, auf dem Absatz kehrtzumachen und davonzulaufen. »In der Tat, diesmal haben wir unsere Schwester, Miss Austen, mitgebracht. Jane – das ist Mrs Trigg, die gute Frau von Mr Trigg junior. Sie sorgt vorzüglich für unseren Georgy.«

»Guten Tag, Mrs Trigg«, sagt Jane. »Wie geht es Ihnen?« Ihre Stimme klingt schrill, und sie weiß nicht, wo sie hinschauen soll.

Über dem Kamin präsentiert ein Holzgestell die Unterwäsche der Familie so stolz, als handele es sich um ihre Regimentsfarben. In einem Laufgitter sind zwei weitere blonde, nur halb bekleidete Kleinkinder eingesperrt. Eins rutscht greinend auf dem Allerwertesten umher, das andere klammert sich an die Gitterstäbe, macht ein paar wacklige Schritte und kreischt vor Begeisterung. Sie ähneln dem Kind auf Mrs Triggs Arm in Größe und Gestalt so sehr, dass es Drillingsbrüder sein könnten. Oder -schwestern. Angesichts der strubbeligen Locken und einheitlichen Kittel ist das unmöglich zu erkennen.

Mrs Trigg, die weiter ihr Kind wiegt, nickt eifrig. »Gut!

Uns Triggs geht es immer gut. Aber so setzen Sie sich doch, Miss Austen. Ihr Bruder freut sich gewiss, wenn Sie ihm Gesellschaft leisten.« Dazu nickt sie in Richtung des großen, rechteckigen Eichentischs auf der anderen Seite des Raums.

Dort ist Jack. Er erhebt sich halb und hebt die Hand zum Gruß. Er ist blass. Die dunklen Locken stehen zu Berge, als raufe er sie sich unentwegt.

Neben ihm auf der Holzbank hockt, nach vorn gebeugt, den Kopf gesenkt, die Hände zwischen den Oberschenkeln, eine große Gestalt. Weste und Kniebundhose sind zu weit, Hemdsärmel und Kragen verschmutzt. Die Stoppeln auf seinen Wangen verraten, dass er seit Tagen nicht rasiert worden ist. Er schaukelt unablässig vor und zurück.

Jane hat einen Kloß im Hals, so hart und schwer, als wär's ein Stein aus dem Gemäuer von St. Nicholas.

Das dort ist Georgy, aber er sieht eher aus wie ein Wiedergänger von James in den düsteren Tagen nach dem plötzlichen Tod von Anne, seiner jungen Frau. Arme Anne. Eben war sie noch gesund und munter und saß mit Appetit beim Abendessen, dann bekam sie plötzlich Kopfschmerzen, legte sich einen Augenblick hin – und glitt leicht und geschwind aus dieser Welt in die nächste.

Jack tippt Georgy sacht auf die Schulter. »Guck, wir haben Besuch.«

Georgy blickt auf, ohne den Kopf zu wenden. Als er seine Brüder und die Schwester sieht, springt er auf, kommt wild gestikulierend auf sie zu und gibt undeutliche Laute von sich. Er ist so aufgeregt, dass ihm seine Zeichen nicht einfallen. Stattdessen knurrt und stöhnt er in dem verzweifelten Bemühen, sich verständlich zu machen.

James legt ihm beide Hände auf die Schultern und führt ihn zurück zu seinem Platz. »Ganz ruhig. Wir sind hier, und wir bleiben. Lass dir Zeit.«

Jane und Henry kommen dazu, und sie umringen ihn, drücken ihm abwechselnd die Hand und streicheln ihm den Arm, bis er schließlich ruhiger wird. Janes Wangen schmerzen schon von der Anstrengung, ihm zuliebe ein Lächeln zustande zu bringen. Sobald er sich beruhigt hat, fragt er mit Fingerzeichen, ob sie ihn nach Hause holen.

James' Antwort zerreißt Jane das Herz: »Bald.«

»Das hat Mutter uns für dich mitgegeben.« Sie stellt den Korb auf den Tisch.

Georgy beachtet ihn kaum, aber Jack wühlt sogleich darin, bis er einen Pfefferkuchen gefunden hat. »Seit wir hier sind, hat er kaum Appetit. Mrs Trigg macht einen guten Eintopf mit Klößen, aber Georgy isst immer nur ein paar Löffel voll.«

Jane legt Georgy eine Hand aufs Knie und die andere an die Wange, um ihn dazu zu bringen, dass er ihr in die Augen schaut. »Du musst bei Kräften bleiben!«

Er schüttelt den Kopf und schiebt ihre Hand weg. Dann schaukelt er wieder mit krummem Rücken vor und zurück.

Jack gähnt. Im Schein des Feuers sind unter seinen Augen tiefviolette Schatten zu sehen. »Das sag ich ihm auch die ganze Zeit. Du verkümmerst noch, Georgy.«

Unruhe erfasst Jane, als sie ihn aus dem Augenwinkel mustert. Sie hat sich geschworen, jeden, dem sie begegnet, als möglichen Mörder zu betrachten – bis sie gute Gründe hat, anzunehmen, dass er keiner ist. Nun, da sie sich mit Jack im selben Raum befindet, fällt es ihr schwer, diese Unvoreingenommenheit aufrechtzuerhalten. Jack war ihr Kindheitsfreund, sein Verhalten ist freundlich und ungekünstelt wie eh und je. Dennoch gibt es nur einen Menschen, von dem sie ohne jeden Zweifel weiß, dass er Madame Renard weder ermordet noch um ihre Kette gebracht hat: Georgy.

Außerdem ist Jack inzwischen ein erwachsener Mann. Er hat ein breites Kreuz, kräftige Hände und dunkle Härchen an den Fingerknöcheln. Der Wert von Madame Renards Schmuck stellt ein klares Motiv dar, und Jack wäre zweifellos stark genug gewesen, sie zu erschlagen. Dass er nur wenige Tage vor dem Mord Mr Austen vergebens um eine Lohnvorauszahlung gebeten hat, geht Jane nicht aus dem Kopf.

Mrs Trigg nimmt den Korb und untersucht eifrig, was er enthält. »Ich werde ihm eine Scheibe Brot mit Rahmkäse von Ihrer Mutter machen. Das schmeckt ihm fast immer.« Kurz darauf werden die Kinder von Mrs Trigg ganz still. Eins neben dem anderen liegen sie im Laufgitter und lutschen jedes an einem Stück von Marys Plumpudding, während ihre Mutter in dem Kupferkessel, der an einer Kette über dem Feuer hängt, Wasser heiß macht.

Wenigstens verhilft Mary Mrs Trigg zu einer kleinen Verschnaufpause von den Anforderungen des Mutterseins. »Zu einem Augenblick Frieden« kann man nicht sagen, denn selbst in der stickigen Trigg'schen Küche sind unausgesetztes Geschrei und immer wieder laute Schläge aus dem eigentlichen Gefängnis zu hören. Jane stellt sich schwere Eisentüren vor, die zugeknallt und mit Vorhängeschlössern gesichert werden. Dahinter verzweifelte Männer, in Fußeisen liegend, die ihr Elend beklagen.

Was für ein entsetzlicher Ort, um Kinder aufzuziehen. Mrs Trigg macht doch den Eindruck, als sei sie eine Frau von Verstand. Was kann sie nur dazu bewogen haben, Mr Triggs Antrag anzunehmen? Selbst wenn es eine Liebesheirat war, hier zu leben ist ein zu großes Opfer.

Henry geht unablässig in dem schmalen Raum zwischen Herd und Tisch auf und ab. »Dieser furchtbare Lärm. Das ist hier ja wie in der Irrenanstalt.« Er ist schlicht zu groß, zu ungestüm und zu laut für diese Enge. Seine Gereiztheit erhöht die nervöse Anspannung bei Jane und den anderen noch zusätzlich.

Mrs Trigg bringt ein Tablett mit dünnem, milchigem Tee in Bechern aus Delfter Steingut. »Wir sind das gewöhnt, wir hören es kaum noch. Oder, Vater?«, sagt sie, an Mr Trigg senior in seinem Schaukelstuhl gewandt.

Der alte Mann verzieht das Gesicht derart, dass Nase und Kinn in einer einzigen runzligen Kluft zu verschwinden drohen. »Du vielleicht nicht, mein Mädchen, aber ich würde sagen, es ist eine Höllenqual.« Damit steckt er sich eine langstielige weiße Tonpfeife zwischen die Lippen und zieht daran, bis der Tabak glüht.

Die junge Frau wischt sich die Hände an der nicht mehr ganz sauberen Schürze ab und murmelt etwas vor sich hin.

Der Tee schmeckt scheußlich. Da Jane nicht unhöflich sein will, trinkt sie ihn Schluck für Schluck, während sie versucht, Georgy mit den Händen in ein Gespräch zu ziehen, ihm erzählt, dass sie ihn vermisst hat, und fragt, ob er sie ebenfalls vermisst habe.

Georgy senkt das Kinn auf die Brust. Nur ein einziges Zeichen macht er. Er führt die Faust zu seinem Herzen und beschreibt einen Kreis: »Es tut mir leid.«

»Ach, Georgy«, flüstert Jane, greift seine Hände und zieht sie an ihre Lippen. »Wir wissen, dass es nichts gibt, was dir leidtun müsste, glaub mir!«

Jack macht befremdliche Versuche, eine leichte Plauderei zu beginnen. »Er fragt dauernd, ob wir spazieren gehen können. Aber hier ist nicht viel mit Spazierengehen, was, Georgy?« Er lässt seinen Zeige- und Mittelfinger über die Handfläche der anderen Hand spazieren. »Manchmal gehen wir raus in den Hof, aber da laufen wir immer im Kreis, Runde um Runde, und ich glaube, das macht ihn nur noch unruhiger.«

Jane schluckt. Das ist vielleicht die einzige Gelegenheit. »Dir fehlt es doch gewiss auch, draußen zu sein, an der frischen Luft.«

Jack klopft sich auf den prallen Bauch. »Das kann man wohl sagen. Hier drin werde ich nämlich fett. Ich tu schon, was ich kann, um Mrs Trigg zu helfen, aber an manchen Tagen setzt sie morgens alles daran, als Erste am Feuerrost zu sein, bevor ich ihn für sie sauber machen kann.«

Auf Mrs Triggs Wangen erscheint ein roter Schimmer. »Na na, Mr Smith, Sie sind unser Gast! Da kann ich Sie doch nicht wie einen Diener arbeiten lassen.«

Janes Herz krampft sich zusammen. Es ist offensichtlich, dass Jack die Frau des Gefängnisdirektors mit seinem scheinbar sanftmütigen Gebaren umgarnt hat. »Was ich dich fragen wollte, Jack: Wo warst du eigentlich am Abend des Balls bei den Harcourts?«

Sein Ausdruck bleibt vage. »Was?«

»Jane«, sagt James leise in warnendem Ton.

Henry stakst an ihr vorbei. »Lass sie, James. Sonst gibt sie nie Ruhe.«

Sie alle starren sie an, James, Henry und Jack. Sie kommt sich winzig vor und so, als wäre sie endlos weit weg. »Wo genau bist du an dem Abend, an dem Madame Renard ermordet wurde, gewesen, Jack?«

»Na ja, wie ich schon gesagt habe. Ich hatte ein paar Besorgungen zu machen.«

Jane verkrampft beide Hände. »Ja, aber was für Besorgungen genau?«

»Da muss ich kurz überlegen. Ich habe der alten Witwe Littleworth ein bisschen Holz gebracht. Die wohnt draußen an der Straße nach Popham. Ganz allein, aber das wissen Sie ja. Und es war kalt geworden.«

»Hast du mit ihr gesprochen?« Jane wird in dem engen, feuchten Raum die Luft knapp.

Jack kratzt sich an der Schläfe. »Nein. Es war spät, und ich wollte sie nicht stören. Ich hab ihr einen kleinen Haufen vors

Cottage gelegt, damit sie es am nächsten Morgen gleich findet.«

Halb hofft Jane, dass er noch ein glaubwürdiges Alibi vorweisen kann. Das würde ihr nicht helfen, den Fall zu lösen, aber es würde sie von dem Schmerz befreien, den Freund aus Kindertagen zu verdächtigen. »Hat dich sonst irgendwer gesehen?«

»Das reicht, Jane«, fällt James ihr ins Wort. »Er hat dir gesagt, wo er war.«

Diesmal greift Henry nicht ein. Weitere Fragen werden ihre Brüder nicht zulassen. Eher schleppen sie sie eigenhändig aus der Küche von Mrs Trigg – und von Georgy weg.

»Nicht, dass ich wüsste. Kann sein, dass mich jemand gesehen hat, wie ich mit dem Karren aus dem Dorf raus bin.« Er reibt sich mit Daumen und Zeigefinger das Kinn. Seine Nägel sind bis ans Fleisch abgekaut. »Es tut mir leid, Miss Austen, wirklich.«

»Was denn?«, faucht sie und starrt ihn finster an. Sie ist wütend auf ihre Brüder, die ihr den Mund verbieten, und wütend auf Jack, der nichts vorzuweisen hat, das ihn von ihren Nachforschungen ausnehmen würde. Am wütendsten aber ist sie auf sich selbst, weil sie weder die Kraft noch die Mittel hat, Georgy aus diesem schrecklichen Loch herauszuholen.

Jack breitet die Arme aus und schreit: »Dass ich nicht da war und deshalb nicht für Georgy bürgen kann! Ich lasse ihn fast nie allein. Und wenn ich gewusst hätte, dass Mutter weggerufen wird, wäre ich an dem Abend niemals rausgegangen. Und wie er an diese Kette gekommen ist – darüber zerbreche ich mir die ganze Zeit den Kopf, aber ich weiß es beim besten Willen nicht.«

James legt ihm die Hand auf die Schulter. »Niemand macht dir Vorwürfe, Jack.«

»Das sollten Sie aber!« Seine Augen sind feucht. »Das ist meine Aufgabe, oder? Dafür zu sorgen, dass Georgy in Sicherheit ist. Und ich habe Sie im Stich gelassen, Sie alle.«

Nun seufzt James. »Nein, Jack. Wenn jemand Georgy im Stich gelassen hat, dann wir. Wir haben uns ehrlich bemüht, aber man kann sich nicht ununterbrochen um ihn kümmern.«

Seit seinen frühen Kindertagen ist es für Georgy am heilsamsten, in der Natur zu sein. Ungeachtet all der Behandlungen durch die verschiedensten Ärzte, die er im Lauf der Jahre über sich hat ergehen lassen, haben sich lange Spaziergänge an der frischen Luft als das Mittel erwiesen, das ihm am ehesten hilft, in einer stabilen Verfassung zu bleiben. Wie alle Brüder von Jane birst er vor Energie. Zwingt man einen Austen, lange in geschlossenen Räumen zu verweilen, ist üble Laune garantiert.

Als sie klein waren, hat Jane lange Schlechtwetterperioden gefürchtet, denn dann bestand ihre Mutter darauf, dass die Kinder im Pfarrhaus blieben. Die Jungen haben gnadenlos gerangelt, die Fußleisten ramponiert und Porzellan zerschlagen, so lange, bis Mr Austen erschien und drohte, ihnen mit einem Pantoffel das Hinterteil zu versohlen oder sie auf See zu schicken. Im Cottage haben Dame Culham und Jack immer dafür gesorgt, dass Georgy seinem Bewegungsdrang nachgeben konnte und sonst Ruhe und Frieden hatte. Unzählige Male hat Jane am Fenster gestanden und zugesehen, wie Georgy hinaus in den Regen lief und Jack ihm durch Matsch und Schlamm auf den Fersen blieb.

Tom hatte den Gedanken, dass Jack deshalb freiwillig bei ihrem Bruder im Gefängnis bleibt, um zu verhindern, dass der ihn belastet. Aber ohne Jack, der seine Zeichen versteht, wäre Georgy überhaupt nicht imstande, sich mit Fremden zu verständigen. Ein brennender Schmerz meldet sich in Janes

Magen, so als hätte sie zu viel gebratenen Speck gegessen. Dass Jack so zu Georgy hält, kann keine Hinterlist sein. So gnadenlos würde er die Austens nicht betrügen, würde er Jane nicht betrügen.

Als es Zeit für den Abschied ist, gibt Jane Georgy einen Kuss auf die feuchte Stirn und verspricht, dass sie sich bald wiedersehen. Im Stillen betet sie zu Gott, dass sie nicht zur Lügnerin wird. Georgy ergreift ihre Hand und drückt sie so fest, dass sie seine Finger vorsichtig von ihren lösen muss. Auf der Schwelle bleibt sie noch einen Augenblick stehen, bedankt sich überschwänglich bei Mrs Trigg, bringt es aber nicht über sich, ihren Bruder noch einmal anzuschauen. Sie würde bei seinem Anblick in Tränen ausbrechen.

Mr Trigg begleitet sie nach draußen, und Jane bemüht sich, tief und gleichmäßig zu atmen. Kaum geht die Haustür auf, fegt ihr ein eisiger Wind ins Gesicht und kühlt die heiße Tränenspur auf ihren Wangen. James lässt eine Goldmünze in Mr Triggs aufgehaltene Hand fallen. Der alte Mann nimmt sie mit Daumen und Zeigefinger, steckt sie sich in den Mund und beißt mit seinen Zahnstummeln darauf herum. Jane fällt ein, dass Georgy an jenem Morgen die gleiche Geste gemacht hat, und ihr dreht sich der Magen um.

Sie war so dumm!

Die Gebärde für »Plätzchen« kann man sich so leicht merken, weil der Ursprung so unappetitlich ist: Seeleute auf langer Fahrt klopfen Schiffszwieback, bevor sie ihn essen, gegen ihren Ellbogen, um die Käfer abzuschütteln, die sich vielleicht darin festgebissen haben. Deshalb sagt man »Plätzchen«, indem man den linken Arm quer über die Brust legt und zweimal gegen den Ellbogen klopft.

Als sie ihn an dem Morgen nach dem Mord bei Deane House aus dem Gebüsch kommen sah, wollte Georgy ihr nicht sagen, dass er hungrig war. Er hat ihr gesagt, dass er

Gold gefunden hatte. Wenn sie nur aufmerksam gewesen wäre, wenn sie wirklich genau aufgepasst hätte, was er ihr mitteilen wollte, hätte sie ihm – ihnen allen – diese entsetzliche Lage vielleicht ersparen können.

24. Kapitel

Als sie Steventon erreichen, hat Jane pochende Kopfschmerzen, und ihre Augen brennen, als hätte sie zu nahe an einem qualmenden Kamin gesessen. Der Himmel ist tintenschwarz. James reitet im Dunkeln weiter nach Overton, zu seinem eigenen Bett. Im Pfarrhaus sitzen Mr und Mrs Austen in Morgenrock und Nachthaube im Familiensalon und warten auf einen umfassenden Bericht über die Ereignisse des Tages. Jane lässt sich neben ihnen auf einen der harten Stühle fallen, stützt die Ellbogen auf den Tisch und birgt das Gesicht in den Händen.

Kurz darauf kommt Sally auf Zehenspitzen herein und bringt ein Tablett mit Brot und Käse.

Weder Jane noch Henry rührt etwas an. Jane drückt das schlechte Gewissen auf den Magen, Henry wendet sich lieber Mr Austens Portwein zu, starrt auf die verglühenden Scheite im Kamin und murmelt vor sich hin. Sobald sie unter sich sind, erklärt Jane unter Schluchzen, dass sie Georgy missverstanden hat, als er ihr zu sagen versuchte, dass er die Goldkette von Madame Renard draußen im Gebüsch gefunden hatte. »Es ist alles meine Schuld! Wenn ich nur richtig bei der Sache gewesen wäre, hätte ich gewusst, dass er nicht ›Plätzchen‹ sagen wollte.«

»Das darfst du dir nicht zum Vorwurf machen, Jane.« Mr Austen nimmt seine Brille ab und reibt sich die Nasenwurzel. »Du hast genauso viel oder wenig Schuld wie jeder Einzelne von uns. Wir haben alle Verantwortung für Georgy, und ich fürchte, wir sind ihr alle nicht gerecht geworden. Am wenigsten sein Vater.«

Aber Jane ist überzeugt davon: Wäre sie nicht wegen der Sache mit Tom so abgelenkt gewesen, hätte sie das schon vor Wochen begriffen. »Versteht ihr denn nicht? Ich habe zu Jack gesagt, dass Georgy wohl Hunger hat. Daraufhin hat Jack von Mrs Fletchers Pasteten gesprochen, und Georgy hat natürlich vergessen, was er mir sagen wollte. Stattdessen ist er fröhlich davonspaziert und hat sich auf etwas zu essen gefreut. Wäre ich ein bisschen aufmerksamer gewesen, hätte er uns die Kette gezeigt und wir hätten zu Mr Craven gehen und ihm sagen können, wo Georgy sie gefunden hatte. Wenn *wir* die Kette an Mr Craven übergeben hätten, wäre es etwas ganz anderes gewesen!«

Unter Mr Austens blauen Augen hängen dicke Tränensäcke. »Was geschehen ist, ist geschehen, mein Kind. Es hat keinen Sinn ...«

»Du musst sofort an Mr Hayter schreiben.« Mrs Austen walkt ihr Taschentuch zwischen den Fingern, zieht und presst die Spitzenränder, als müsste sie zwei Streifen Teig zusammenfügen.

»Das werde ich.« Mr Austen umfasst die rastlosen Finger seiner Frau.

»Wird es etwas nützen?« Sie senkt den Kopf und blickt stirnrunzelnd auf die von Leberflecken gesprenkelte Hand ihres Mannes.

Janes Herz ist schwer. Es ist zu spät, das weiß sie.

»Nun, es könnte sein ...«

Henry starrt düster in den Kamin. Das letzte Scheit ist verbrannt. Noch behält es seine Form, aber ein kurzes Stochern mit dem Schürhaken würde genügen, um die Glut zu

Asche zerfallen zu lassen. »Nein, wird es nicht. Es ist nicht richtig, ihr falsche Hoffnung zu machen, Vater.«

MrsAusten unterdrückt ein Schluchzen. MrAusten nimmt ihre beiden Hände in seine und sieht seinen Sohn streng an.

»Es ist, wie Jane sagt«, beharrt Henry. »Wenn wir damals gleich erfahren hätten, dass Georgy dort die Kette gefunden hat, wäre die Lage eine ganz andere. Jetzt können wir nichts mehr beweisen. Vielmehr sieht es so aus, als würden wir etwas erfinden, damit der Friedensrichter ihn freilässt. Und genau das tun wir ja auch.«

»Aber es ist die Wahrheit!« Jane reibt sich die Schläfen. Ihre Augen schmerzen selbst von dem matten Glühen im Kamin und den kleinen Lichtkreisen der Kerzen. »Der Mörder muss sie verloren haben, als er geflohen ist.«

Henry leert sein Glas und greift sogleich nach der Portweinflasche, um sich nachzuschenken. Mr und MrsAusten wechseln einen Blick, hüten sich aber, eine Bemerkung dazu zu machen, wie viel Lieutenant Austen trinkt. Er gießt sich das Glas randvoll und setzt den Stopfen gar nicht erst wieder auf die blaue Flasche. »Jedenfalls hättest du Jack Smith nicht die Daumenschrauben anlegen müssen.«

»Jane, das hast du hoffentlich nicht getan?« MrAustens Ton ist ungewohnt scharf. »Ich habe gesagt, du sollst das bleiben lassen.«

Das Pochen in Janes Kopf wird schlimmer. »Das alles heißt nicht, dass Jack es ganz bestimmt nicht getan hat, sondern nur, dass er, sollte er es gewesen sein, die Kette auf der Flucht verloren hat. Dann hat Georgy sie eben im Gebüsch gefunden und nicht zwischen Jacks Sachen.«

Aus dem Flur dringt ein erstickter Schrei.

Alle Austens drehen sich gleichzeitig um und blicken zur Tür. Sie ist nur angelehnt.

»War das Sally?«, fragt Jane überflüssigerweise. Wenn es nicht Sally war, hätte sie endlich einen Beweis dafür, dass es im Pfarrhaus spukt.

Mrs Austen senkt die Stimme. »Langsam glaube ich, dass du recht hast, Jane. Irgendetwas liegt ihr auf der Seele. Ich hoffe nur, sie trägt sich nicht mit dem Gedanken, uns nach Mariä Verkündigung zu verlassen.«

»Ich spreche mit ihr. Vielleicht finde ich heraus, was es ist.« Jane erhebt sich und ergreift das Tablett, von dem niemand etwas genommen hat.

Sally steht, mit dem Rücken zur Tür, in der Küche und trocknet Besteck ab, das sie anschließend in den in die Wand eingelassenen Schrank wirft. Unter ihrem Häubchen schauen zarte schwarze Strähnen heraus. Jane bugsiert das Tablett auf den blank gescheuerten Tisch, indem sie einen gefährlich hohen Stapel sauberer Teller beiseiteschiebt. Sally schnieft und wischt sich über die Wange.

»Danke, dass du uns noch ein Nachtmahl serviert hast, Sally. Leider haben wir gar nichts gegessen. Es war ein aufreibender Tag, und mir ist bei alldem der Appetit vergangen.«

Sally dreht sich noch weiter von ihr weg, mit einem solchen Ruck, dass sich das spitze Schulterblatt unter dem Wollkleid abzeichnet.

»Ich wollte schon lange einmal mit dir sprechen … wollte fragen, ob du dich nicht wohlfühlst. Du scheinst in letzter Zeit … nicht gut aufgelegt.«

»Es geht mir gut, Miss«, murmelt Sally und wirft Löffel und Gabeln in den Schrank, ohne die Teile in die einzelnen Fächer zu sortieren.

Jane streckt die Hand nach ihr aus, doch noch ehe sie Sallys Arm berührt, weicht diese noch weiter zurück.

»Ich sehe doch, dass etwas nicht stimmt. Was es auch ist, du weißt, dass du immer mit mir sprechen kannst, Sally«, beharrt Jane. Sally aber senkt nur den Kopf, sodass ihr das feine Haar ins Gesicht fällt. »Ärgerst du dich über etwas, das meine Mutter gesagt hat? Sie ist manchmal etwas geradeheraus, ich weiß, aber sie hält große Stücke auf dich. Das tun wir alle.«

»Ihre Mutter?«, faucht Sally und starrt Jane böse an. »Ihre Mutter ist nicht diejenige, die herumläuft und Leute beschuldigt.«

Bestürzt weicht nun Jane einen Schritt zurück. »Sally! Was ist los?«

»Nichts, Miss.«

Aber es ist nicht nichts, daran besteht kein Zweifel. Sally wirkt wie ein verängstigtes Huhn, das die Flügel anlegt und sich tot stellt. Jane schluckt. Wenn sie Sally nicht noch mehr verschrecken will, muss sie behutsam vorgehen. »Du weißt etwas, oder? Wenn es mit dem Mord zu tun hat, solltest du es mir sagen. Das ist wichtig, Sally. Georgys Leben steht auf dem Spiel.«

Jetzt hebt Sally den Blick. Ihr Atem geht stoßweise.

»Du bekommst keinen Ärger, das verspreche ich dir. Wir müssen es nur wissen.«

»Ich weiß überhaupt nichts, Miss. Außer, dass …« Sie dreht das Geschirrtuch mit beiden Händen zusammen. »Ich weiß, wer es ganz bestimmt nicht getan hat. Wer es nicht getan haben kann, weil er hier war, bei mir, am Abend und die ganze Nacht.«

Jane schaut sie erwartungsvoll an.

Schweigend knetet Sally das Tuch und erwidert den Blick mit ernster Miene. Schließlich formt sie mit den Lippen ein lautloses *Jack*.

»Jack? Jack Smith?«, wiederholt Jane, und Sally nickt. »Jack Smith war an dem Abend, als bei den Harcourts der Ball stattfand, hier? Warum hat er das denn nicht gesagt?«

»Weil er nicht will, dass ich mit Ihrem Vater Ärger kriege … weil ich heimlich einen jungen Mann mit in meine Kammer genommen habe.«

»Oh!« Als sie endlich begreift, schlägt Jane die Hand vor den Mund. Jack Smith hat die Nacht mit Sally verbracht. Nicht nur den Abend, die Nacht. In dem winzigen Zimmer unterm Dach, im Haus der Austens. In ein und demselben schmalen Bett.

»Ich hab die Hühner für die Nacht in den Stall gebracht, wissen Sie, und da kam er zufällig vorbei. Es dämmerte schon, und er war mit einem Karren Feuerholz auf dem Weg zu Witwe Littleworth. Er ist immer so gut. Kümmert sich um alle, ohne dass man ihn um etwas bitten muss. Also hab ich gesagt, dass er auf dem Rückweg hereinkommen soll, dass ich dann einen Krug Ale für ihn habe. Und dann, na ja, alle wollten ausgehen, und Ihre Eltern wollten nur ein kaltes Abendbrot.« Sie holt tief Luft und richtet sich auf. »Dann hab ich ihn eben eingeladen, über Nacht zu bleiben.«

»Oh.« Jane legt die Hände an die Wangen, um sie zu kühlen. Jack unter demselben Dach wie sie, die ganze Nacht, mit Sally. »Ich wusste noch nicht einmal, dass ihr miteinander bekannt seid.«

»Bekannt? Wie oft sind Sie schon hier in die Küche gekommen und haben uns ertappt, wie wir uns geküsst haben? Jack und ich gehen seit Monaten miteinander, das ist kein Geheimnis. Das ganze Dorf weiß es. Wir Dienstboten haben auch ein Leben, Miss Austen, auch wenn wir in Ihren Augen so weit unten stehen, dass Sie es gar nicht mitbekommen.«

Jane fährt zurück. »Das ist ungerecht. Meine Mutter hat mir beigebracht, dass es sich nicht gehört, in den persönlichen Angelegenheiten der Hausangestellten herumzuschnüffeln.«

Sally hebt den Kopf. In ihren dunklen Augen funkelt

Trotz. »Nun haben Sie mich ja endlich dazu gebracht, es zu sagen. Und es tut mir nicht leid. Jack Smith könnte keiner Menschenseele was zuleide tun. Und diese Frau in Deane House hat er ganz bestimmt nicht totgeschlagen, weil er eben Witwe Littleworth Feuerholz gebracht hat und danach hier war, bei mir. Die ganze Nacht. Erst im Morgengrauen ist er gegangen. Und wenn Sie es wagen, ihn zu bezichtigen«, sie zeigt mit dem Finger auf Jane, »dann sage ich vor Gericht für ihn aus, das schwöre ich. Auch wenn ich dann zehnmal meine Stelle und meinen guten Namen verliere.«

»Mein Gott, Sally, warum hast du das denn nicht schon viel früher gesagt?«

»Jack hat mir eine Nachricht geschickt, dass ich es nicht sagen soll. Er weiß, dass ich es mir nicht leisten kann, ohne Empfehlungsschreiben fortgeschickt zu werden. Wir haben Pläne, wir zwei, wissen Sie, wir wollen ein besseres Leben. Irgendwann einmal ein eigenes Zuhause. Eine Familie. Deshalb kann ich nicht einfach stumm danebenstehen, wenn Sie behaupten, dass dieser gute, ehrliche, sanftmütige Mann so ein schreckliches Verbrechen begangen hat.«

Jane lehnt sich an die Tür. Dann hat Jack also Mr Austen um ein Darlehen für den Erwerb der Sau gebeten, weil er hofft, Sally heiraten und eine eigene Familie ernähren zu können. »Fortgeschickt? Sally, ich werde niemandem etwas sagen.«

»Nicht?«

»Natürlich nicht.« Jane presst die Handfläche gegen die Stirn. »Abgesehen davon könnten deine Verehrer hier an der Küchentür Schlange stehen und meine Mutter würde darüber hinwegsehen, wenn es ihr dadurch erspart bliebe, ein neues Hausmädchen suchen zu müssen.«

»Oh, da bin ich froh.« Sally lässt die Schultern sinken. »Und Sie werden nicht länger sagen, dass Jack etwas mit diesem Mord zu tun hat?«

Jane nickt. »Eigentlich habe ich ihm ein so hinterhältiges Verbrechen nie zugetraut. Du hast ganz recht, er ist ein guter Mann. Es ist nur ...« Sie denkt an Jacks ängstliches Gesicht, als sie ihn fragte, wo er an jenem Abend war. Es war falsch, ihn zu verdächtigen. Jack war ihrem Bruder sein Leben lang ein guter Freund, und sie hat ihn in dem Glauben zurückgelassen, dass die Austens ihm die Schuld an Georgys schlimmer Lage geben. »Ich bin verzweifelt, ich möchte meinen Bruder retten, und dafür muss ich jede Möglichkeit in Betracht ziehen. So arbeitet mein Verstand nun einmal, verstehst du, ich muss die verschiedenen Geschichten alle zu Ende denken, um zu begreifen, wie und warum etwas geschehen ist.«

»Hm. Wenn ich so frei sein darf, Miss ... vielleicht sollten Sie versuchen, Ihrem Verstand eine Pause zu gönnen und einen Teil der Arbeit Ihrem Herzen oder Ihrem Körper zu überlassen.«

»Wenn ich das nur könnte. Aber ich fürchte, mein Verstand ist wie ein Spinnrad, das niemals stillsteht. Wie sehr ich mich auch bemühe, es anzuhalten, es dreht und dreht sich und bringt diesen endlosen Gedankenfaden hervor. Es gibt nur eins, was mich davor bewahrt, mich darin zu verheddern: Ich muss alles aufschreiben.« Wie um zu zeigen, was sie meint, holt sie ihr Notizbuch hervor. Seite um Seite ist mit Überlegungen zu dem Mord gefüllt.

Sally blickt so befremdet auf das unentzifferbare Gekritzel, dass Jane sich vorkommt wie eine Närrin und das Buch wieder einsteckt. Sie versichert mehrmals, bei ihrem Leben, dass sie niemandem je von dem geheimen Beisammensein des Dienstmädchens mit Jack Smith unter dem Dach der Austens erzählen wird, und wünscht Sally eine gute Nacht.

Auf dem Treppenabsatz durchfährt sie ein solcher Schreck, dass sie sich am Geländer festhalten muss.

Cassandra hat Sally das Lesen beigebracht. Jane kann nur hoffen, dass diese nie beschließt, in Mr Austens Zimmer in St. Nicholas Staub zu wischen. Sollte sie dabei nämlich zum Spaß im Kirchenbuch blättern, würde sie dahinterkommen, dass Jane einst, als sie noch sehr jung und albern war und sich ständig ausmalte, welche Wendungen ihr Leben nehmen könnte, die Probeseite des Trauregisters benutzt hat, um sich selbst von »Miss Jane Austen« in »Mrs Jack Smith« zu verwandeln.

Wie entsetzlich peinlich! Sie darf nicht vergessen, ihren Vater gleich morgen früh um die Erlaubnis zu bitten, die Seite herauszureißen und zu verbrennen, damit ihre Narretei nicht bis in alle Ewigkeit aufbewahrt wird.

An den folgenden Tagen steht Jane immer früher und früher auf, weil sie hofft, endlich herauszufinden, wer Zoë Renard die Blumen aufs Grab legt. Eines Morgens trifft sie im Familiensalon auf Mr Austen, der bereits seinen Talar übergeworfen hat. »Wo gehst du hin?« Sie nimmt sich eine Scheibe Toast von dem Ständer auf dem Tisch und mustert ihren Vater in dem für die frühe Stunde ungewohnten Aufzug. Normalerweise sitzt er im Hausrock da und studiert die Zeitung, bis sie mit dem Frühstück fertig sind und der Tisch abgeräumt ist.

Anna sitzt mit roten Bäckchen in ihrem Hochstuhl und kaut auf einem Knochen-Beißring, den Frank ihr geschnitzt hat. Mrs Austen starrt ins Leere. Anders als ihr Mann ist sie noch im Nachtgewand und trägt eine Nachthaube über dem silbergrauen Haar. In einer Hand hält sie eine Schüssel mit Porridge, die andere schwebt mit einem Löffel auf halbem Weg zwischen der Schüssel und Annas Mund.

Mr Austen erhebt sich. »In die Kirche natürlich.« Sanft führt er die Hand seiner Frau mit dem Löffel zu Annas

Mund. Die Kleine öffnet die Lippen ein wenig, lässt den Beißring aber nicht los, sodass ihre Zähnchen am Ende beide Werkzeuge festhalten.

Jane knabbert an ihrem Toast. Seit sie »Jack Smith« von ihrer Liste der Verdächtigen gestrichen hat, ist ihr leichter ums Herz. Jetzt stehen da nur noch drei Namen, und diese Leute sind eng miteinander verbunden: Sir John, Mrs Twistleton und Jonathan Harcourt. Sind sie alle drei beteiligt? Haben Sir John und Mrs Twistleton die Geschichte von Vagabunden im Wald erfunden, um Jonathan zu schützen? Oder haben sie Jonathans Geliebte ermordet, um ihre eigenen Machenschaften verborgen zu halten? Jane muss im Geflecht all dieser Täuschungen den losen Faden finden und so lange daran ziehen, bis die Lügen freigelegt sind.

»Für einen Morgengottesdienst Mitte der Woche ist es aber noch zu früh.« Jane streichelt Anna den flaumigen Kopf und schaut ihren Vater fragend an.

»Das stimmt, aber ich habe eine Trauung.« Mr Austen zupft sein Beffchen zurecht und nimmt den Schaufelhut vom Ständer.

»Ich kann mich gar nicht erinnern, dass ein Aufgebot verlesen worden wäre?«

Er setzt sich den Hut auf den gepuderten Zopf und zwinkert ihr zu. »Das liegt daran, dass das Hochzeitspaar eine Lizenz hat. Komm doch mit. Vielleicht hilft das deinem Glauben an die wahre Liebe auf. Außerdem brauche ich möglicherweise eine Zeugin. Den Küster kann ich nicht noch einmal bitten, er hat letztes Mal Erde über das Kirchenbuch gekrümelt.«

»Warum meinst du, dass meinem Glauben aufgeholfen werden muss?«

Weder ihr Vater noch ihre Mutter hat über das plötzliche Verschwinden ihres irischen Freundes je ein Wort verloren, aber ihr ist wohl bewusst, dass beide sie hin und wieder mit ungewohnt ernster, mitfühlender Miene ansehen. Vermutlich hat einer ihrer Brüder die Eltern darüber ins Bild gesetzt, auf welch demütigende Weise ihr das Herz gebrochen worden ist. Abgewiesen zu werden ist schlimm, aber bemitleidet zu werden ist noch tausendmal schlimmer.

»Ach, meine liebe Jane.« Mr Austen legt seiner Frau die Hand auf die Schulter, beugt sich vor und küsst sie sanft auf die Stirn. »Ich fürchte, im Augenblick würde ein kleines Zeichen, dass der Herrgott uns nicht vergessen hat, uns allen guttun.«

Mrs Austen wendet den Blick nicht von Anna, als sie sagt, nein flüstert: »Vielleicht sollte er auf schuldig plädieren.«

»Nein«, erwidert Mr Austen scharf.

Ohne den Kopf zu heben, schabt Mrs Austen die Reste von Annas Frühstück mit dem Löffel zusammen. »Aber, mein Lieber, selbst Botany Bay muss doch besser sein als … das andere.«

»Wollt ihr mich mit Georgy in die Kolonien schicken?«, wirft Jane ein. Es ist ein Versuch, die Stimmung aufzuhellen.

»Nein. Womöglich würden sie dich sofort zurückschicken.« Mrs Austen schüttelt müde den Kopf. »Bezahlen wird Neddy, aber James wird derjenige sein, der mitgeht.«

»Ich habe Nein gesagt.« Der Ton ihres Vaters ist so harsch, dass Jane zusammenzuckt.

Mrs Austen dagegen ist zu weit weg, um es auch nur zu bemerken. Sie starrt Anna so abwesend an, dass Jane förmlich vor sich sieht, welche schonungslos nüchternen Überlegungen sie anstellt. Und sie weiß, dass ihre Mutter recht hat. Neddy würde bezahlen, und James, Gott segne ihn, würde ohne jede Frage mitfahren. Als Hilfspfarrer des eigenen Vaters ist er der einzige unter Janes Brüdern, der sicher sein kann, dass sein Dienstherr ihn gehen lässt. Allerdings hat

Jane noch nie erlebt, dass ihre Eltern in einer so grundlegenden Frage unterschiedlicher Meinung gewesen wären. Bitte, lieber Gott, gib, dass sie sich wegen ihrer Liebe zu Georgy nicht am Ende noch entzweien!

Sie folgt dem Vater in die Diele. Geduldig wartet er, bis sie ihre Stiefel angezogen hat. Man hätte meinen können, sie seien endgültig hinüber, doch Sally hat den Schlamm abgebürstet und das Leder poliert und die abgewetzten Spitzen mit selbst gemachter schwarzer Farbe eingerieben.

Vielleicht ist das ein Wink, dass Sally ihr die zeitweiligen Zweifel am Leumund ihres Liebsten verziehen hat. Entweder das, oder sie hat immer noch Angst, Jane könnte ihrem Vater von dem Stelldichein im Pfarrhaus erzählen.

Mr Austen schließt die Hintertür auf, und sie tritt ins Freie.

Auf dem Weg durch Garten und Hof spürt sie die Kälte im Gesicht. Die Temperatur muss in der Nacht unter den Gefrierpunkt gesunken sein, das Gras ist von Raureif überzogen, und die Brombeerranken bilden ein eisglitzerndes Gewirr. Mr Austen geht voran, schmal und gerade aufgerichtet. Trotzdem sieht man ihm an, dass er alt wird. Er ist fünfundsechzig.

Am Haupteingang von St. Nicholas steht Mr Fitzgerald, warm eingepackt in seinen schwarzen Mantel, einen Dreispitz auf dem Kopf. Er atmet weiße Wölkchen in die Luft, stampft mit den Füßen auf und schlägt die behandschuhten Hände aneinander. Sein Jagdpferd ist am Friedhofstor angebunden. Es reckt den Kopf nach unten und knabbert an den vereisten Grashalmen entlang des Zauns.

Jane lächelt Mr Fitzgerald zu und formt im Rücken ihres Vaters mit den Lippen ein *Tut mir leid*. Mr Fitzgeralds Gesicht bleibt ausdruckslos. Jane nimmt das hoffnungsfroh als Zeichen, dass er ihr verziehen hat, ihn des Mordes beschuldigt zu haben. Von Sittenlosigkeit ganz zu schweigen. So viel

Vergebung – wo bliebe Jane ohne die christliche Milde ihrer Bekannten? Wahrscheinlich wäre sie längst aus dem Dorf verbannt und müsste als Einsiedlerin im Wald leben.

»Meinen Glückwunsch, Sir.« Mr Austen nimmt die Hand des jungen Mannes und klopft ihm freundlich auf den Rücken. »Nun sind Sie einer von uns, was? Willkommen.«

Und als er ihm die Hand kräftig schüttelt, erscheint ein stolzes Lächeln auf Mr Fitzgeralds Gesicht. Oben am Ausschnitt des schwarzen Mantels blitzt sein Beffchen hervor, strahlend weiß und ordentlich gestärkt, wohingegen das von Janes Vater mit den Jahren leicht vergilbt ist und weich auf dem Talar liegt. Mr Austen schließt die Eichentür unter dem romanischen Bogen auf, und Jane tritt ein.

Die Männer verneigen sich vor dem Altar, Jane schlüpft in eine Bank hinten im Kirchenschiff. Gemeinsam knien die beiden Geistlichen zum Gebet nieder, dann zünden sie die großen Bienenwachskerzen in den Silberleuchtern an und legen die King-James-Bibel auf dem Altar bereit.

Jane nimmt an, dass Mr Fitzgerald als zweiter Zeuge dienen und ihren Vater beim Walten seines Amtes beobachten wird, bevor er selbst das erste Mal eine solche Zeremonie vollzieht. Sie blickt zu den funkelnden Buntglasfenstern auf und denkt daran, was für einen Wind James damals gemacht hat, als er direkt nach der Ordination die ersten eigenen Gottesdienste hielt. Man hätte meinen können, er spräche für das Theatre Royal vor. Anders als ihr Vater hält James jede Woche eine neue Predigt, manchmal lässt er auch seine Notizen Notizen sein und improvisiert mutig von der Kanzel herab. Aber James hatte schon immer eine theatralische Ader, bereits mit zwölf hat er unerschrocken in der Scheune eine eigene Bühne eröffnet. Jane war noch zu klein, um besetzt zu werden. Stattdessen sah sie gebannt zu, wie Eliza alle anderen an die Wand spielte.

Die Tür geht auf. Herein kommt Sophy Rivers, wie gewohnt in ihrem Reitkostüm. Sie muss Mr Fitzgeralds Pferd gesehen haben und hofft wohl auf eine heimliche Zusammenkunft.

Aber nein, gleich nach ihr erscheinen Clara und die weiteren Rivers-Schwestern.

Die vier jungen Mädchen sind vom Alter her sehr dicht beieinander und sehen nahezu gleich aus. Wie eine Papierfigurenkette stolpern sie hinter Sophy, die den schwarzen Netzschleier an ihrem hohen Hut hochschlägt, kichernd in den Mittelgang.

»Douglas!« Sophys Augen blitzen, warme Röte steigt ihr in die Wangen.

Jane hält die Luft an. Was wird Sophy sagen, wenn sie sieht, dass Mr Fitzgerald nicht allein ist? Nun kommt auch noch Mrs Rivers in die Kirche und lässt die schwere Tür hinter sich zufallen. Es kann doch nicht sein, dass Sophy ihre Mutter und ihre Schwestern zu einem heimlichen Stelldichein mitgebracht hat!

»Sophy.« Mr Fitzgerald löst sich vom Altar und eilt den Gang hinunter.

Auf halber Strecke treffen sie aufeinander, nehmen sich bei den Händen und strahlen einander an. Die Morgensonne erreicht die Buntglasfenster, und das Paar wird zur Silhouette vor einem Kaleidoskop aus vielfarbigem Licht.

Jane presst die Hand vor den Mund. Endlich begreift sie: Sophy und Mr Fitzgerald sind alles andere als zufällig hier, sie sind die Braut und der Bräutigam. Ihr ist, als vollziehe sich vor ihren Augen ein Wunder. Eine große Ruhe durchströmt sie. Was hier geschieht, ist das einzig Richtige. Dass die beiden endlich vereint sind, ist Balsam für Janes ruhelosen Geist.

Während die Damen Rivers in der ersten Reihe Platz nehmen, treten Sophy und Douglas Hand in Hand vor den Altar, und Janes Vater beginnt. Es ist unschwer zu erkennen, woher James seine Redegabe hat. Mr Austen mag zwar immer wieder dieselben Predigten halten und wagt sich nie ans Improvisieren, aber es ist unmöglich, vom Klang seines warmen Baritons nicht ergriffen zu sein. Während die Brautleute ihr Ehegelübde ablegen, flüstern Sophys Schwestern miteinander und hüpfen aufgeregt in der Bank auf und ab. Und als Mr Austen Douglas und Sophy zu Mann und Frau erklärt, zieht sogar Mrs Rivers ihr Taschentuch hervor und tupft sich die Wange.

Dass sie sich so unumwunden für die Neuvermählten freut, überrascht Jane selbst. Statt vor Neid zu vergehen, ist vielmehr auch sie zu Tränen gerührt. Ihr Vater hatte recht. Es wärmt ihr das Herz, dass zwei Menschen, die danach streben, zusammen zu sein, mit Geduld, Ausdauer und schierer Hartnäckigkeit alle Standes- und sonstigen Hindernisse zu überwinden vermögen.

Es kommt nur darauf an, dass man es wirklich will.

Bedauerlicherweise scheint Tom sie nicht zu wollen, aber das heißt nicht, dass die Liebe nicht in der Lage wäre, über alles andere zu triumphieren. Sie folgt der Hochzeitsgesellschaft hinaus auf den Kirchhof. Der Himmel ist leuchtend blau, der letzte Frost in der Sonne geschmolzen. Clara gibt ihr eine Handvoll Reis, und sie mischt sich unter die anderen und wirft die Körner in die Höhe.

»Miss Austen?« Die frischgebackene Mrs Fitzgerald lässt die Hand ihres Mannes los, nimmt Jane beim Ellbogen und zieht sie ein Stück beiseite. »Was machen Sie denn hier?«

»Ach …« Jane ist verlegen. Plötzlich hat sie das Gefühl, wieder in einen verschwiegen-seligen Augenblick hineinzuplatzen, wie in der roten Scheune. »Mein Vater bat mich, mitzukommen und Zeugin zu sein. Ich wusste nicht, dass Mr Fitzgerald und Sie das Brautpaar sein würden.« Sie senkt die Stimme. »Glauben Sie mir, es tut mir unendlich leid, dass ich so vorschnelle Schlüsse gezogen habe. Ich habe zu niemandem ein Wort darüber verloren ...«

Sophy hebt abwehrend die behandschuhte Hand. »Es ist gut. Keine Geheimnisse mehr. Da Sir John nun wegen seiner Schulden sogar im Gefängnis sitzt und ich mich hartnäckig geweigert habe, Mr Harcourt zu heiraten, ist meine Mutter schließlich zur Vernunft gekommen und hat eingewilligt, dass Douglas und ich in aller Stille heiraten und dann von hier fortgehen.«

Jane lächelt. »Ich freue mich sehr für Sie, Sophy. Für Sie beide, wirklich!«

Sophy erwidert das Lächeln, doch ihr Blick bleibt wachsam. »Danke, Jane. Wir wollen aber jedes Aufsehen vermeiden, damit der Skandal um meine kurze Verbindung mit den Harcourts meine Schwestern nicht in ihrem gesellschaftlichen Vorankommen behindert. Mutter fährt mit ihnen für die Saison nach London. Die Armen.«

Jane blickt hinüber zu den übrigen Rivers-Töchtern und wünscht, sie hätte wenigstens halb so vielversprechende Aussichten. Was würde sie dafür geben, den Winter in der Stadt verbringen, sich jeden Abend herausputzen und tanzen zu können! Eine bessere Medizin für ihr müdes Herz kann sie sich nicht vorstellen. »Oje. Ich hoffe, sie tragen es mit Fassung.«

Sophy blickt stirnrunzelnd an ihrem Reitkleid hinab. »Sie müssen mich für eine recht glanzlose Braut halten.«

»Ich habe Sie noch nie so strahlend gesehen.« Jane lächelt.

Sophy strafft die Schultern und hebt den Kopf. Ihre Augen leuchten selbstbewusst. Sie ist eine Frau, die für das Leben, das sie sich wünschte, gekämpft – und gewonnen hat.

»Douglas und ich wollen gleich nach Falmouth und dort aufs Schiff.«

»Schiff? Gehen Sie am Ende doch nach Jamaika?«

»Nein.« Sophy schüttelt so entschieden den Kopf, dass ein paar Reiskörner aus ihrem Schleier zu Boden fallen. »Nein, nach Oberkanada. In einen Ort namens York. Wir wollen ganz neu anfangen, und Douglas hat von der Anglikanischen Mission dort eine Stelle angeboten bekommen.«

Jane nimmt Sophys Hand. »Wie wunderbar. Ich habe gehört, die Landschaft ist spektakulär.« Insgeheim kann sie nicht anders als sich wundern, wie Sophy sich freiwillig so weit von ihren Schwestern entfernen kann. Sie selbst kommt nur mit Mühe damit zurecht, dass Cassandra gerade mal drei Grafschaften weit weg ist. Läge ein ganzer Ozean zwischen ihnen, würde sie wohl in ihrer Verzweiflung ertrinken.

Schaudernd macht sie sich klar, dass sie, wenn sie so dumm gewesen wäre, mit Tom durchzubrennen, bevor sie sich ein eigenes Zuhause leisten konnten, sehr leicht nach Irland hätte verfrachtet werden können, wo sie hätte ausharren müssen, während er hier seine Laufbahn verfolgte. Schließlich hätte sie seine Kinder nicht in den Räumen im Lincoln's Inn großziehen können. Wenn, oder eher: sobald sie schwanger geworden wäre, wäre ihr nichts anderes übrig geblieben, als bei Toms Familie zu leben. Dabei gelingt es ihr ja gerade einmal, mit ihrer eigenen Matriarchin auszukommen, wie sehr hätte sie an sich arbeiten müssen, um mit Toms Mutter unter einem Dach leben zu können? Von seinen fünf älteren Schwestern gar nicht zu reden.

Sophy nickt. Dann löst sie ihre Finger aus Janes Griff und kehrt an die Seite ihres Ehemanns zurück. Mr Fitzgerald unterhält sich lachend mit Clara. Er legt Sophy den Arm um die Schultern, zieht sie an sich und gibt ihr einen Kuss auf die Stirn. Sophy birgt das Gesicht an seinem Revers.

Da sie nicht noch mehr stören möchte, als sie es ohnehin getan hat, zieht Jane sich zurück. Sie durchquert den Kirchhof und vergisst um ein Haar, nach Zoë Renards Grab zu schauen. Als ihr das einfällt, begibt sie sich auf Zehenspitzen hinüber zu der Stelle. Sie hält die Luft an. Am Rand des frischen Erdhügels liegen in gleichmäßigen Abständen drei Orchideenblüten. Die cremeweißen Blätter sind braunrot gesprenkelt. Wie von getrocknetem Blut.

Jane läuft ein eisiger Schauer über den Rücken. Sie weiß in ganz Hampshire nur einen Ort, an dem Orchideen wachsen. Es ist das Gewächshaus von Deane House.

Sir John ist im Schuldgefängnis eingesperrt, er kann die Blüten nicht hierhergebracht haben. Lady Harcourt verlässt kaum je das Haus, und hätte sie es doch einmal getan, hätten sie im Pfarrhaus ihre Kutsche gehört. Dass Mrs Twistleton nächtens allein hierherkommt, ist unwahrscheinlich. Von Deane House bis zum Kirchhof ist es ein ziemlicher Weg, und soweit Jane weiß, reitet Mrs Twistleton nicht. Niemand sonst von den Bediensteten würde es wagen, so seltene und kostbare Blüten abzuschneiden.

Es kann nur Jonathan Harcourt sein.

Außerdem würde es genau zu Jonathan mit seiner künstlerischen Ader passen, dass er Tag für Tag in sein Treibhaus geht und die drei schönsten Blüten abschneidet. Jane sieht ihn vor sich, wie er die Gänge mit den Regalen voller Tontöpfe abschreitet und nach den besten Exemplaren Ausschau hält. Wie er die Blüten nach ihrem Farbreichtum beurteilt und die einzelnen Blütenblätter auf mögliche Schäden untersucht, bevor er die Auserwählten schließlich mit einer silbernen Schere von den Stängeln trennt.

Wie er die Gabe mit seinen langen weißen Fingern in ein Taschentuch wickelt und einsteckt, wobei er gut darauf achtet, die zarten Blüten nicht zu zerdrücken. Wie er zum Kirchhof reitet, zu Madame Renards Grab eilt, ohne einen Gedanken an Grasflecken auf seiner Nanking-Kniehose niederkniet und die drei Blüten sorgfältig auf der Erde arrangiert, als würde er ein Gemälde komponieren.

Es ist Jonathan Harcourt, der die Blumen hinlegt. Das beweist, dass er Madame Renards Geliebter und der Vater ihres ungeborenen Kindes war. Damit klammert Jane sich nicht länger an Strohhalme oder lässt zu, dass die Fantasie mit ihr durchgeht. Er ist der Einzige, der sowohl Zugang zu Orchideen als auch die Möglichkeit hat, nachts allein auf den Friedhof zu kommen und unbeobachtet die Blüten zu drapieren. Es war ein Fehler, dass sie sich den Verdacht gegen Mr Harcourt so schnell von Tom hat ausreden lassen.

Aber das alles reicht nicht für die Rettung ihres Bruders. Damit er die Anklage gegen Georgy fallen lässt, verlangt Mr Craven einen physischen Beweis, der den wahren Übeltäter mit dem Verbrechen in Verbindung bringt, oder ein schriftliches Geständnis. Würde sie dem Friedensrichter mit einer Blume kommen, verfiele er vermutlich auf die Idee, *sie* in die Irrenanstalt zu stecken. Sicher könnte sie auf eine Verbindung zwischen Mr Harcourt und Madame Renard verweisen, aber dass Mr Harcourt die Frau ermordet hat, dafür hat sie keinen Beweis. Es ist genau, wie Eliza gesagt hat: Wenn sie einen Mörder fangen will, muss sie sich mehr ins Zeug legen.

8. An Cassandra Austen

Liebste Cassandra,

mehr denn je bin ich davon überzeugt, dass Jonathan Harcourt Madame Renards Liebhaber war, aber woher soll ich wissen, ob er sie umgebracht hat? Mit jeder Stunde, die vergeht – und der Februar rückt immer näher –, sinkt mein Mut. Ich war in Winchester. Der liebe Georgy hält sich, so gut es eben geht. Frag nicht nach Einzelheiten, denn ich will nicht lügen. Jack Smith hat ein Alibi. Du würdest es nicht gutheißen, wenn ich Dir erzählen würde, welcher Art es ist, was ich nicht kann, denn ich habe Verschwiegenheit geschworen. Was ich Dir aber schreiben kann, ist, dass Sallys Schusseligkeit bei der Pflege unserer Kleider vermutlich einem schweren Fall von Liebeskrankheit zuzuschreiben ist. Es war falsch, dass ich Jack verdächtigt habe. Er ist unserem Georgy sein Leben lang ein treuer Freund gewesen. Ich bitte aufrichtig um Entschuldigung, dass ich mit dem Schreiben so säumig war. Du musstest viele Tage auf ein Zeichen von mir warten, ich weiß, aber die Verzweiflung beginnt mich zu lähmen. Ich will nicht versuchen, das Ausmaß meiner Niedergeschlagenheit vor Dir zu verbergen, liebste Schwester. Du wirst Dich amüsieren, wenn ich Dir sage, dass ich neulich tatsächlich im Familiensalon vor Deinem Mustertuch stand und darüber nachgedacht habe, ob ich mich nur von ganzem Herzen auf den Herrn verlassen müsste, damit er mir die Antwort zeigt. Ich hoffe, dieser Brief erreicht Dich, bevor das Wetter noch schlechter wird und die Straßen blockiert sind. Wenn Du kannst, schreib bald zurück!

Ich bleibe Deine Dich liebende Schwester
J. A.

PS: Bitte verbrenn diesen Brief, ja?

An Miss Austen
bei Rev. Mr Fowle
Kintbury
Newbury

25. Kapitel

Bei Anbruch der Dämmerung sitzt Jane im Ankleidezimmer und füllt Seite um Seite mit ihrer winzigen, stark geneigten Schrift. *Lady Susan* braucht
einen Schluss, aber Jane findet keinen. Sie bringt es nicht
über sich, ihre abgefeimte Heldin mit einem Mann zu verheiraten, der ihres scharfen Verstands nicht würdig ist. Und
welcher Mann wäre das schon? Also lässt sie Lady Susan mit
ihrem Liebhaber schäkern, während ihre Freundin dessen
Rivalen ablenkt. Sie schreibt mit der Tinte, die sie sich aus
Schlehen gekocht hat, angereichert mit etwas Gummi arabi-
cum, damit die Farbe besser auf dem Papier haftet. Es ist eher
ein dunkles Violett als das herrlich tiefe japanische Schwarz,
das sie für den ersten Teil verwendet hat. Ihre Sorge ist, dass
die Schrift verblassen könnte, aber etwas anderes hat sie
nicht zur Verfügung.

Auf der Kommode liegen Madame Renards kostbares
Hutband und die erste, kirschrote, jetzt verwelkte Kamelien-
blüte, die sie vom Grab stibitzt hat, und scheinen sie ob ihrer
Frivolitäten vorwurfsvoll anzustarren. Angesichts des mor-
biden Arrangements juckt es sie in den Fingern, sogleich eine
neue Geschichte anzufangen, etwas über eine junge Frau, die
ebenso von Geistern und Ghulen fasziniert ist wie sie selbst
und in jedem vorüberziehenden Schatten Mord und Gewalt
dräuen sieht.

Während sie die Feder ins Tintenfass taucht, hebt sie den

Blick, schaut aus dem Fenster und sieht weiße Kringel von Tabakrauch in den lavendelblauen Himmel steigen. Die konzentrischen Kreise kommen irgendwo von den Ställen her, hängen einen Augenblick in der Luft und lösen sich schließlich auf. Es gibt nur einen, der bei den Austen'schen Ställen rauchen würde: Henry. Das ist eine Gelegenheit! Jane streut Löschsand auf ihr Werk, pustet es trocken und verwahrt es sicher in ihrem Schreibpult. Dann schleicht sie sich nach unten, zieht ihren Umhang über, tritt hinaus in den Garten und folgt den Notsignalen bis in die Sattelkammer.

Dort, in dem kleinen Raum ganz am Ende der Reihe von Pferdeboxen, sitzt Henry auf dem Boden und versperrt den offenen Eingang. Normalerweise riecht es hier nach Leder und Bienenwachs. Jetzt verpestet Henry den erdigen Duft mit Wolken von Alkohol und Tabakqualm. Die langen Beine hat er von sich gestreckt. Neben ihm auf dem Boden steht ein Messingleuchter mit einer flackernden Kerze darin, im Arm hält er eine Flasche, und zwischen seinen Lippen hängt das Mundstück einer weißen Tonpfeife.

»Ist das Vaters Portwein?« Jane muss husten, als sie über ihn hinwegsteigt.

Er zieht an der Pfeife und bläst ihr den Rauch geradewegs ins Gesicht. »Und wenn? Willst du petzen?« Seine Augen sind gerötet, und die Stoppeln an seinem Kinn wachsen seit mindestens zwei Tagen. Die Messingknöpfe am Soldatenrock stehen offen, eine Halsbinde trägt er gar nicht erst. Eigentlich hätte er sich gleich nach ihrer Rückkehr aus Winchester wieder bei seinem Regiment und im College melden müssen, aber er hat eine Nachricht geschickt, dass er krank sei. Jane ist der festen Überzeugung, dass sein Leiden, welcher Art es auch sei, selbstverursacht ist.

Sie rümpft die Nase und wedelt den Qualm fort. »Hab ich das jemals getan?« Auf einem dreibeinigen Hocker liegt der

Sattel von Greylass. Sie nimmt ihn und lässt ihn auf den Boden fallen, dann setzt sie sich auf den Hocker. Es ist Jahre her, dass sie mit Sattelzeug hantiert hat; der gepolsterte Ledersattel mit den Eisensteigbügeln ist viel schwerer, als sie es in Erinnerung hat. »Ich wünschte, du würdest mit mir sprechen.«

Henry schaut sie finster an. »Und *ich* wünschte, du wolltest nicht auf Teufel komm raus mit mir sprechen.«

Jane ignoriert die Feindseligkeit. »Hast du gehört, dass Sophy Rivers heute Morgen Mr Fitzgerald geheiratet hat?«

Eine Andeutung von Interesse huscht über Henrys Gesicht. »Aha. Na dann hussa!« Er trinkt einen Schluck Port. »Einen Toast auf Braut und Bräutigam.«

Sie tritt ihn sanft gegen die Wade. »Raus damit, was ist?«

Er rauft sich das braune Haar. »Was sollen wir bloß tun, Jane? Sie werden unseren Bruder, unseren lieben, arglosen Bruder, für ein Verbrechen, das er nicht begangen hat, zum Galgen führen, und keiner von uns hat eine Idee, wie wir ihn davor bewahren können.«

Das versetzt Jane einen scharfen Stich. Im Grunde weiß sie, dass Georgys Schicksal alle in der Familie gleichermaßen quält, aber ihr fast religiös praktizierter Stoizismus macht es den Austens äußerst schwer, starken Gefühlen Ausdruck zu verleihen. Dass Henry die Maske der Gefasstheit gelegentlich fallen lassen kann, zeugt nur von seinem wilderen Temperament.

»Mutter hat sich offenbar auf die Seite derer geschlagen, die finden, dass er sich schuldig bekennen soll«, sagt sie.

»Das macht Vater niemals mit. Sie würden Georgy als Dieb brandmarken und in die Kolonien schicken.«

»Ich weiß.«

»Und das ist keine Metapher, Jane. Sie werden ihm den Buchstaben ›D‹ in den Daumen brennen, mit einem rot glühenden …«

346

»Ich weiß!«, fährt sie dazwischen. Sie will kein weiteres Wort hören. »Vielleicht sollten wir doch in Erwägung ziehen, ihn einliefern zu lassen. So schlimm wie das andere kann eine Irrenanstalt doch nicht sein?«

»Schlimmer. Wenn du das nächste Mal in der Stadt bist, gebe ich dir den Penny für einen Besuch im Bedlam, dann siehst du es selbst. Vater hat recht. Georgy würde dort jeglicher Würde beraubt.«

»Und wie viel Würde liegt darin, am Galgen zu zappeln?« Jane schaudert. Manchmal ist ihr Humor sogar ihr selbst zu schwarz. »Mein Gott, sie werden ihn doch nicht wirklich hängen, oder?«

Henry blickt stumm hinaus in die heraufziehende Dunkelheit.

»Was? Was willst du nicht sagen?«

»Letztes Jahr hat das Schwurgericht in Winchester zwei vierzehnjährige Jungen wegen Taschendiebstahls hinrichten lassen.«

»Aber das ist nicht recht!«

»Es ist das Gesetz, Jane. Das soll nicht recht sein, es soll abschrecken, so sehr, dass man lieber verhungert, als einen Laib Brot zu stehlen.« Er schließt die Augen und unterdrückt ein Schluchzen.

Jane wendet sich ab. Wenn sie Henry weinen sieht, wird sie ebenfalls anfangen. »Wir müssen etwas tun. Wir können nicht nur hier herumsitzen und darauf warten, dass er verurteilt wird.«

Henry wiegt seine Flasche Portwein, wie es Anna mit ihrer Flickenpuppe tut. »Wir haben doch alles versucht. Dieser Anwalt schröpft Neddy immer weiter, und er taugt gar nichts.«

»Genau deshalb müssen wir herausfinden, wer Zoë Renard wirklich umgebracht hat. Und es beweisen, bevor es zu spät ist. Aber nicht, unter keinen Umständen, länger hier herumhocken, über unsere missglückten Romanzen grübeln und jammern wie kleine Kinder – falls du das im Sinn hast.«

»Das verstehst du nicht.«

Jane nimmt ihm die Flasche weg. »Vielleicht doch. Was ist zwischen Eliza und dir vorgefallen? Hast du die Absicht, Berufssoldat zu werden? Du solltest auf sie hören. Eliza weiß tausendmal besser als du, was es heißt, in einem echten Krieg zu stehen.«

»Das war es nicht. Ich …«, er atmet schwer, »… ich habe sie gebeten, mich zu heiraten.«

Jane, die gerade einen kräftigen Schluck Portwein nehmen wollte, verschluckt sich. »Du hast was?« Nie hätte sie gedacht, dass Henry so weit gehen würde. Sicher hat Eliza ihn ausgelacht.

»Sieh mich nicht so an. Ich bin ein erwachsener Mann, ich verdiene meinen Lebensunterhalt selbst. Was sollte mich daran hindern, Eliza einen Antrag zu machen?«

»Du meinst, außer dass sie deine Cousine ersten Grades ist?« Jane fährt sich mit dem Ärmel über den Mund.

»Mr Fitzgerald ist auch Miss Rivers' Cousin ersten Grades.«

»Ja, das stimmt wohl. Aber es ist etwas anderes.«

Henry hebt eine Braue. »Warum?«

»Weil er nicht mein Bruder ist und sie nicht meine Cousine.« Sie stutzt kurz. Vielleicht will sie, genau wie ihre Brüder, Eliza einfach für sich haben. »Außerdem ist Capitaine de Feuillide noch nicht lange tot.«

»Fast zwei Jahre.«

»Wirklich? Die Zeit ist schnell vergangen.«

Er holt sich die Flasche zurück. »Eliza hat ihn nie geliebt, musst du wissen. Tante Phila hat ihn ausgewählt.«

»Er war der Vater ihres Kindes.«

Henry beugt sich vor, senkt den Kopf und schaut sie unter dichten schwarzen Wimpern hervor von unten an. Er erinnert sie an ein neugeborenes Fohlen, das Mühe hat, auf die Beine zu kommen. »Ich liebe sie, Jane.«

Sie hebt den Blick zu den Spinnweben unter der Decke und widersteht dem Drang, ihm einen weiteren Tritt zu versetzen. »Wir lieben sie alle. Sie ist ja Cousine Eliza.«

»Nicht so wie ich.« Henry setzt die Flasche an, legt den Kopf zurück und nimmt einen großen Schluck. »Wobei – James vielleicht doch.«

So weit Jane zurückdenken kann, haben ihre Brüder um die Aufmerksamkeit der glamourösen Cousine gewetteifert. Als Henry noch jünger war, schien der Altersunterschied zwischen Eliza und ihm so groß, dass seine jungenhafte Schwärmerei eher belächelt wurde. Es scheint fast bemitleidenswert, dass er sich diese Vernarrtheit bis ins Erwachsenenalter bewahrt hat. »Was hat sie gesagt?«

Statt Jane in die Augen zu schauen, starrt er die Flasche an, die er auf seinem Knie abstützt. »Sie sagt, sie liebt mich auch, ist aber noch nicht so weit, dass sie wieder heiraten möchte. Und dass sie nicht weiß, ob sie jemals so weit sein wird.«

Indem sie Henry ermutigte, hat Eliza ihrer eigenen Koketterie geschmeichelt. Das war grausam. Sie hätte ihn von seinem Elend befreien können, und irgendwann wäre er in der Lage gewesen, diese Kinderfantasie fahren zu lassen. »Das tut mir leid … aber wenn du wirklich heiraten möchtest, warum suchst du dir dann nicht eine passende nette junge Frau? Statt ewig solchen nachzulaufen, die du nicht haben kannst …«

»Ich weiß es nicht, Jane. Warum suchst du dir nicht einen passenden netten jungen Mann?«

Jane bleibt die Luft weg. Sie sinkt in sich zusammen. Seit mehr als drei Wochen hat sie nichts von Tom gehört. Sie hat so sehr gehofft, dass er den Anstand haben würde, ihr zu schreiben und ihr selbst zu sagen, dass es zwischen ihnen aus ist, aber das scheint nicht der Fall zu sein. Der brennende Schmerz ist einem dumpferen Leiden gewichen. Manchmal glaubt sie schon, auch das wäre vorbei, aber sobald sie an sein hübsches Gesicht denkt oder einen der Wege sieht, auf denen sie zusammen gegangen sind, ist der Kummer wieder da. Wie der dräuende Schmerz, wenn ein Zahn wackelt: immer vorhanden, aber brennend nur, wenn man dagegenkommt. Sie wünschte, sie könnte sich den Quell des Übels herausreißen und es für immer hinter sich haben.

»Das war grob, ich hätte es nicht sagen sollen. Was war das mit Lefroy? Es sah doch so aus, als wäret ihr einander sehr zugetan, und dann ist er plötzlich aus der Grafschaft geflohen.«

»Ich kann's nicht sagen.« Jane greift nach der Flasche und nimmt einen Schluck. Der Portwein schmeckt nach Brombeeren und grünem Pfeffer. Weiche Wärme gleitet ihr durch die Kehle und breitet sich in ihrer Brust aus, betäubt das wehe Herz. »Im Unterschied zu dir bin ich kein erwachsener Mann, der seinen Lebensunterhalt selbst verdient. Ich kann in solchen Dingen keine eigenen Entscheidungen treffen.«

Henry hört ihre Bitterkeit und wendet sich ab. Eine Weile versinken sie beide in Schweigen. Sie schnüffelt und blinzelt gegen Tränen der Scham an, er zieht an seiner Pfeife und bläst träge Rauchringe hinaus in die kalte Abendluft. »Soll ich ihn für dich verprügeln?«

»Untersteh dich! Ich habe schon einen Bruder, dem die Justiz Schwierigkeiten macht. Ein zweiter von der Sorte ist das Letzte, was ich brauche. Daher bitte auch keine weiteren Tändeleien mit Mrs Chute. Ich habe erlebt, wie ihr Ehemann sein kann, wenn er sich herausgefordert fühlt. Er ist nicht der Typ, der Nachsicht übt, glaub mir.«

»Elizabeth Chute! Erinnere mich nicht an diese Frau!« Er zieht eine Grimasse. »Wäre sie nicht gewesen, würde Georgy nicht in dieser Klemme stecken. Ich wünschte weiß Gott, ich hätte dieses Türschloss nie angerührt.«

Janes Gedanken beginnen zu rattern. Sie hat am Abend des Mordes angenommen, dass jedermann Zugang zu dieser Wäschekammer hätte. Die Zahl der Gäste, Bediensteten und Händler, die an dem Tag dort drinnen gewesen sein konnten, war unüberschaubar. Hannah aber hat darauf hingewiesen, dass in der Kammer wertvolle Dinge lagern, die die Familie sicher verwahrt wissen will. »Du hast das Schloss geknackt?«

»Ja. Ehrlich gesagt bin ich darin ziemlich gut. Elizabeth hat nicht geglaubt, dass ich das kann, aber zwei Minuten mit meinem Federmesser, und ich hatte es offen.«

Am liebsten würde sie ihn bei den Revers packen und schütteln, bis ihm der dumme Schädel brummt. »Warum hast du das nicht gleich an dem Abend gesagt?«

»Ich dachte, das hätte ich. Warum? Ist das wichtig?«

»Das will ich meinen! Verstehst du nicht? Madame Renard wird sich wohl kaum selbst in der Kammer eingeschlossen haben. Wenn die Tür abgeschlossen war, muss das also jemand anders – höchstwahrscheinlich der Mörder – getan haben. Und dieser Jemand muss einen Schlüssel …«

»Also kann der Mörder wirklich nur jemand aus Deane House sein.« Henry rappelt sich auf, greift sich Zaumzeug und einen Sattel und wankt nach draußen.

»Was hast du vor, wo willst du hin?« Jane löscht die Kerze, wobei sie sich die Finger verbrennt, und rappelt sich ebenfalls auf, um ihm hinterherzulaufen.

»Nach Deane House natürlich«, ruft Henry über die Schulter.

Inzwischen ist der Himmel tiefschwarz. Die Kälte dringt Jane bis in die Knochen. In einiger Entfernung sieht sie die

Kerzen in den Fenstern des Pfarrhauses brennen, und aus den Schornsteinaufsätzen auf dem Schindeldach steigt weißer Rauch in den Himmel. Als sie am Stall von Greylass vorbeikommt, schnaubt die Stute und poltert mit den Vorderhufen gegen die Tür. Jane achtet nicht auf sie und geht weiter zur Box von Severus. Drinnen will Henry dem Hengst die Trense anlegen. Das Tier reckt den Hals, schlägt mit dem Schweif und kehrt Henry das gescheckte Hinterteil zu, sodass dieser einen Schritt zurück tun muss.

Jane bleibt ängstlich auf der Schwelle stehen. »Warte.« Sie greift nach Henrys Arm und erwischt die Manschette. »Du kannst nicht einfach dort hineinspazieren.«

»Warum nicht?«, fragt er. Er ist wild entschlossen. Jane hat ihn erst ein Mal so ernst und hart gesehen, und das war, als er bei Madame Renards Leichnam Wache stand.

»Weil ich schon versucht habe, es den Harcourts ins Gesicht zu sagen, und das hat zu gar nichts geführt. Sie werden es nicht zugeben.«

»Jonathan schon, wenn ich ihm meinen Säbel zeige.«

»Ein Geständnis, das unter Androhung von Gewalt zustande gekommen ist, wird kaum etwas wert sein. Und wir haben keine Beweise dafür, dass er es war.«

»Aber er muss es gewesen sein! Wie du sagst, sie war seine Geliebte. Er wollte sie aus dem Weg haben, damit er Miss Rivers und ihr Vermögen heiraten kann.«

»Das heißt nicht unbedingt, dass er sie umgebracht hat.«

Henry schüttelt ihre Hand ab. »Wer sonst soll es denn getan haben?« Er stemmt beide Hände gegen Severus' Leib und versucht, ihn zum Umdrehen zu bewegen. Severus bleibt stehen, wie er steht. Das Einzige, was er bewegt, ist sein Schweif; beinahe verächtlich schlägt er damit hin und her.

»Was ist mit Sir John?«

»Welchen Grund hätte der gehabt, sie umzubringen?«

»Den gleichen wie Jonathan? Die schwangere Geliebte seines Sohnes aus dem Weg zu schaffen, damit sie dessen Hochzeit mit einer reichen Erbin nicht vereitelt? Dass Jonathan überhaupt um Sophys Hand angehalten hat, muss Sir Johns Werk gewesen sein, meinst du nicht? Er brauchte ihre Mitgift, um seinen Ruin abzuwenden.«

»Aber du hast ihn an dem Abend doch gesehen. Er war genauso bestürzt wie wir alle.«

»Die Menschen sind nicht immer wahrhaftig.« Bei diesen Worten hat sie nicht Sir John vor Augen, sondern Tom. Wird sie das Funkeln seiner blauen Augen und sein verführerisches Lächeln im Mondschein je vergessen? Sie schüttelt den Kopf, um das Bild loszuwerden.

»Da hast du wohl recht.«

»Außerdem wäre da noch Mrs Twistleton.«

»Das ist ja wohl wenig wahrscheinlich, oder?«, brummt Henry.

»Warum? Ich habe dir erzählt, dass sie mit Sir John ein Verhältnis hat.« Jane presst die Lippen zusammen. »Glaubst du, eine Frau wäre nicht imstande, einen Mord zu begehen?«

Henry kommt rückwärts aus dem Stall heraus, schiebt den Riegel vor und hängt das Zaumzeug über die halbhohe Tür. »Grundsätzlich eher nicht. Mrs Twistleton mag eine Dirne sein, aber das macht sie noch nicht zur kaltblütigen Mörderin.«

»Und wenn sie es getan hat, um Sir John zu schützen? Es heißt, für ihn würde sie alles tun. Vielleicht hatte sie Angst, ihren Gönner zu verlieren – und ihre Stelle in Deane House. Oder möglicherweise war Madame Renard dahintergekommen, dass die beiden eine Liaison haben, und versuchte, ihnen Geld abzunehmen.«

Henry schnaubt. »Das hier ist keiner von den Romanen, auf die ihr so versessen seid, Eliza und du.« Hinter ihm hat

Severus sich in seiner Box umgedreht. Nun reckt er unschuldig den Kopf nach draußen und knabbert an der Schulter seines Herrn. Henry gibt ihm einen Klaps auf den Hals.

»Das weiß ich«, gibt Jane zurück. »Du Heuchler. Du liebst Mrs Radcliffes Werke genauso wie wir, wenn nicht noch mehr. So oder so kannst du jetzt nicht mit Schaum vor dem Mund in Deane House erscheinen. Wahrscheinlich schützen sie sich gegenseitig. Sie werden zusammenhalten und alles leugnen – und du wirst dastehen wie ein Verrückter. Wenn wir wollen, dass die Geschichte vor Gericht glaubwürdig ist, müssen wir es klug anfangen und Beweise sammeln. Mr Craven sagt, das Beste, um Georgy zu entlasten, wäre, wenn jemand anders das Verbrechen gesteht. Wir müssen den wahren Mörder dazu bringen, dass er mit der Wahrheit herausrückt.«

Henry tätschelt Severus, der weiter an seiner Wange schnuppert. Jane sieht, wie ihr Bruder sich langsam beruhigt und neugierig wird. Das hat sie an ihm so gern: Er ist viel zu gutmütig, um lange in Groll zu verharren. »Wenn du also so klug bist«, sagt er, »wie sieht unser Plan aus?«

Nur mit Mühe kann Jane sich ein triumphierendes Lächeln verkneifen. Auf diesen Augenblick wartet sie schon so lange. »Nun, eins geht mir derzeit nicht aus dem Sinn.« Sie sieht Cass' feinen Kreuzstich vor sich: »Verlass dich auf den Herrn von ganzem Herzen, und verlass dich nicht auf deinen Verstand.« Sie ist nicht so verbohrt, dass sie nicht wüsste, wann sie Hilfe braucht. Allein vermag sie Georgy vielleicht nicht zu retten, aber wenn sie den Allmächtigen und nun auch Henry auf ihrer Seite weiß, könnte sie einen Weg finden.

Am darauffolgenden Sonntag ist der Efeu, der an den Mauern des Kirchhofs von St. Nicholas rankt, von Eiskristallen bedeckt, seine Blätter glitzern wie fünfzackige Sterne. Jane und Henry stehen frierend neben der Kutsche und sehen zu, wie ihr Vater allen, die aus der Kirche kommen, die Hand schüttelt und ein paar freundliche Worte sagt. Da Pfarrer George Lefroy noch in Berkshire weilt, übernehmen James und Mr Austen neben ihren jeweils angestammten Pflichten abwechselnd seine Gottesdienste in St. Andrew. An diesem Sonntag obliegt es Mr Austen, die Andacht in Ashe zu halten. Das kommt Jane sehr entgegen, denn ihr Plan, die Harcourts zu einem Geständnis zu bewegen, steht und fällt damit, dass jemand die Predigt hält, der nicht zum Improvisieren neigt.

Mr Austen kommt in seinen glänzend polierten Schuhen vorsichtig den überfrorenen Weg herunter und reibt sich die Hände, um sie zu wärmen. »Alles erledigt. Nun muss ich schnell nach Ashe.«

»Brrr.« Henry, frisch rasiert, hebt den Kopf und blickt in den weißen Himmel. »Sieht aus, als würde es bald schneien. Soll ich dich in der Kutsche hinbringen?« Er tätschelt Severus, der neben Mr Austens Pferd an der Kutsche angebunden ist.

Jane lächelt. »Ich dachte, ich könnte auch mitfahren. So oft kommt es schließlich nicht vor, dass du den Gottesdienst in St. Andrew hältst.« Sie zieht den Umhang fester um ihre Schultern.

Mr Austens papierene Wangen sind von tiefen Furchen durchzogen. »Ich habe doch erst am Dienstag und am Donnerstagabend dort die Andacht gehalten.«

»Ja, aber das war unter der Woche. Der Sonntag ist eben etwas Besonderes.« Jane nimmt den dünnen Arm ihres Vaters und zieht ihn in Richtung Kutsche.

Henry steht schon bereit und hält die Tür auf. »Kann ich helfen?«

Als Mr Austen das Trittbrett erklimmt, rutscht ihm der

Riemen seiner schwarzen Ledertasche von der Schulter. Henry greift danach und reicht sie nach hinten zu Jane weiter. Sie zieht ihre Fäustlinge aus, greift in die Tasche und tauscht die abgegriffenen Manuskriptseiten ihres Vaters gegen ein paar nagelneue Blätter aus, auf die sie selbst etwas geschrieben hat. Dann gibt sie die Tasche an Henry zurück.

»Bitte.« Henry reicht sie dem Vater.

Während er sich zurechtsetzt, mustert Mr Austen seinen Sohn skeptisch. Jane lässt die entwendeten Papiere unter ihrem Umhang verschwinden, steigt ebenfalls ein und setzt sich neben ihren Vater. Er rutscht ein wenig beiseite, damit sie Platz hat. »Sagt mir doch bloß einmal, womit ich heute derart zuvorkommende, aufmerksame Kinder verdient habe.«

»Sind wir nicht immer zuvorkommend, Papa?«

»Nein.« Er sieht sie unter dem Hutrand hervor an.

»Es tut mir leid, das zu hören.« Sie verschränkt die Hände und legt sie sittsam in den Schoß. »Ich versichere dir, du stehst in unseren Herzen immer an erster Stelle.«

»Hmm.«

Severus wiehert, und die Kutsche setzt sich ruckelnd in Bewegung. Mr Austen drückt unwillkürlich seine Tasche fest an die Brust.

Als die Austens Ashe erreichen, tanzen Schneeflocken durch die eisige Luft. Jane steigt eilig aus, Henry bindet Severus an einem Zaunpfahl fest. Die Geschwister lassen ihren Vater allein aus der Kutsche klettern und eilen zur Kirche, reißen die Eichentür auf, laufen nach vorn zum Altar. Die Kirche ist St. Nicholas sehr ähnlich. Der einzige Unterschied besteht darin, dass Ashe eine wohlhabendere Gemeinde ist als Steventon, deshalb stehen auf dem Altar einige Silberleuchter mehr und es duftet stärker nach Bienenwachskerzen.

Der Gottesdienst beginnt später als gewöhnlich. Die meisten Leute aus dem Dorf sitzen bereits in den Bänken und warten auf ihren Pfarrer. Harry Digweed und seine Brüder rücken in ihrer Familienbank zusammen, um für Jane und Henry Platz zu machen.

Auf der anderen Seite des Ganges sitzt die andere höhergestellte Familie der Gegend, die Harcourts. Mutter und Sohn, kerzengerade aufgerichtet, starren vor sich hin. Seit ihr Mann im Schuldgefängnis ist, kleidet Lady Harcourt sich wie eine Witwe; an diesem Tag ist sie von Kopf bis Fuß in schwarzen Bombasin und Kaninchenfell gehüllt. Jonathan ist bleich wie ein Geist. Er streicht sich das Haar aus der Stirn, in seinem Blick liegt etwas Gequältes.

Ein paar Reihen weiter hinten, am Ende einer für alle offenen Bank, sitzen der Butler der Harcourts und neben ihm Mrs Twistleton. Auf ihrer Stirn steht eine steile Falte, das blonde Haar ist zurückgesteckt und unter der Kappe verborgen. Ihr grüner Umhang mit dem Fuchspelzrand wirkt beinahe schäbig. Im Schoß hält sie ein Retikül aus passend grünem Samt, an dem sie unablässig herumnestelt.

Während ihr Vater den Gottesdient eröffnet, tippt Jane unruhig mit der Schuhspitze auf den gefliesten Boden. Henry neben ihr trommelt mit den Fingern auf dem Gebetbuch. Es vergehen Ewigkeiten, bis Mr Austen endlich zu der mit Schnitzwerk verzierten Kanzel emporsteigt, um die Predigt zu halten. Er angelt seine Brille unter dem Talar hervor, haucht auf die Gläser und poliert sie mit einem Zipfel seines Taschentuchs. Als er sich über die Papiere beugt, die auf dem Pult warten, bildet sich auf seiner Stirn eine tiefe Furche. Er nimmt den kleinen Stapel zur Hand, blättert ihn durch und schaut sich jede einzelne Seite an, bevor er sie wieder hinlegt.

Abgesehen von vereinzeltem ungeduldigem Hüsteln, das zwischen den Reihen hin und her zu springen scheint wie im

Gespräch, ist es still in der Kirche. Jane hält die Luft an. Henry sitzt neben ihr wie versteinert.

Endlich hebt Mr Austen den Kopf und lässt seinen Blick über die Gemeinde wandern. »Meine Brüder und Schwestern, wir wollen diesen Augenblick des Innehaltens nutzen, um das Fundament unseres christlichen Glaubens zu betrachten, die zehn Gebote. Allen voran dieses«, sein Blick richtet sich auf Jane: »›Du sollst nicht töten.‹«

Ein Aufkeuchen und Tuscheln geht durch das Kirchenschiff. Mrs Twistleton umklammert ihr Retikül, wickelt sich das Zugband um den Finger und zurrt es fest. Jonathan schluckt und zerrt am Knoten der weißen Leinenhalsbinde, die um seinen aufgestellten Kragen liegt. Lady Harcourt klemmt ihren Kaninchenfellmuff zwischen Kopf und Rückenlehne der Bank, nutzt ihn als Kissen, auf das sie die Wange betten kann. Dann schließt sie die schwarz umrandeten Augen.

Von seiner erhöhten Position aus blickt Mr Austen mit strenger Miene zu Jane herunter.

Sie lächelt eifrig und nickt ihm aufmunternd zu.

»Natürlich kennt ihr das Gebot und wisst, was das Gesetz dazu zu sagen hat, aber welche Folgen sollte es haben, wenn es gebrochen wird?« Er fährt sich in die weißen Locken und bringt seinen ordentlichen Zopf durcheinander. »Die Genesis spricht klare Worte: ›Wer Menschenblut vergießt, des Blut soll auch durch Menschen vergossen werden.‹« Er wird blass, als er den archaischen Satz stockend vorträgt. In seiner langen Laufbahn hat der allseits geschätzte Pfarrer George Austen nie aus dem Alten Testament zitiert, schon gar nicht solche Stellen, in denen von Vergeltung die Rede ist.

Jane beobachtet ihre Verdächtigen mit Argusaugen; ihr Mund ist vor Anspannung schon ganz trocken. Henry schnauft leise neben ihr. Er hat die Hand am Griff seines Säbels.

Der Blick von Mrs Twistleton drüben auf der anderen Seite bohrt sich in den Hinterkopf ihrer Herrin. Jonathan kneift die Augen zu und verzieht mit jedem Wort von Mr Austen stärker das Gesicht. Ihm steht Schweiß auf der Stirn, und an seinem Hals bilden sich rote Flecken. Einzig Lady Harcourt bleibt ungerührt. Sie hält die Augen geschlossen, ihr Ausdruck ist entspannt, ihr von Jetperlen glitzernder Busen hebt und senkt sich rhythmisch wie das Meer mit den Gezeiten.

Mr Austen räuspert sich. Als er fortfährt, ist seine Stimme belegt, so als hätte das Räuspern nicht geholfen. »Und weiter können wir als Grundlage unseres irdischen Gesetzes Folgendes verstehen: ›Wer schuldig ist am Blut eines Menschen, der wird flüchtig sein bis zum Grabe, und niemand helfe ihm!‹« Er hält inne, sein Gesicht ist ein Spiegelbild der Fabelwesen, die in die Spitzbögen der hoch gewölbten Decke geschnitzt sind.

Weder Mrs Twistleton noch Lady Harcourt ist eine Regung anzusehen. Vielmehr scheint die Predigt auf Lady Harcourt eine einschläfernde Wirkung zu haben, was angesichts der Mühen, die das Verfassen derselben Jane gekostet hat, mehr als enttäuschend ist. Gleichgültig. Ihre Aufmerksamkeit ist jetzt allein auf Jonathan gerichtet.

»›Christus Jesus ist in die Welt gekommen, die Sünder selig zu machen, unter welchen ich der vornehmste bin.‹« Mr Austen atmet hörbar auf, hat er doch biblisches Terrain betreten, auf dem er sich mehr zu Hause fühlt. »Daher sage ich euch: Zeigt Reue, und eure Seele kann, auch wenn ihr auf Erden verdammt sein möget, errettet werden.«

Jane ist in ihrer Bank ganz nach vorn gerückt. Sie umklammert die Lehne der Bank vor sich so fest, dass ihre Fingerknöchel sich weiß färben. Jonathan zieht die Schultern hoch bis zu den Ohren. Er gibt keinen Ton von sich, bewegt aber eindeutig die Lippen.

Es funktioniert. Jeden Augenblick wird er einknicken und ein Geständnis ablegen. Jane legt Henry die Hand auf den Arm. Henry legt seine Hand auf ihre und drückt sie fest. Beide beugen sich vor und schauen zu Jonathan hinüber.

Mr Austen rollt die Papiere zusammen. »Das soll genügen. Gewiss habt ihr den Kern erfasst.«

Während er zum Altar zurückkehrt, verfliegt die Spannung. Mrs Twistleton schluckt und gibt ihr arg zerknittertes Retikül frei. Jonathan lehnt sich zurück, schlägt die Augen auf und fällt in das monotone Sprechen des Glaubensbekenntnisses ein. Sein Gesicht ist nun ausdruckslos. Seine Mutter neben ihm scheint sich im Tiefschlaf zu befinden.

Henry nimmt die Hand vom Säbelgriff, und Jane senkt den Kopf. Stunden hat sie damit zugebracht, weitere drei Seiten mit drohenden und aufrüttelnden Worten zu füllen, die die Harcourts anspornen sollten, zu gestehen, aber ihr Vater ist nicht willens, länger mitzuspielen. Nun kann sie nur noch beten, dass er bereits genug gesagt hat, um an das Gewissen des Mörders zu rühren.

Draußen zieht Henry die Schultern hoch und lehnt sich an die Kutsche. »Ich hab dir gesagt, dass das nichts wird.«

Der Schnee fällt jetzt dichter, belegt sämtliche Flächen mit Beschlag. Schnell sind das Schindeldach der Kirche und das Gras auf dem angrenzenden Friedhof weiß eingefärbt. Die Leute, die aus der Kirche kommen, ziehen den Mantel fest um sich und fassen sich beim Abschied kurz.

»Nein, hast du nicht«, presst Jane zwischen den Zähnen hervor. »Du hast gesagt, es sei eine geniale Idee. Und dass ich, wenn ich ein Mann wäre, im Krieg auf dem Kontinent König Georges Geheimdienst anführen würde.« Der Schnee dämpft alle Geräusche. Es ist so still ringsum, dass sie leise zischeln muss, damit die Leute aus der Gemeinde ihr Gezänk nicht mitbekommen. »Und mit den Harcourts bin ich noch nicht fertig. Das war nur der erste Teil meines Plans, du wirst schon sehen.«

Die kleine Prozession, die sich von der Kirche entfernt, verwandelt den Schnee auf dem Weg in grauen Matsch. Jetzt kommt Mr Austen angestapft und starrt sie beide finster an. »Was sollte das?«

»Ich wollte dir nur helfen und dir ein bisschen neuen Stoff vorbereiten«, antwortet Jane. »Du musst es doch leid sein, immer wieder dieselben Predigten zu halten.«

Mr Austen macht den Mund auf – und wieder zu, wie ein Fisch auf dem Trockenen. »Warum hast du mir vorher nichts davon gesagt, um Himmels willen?«

Henry nimmt seinen Vater beim Ellbogen und führt ihn zur Kutsche. Mr Austen schüttelt den stützenden Arm ab und klettert hinein.

Jane folgt ihm. Sie schluckt. »Ich dachte, es wäre eine angenehme Überraschung.«

»Hast du den Verstand verloren, Kind?« Er öffnet seine Tasche, holt die umstrittenen Seiten heraus und wirft sie ihr hin. »Würdest du im Theater noch den Spielplan ändern, wenn die Schauspieler schon auf der Bühne sind? Willst du mir ›helfen‹, indem du einen blutrünstigen Mob aufstachelst? Und was ist mit Georgy? Was sollen die Leute denken, wenn sie mich die Todesstrafe preisen hören, während mein eigener Sohn im Gefängnis ist und wegen schweren Diebstahls vor Gericht stehen wird? Sie müssen doch annehmen, dass ich ihn selbst verurteile.«

Jane knüllt ihre unerwünschte Predigt zu einer Kugel zusammen. »Es tut mir leid, Vater. Ich habe das nicht …« Wie konnte sie nur so dumm sein? Natürlich mussten bis auf den Mörder alle glauben, ihr Vater spreche von Georgy.

Sie kommen auf der überfrorenen Straße nur langsam voran. Am unteren Rand der Kutschenfenster sammelt sich der Schnee und beschränkt die Aussicht auf weiße Felder und zuckrig bestäubte Bäume. Mr Austen legt seine Hand auf die von Jane und drückt ihre kalten Finger. »Mein liebes Kind, wenn du dich wirklich daran versuchen willst, Predigten zu schreiben, werde ich sie nur zu gern für dich halten. Gib mir nur zuvor einen kleinen Wink – und bitte nicht so viel Heulen und Zähneklappern. Sonst werde ich mir vom Bischof etwas anhören müssen.«

Jane zieht ihre Hand weg und dreht sich zum Fenster. »Sei unbesorgt, Vater. Ich werde nicht so dumm sein, diesen Versuch zu wiederholen, das verspreche ich dir.«

Der Schnee senkt sich aufs Land wie eine dicke Decke. Jane starrt durch den schrumpfenden Flecken Fenster nach draußen. Als sie Steventon erreichen, ist das Glas gänzlich zugeschneit, und das Gefühl, lebendig begraben zu sein, schnürt ihr die Kehle zu.

In dem Drang, Georgy zu retten, hat sie alles nur noch schlimmer gemacht – und womöglich sein Todesurteil unterschrieben. Wie sollen die Geschworenen ihn für unschuldig befinden, wenn bekannt ist, dass sogar die eigene Familie ihn verdammt? Jane wollte die Furcht vor der Strafe Gottes benutzen, um den Mörder aus der Deckung zu locken, doch hat sie damit nicht mehr zutage gefördert als das Ausmaß ihres eigenen Unverstands.

26. Kapitel

An diesem Abend behält Jane beim Schlafengehen Mieder, Unterkleid und auch die wollenen Strümpfe an. Alle paar Stunden wacht sie auf und schaut hinaus zum Mond, der voll und rund am klaren Himmel schimmert wie eine nagelneue spanische Münze. Als der Hahn kräht, weiß sie, in einer Stunde wird es dämmern. Bisher ist es ihr nicht gelungen, herauszufinden, wer die Blumen auf Zoë Renards Grab legt, aber so früh ist sie auch noch nie aufgestanden. Ein inneres Gefühl sagt ihr, dass der Trauernde sich selbst von diesem feindlichen Wetter nicht wird abschrecken lassen. Und das wird sie ebenso wenig. Sie zieht ein zweites Paar Strümpfe über und schlüpft in ihr wärmstes Wollkleid. Es ist ein Trauergewand, eins der alten Kleidungsstücke, die sie zum Schwarzfärben geopfert hat, nachdem Tante Phila dem Wüten ihrer schweren Krankheit erlegen war.

Vorsichtig darauf bedacht, weder Anna noch ihre Eltern zu wecken, schleicht sie sich nach unten. Treppe und Küche liegen im Dunkeln, es ist kein Feuer an, nirgends brennt eine Kerze. Aber die Räume sind ihr so vertraut, dass sie ihren Weg findet, einfach, indem sie die Hand an der Wand entlanggleiten lässt.

Die Vorhänge im Familiensalon sind nicht ganz geschlossen. Durch den Spalt fällt Mondlicht herein. Auf dem Sofa liegt Henry und schläft, hemdsärmelig, eine Flickendecke

363

über sich gezogen. Die langen Beine in Kniehose und Strümpfen baumeln über die Armlehne des zierlichen Möbels. Sanft stupst Jane ihn an.

Henry rollt sich auf die Seite, wirft sich einen Arm übers Gesicht und murmelt in ein besticktes Kissen: »Gleich ...«

Jane kniet sich vor ihn und rüttelt ihn entschlossener. Unter ihrem Knie drückt etwas. Eine leere Portweinflasche, die halb unter das Sofa gerollt ist. »Du hast gesagt, du kommst mit«, zischt sie.

Er zieht sich die Decke bis an die Ohren und murmelt: »Ich komme ja, ich komme ...« Sein Atem riecht streng.

Jane schleicht auf Zehenspitzen zum Fenster und späht hinaus in den mondbeschienenen Garten. Wenigstens hat Henry Wort gehalten und einen Weg freigeschaufelt, bevor er sich betrunken hat. Der Schneesturm hat den ganzen Nachmittag angedauert, über ganz Hampshire liegt eine dicke weiße Decke. Auch in der Nacht hat es geschneit, allerdings war das nur noch ein leichtes Gestöber.

Im Windfang zieht sie ihren Umhang und die wollenen Fäustlinge an. Dazu leiht sie sich den hellen, fein gestrickten Schal ihrer Mutter, wickelt ihn sich so um den Kopf, dass nur die Augen herausschauen. Schließlich dreht sie behutsam den Schlüssel im Schloss, bis der Mechanismus mit einem leisen Klicken nachgibt.

Sofort versinkt sie bis zu den Knöcheln in dem weichen Weiß auf der rückwärtigen Treppe. Inzwischen wird es zaghaft hell. Die Sonne ist noch nicht aufgegangen, aber über dem Horizont zeigt sich ein geisterhafter Schimmer. Abgesehen von der Spur eines Fuchses sind die einzigen Fußabdrücke im Schnee ihre eigenen.

Fröstelnd geht sie hügelan, doch bis auf die Knochen spürt sie die Kälte erst, als sie auf dem Kirchhof anlangt und den Schutz der großen Eibe sucht. Dicke Ballen Schnee drücken die Äste nieder, die Erde darunter aber ist blank. Jane zwingt sich, ganz still zu sein, zieht den Umhang fest um sich und schiebt die Hände unter die Achseln.

Doch bald werden ihre Finger steif, die Zehen verwandeln sich in Eiszapfen. Sie wünschte, sie hätte nicht ihre eigenen, wenig geeigneten knöchelhohen Schnürschuhe angezogen, sondern die hohen Stiefel von Henry. Der Saum von Kleid und Umhang ist von Schnee bedeckt. Sie klappert mit den Zähnen, ihre Ohren brennen vor Kälte.

Welche Ironie des Schicksals, wenn sie beim Lauern auf einen Mörder erfrieren würde! Würde sie sterben, wäre der Mörder von Zoë Renard moralisch dafür verantwortlich? Oder könnte es heißen, sie hätte selbst Hand an sich gelegt, indem sie sich den Elementen auslieferte? Würde der Bischof es ihr verweigern, auf dem Kirchhof begraben zu werden, obwohl der Herr es für angebracht gehalten hatte, sie auf geweihtem Boden zu sich zu nehmen?

Sie werden ihren Leichnam erst finden, wenn der Schnee wegtaut. Wenn die Aaskrähen ihr die Augen aushacken. Sie fängt an zu fantasieren. Was würde Mary sagen? »Reiß dich zusammen, Jane. Wenn du tot im Schnee liegst, erreichst du nämlich gar nichts.«

Irgendwo in der Dunkelheit balzen zwei Eulen. Das Weibchen gibt einen kurzen hellen Schrei von sich, wenig später antwortet das Männchen mit seinem melodiöseren »Schuhu«.

Ein Pferd wiehert. Arme Greylass in ihrer Box. Ob wohl jemand von den Landarbeitern daran gedacht hat, ihr vor dem Frosteinbruch eine Decke überzuwerfen? Das gescheckte Fell des Ponys ist dick, aber gegen diese heftige Kälte reicht es vielleicht nicht aus. Jane wölbt die Hände vorm Gesicht und pustet hinein, wärmt ihre Nase mit dem eigenen Atem.

Erneutes Wiehern. Das ist nicht Greylass. Dafür ist das Wiehern zu laut. Und zu nahe.

Jane späht zwischen den schneebedeckten Ästen hindurch. Langsam schiebt sich hinter der Kirche der Schatten eines Mannes hervor. Der Schnee zu seinen Füßen schimmert hell. Der Mann ist groß und dünn, er trägt einen dunklen Mantel, den Kragen aufgestellt, und einen Dreispitz, den er tief in die Stirn gezogen hat. Er reibt die behandschuhten Hände aneinander, und während er vorwärtsstapft, bildet sein Atem weiße Wolken.

Der eigene Herzschlag dröhnt Jane in den Ohren.

Der Mann geht an Lord und Lady Portal in ihren eisigen Ruhestätten vorbei, ebenso an der einzelnen Grabplatte, die an ganze Generationen von Boltons erinnert. Sein Schatten gleitet über weinende Engel und Reihen von Kreuzen, die starr und still dastehen. Schließlich ist er am hinteren Ende des Kirchhofs angelangt, da, wo Zoë Renard in der gefrorenen Erde liegt, und greift in seinen Mantel.

Es ist tatsächlich Jonathan Harcourt.

Allein an seinem schlaksigen Gang hätte Jane ihn überall erkannt. Jetzt sieht sie auch sein Profil klar und deutlich. Sie hat sich nicht zu viel ausgemalt: Er war wirklich Madame Renards Geliebter und der Vater ihres ungeborenen Kindes. Jetzt bewegt er die Lippen, aber was er sagt, kann Jane nicht verstehen. Er ist zu weit weg, und der Schnee dämpft alle Geräusche, auch seine Stimme.

Welchen vernünftigen Grund kann Jonathan Harcourt haben, zu nachtschlafender Zeit auf einem Friedhof herumzuschleichen? Wenn seine Verbindung mit Madame Renard eine unschuldige war, warum hat er sich nicht zu ihr bekannt? Er *muss* sie getötet haben. Und Jane muss, wenn sie Zeugin seines Geständnisses werden will, näher an ihn herankommen. Sie duckt sich und schlängelt sich unter den

Zweigen hindurch, möglichst ohne den Schnee, der sich darauf gesammelt hat, herunterzuschütteln. Sowie sie sich aus der Umklammerung der Eibe gelöst hat, bewegt sie sich vorsichtig in Jonathans Richtung.

Einen Weg gibt es nicht. Die harsche Kruste der Schneedecke knirscht unter jedem ihrer Schritte, und sie sinkt bis zu den Knien ein. Sie zieht sich die Kapuze tiefer ins Gesicht und hält sich im Schatten der großen Grabsteine. Wenn Jonathan ein Mörder ist, setzt sie sich ernster Gefahr aus. Sie sollte umkehren und Henry hochscheuchen, aber dafür ist keine Zeit, und Georgys Leben steht auf dem Spiel.

Jonathan bückt sich, murmelt vor sich hin und legt drei rötlich braune Orchideenblüten auf den schneebedeckten Erdhaufen. In dieser schwarz-weißen Welt sind sie der einzige Farbklecks. Nun ist Jane fast bei ihm. Noch ein paar Schritte, und sie kann sich hinter dem Sarkophag von Lady Portal verstecken. Bei der alten Freundin Schutz suchen und dort Jonathans Geständnis mit anhören.

Sie hebt den Fuß, setzt ihn vorsichtig wieder auf. Die Sohle trifft auf Eis. Jane rutscht aus, wirft die Arme hoch und landet auf dem Steißbein. Der Schnee mildert den Aufprall, bleibt aber auch an ihrem Rock kleben. Mühsam setzt sie sich auf.

Jonathan fährt herum. Sie starren einander an. Er reißt die Augen auf, schwarze Pupillen inmitten von milchigem Weiß, seine Kinnlade klappt herunter, die Zähne sind gefletscht – das Spottbild eines Bösewichts. Er brüllt auf und will sich auf sie stürzen.

Jane stößt einen Schrei aus.

Der Schrei gellt so durch die Nacht, dass in den Bäumen erschrockene Vögel aufflattern. Es war ein Trugschluss zu glauben, Jonathan Harcourt sei zu mörderischer Gewalt nicht imstande. Er hat Zoë Renard umgebracht, und nun wird er auch sie umbringen. Jane schlägt das Herz bis zum

Hals. Den Tod vor Augen, denkt sie an ihr Schreibpult zu Hause auf dem Toilettentisch. Lady Susan ist in der Schublade eingesperrt. Im großen Fach liegen ganze Stapel unbeschriebenen Papiers, und das kleine Fass ist mit Schlehentinte gefüllt. Sollte sie jetzt und hier sterben, wird ihre Catherine es nie auf einen dieser Bögen Papier schaffen.

Zitternd setzt sie die Hände auf die Schneedecke und stemmt sich hoch. Sie will weglaufen, ist aber nicht schnell genug. Der Rand ihres Umhangs schnürt ihr den Hals zu, dass sie kaum Luft bekommt, und reißt sie zurück. Als sie hinfällt, legen sich Arme um ihre Taille und halten sie fest.

Sie hebt das Knie und tritt nach hinten, trifft Jonathan am Schienbein. Er jault auf und lässt sie für den Bruchteil einer Sekunde los. Alles um sie herum dreht sich. Dann schließen sich seine Finger um ihren Knöchel wie ein Schraubstock. »Zoë, bitte, geh nicht! Verzeih mir …« Jane taumelt und landet hart auf einem Knie. Hinter ihr liegt Jonathan auf dem Boden und umklammert ihren Schuh mit beiden Händen. »Zoë!«

Wild rüttelt Jane den Fuß hin und her.

Die Schuld, die er mit dem Mord auf sich geladen hat, hat Jonathan in den Wahnsinn getrieben. Er hält Jane für einen Geist, meint, sie wäre aus dem Grab zurückgekehrt, um ihn zur Strafe für seine Sünden zu quälen. Janes Lunge schmerzt, sie bekommt keine Luft, ihre Glieder sind schwer.

Da saust etwas Rotes durch ihr Blickfeld. Es ist Henry, Gott sei Dank. Er ist da, endlich, wie er es versprochen hat. »Lass meine Schwester los!«, brüllt er und stürzt sich über Jane hinweg auf Jonathan.

Ihr Fuß ist befreit.

Henry und Jonathan rollen ineinander verknäuelt durch den Schnee, immer weiter von Jane weg, bis zum Grab der Boltons. Dort drückt Henry Jonathan auf den Boden. Jonathan hält sich beide Arme übers Gesicht, um die Schläge abzuwehren.

»Henry?« Das ist Mr Austen, der in Morgenrock und Kappe durch den Schnee gestapft kommt. »Um des Himmels willen, Kinder, was geht hier vor?«

»Vater!« Jane kommt auf die Knie.

Mit offenem Mund dreht Mr Austen sich zu seiner Tochter um.

Inzwischen sitzt Henry, die Fäuste drohend erhoben, rittlings auf Jonathan. »Mir blieb keine Wahl, Vater. Er hatte Jane in seiner Gewalt.«

Jonathan schlägt die Hände vors Gesicht und stöhnt vor Verzweiflung.

»Jane! Hast du mit Jonathan Harcourt ...«, ruft Mr Austen mit schreckgeweiteten Augen.

»Nein!«, schreit Jane und merkt, wie ihr bei dieser lächerlichen Vorstellung das Blut in die Wangen schießt. Sie hat ganz allein einen Mörder ergriffen – und ihr Vater denkt an nichts anderes als ihre Tugend!

»Es ... es tut mir leid.« Jonathan dreht den Kopf zur Seite und schluchzt bitterlich. »Ich dachte, sie sei Zoës Geist.«

Henry richtet sich auf, steht breitbeinig über seinem Gefangenen und zeigt mit dem Finger auf ihn. »Er ist der Mörder, Vater. *Er* hat die Frau in Deane House umgebracht.«

Jonathan setzt sich auf. Sein Mantel ist schneebedeckt, in seinem wirren Haar hängen Eisklümpchen. »Das habe ich nicht, ich schwöre es. Nie im Leben hätte ich ihr etwas antun können. Ich habe sie geliebt!«

»Sie war seine Geliebte«, sagt Jane, geht auf wackligen Beinen zu ihrem Vater und klammert sich an seinen Arm. »Sie haben sich in Brüssel kennengelernt. Und sie hat ein Kind von ihm erwartet. Er musste sie aus dem Weg schaffen, damit er die reiche Sophy Rivers heiraten kann.«

Mr Austen fasst seine Tochter bei den Schultern. »Was zum Teufel redest du da?« Leicht schwankend dreht er sich zu den anderen um. »Ist das wahr, Jonathan?«

»Nein.« Jonathan reibt sich mit den Fäusten die Augen. »Sie war nicht meine Geliebte. Sie war meine Ehefrau.«

27. Kapitel

Die verschneiten Felder schimmern im Licht der Morgensonne. In der Hecke begrüßt ein Vogelchor tschilpend den neuen Tag. Auf dem Weg zurück durch den Garten stützt Jane ihren Vater. Hinter ihnen geht Henry mit Jonathan. Halb trägt, halb schleift er den angeschlagenen, weinenden Mann zum Pfarrhaus.

An der Hintertür steht Janes Mutter, die schlafende Anna auf der Hüfte wiegend, und hält Ausschau. Als der kleine Tross näher kommt, stößt sie die Tür auf. »Würde mir bitte jemand erklären, was hier vor sich geht?«

Jane hört ihren Zorn und wird langsamer.

»Henry und Jonathan haben sich geprügelt«, sagt Mr Austen und tritt in den engen Windfang. »In ihrem Alter, es ist kaum zu glauben! Ich dachte, rangelnde Schuljungen wären wir los. Jedenfalls bis das neue Schuljahr anfängt. Aber offenbar ist Jonathan Jane zu nahe getreten.«

Mrs Austen mustert ihre Tochter entsetzt. »Jane! Hast du mit Jonathan …«

»Nein!« Warum muss alles, was sie tut, als Liebeshändel gedeutet werden? Sie ist doch viel mehr, sie kann so viel mehr sein als eine Ehefrau! Mit den Füßen stampfend tritt sie ein und verteilt Schnee auf dem Teppich. »Er dachte, ich sei der Geist von Madame Renard, erschienen, um ihn zu verfolgen.«

»Ist es denn ein Wunder? Sieh dich nur an!« Mrs Austen lässt ihren Blick von Janes Schnürschuhen bis hinauf zur Kapuze wandern. Jane ist eine düstere, schwarz verhüllte Gestalt, das Gesicht kaum auszumachen. »Wenn du mir in diesem Aufzug entgegenkämst, ich würde vor Schreck tot umfallen. Du siehst aus wie das Kind einer irischen Todesfee und einer ägyptischen Mumie. Was hast du überhaupt zu dieser unchristlichen Stunde auf dem Friedhof verloren? Dein Schrei hat uns einen Todesschrecken eingejagt!«

Jane streift die Kapuze zurück und wickelt sich den Schal von Kopf und Gesicht. »Ich habe getan, was nötig war, um Georgy zu retten – nämlich bewiesen, dass er der Mörder ist«, sagt sie und zeigt auf Jonathan.

»Aber das bin ich nicht, das habe ich doch schon gesagt!« Jonathan dreht den Kopf und presst die Wange an Henrys Schulter. Sichtlich verblüfft, wie schnell aus ihrem verbissenen Kampf so etwas wie eine Umarmung geworden ist, schaut Henry auf ihn hinab.

»Nun ist es aber wirklich genug, Kinder.« Mr Austen reibt sich die Schläfen.

An der Tür zum Familiensalon erscheint Sally, bereits fertig angekleidet in Leinenkittel und Holzpantinen. Während sie Mr Austen aus dem nassen Morgenrock hilft und ihm stattdessen die Patchwork-Wolldecke reicht, starrt sie Jane mit offenem Mund an. Gott sei Dank hütet Jane Sallys Geheimnis, sonst würde die Kunde von ihrer neuesten Eskapade unter den Dienstboten von Basingstoke bis Winchester die Runde machen, noch ehe der Tag zu Ende ist.

Mrs Austen hält Anna fest an sich gedrückt. »Jonathan ist kein Mörder. Sieh doch, du hast den armen Jungen ganz aus der Fassung gebracht.«

Auf seinem blassen Gesicht sind Tränenspuren zu sehen, und er hat mit einem Schluckauf zu kämpfen.

Henry schaut seine Mutter mit Unschludsmiene an. »Das war Janes Einfall.«

»Ach! Wer ist denn hier die Petze?« Jane unterdrückt den Impuls, ihm einen Stoß zu versetzen. Stattdessen hängt sie ihren nassen Umhang auf, und ihre Mutter drückt ihr Anna in den Arm. Die Kleine grapscht mit klebrigen warmen Fingern nach ihrer eiskalten Nase.

Mrs Austen packt die Ärmel von Jonathans Mantel und schält sie ihm von den langen Armen. »Nun zieht erst mal die nassen Sachen aus, ihr tropft ja den ganzen Boden voll.« Dann schiebt sie alle in den Familiensalon, wo bereits ein schönes Feuer brennt. Sally steht neben dem Kamin, stochert mit dem Schürhaken zwischen den Scheiten und verfolgt haarklein, was sich um sie her abspielt.

Jane weicht Jonathan nicht von der Seite. Wie verzweifelt er auch sein mag, sie ist fest entschlossen, ihm die Wahrheit zu entlocken. »Wenn Sie Zoë Renard nicht umgebracht haben, warum haben Sie dann ihren Geist um Verzeihung gebeten?«

Er sinkt auf einen Stuhl, stützt den Ellbogen auf den Tisch und die Wange in die Hand. »Weil sie meine Frau war und ich sie im Stich gelassen habe.« Es tropft aus seinem dunklen Haar auf den Hemdkragen. »Ich wusste, dass Sie alle denken, ich hätte es getan. Deshalb haben Sie diese Predigt gehalten, oder? Das habe ich auch Mutter gesagt, aber sie war der Ansicht, ich sei zu empfindlich – wie immer.«

Mr Austen nimmt seinen gewohnten Platz ein, setzt sich mit dem Rücken zum Feuer. So im Nachthemd und mit der Decke um die Schultern sieht er aus wie ein mittelalterlicher König. »Hol meinen Portwein, Henry. Ich glaube, wir können alle einen Schluck vertragen.«

»Möchtest du nicht vielleicht lieber einen Brandy, Vater?«, fragt Henry mit betretener Miene.

»Nicht schon wieder!« Mr Austen schlägt mit der flachen Hand auf den blanken Tisch, dass es von den Wänden widerhallt. »Die Flasche war noch voll!«

Jane gleitet auf den Stuhl neben Jonathan. Anna behält sie auf dem Schoß. Die Kleine ist schön warm, tausendmal besser als jeder Bettwärmer. Sally holt sechs Kristallgläser aus der Anrichte und stellt sie auf den Tisch. Als Mr Austen eine Braue hebt, nimmt sie mit grimmiger Miene eins wieder weg. Henry bringt eine volle Flasche Brandy und gießt in jedes der fünf Gläser einen ordentlichen Schwall der goldenen Flüssigkeit.

Jonathan ergreift mit zitternden Händen sein Glas und kippt den Inhalt auf einen Zug hinunter. »Es stimmt ... wir haben uns in Brüssel kennengelernt, wie Sie sagen.« Er hält Henry das Glas hin, um sich nachschenken zu lassen. »Es war herrlich dort. Am liebsten wäre ich nie hierher zurückgekehrt. Ich war glücklich und zufrieden, habe als Porträtmaler meinen Lebensunterhalt verdient. Und Zoë war so begabt. Ihre Familie, die Renards – sie machen die feinste Spitze der ganzen Stadt, und zwar seit Generationen.«

»Und Sie haben sie geheiratet?« Mr Austen legt ihm die Hand auf den Arm, damit das Zittern aufhört.

»Ja.« Jonathan schluckt. In seinen rot geränderten Augen stehen Tränen. »Dann hörten wir, dass die Franzosen im Anmarsch seien, dass sie eine Invasion planten. Zoë wollte bleiben, sie war dort zu Hause. Ihre ganze Familie lebt dort.« Er trinkt noch einen Schluck Brandy. »Aber ich hatte Angst, sie könnten mich, ungeachtet meiner Art zu leben, als Adligen ausmachen und ... Sie wissen schon.«

Henry zieht sich den Zeigefinger quer über den Hals. »Hinrichten.«

»Genau. Gewiss haben Sie die Berichte gelesen. Vor den Jakobinern ist niemand sicher.« Seine rechte Wange und seine Unterlippe färben sich allmählich tiefrot und schwellen an – das Werk von Henrys Fäusten. »Deshalb habe ich Zoë überredet, mit mir nach England zu gehen. Ich habe bei dieser Flucht alles verloren. Es ging so schnell – eben war Brüs-

374

sel noch mein Zuhause, und plötzlich lief ich um mein Leben. Musste meine Bilder, meine Materialien, alles zurücklassen. Nach der Rückkehr wandte ich mich an meine Eltern und bat sie um Unterstützung, aber ...« Seine Stimme bricht.

Mr Austen tätschelt ihm den Arm. »Fahren Sie fort, Jonathan. Hier sind Sie in Sicherheit, das wissen Sie. Bei uns waren Sie immer in Sicherheit.«

Während Jane an ihrem Brandy nippt, erinnert sie sich an den unglücklichen Jungen mit den großen Augen, der damals als Schüler zu ihnen kam. Mit seinen Albträumen und nächtlichen »Missgeschicken« weckte Jonathan regelmäßig das ganze Haus auf, und bald gaben die anderen Jungen ihm den hässlichen Spitznamen »Bettnässer-Johnny«. Während seiner ersten Monate im Pfarrhaus erstarrte er schon vor Schreck, wenn er nur den eigenen Schatten erblickte, und – für die Austen-Kinder am wenigsten zu begreifen – noch mehr fürchtete er sich vor seinen Eltern.

Jonathan legt die Stirn in die Hände. »Sie haben Zoë nicht als meine Frau anerkannt. Angeblich, weil sie katholisch war, aber ich wusste, dass das nicht der Grund war. Es lag daran, dass meine Eltern sie für nicht standesgemäß hielten. Zoë kam aus einer Familie von Händlern, deshalb fanden sie sie nicht würdig, ihre Schwiegertochter zu werden. Mir hat dieser Unsinn nichts bedeutet. Sie war klug und liebenswert und so begabt.« Er schließt die Augen, und eine Träne rollt ihm über die Wange.

Bei allem Nachsinnen darüber, in welchem Verhältnis Jonathan zu Madame Renard gestanden haben mochte, ist Jane kein einziges Mal auf den Gedanken gekommen, dass er sie tatsächlich geliebt haben könnte, aber die Tränen jetzt, sein schmerzlicher Ausdruck zeigen ganz deutlich, dass es so war.

Mrs Austen tritt hinter Jonathan und legt ihm die Hände auf die Schultern. »Ach, Sie armer Junge.«

Er fährt sich mit dem Ärmel über die Nase. »Sie wollten mir einreden, unsere Ehe sei hier ungültig, weil wir in einer katholischen Zeremonie geheiratet hatten.«

»Das ist nicht richtig«, sagt Mr Austen stirnrunzelnd. »In den Augen der anglikanischen Kirche hat eine katholische Zeremonie volle Gültigkeit.«

»Ich weiß.« Jonathan nickt. »Und ich habe mir nie etwas anderes gewünscht. Ich habe mein Bestes getan, um mich gegen meine Eltern zu behaupten, aber zugleich war ich so dringend auf ihre Hilfe angewiesen. Außer den Kleidern, die ich am Leib trug, hatte ich nichts mitnehmen können, und ohne meine Farben, Pinsel und Leinwände hatte ich keine Möglichkeit, etwas zu verdienen. Ich musste ganz von vorn anfangen. Sie aber sagten, sie würden mir nur etwas vorschießen, wenn ich mich bereit erklärte, Miss Rivers zu heiraten. Und … es ist schwer zu erklären, aber sie haben so eine Art, die Dinge zu verdrehen. Das war schon immer so. Vor allem deshalb bin ich damals auf den Kontinent gegangen. Weil ich von ihnen wegwollte.«

Mrs Austen reicht ihm ein Taschentuch. Jane fällt wieder ein, was er auf dem Ball gesagt hat. *Gott, ich wünschte, ich hätte nie wieder einen Fuß auf diese Insel gesetzt.* Nicht, weil er schuldig war, sondern weil seine Frau ermordet worden war und sein Herz gebrochen.

»Ich mietete ein Zimmer in Basingstoke, wo Zoë wohnen konnte, solange ich mich in Deane House aufhielt und versuchte, meine Eltern umzustimmen. Irgendwann gestand mein Vater schließlich, dass er mir, selbst wenn er wollte, nicht helfen könnte, weil er beim Kartenspiel so hohe Schulden angehäuft hatte. Und dann sagte er, dass meine Weigerung, Sophy Rivers zu heiraten und uns ihre Mitgift zu sichern, alle in den Abgrund reißen würde. Dass er dann bankrott wäre und alles dahin. Unsere Pächter würden Haus und

Hof verlieren und müssten hungern. Und ich hätte erst recht keine Aussicht mehr, Zoë versorgen zu können. Wir wären allesamt ruiniert – nur weil ich so stur sei. Schließlich habe ich nachgegeben und zugesagt – einfach um etwas Zeit zu gewinnen. Wir …«, er unterdrückt ein Schluchzen, »… wir haben ein Kind erwartet. Ich brauchte Geld: für eine bessere Wohnung für Zoë, für einen Arzt. Ich glaube nicht, dass ich zu einer Hochzeitszeremonie erschienen wäre – ich wusste ja, dass das Betrug gewesen wäre, mit dem einzigen Ziel, Miss Rivers um ihre Mitgift zu bringen –, aber zu dem Zeitpunkt habe ich keinen anderen Ausweg gesehen.«

Als sie Jonathan weinen sieht, muss Jane selbst die Tränen zurückhalten. Er ist so aufgelöst, dass er noch nicht einmal versucht, sich einen Rest Würde zu bewahren. Henry, der das nicht länger aushält, geht hinüber zum Kamin und kehrt ihnen den Rücken zu. Die ganze Zeit haben sie, Jane und er, nach Hinweisen auf Jonathans Schuld geforscht, und dabei hat der arme Mann immer nur verzweifelt versucht, seine Trauer zu verbergen.

»Ich habe am Abend des Balls nicht gewusst, dass Zoë da war.« Er schnäuzt sich und trocknet sich die Wangen. »Ich hatte ihr nicht erzählt, dass meine Eltern mich zur Hochzeit mit einer anderen Frau drängten, sondern nur, dass sie noch etwas Zeit brauchten, um sich an den Gedanken zu gewöhnen, dass ich verheiratet bin. Dass sie ermordet worden war, erfuhr ich, als Henry den Leichnam fand, keinen Augenblick früher … Und ich weiß bis heute nicht, was geschehen ist. Ich war so verzweifelt, und ich konnte das niemandem erklären. Mein Vater hatte Zoë nie zu Gesicht bekommen. Er verstand nicht, warum ich so außer mir war, und nannte mich hysterisch. Er befahl den Dienern, mir etwas von Mutters Tropfen einzuflößen, mich in mein Zimmer zu zerren und dort einzuschließen … Und als Georgy mit der Kette erwischt wurde, versuchte meine Mutter, mir weiszumachen, dass er sie getötet hatte. Aber ich wusste, dass das nicht sein konnte. Die Kette konnte erst verschwunden sein, nachdem der Leichnam gefunden worden war, denn anders wären sie nicht an meinen Ring gekommen.« Er hebt die Hand. Sie zittert immer noch.

»Also *war* es Ihr Ring.« Jane beugt sich vor und sieht sich den Siegelring an seinem kleinen Finger genau an. »Sie haben ihn ihr geschenkt, und sie hat ihn mitsamt ihrer Kette zum Pfandleiher gebracht?«

»Das musste sie. Anders hätte sie das Zimmer in Basingstoke nicht bezahlen können. Ihre Garne und Klöppelutensilien hatten wir mitgebracht, sie waren leichter zu transportieren als meine Leinwände und Pigmente. Aber es brauchte Zeit, bis sie eine gewisse Menge an Spitzen hergestellt und sich einen Namen gemacht hatte.« Er lässt die Hand wieder sinken und dreht den Ring unentwegt hin und her. »Es war ihr Ehering. Weil er aber immer an den Klöppeln hängen blieb, hat sie ihn an ihrer Kette getragen. Die muss sie umgehabt haben, als sie getötet wurde …«, er birgt schluchzend das Gesicht in den Händen, »… denn irgendwer hat ihr den Ring abgenommen. Als ich am nächsten Morgen aufwachte, saß er wieder an meinem Finger.«

Mrs Austen kniet neben ihm nieder und streicht ihm das Haar aus dem Gesicht. »Sie armer Junge. Was hat man Ihnen angetan.«

Es hält Jane nicht länger. Sie steht auf und übergibt die schlafende Anna an Sally. Mit weichen Knien schleicht sie sich zur Hintertür, hofft, dass ihre Eltern und Henry es nicht bemerken. Während die anderen noch mit dem verzweifelten Jonathan beschäftigt sind, muss sie das, was sie angefangen hat, zu Ende bringen. Jonathan hat die Spitzenklöpplerin nicht ermordet, so viel steht fest. Und Sir John – wenn er gar nicht wusste, wer sie war, hatte auch er keinen Grund, sie umzubringen. Damit steht auf ihrer Liste von Verdächtigen nur noch eine, Mrs Twistleton, und nach allem, was sie gerade gehört hat, ist Jane fest entschlossen, sie zur Rede zu stellen.

28. Kapitel

Sie tritt hinaus in den Garten und steht schon wieder knöcheltief im Neuschnee. Während sie im Haus war, ist noch mehr heruntergekommen. Sie war so gefesselt von Jonathans Geschichte, dass sie nichts davon bemerkt hat. Die Fußspuren von vorhin sind zugeweht, ebenso der mühsam freigeschaufelte Weg. Auf den Feldern liegt der Schnee wohl eine Elle hoch. Den Hügel zur Kirche hinaufzukommen war schon anstrengend genug, den ganzen Weg bis nach Deane House wird sie bei diesem Schneesturm zu Fuß niemals schaffen. Schicksalsergeben stapft sie durch Garten und Hof und wendet sich in Richtung der Ställe. Wenn sie Georgy retten will, muss sie auch die letzte ihrer Ängste noch überwinden.

Die Sattelkammer ist nicht abgeschlossen. James redet Mr Austen immer zu, er solle ein Schloss anbringen, doch ihr Vater glaubt viel zu sehr an das Gute im Menschen, als dass er ernsthaft Diebe fürchten würde. Sie sieht die verschiedenen Zaumzeuge durch. Bislang ist sie auf keinem der Pferde, die derzeit in den Ställen stehen, geritten. Die unruhige Stute, die sie abgeworfen hat, ist längst auf dem Schindanger gelandet. Jane hat nicht die leiseste Ahnung, welches Zaumzeug für Greylass passen könnte. Allerdings gibt es eins, und nur eins, mit schwarz-braunen geflochtenen Schmuckbändern entlang des Stirnriemens. So etwas Süßliches kann nur Cassandra für ihr Pony ausgesucht haben.

Der Damensattel liegt noch auf dem Boden, da, wo sie selbst ihn hat fallen lassen. Sie hängt sich das Zaumzeug um den Hals und hebt den schweren Sattel mit beiden Händen auf.

Greylass hebt den Kopf und richtet zum Gruß die Ohren nach vorn.

»Tut mir leid, mein Mädchen, ich habe dir die versprochene Möhre nie gebracht. Aber wenn du mir hilfst, diese Teufelin zu fangen, bringe ich dir ein ganzes Bund!«

Zögernd betritt sie den Stall. Bei der Aussicht, zwischen dem Pferdeleib und der Ziegelmauer platt gedrückt zu werden, krampft sich alles in ihr zusammen. Greylass aber tänzelt beiseite, um ihrer Besucherin Platz zu machen. Die Trense ist kalt. Mit zitternden Händen und Sorge vor Greylass' enormen Zähnen drückt Jane sie ihr ins Maul, doch das Pony bleckt bereitwillig die Zähne und sträubt sich nicht einen Augenblick. »Das hätten wir geschafft!« Jane legt dem Tier das Zaumzeug an und schnallt die Riemen fest, dann hievt sie den Sattel auf seinen breiten Rücken. Sie kann nur beten, dass sie sich Franks Anweisungen fürs Aufzäumen richtig gemerkt hat. Sie darf nicht versagen bei ihrer Mission, und sie darf nicht herunterfallen. Als sie das Pony hinaus auf den Hof führt, wiehert es, schnaubt weiße Wolken aus und schubst mit den Hufen den Schnee aus dem Weg.

»Ja, der ist tief, was?« Jane tätschelt Greylass den Hals und führt sie zum Aufsitzblock. »Sonst könntest du gemütlich in deinem Stall stehen bleiben, und ich müsste nicht riskieren, mir das Genick zu brechen. Aber was sein muss, muss sein.«

Sie rafft ihre Röcke und schlägt sie über den Arm, dann legt sie beide Hände auf den Sattel, stellt einen Fuß in den Steigbügel, schließt die Augen, nimmt allen Mut zusammen und schwingt sich hoch. »Bitte, bitte, bitte …« Als ihr bewusst wird, dass sie aufrecht im Steigbügel steht, lacht sie vor Freude, setzt sich und rutscht so lange hin und her, bis sie die richtige Position im Sattel gefunden hat. Ungewohnt nach so vielen Jahren. Eine Gerte hat sie nicht mitgenommen, aber Cassandras treues Ross braucht auch keine. Kaum sitzt Jane richtig, setzt Greylass sich in Bewegung. Es ist, als wüsste sie, wo es hingehen soll.

Anfangs ist Jane noch steif und starr, und bei jedem Schritt hebt sich ihr der Magen, doch dann spürt sie mit einem Schlag eine ungeahnte Energie in sich aufsteigen. Die angespannten Muskeln geben nach, das Herz weitet sich, es ist ein Gefühl von großer Freiheit. Sie ist auf dem Weg – durchquert den Hof in leichtem Trab.

Der Wind küsst ihre Wangen und lässt die Röcke hinter ihr wehen. Da der Schnee so hoch liegt, scheint der Boden weniger weit weg. Da fliegt die Hintertür des Pfarrhauses auf, und Henry kommt heraus. »Jane! Warte!« Mit hocherhobenen Armen winkend läuft er ein paar Schritte hinter ihr her.

Jane aber, sicher zu Pferd, biegt bereits in die Straße ein. Sie hält die Zügel dicht an der Brust und lehnt sich etwas zurück. Greylass fällt in Galopp. Jane ist, als würde sie fliegen, während sie durch die weiße Ödnis prescht, auf der Jagd nach der Frau, die Zoë Harcourt ermordet hat.

Als sie die Auffahrt von Deane House erreicht, fühlt sie sich lebendiger als je zuvor. Ihre Wangen glühen, das Herz schlägt kraftvoll in ihrer Brust. Ein Stallbursche, der sich noch den Schlaf aus den Augen reibt, fegt den Schnee vom Weg. »Hier.« Jane sitzt ab und wirft ihm die Zügel zu. »Reite, so schnell du kannst, zu den Lloyds in Deane. Sag Mr Craven, Miss Austen weiß, wer sein Mörder ist, und wird gleich ein Geständnis haben. Du bekommst Sixpence dafür. Und nun los, eil dich!«

»Wie Sie wünschen, Miss.« Der junge Mann sitzt auf und

galoppiert davon. Jane schaut hinüber zu dem Gebüsch unter dem Erkerfenster, wo Georgy die Kette gefunden haben muss. Erfüllt von gerechtem Zorn, trommelt sie mit beiden Fäusten gegen die massive Eichentür und verlangt Einlass, so laut sie kann. Ihr ist, als dauerte es Stunden, bis die Tür endlich einen Spalt aufgeht.

Es ist der Butler, noch mit Nachtmütze, der vorsichtig den Kopf in die Kälte herausstreckt.

Sofort schiebt Jane einen Fuß in die Tür und schlüpft an ihm vorbei.

In der schummrigen Halle steht Mrs Twistleton in einem rüschenbesetzten Morgenrock. »Miss Austen?« Sie weicht einen Schritt zurück und hebt einen Messingleuchter hoch, sodass das Kerzenlicht auf ihre blasse Wange fällt.

Jane geht über den türkischen Teppich, geradewegs auf sie zu, bis sie einander gegenüberstehen. »Wussten Sie, wer sie war? Sind Sie ihr in Basingstoke begegnet, im *Angel Inn?*« Mrs Twistletons dunkle Brauen schießen in die Höhe. Sie rafft den Morgenmantel am Hals zusammen. »Madame Renard war Mrs Harcourt, Jonathans Frau. Nicht seine Geliebte, seine Ehefrau. Sie muss hergekommen sein, weil sie ihn sehen wollte. Und aus irgendeinem Grund lag sie am Ende tot in dieser Kammer eingeschlossen.«

»Miss Austen, sind Sie wohlauf? Sie reden wirr.« Mrs Twistleton schaut hilfesuchend den Butler an, doch der macht keine Anstalten einzugreifen.

Jane beißt die Zähne zusammen. Das ist ihre letzte Chance, Georgy zu retten. Wenn sie jetzt nicht die Wahrheit ans Licht bringt, war alles umsonst. Dann wird ihr Bruder, der unschuldigste Mensch auf Erden, für die Sünden anderer sterben. »Sie müssen die Wahrheit sagen, nur so können Sie errettet werden. Halten Sie die Wahrheit zurück, wird die Sünde Ihrer unsterblichen Seele auf ewig anhängen.«

»Welche Sünde?«, ruft Mrs Twistleton schrill. »Ich habe mich keiner schuldig gemacht!«

Der Butler, der inzwischen neben ihr steht, verzieht das Gesicht.

Jane holt tief Luft. »Außer Ehebruch sind da noch falsche Anschuldigungen gegen andere. Im Wald von Deane House haben sich keine Fremden herumgetrieben, Mrs Twistleton, und das wussten Sie. Sie können von Glück sagen, dass die Suchtrupps am Tag nach dem Mord keine Vagabunden aufgegriffen haben, sonst wäre womöglich ein weiterer armer Mensch ohne eigenes Verschulden ums Leben gekommen. Wie viele Unschuldige wollen Sie noch in den Tod schicken, nur um sich Ihren Platz in dieser Familie zu sichern, Deborah?«

»Nein!« Mrs Twistleton greift sich an die Kehle.

Jane macht noch einen Schritt auf sie zu, bis sie ihren Atem spürt. Wenn sie nicht alles täuscht, riecht sie einen schwachen Hauch Gin. »Ich weiß, wer den Mord begangen hat, Mrs Twistleton. Mehr noch, ich weiß, dass Sie es ebenso wissen. Sie haben Sir John schon verloren. Es hat keinen Sinn, es noch länger zu verheimlichen.«

»Nein, Miss Austen … Ich weiß nicht, wovon Sie sprechen.«

»Sie wissen es nicht?« Jane zeigt in Richtung der Kammer. »Dann öffnen Sie diese Tür!«

»Das kann ich nicht.« Die Lippen der Haushälterin beben. Sie weicht noch weiter zurück.

Jemand hämmert an die Haustür. Der Butler macht auf, und ein Schwall eisiger Luft fegt herein. Der Windstoß löscht Mrs Twistletons Kerze, und es ist wieder schummrig in der Halle. In der offenen Tür steht Henry in voller Soldatenmontur, vor dem ersten Tageslicht nur als Silhouette zu sehen.

Hat ihre Mutter ihn geschickt, damit er sie nach Hause holt? Jane macht einen Schritt zurück, um außerhalb seiner Reichweite zu bleiben. Sie legt beide Hände flach an die Tür zur Wäschekammer.

Henry stürmt herein. »Jane?«

Hinter ihm erscheint Mr Craven in der offenen Tür und sperrt mit seiner umfangreichen Statur das Tageslicht aus. »Miss Austen? Was machen Sie schon wieder hier?«

Nun taucht oben an der Treppe Lady Harcourt auf. Der Messingkronleuchter gibt ein leises Klirren von sich, als sie nach unten gelaufen kommt. Sie ist in einen pflaumenblauen Morgenrock gehüllt und hat einen farblich passenden Turban auf dem Kopf. »Was geht hier vor? Ich versuche dort oben zu schlafen!«

Gewärtig, jeden Augenblick weggezerrt zu werden, spannt Jane sämtliche Muskeln an. Sie werden sie nicht zum Schweigen bringen. Wenn es sein muss, wird sie so lange um sich treten und schreien, bis sie gesagt hat, was sie sagen will. Die Liebe zu Georgy wiegt schwerer als alle Anstandsregeln. »Als Henry und Mrs Chute den Leichnam fanden, war die Tür zur Wäschekammer abgeschlossen. Haben Sie das gewusst, Mr Craven?«

»Ich habe tatsächlich Spuren gewaltsamen Eindringens gesehen, ja. Es hatte den Anschein, als hätte jemand das Schloss wenig fachmännisch mit einem scharfen Gegenstand bearbeitet.«

Henry setzt eine beschämte Miene auf. »Nun also – ja. Ich fürchte, das war ich.«

Mr Craven nickt, was wohl heißen soll, dass er sich das bereits gedacht hat. Wieder einmal ein Geheimnis unter Gentlemen. Sehr bequem, dass sie sich jederzeit einer auf die Diskretion des anderen verlassen können!

»Mrs Twistleton, ich fordere Sie auf, augenblicklich diese

Tür zu öffnen oder uns zu erzählen, was an dem Tag wirklich passiert ist«, ruft Jane mit erstickter Stimme und schlägt mit der flachen Hand gegen die Tür.

»Ich kann nicht«, sagt Mrs Twistleton und legt die Hand vor den Mund.

»Wirklich, Miss Austen«, sagt Mr Craven. »Ich habe Sie wiederholt aufgefordert, die Familie Harcourt in Frieden zu lassen.«

Lady Harcourt bleibt auf dem Treppenabsatz stehen, gleich neben der Büste von Edwin. »Schaffen Sie sie fort aus meinem Haus.« Ohne die übliche Unterstützung durch Puder und Rouge ist sie aschfahl. Ein Spiegelbild der Totenmaske ihres Sohnes, ein Gesicht ohne jede Spur von Wärme.

»Keine Sorge, ich kümmere mich darum, Lady Harcourt«, versichert Mr Craven. »Also, Miss Austen, kommen Sie! Ich werde mit Ihrem Vater ein ernstes Wort reden müssen.«

Henry aber streckt den Arm vor, um ihn aufzuhalten, richtet sich kerzengerade auf und holt tief Luft. Seine Augen schimmern bernsteinfarben. »Mr Craven, als Offizier der Streitkräfte Seiner Majestät obliegt es mir, für Ruhe und Ordnung zu sorgen.«

Mr Craven nickt. »In der Tat, Sir.«

Henry dreht sich um und schaut Jane an.

Sie hält seinen Blick fest, fleht ihren Bruder stumm an, sie nicht im Stich zu lassen. *Glaub an mich, Henry, du weißt, dass ich recht habe.*

Henry zieht seinen Säbel. Jane beginnt zu zittern, als er die gebogene Klinge auf die Stelle richtet, an der sie steht, den Eingang zur Wäschekammer. Mit klarer, vernehmlicher Stimme sagt er: »Mrs Twistleton, Ma'am, wir sind im Namen des Königs hier. Daher ordne ich an, dass Sie tun, was meine Schwester sagt, und augenblicklich diese Tür öffnen.«

»Henry!« Mit einem Schlag ist Jane warm ums Herz.

Er ist auf ihrer Seite, wie immer. Manchmal treibt er sie zum Wahnsinn, ja, aber ihr Bruder steht zu ihr, und sei es gegen die ganze Welt.

Die Haushälterin stützt sich mit einer Hand auf die Anrichte. »Nein, Lieutenant Austen. Sie haben mich falsch verstanden, Sir. Es ist nicht so, dass ich nicht will. Ich *kann* nicht.« Sie schließt die Augen, als müsste sie allen Mut zusammennehmen. »Man hat mir nie einen eigenen Satz Schlüssel gegeben.«

»Ich wusste es!« Jane fährt zu Lady Harcourt herum. »Sie waren es! Sie haben Zoë umgebracht. Sie sind die Einzige, die es überhaupt gewesen sein kann. Als Henry sie gefunden hat, hatte sie ihre Kette nicht mehr um. Weil Sie sie ihr weggerissen haben, um an Jonathans Ring zu kommen. Sie waren so außer sich, dass Ihr Sohn es gewagt hatte, ohne Ihre Erlaubnis zu heiraten, dass Sie Ihre eigene Schwiegertochter ermordet haben.«

Lady Harcourt weicht zurück. »Jonathan hatte nicht das Recht, diesen Ring weiterzugeben. Eigentlich sollte er ihn gar nicht haben. Wir hatten ihn für Edwin machen lassen.«

»Aber Zoës Kette bedeutete Ihnen nichts, deshalb haben Sie sie einfach aus dem Fenster geworfen. Ins Gebüsch, wo mein Bruder, mein lieber, harmloser, unschuldiger Bruder, sie gefunden hat. Und Sie hätten zugelassen, dass er für das Verbrechen, das Sie begangen haben, gehängt wird.« Anfangs war Jane noch nicht einmal auf den Gedanken gekommen, Jonathans Mutter auf ihre Liste von Verdächtigen zu setzen. Dabei hatte Lady Harcourt genauso viel zu verlieren wie Jonathan und sein Vater, und sie ist die Einzige in der Familie, bei der Jane erlebt hat, wie sie in einer Aufwallung von Wut um sich geschlagen hat. Und wie Jane von Hannah erfahren hat, verfügt sie allein über die Schlüssel von Deane House.

»Verschwinden Sie aus meinem Haus! Sie sind genau wie

sie. Wie können Sie es wagen, mit Ihrer widerwärtigen Anwesenheit mein Heim zu besudeln? Sie sind ein Nichts, ein Niemand, und Sie wollen mir alles nehmen? Sie sind es nicht wert, dieselbe Luft zu atmen wie ich, die ich einer blaublütigen Familie entstamme, dem edelsten und besten Adel.« Lady Harcourt beugt sich zu der Statue und umschlingt sie mit beiden Armen, sodass das kalte Steingesicht an ihrem Busen liegt. »Genügt es nicht, dass mir mein Edwin genommen wurde, zu edel für diese Welt? Dass dieser Dummkopf von einem Ehemann mit Glücksspiel und Weibergeschichten mein gesamtes Vermögen durchgebracht hat? Und dann hat diese dreckige katholische Hure sich Jonathan geangelt, den erbärmlichen Schwächling, um einen …«, das Wort bleibt ihr im Halse stecken, »… einen *Händler* aus ihm zu machen!« Jetzt bebt sie vor Zorn. »Das lasse ich nicht zu, verstehen Sie? Ich bin die Frau eines Baronets, die Mutter seines Erben und Herrin auf Deane House – oder ich bin nichts.«

Jane hört fassungslos zu. Das ist ein Geständnis. Lady Harcourt hat Zoë ermordet.

Den Säbel immer noch gezogen, macht Henry ein paar Schritte auf die Treppe zu. »Madam, ich fürchte, Sie müssen mich begleiten.«

Gleich hinter ihm steht Mr Craven. Lady Harcourt bückt sich ein wenig und drückt einen Kuss auf Edwins Steinlocken. Dann richtet sie sich auf, und in derselben Bewegung stößt sie die Büste mit beiden Händen von ihrem Sockel. Die Büste kippt und poltert treppab, geradewegs auf Henry und Mr Craven zu. Stufe um Stufe schlägt der marmorne Edwin auf, seine Nase bricht weg, Henry will beiseitespringen, doch Mr Craven steht zu dicht hinter ihm. Für den Bruchteil einer Sekunde segeln beide Männer durch die Luft.

Oben schleift die Schleppe von Lady Harcourts Morgenrock über den Treppenabsatz und verschwindet.

Mr Craven und Henry fallen und rollen als unüberschaubares Gewirr aus Armen und Beinen über den Boden. Scheppernd landet der Säbel auf dem harten Holz. Die Büste kullert weiter, bis sie schließlich zu Füßen der entsetzten Mrs Twistleton liegen bleibt.

Jane rafft ihre Röcke und setzt über die beiden Männer hinweg, um der flüchtigen Mörderin nachzujagen. Immer zwei Stufen auf einmal nehmend, stürmt sie die Treppe hinauf, dass die eigenen Schritte ihr in den Ohren hallen.

Im ersten Stock angelangt, bleibt sie atemlos stehen.

In dem langen Flur gibt es unzählige Türen. Hinter welcher ist Lady Harcourt verschwunden? Jane rennt zum Ende des Flurs, in die Richtung, in der sie das Erkerfenster über dem Gebüsch vermutet. Die letzte Tür ist nur angelehnt. Daneben hält eine leere Rüstung mit Streitaxt Wache.

Mit dem Fuß stößt Jane die Tür auf.

Lady Harcourt ist nur von der Seite zu sehen. Sie steht, ein Fläschchen in der Hand, vor einem Himmelbett. Sowie sie Jane wahrnimmt, lächelt sie höhnisch, legt den Kopf in den Nacken, setzt das Fläschchen an und stürzt den Inhalt hinunter.

»Nein!«, schreit Jane und streckt die Hand aus.

Eisern entschlossen presst Lady Harcourt die Lippen aufeinander. Dann ist Jane bei ihr, schlägt ihr die Flasche aus der Hand und wirft sie an die Wand, wo sie zerspringt. Zu spät. Lady Harcourt würgt, greift sich an den Hals, schluckt immer wieder, schnappt nach Luft und läuft dunkelrot an.

Jane ist dem Ziel so nahe! Aber ohne unterschriebenes Geständnis könnte alles vergebens gewesen sein. Sie hört schwere Schritte auf der Treppe. Kurz darauf erscheinen Mr Craven und Henry, gefolgt von Mrs Twistleton und dem Butler. Mit schreckgeweiteten Augen bleiben sie auf der Schwelle stehen. Lady Harcourt sackt zu Boden und ächzt und windet sich, während ihr Erbrochenes aus dem Mund schießt.

Verzweifelt kniet Jane neben ihr nieder, packt sie und klopft ihr auf den Rücken, aber sie kann nicht verhindern, dass sie am eigenen Erbrochenen erstickt.

»Hör auf, Jane.« Henry geht vor ihr in die Hocke. »Lass sie gehen.«

Zögernd gibt Jane die Frau frei, dreht sie vorsichtig auf die Seite und schiebt ihr einen Arm als Kissen unter den Kopf. Aus Lady Harcourts Gesicht ist jegliche Farbe gewichen, ihr Blick ist leer, die Fingerspitzen laufen blau an.

Nach einer Weile nähert sich Mrs Twistleton, kniet sich hin, legt ein Ohr auf die Brust ihrer Herrin und lauscht. Schließlich hebt sie den Kopf. »Herr im Himmel, sei uns gnädig … ich höre sie nicht atmen.« Dann legt sie zwei Finger an Lady Harcourts Hals. »Und fühle keinen Puls.«

Jane klammert sich an Henry und starrt Mr Carven ängstlich an. »Aber Sie haben es gehört! Sie haben ihr Geständnis gehört. Bitte sagen Sie, dass Sie es gehört haben!«

Mr Craven lässt sich vor ihr auf ein Knie nieder und zieht die buschigen Brauen zusammen. »Ich habe es gehört, Miss Austen. Ich habe gehört, was sie sagte, und ich habe auch Sie gehört.«

Jane wirft sich schluchzend in Henrys Arme, und er hält sie fest. Ihr ganzer Körper wird schlaff, und zum ersten Mal, seit Georgy verhaftet wurde, kann sie wieder befreit atmen.

29. Kapitel

Zoë, 11. Dezember 1795

Die Postkutsche hält vor dem *Dean Gate Inn*. Zoë klettert vom Dach herunter, wobei sie darauf bedacht ist, ihre Chintzröcke eng zusammenzuhalten. Das Pfeifkonzert von Arbeitern, die vor dem Gasthaus herumstehen, ist nur eine von vielen Erniedrigungen, die sie erdulden muss, seit sie in dieses verhasste Land gekommen ist. Eine Schwingtür geht auf, und heraus kommt eine Bedienung mit einem großen Tablett voller frisch gebackener Pasteten. Zoë fragt sie, wo es nach Deane House geht, und die Frau nickt in Richtung der Straße. In der Ferne ist ein hochherrschaftliches Ziegeldach zu erkennen. Zoës Herz beginnt zu rasen.

Was sie anspornt, sind die Bewegungen in ihrem Bauch. Um ihres ungeborenen Kindes willen muss sie mit den Harcourts sprechen. Dass sie ihren »englischen Lord«, wie ihre Eltern ihn nennen, geheiratet hat, bereut sie nicht, aber die geliebte Heimat zu verlassen ist ihr sehr schwergefallen. Sie hat sich Mühe gegeben, war geduldig, wollte Jonathans Eltern Zeit lassen, den Gedanken, dass und mit wem er verheiratet ist, zu akzeptieren. Ihre eigene Familie war anfänglich auch dagegen. Ihr Vater ist ein erfolgreicher Kaufmann, er wünschte sich für seine Jüngste eine einträglichere Verbindung mit einem gut gestellten Bürgerlichen. Auch sie selbst hat trotz ihrer romantischen Veranlagung nie erwartet, dass sie einmal so närrisch sein könnte, aus Liebe zu heiraten. Den Unterricht an der Königlichen Akademie hat sie besucht, um ihre zeichnerischen Fähigkeiten zu verbessern, nicht um sich einen Ehemann zu angeln. Die meisten Männer nahmen das Grüppchen Frauen, die es neuerdings in der Institution gab, gar nicht zur Kenntnis.

Als der seltsame junge Engländer gar nicht aufhörte, sie anzustarren, dachte sie, dass es aus derselben Geringschätzung heraus geschah. Ja, er sah gut aus mit seinem rabenschwarzen Haar, hochgewachsen, vornehm, aber was ihre Aufmerksamkeit vor allem erregte, war seine Gabe, zu erfassen, was die einzelnen Modelle jeweils ausmachte. Und eines Tages beugte er sich über ihre Staffelei und flüsterte: »Sagen Sie, Mademoiselle, wie kann es sein, dass Sie Zeichenkohle in den gleichen Erdtönen und das gleiche Papier benutzen wie wir anderen und damit solch sublime Kontraste von Licht und Schatten schaffen?« Und damit war ihr Herz für immer an ihn verloren.

Als sie endlich eingewilligt hatte, ihn zu sich nach Hause zu bitten und ihrer Familie vorzustellen, konnte sie erfreut zusehen, wie er auch sie mit seiner ruhigen, respektvollen Art für sich einnahm. Stück für Stück freundete ihr Vater sich mit dem Gedanken an diese Heirat an. Ihr Jonathan mochte in die englische Aristokratie hineingeboren sein, aber ein Faulpelz war er nicht. Solange er noch an der Akademie war, blieb er nach dem Unterricht oft länger im Atelier, um Arbeiten zu vollenden, die er verkaufen konnte. An manchen Abenden stand er auf dem Marktplatz und fertigte gegen Bezahlung Karikaturen an. Bald stellte Zoës Vater ihn seinen Freunden vor, wohlhabenden Kaufleuten, und es regnete Aufträge.

Eine leuchtende Zukunft schien vor ihnen zu liegen – bis sich die beängstigende Neuigkeit herumsprach. Die französische Revolutionsarmee marschierte auf die Stadt. Jonathan wollte augenblicklich fliehen. Zoës Familie hielt das für übertrieben, doch die Zeitungsberichte über die Schauprozesse und Massaker in Paris legten etwas anderes nahe. Wenn die Königin von Frankreich vor Madame Guillotine nicht sicher war, wie konnte Zoë da ihrem adligen Ehemann garantieren, dass er es wäre?

Jonathan warnte sie, sagte, sie würden ganz von vorn anfangen müssen, seine Eltern würden die Mitteilung, dass er ohne ihre Billigung geheiratet hatte, nicht freundlich aufnehmen. Seine Mutter sei ein Drachen, sagte er, sein Vater ein Feigling, der Schwächere gern drangsalierte – aber alle Welt weiß ja, dass die Engländer ein seltsamer Menschenschlag sind. Sie haben keinen Familiensinn und sind nicht imstande, einander ihre Gefühle zu offenbaren. Es verblüfft Zoë immer wieder, mit welcher Leidenschaft Jonathan, in der Öffentlichkeit stets kühl und reserviert, sie hinter verschlossenen Türen liebt.

Sie hatte das Ehegelübde fast noch auf den Lippen, wie hätte sie da anders handeln können? Niemals hätte sie sich freiwillig von ihrem Mann getrennt, wie lange seine Eltern auch brauchen mochten, um sie zu akzeptieren.

Nun ist sie es müde, die folgsame Ehefrau zu spielen. Drei Monate hat sie als Witwe gelebt, hat die Demütigung ertragen, ihren Schmuck versetzen zu müssen, damit sie Zimmer und Essen bezahlen kann. Jetzt hat eine ihrer Kundinnen, die junge Dame mit den bedauerlichen Pockennarben, ihr erzählt, dass es einen großen Ball geben wird, bei dem die Verlobung des Erben von Deane House mit einer schönen, wohlhabenden Erbin aus der Gegend bekannt gegeben werden soll. Und das nach allem, was sie, Zoë, geopfert hat, um bei Jonathan sein zu können …

Sie weiß, dass ihr Mann der Erbe von Deane House ist. Er kann unmöglich eine Verlobung mit einer anderen eingehen, denn er ist – vor Gott und nach dem Gesetz der Menschen – mit ihr, Zoë, verheiratet. Deshalb ist sie hergekommen. Sie wird es den Harcourts ins Gesicht sagen. Wie kommen diese Leute dazu, sie zu behandeln, als wäre sie Jonathans Mätresse? *Was nun Gott zusammengefügt hat, das soll der Mensch nicht scheiden.*

Langsam rückt das stattliche Tudor-Haus mit den schwarzen Balken, den Türmchen und Giebeln in ihr Blickfeld, doch es schüchtert sie nicht ein. Jonathans Eltern sind so hoch verschuldet, dass sie Gefahr laufen, ihr Dach über dem Kopf zu verlieren. Jonathan, pragmatisch, wie er ist, hat ihnen vorgeschlagen, das Haus zu vermieten und in eins der Cottages auf dem Besitz zu ziehen, damit sie Rückzahlungen leisten können, doch sie sind zu borniert, um auf ihn zu hören. So ist es mit Aristokraten: Ein ausgeglichenes Kassenbuch hat für sie keinen Wert. Deshalb sind ihre Tage gezählt, auch wenn sie selbst zu dumm zum Zählen sind.

Auf der kiesbestreuten Auffahrt herrscht geschäftiges Treiben. Ein Weinhändler hievt kistenweise Madeira von seinem Wagen, livrierte Diener tragen Stühle und Tische ins Haus. Also ist es wahr. Zoës Schwiegereltern richten einen Ball aus, bei dem die Verlobung ihres Mannes – des Vaters des Kindes in ihrem Leib – mit einer anderen Frau gefeiert werden soll. Mit einer reichen Erbin, der sie mit diesem Schwindel ihr Vermögen abnehmen wollen. Entschlossen geht Zoë auf eine schwarz gekleidete Frau mittleren Alters zu. »*Excusez-moi, madame.*«

»Da sind Sie ja!« Die Wangen der Frau sind gerötet. Sie ist vollauf damit beschäftigt, die Dienstleute und Händler im Blick zu behalten und zu lenken. »Ihre Ladyschaft fragt schon den ganzen Morgen, ob Sie endlich eingetroffen sind.«

Sie führt Zoë in eine eichengetäfelte Halle. »Seien Sie auf der Hut, sie ist sehr schlechter Stimmung. Ihre Tropfen sind aufgebraucht. In letzter Zeit nimmt sie täglich mehr davon, wir kommen mit dem Beschaffen gar nicht hinterher. Also regen Sie sie bloß nicht auf!«

Zoë weiß nicht, für wen die Frau sie hält und von welchen Tropfen sie spricht, aber wenn die kleine Finte bewirkt, dass sie ins Haus gelassen wird und ihre neuen Verwandten zur Rede stellen kann, spielt sie gern mit.

Ist Jonathans Mutter krank? Das hat er ihr nie erzählt. Vielleicht weigert er sich deshalb so hartnäckig, sie miteinander bekannt zu machen. Sosehr er es seiner Mutter verübelt, dass sie während seiner Kindheit oft grausam war, er ist zu sanftmütig, um eine alte Frau auf dem Sterbebett in Aufregung zu versetzen. Vielleicht hofft er auch, dass seine Mutter bald stirbt und er nur noch mit dem Vater fertigwerden muss, der anscheinend vernünftiger ist. Ganz sicher hat er Zoë nicht betrogen, nicht ihr Jonathan. Das Ganze ist das Werk seiner Eltern, davon ist sie überzeugt.

Während sie allein in der Halle steht und wartet, schaut sie sich die Porträts an den Wänden an. Es ist offensichtlich, dass ihr Mann sein gutes Aussehen nicht von den Vorfahren hat. Außerdem ist er ein besserer Maler, als irgendeiner von ihnen sich ihn leisten konnte. Oben an der Treppe steht die Marmorbüste seines toten Bruders, Edwin, ein verunglücktes, groteskes Werk, angefertigt nach der Totenmaske. Und dann besitzen die Engländer die Dreistigkeit, den Katholiken vorzuwerfen, sie beteten falsche Götzen an …

Jetzt kommt eine Dame in pflaumenblauem Morgenrock die Treppe herabgestiegen, bleibt auf halber Höhe stehen und starrt sie aus dunklen Knopfaugen an. »Was wollen Sie?« Missmutig verzieht sie das Gesicht. »Sie sind nicht die, die mir sonst die Haare richtet. Wo steckt sie? Es wird höchste Zeit!«

»Einen guten Tag, Lady Harcourt.« Zoë hebt das Kinn, greift in ihr Mieder und zieht die Gold-Perlen-Kette von ihrer Großmutter hervor, an der Jonathans Siegelring hängt. »Ich glaube, Sie wissen genau, wer ich bin und warum ich hergekommen bin.«

Lady Harcourt läuft so hastig die letzten Stufen herunter, dass das Holz unter ihren Schritten ächzt und der Kronleuchter bebt. »Wie können Sie es wagen!«

Jonathan hat sie gewarnt. Er hat gesagt, sie solle sich fernhalten, er werde die Auseinandersetzung mit seinen Eltern führen. Zoë weiß, dass seine Mutter launisch ist und dass er Angst vor ihr hat. Aber in der Familie Renard gibt es auch nicht wenige starke Frauen, sie selbst ist eine von ihnen. Sie ist sicher, wenn Lady Harcourt und sie sich hinsetzen und miteinander sprechen, wird sie ihrer Schwiegermutter schon klarmachen, wie sinnlos ihr Verhalten ist. »Ich bin hier, weil ich diesen Unfug beenden will. Ob es Ihnen nun gefällt oder nicht, Jonathan und ich …«

Es rumpelt und klirrt, als Diener Kisten zu einer Tür schleppen, hinter der wohl der Ballsaal liegt. Lady Harcourt packt Zoë beim Arm, gräbt ihr die Nägel tief ins Fleisch. »Still! Es kann Sie ja jeder hören.«

Zoë wird durch die Halle gezerrt, stolpert über den türkischen Teppich, windet sich unter Lady Harcourts eisernem Griff. »Und wenn schon. Ich habe nichts zu verbergen. Sie sind diejenige, die Grund hat, sich zu schämen. Jonathan ist Ihr Sohn, Ihr eigen Fleisch und Blut. Sie sollten ihn unterstützen, dafür sorgen, dass er sich ein Atelier einrichten und sich hier in England als Künstler einen Namen machen kann.«

Lady Harcourt zieht eine Kette aus der Tasche, steckt einen Schlüssel in die Eichentäfelung und öffnet eine Tür. Dahinter liegt ein kleiner Raum. »Mein Sohn ist ein Gentleman. Ich lasse nicht zu, dass er auf Kundenfang geht wie ein ordinärer Kaufmann.«

Der Raum ist dunkel und vollgestopft, aber Zoë lässt sich von ihrer Schwiegermutter hineinschieben. Sie wird erst gehen, wenn sie Lady Harcourt gehörig die Meinung gesagt hat. Jonathan und sein Vater tun nicht gut daran, sich immer ihren Launen zu beugen. Tyrannen darf man nur auf eine Art begegnen: Man muss ihnen entgegentreten. »Ihr Sohn ist ein Künstler, und zwar ein begnadeter. Das ist nichts Ehrenrühriges. Die Welt verändert sich, Lady Harcourt. Vor dieser Wahrheit werden auch Ihr Titel und Ihr Wappen Sie nicht auf ewig beschützen. Heute zählen Fleiß und Talent und nicht nur die Abstammung oder der Name der Familie. Jonathan hat das verstanden, und er hat sich für eine Frau entschieden, die der gleichen Auffassung ist.«

»Sie sind nicht seine Frau.« Lady Harcourts Gesicht ist verzerrt, in ihren Mundwinkeln sammeln sich Speichelbläschen. »Sie sind niemand. Ein Nichts. Ein armseliges ausländisches Frauenzimmer ohne Namen, ohne Geld. Ich werde Sie *nie* in diese Familie lassen.«

Die Beleidigungen perlen an Zoë ab. Diese Frau ist der reinste Aberwitz. Wie kann sie sich anmaßen, so über die mächtigen Renards zu sprechen? Zoë richtet sich zu voller Größe auf. Trotzdem reicht sie Lady Harcourt nur bis zu den Ohrläppchen. Sie mag klein sein, aber sie weiß, dass Gott auf ihrer Seite ist. »Das steht nicht in Ihrer Macht. Wir sind nach dem Gesetz der heiligen römisch-katholischen Kirche verheiratet. Sie können uns gar nicht trennen.«

Lady Harcourt fuchtelt mit einem knochigen Zeigefinger vor ihrem Gesicht herum. »Hör zu, du verschlagene papistische Hure ...«

Allmählich gewöhnen Zoës Augen sich an die Dunkelheit. Das ist nicht, wie sie dachte, ein kleines Wohnzimmer. Hier stehen Körbe voll Wäsche, und in den Regalen ist ein ganzes Bataillon glänzender Kupferpfannen aufgereiht. Noch immer zollt ihre Schwiegermutter ihr nicht den gebührenden Respekt. Statt sie in Ruhe anzuhören, schleift sie sie in eine Wäschekammer und beleidigt sie, als wäre sie eine Bedienstete.

Zorn wallt in Zoë auf. »Nein. Es ist an der Zeit, dass *Sie mir* zuhören.« Sie schlägt Lady Harcourts Hand, die noch immer vor ihrem Gesicht schwebt, weg. »Wenn Sie Ihren Sohn zwingen, diesen Eheschwindel weiter zu verfolgen, machen Sie einen Bigamisten aus ihm. Die Enkelkinder, die er Ihnen mit der neuen Frau schenkt, werden Bastarde sein.«

Ein kupferfarbener Blitz … Zoë taumelt zurück. Ein Schmerz durchfährt sie, als würde ihr der Schädel gespalten. In der Schwärze vor ihren Augen tanzen Sterne. Ihre Hände fliegen zum Bauch, legen sich schützend vor ihr geliebtes Kind. Sie stößt mit dem Knöchel gegen etwas Hartes, gerät aus dem Gleichgewicht, will sich am Griff des Wäscheschranks festhalten, verfehlt ihn um Haaresbreite.

Ungebremst schlägt ihr Hinterkopf auf dem Holzboden auf.

Lady Harcourt steht über sie gebeugt. Ihr Gesicht ist eine hämische Fratze. Sie schwingt mit beiden Händen einen Bettwärmer.

Jonathan hat recht. Seine Mutter ist ein Ungeheuer.

Zu spät erkennt Zoë, dass es ein schrecklicher Fehler war, allein mit Lady Harcourt sprechen zu wollen. Ein schrecklicher, schrecklicher Fehler.

Wo ist Jonathan? Er wird sie finden. Er muss sie finden …

30. Kapitel

12. Februar 1796

*H*ier, bitte sehr, Georgy.« Jane steht im Garten von Dame Culhams Cottage. Es ist ungewöhnlich mild für die Jahreszeit: Die Sonne wärmt ihr das Gesicht und taucht die fernen Hügel in helles Licht. Eine Schar vorwitziger brauner Hennen pickt an den Spitzen ihrer Stiefel und im Boden drum herum, bereitet die Gemüsebeete für den Frühling vor. Jane legt den linken Arm schräg vor die Brust und tippt mit der rechten Hand zweimal gegen den Ellbogen. »Lass dir die Plätzchen schmecken.«

Grinsend drückt Georgy die Schachtel mit Shortbread aus Mrs Plumptres Bäckerei an die Brust. Sein braunes Haar ist so lang geworden, dass Dame Culham es mit einem Zwirnsfaden zum Zopf gebunden hat. Seine Kleider sind ihm noch viel zu weit, aber er ist wieder bei Appetit, und seit er die ausgedehnten Streifzüge mit Jack wiederaufgenommen hat, ist die Farbe in sein Gesicht zurückgekehrt. Er steckt in einem neuen weißen Hemd, das Cassandra ihm schnell genäht hat, einer Leinenweste von Henry und einer adretten schwarzen Kniebundhose. Er sieht genauso aus wie James, es ist fast unheimlich.

Jack will nach der Schachtel angeln, doch Georgy hält ihn mit einer Hand auf Abstand und bringt mit der anderen die Plätzchen außer Reichweite.

Jack lacht. Seine braunen Augen funkeln im Sonnenlicht. »Du musst teilen lernen, Georgy.« Auch er ist fast wieder der Alte. Er hat die Ärmel aufgekrempelt, sodass die sehnig muskulösen Unterarme zu sehen sind, der Hemdkragen steht offen, und er trägt ein buntes Baumwollhalstuch, das das dunkle Brusthaar fast, aber nicht ganz verdeckt. Er dreht sich um und zwinkert Jane zu. Keine Frage, unter allen Männern, denen sie je begegnet ist, hat er das offenherzigste und freundlichste Wesen. Hoffentlich weiß Sally ihr Glück zu schätzen.

Leider ist Jack seinem Traum von der eigenen Schweinezucht keinen Schritt nähergekommen, und der halb fertige Stall bleibt vorerst, wie er ist. Aber Mr Austen hat ihm einige seiner Wiesen übertragen. Für seine Schafe waren sie zu feucht, jetzt kann Jack sie bewirtschaften. Der Boden war viele Jahre sich selbst überlassen und müsste daher sehr fruchtbar sein. Dazu fließt ein Bach mitten hindurch, sodass immer für Wasser gesorgt ist. Mr Austen hat dazu geraten, Erdbeeren anzupflanzen, die vermehren sich schnell und sind anspruchslos, Jack aber hat die seltsame Ahnung, dass Brunnenkresse sehr beliebt werden wird, und hat beschlossen, sich daran zu versuchen.

Cassandra greift nach Georgys Arm, stibitzt ein Plätzchen, reicht es Jack und blickt Georgy mit gespielter Strenge in die Augen. »Ja, du musst teilen lernen, Georgy. Die haben wir für euch alle mitgebracht.«

Jane muss lachen. Georgys mürrische Miene verrät, dass er ganz und gar nicht erfreut ist, aber gegen Cassandras Liebenswürdigkeit kommt sein Trotz nicht an. »Du solltest dir auch schnell eins sichern, Nan!«

»Ich lasse sie meinen Jungs.« Dame Culham lehnt mit verschränkten Armen in der offenen Küchentür. Auf ihrem Gesicht liegt ein Lächeln. »Wir haben so viel zu essen! Sämtliche Nachbarn haben uns was gebracht, sogar Mrs Fletcher. Ich sage ihr immer, wir haben reichlich, aber sie hört nicht auf, schickt jeden Tag frische Pasteten aus dem *Inn* zu uns rauf. Unter uns gesagt: Ich glaube, es gefällt ihr gar nicht, dass ihr Mann unseren Georgy in dieses Unheil gestürzt hat. Er wird sich im nächsten Jahr bestimmt nicht mehr freiwillig als Gemeinde-Constable melden, jedenfalls nicht, wenn seine Frau ein Wörtchen mitzureden hat.«

Jane lächelt zufrieden in sich hinein. Nachdem sie Lady Harcourt als Mörderin bloßgestellt hat, haben sich alle, die an der Verhaftung ihres Bruders beteiligt waren, ausgiebig entschuldigt. Mr Craven sorgte sofort dafür, dass die Beschuldigungen gegen Georgy fallen gelassen wurden. Schließlich war klar, dass Zoës Kette nicht gestohlen, sondern weggeworfen worden war.

Seitdem erholen die Austens sich von der qualvollen Zeit, indem sie sich wieder in ihren Alltag stürzen. Henry ist zu seinem Regiment und dem Studium zurückgekehrt. Er hat Jane einen amüsanten Brief geschrieben, er habe eine außergewöhnlich passende und sehr nette junge Dame kennengelernt und sei entschlossen, ihr den Hof zu machen. Eine zweite Mary – als sei eine nicht genug. Henry schreibt, er wolle sie für sich gewinnen, indem er ihr berichte, wie er eigenhändig einer Mörderin das Handwerk gelegt habe. Der Schuft. James hat Mary Lloyd noch keinen Antrag gemacht, aber alle in der Familie wissen, dass es nicht mehr lange dauern wird. Jane hat den grünen Musselin in Basingstoke gekauft und ist dabei, für Mary zur Verlobung einen Schal zu besticken, auch wenn sie damit ganz sicher aussehen wird wie ein Grashalm.

Cassandra und sie verabschieden sich, winken Georgy noch einmal zu und spazieren zurück durchs Dorf. Sie lächeln und nicken den Frauen zu, die Wäsche aufhängen, und den Kindern, die vor den reetgedeckten Cottages spielen. Bisher war Cassandra so durch das Drama in Deane House und das Bemühen um Georgys Wohlergehen in Anspruch genommen, dass sie noch nicht gefragt hat, wie Jane mit dem Verlust ihres irischen Freundes zurechtkommt. Doch Jane weiß, sie wird das Thema nicht ewig vermeiden können, und wappnet sich. Sollte es irgendwann zur Sprache kommen, wird sie ihren Kummer einfach weglachen. Sie ist so froh, Cassandra wieder bei sich zu haben. Wenigstens für eine Weile. Bis Mr Fowle auf den Westindischen Inseln zu Geld gekommen ist und nach England zurückkehrt.

Cassandra hakt sich bei ihr unter. »Erzähl mir noch mal, was Mr Craven gesagt hat, nachdem Lady Harcourt den Mord gestanden hatte.«

Unter den Umhängen tragen sie beide ihr kornblumenblaues Kleid. Jane hat sich, solange ihre Schwester weg war, mit deren Kleid so wenig in Acht genommen, dass nun beide gleichermaßen verwaschen sind.

»Das habe ich dir schon so oft erzählt. Du kennst die Geschichte ja inzwischen besser als ich.«

Ihre Schwester drückt ihren Ellbogen. »Aber es muss eine solche Befriedigung gewesen sein!«

»Ja, das war es wohl.« Jane strafft die Schultern. »Jedoch bei Weitem nicht so befriedigend, wie nach Winchester zu reiten und Georgy aus dem Gefängnis zu holen.«

Cassandra drückt ihren Arm noch einmal und strahlt. »Ich bin so stolz auf dich! Dann reitest du jetzt wieder mit mir aus?«

»Niemals!« Jane verzieht das Gesicht. »Es sei denn, es läuft wieder ein Mörder frei herum.«

»Es tut mir sehr leid, dass ich dich mit alldem allein gelassen habe.«

Jane hält das Gesicht in die wärmende Sonne und spürt,

wie es sich entspannt. »Das war ja wohl kaum deine Schuld. Vielmehr haben wir dich im Stich gelassen, nachdem du in Kintbury gestrandet warst.«

»Ich war in ständiger Unruhe deinetwegen«, sagt Cassandra. »Deine Briefe klangen so, dass ich schon Angst hatte, du könntest ohne mich den Verstand verlieren.«

Das quittiert Jane mit einem Blick, von dem sie hofft, dass er vernichtend ist. »Also, wenn du beabsichtigst, keine Austen mehr zu sein, wirst du in unseren Laienaufführungen wohl keine Rolle mehr bekommen.«

»Im Herzen werde ich immer eine Austen sein, Jane. Wann hat man festgestellt, dass Lady Harcourt noch am Leben war?«

»Als der Tischler kam, um für den Sarg Maß zu nehmen.« Janes Augen weiten sich bei der wunderbar schaurigen Vorstellung. »Anscheinend hatte er gerade sein Maßband hervorgeholt, da setzte sie sich auf und jagte ihm einen fürchterlichen Schreck ein.«

»Der arme Mann. Ein Wunder, dass er sein Handwerk nicht ganz aufgegeben hat.«

»Damit hat wahrhaftig niemand gerechnet. Mrs Twistleton und der Butler schworen beide, dass sie keinen Puls mehr hatte, und Mr Martin sagt, was sie an Schlafmohnsaft geschluckt hatte, wäre genug gewesen, um ein Pferd umzubringen.« Jane schüttelt den Kopf. »Anscheinend hat sie den schon seit Jahren genommen – seit ihre Söhne zur Welt gekommen waren. Und Sir John bestärkte sie darin, weil es ihre Wutanfälle dämpfte. Allerdings hat sich ihr Verbrauch nach Edwins Tod von Monat zu Monat verdoppelt, wenn nicht gar verdreifacht. Mr Martin sagt auch, eine solche Sucht kann dazu führen, dass die Leute zu gewaltsamen Ausbrüchen neigen. Er hat die Familie immer wieder gewarnt, hat gesagt, sie müsse entwöhnt werden, aber Sir John wollte nichts davon wissen, denn die Droge hat sie gefügig gemacht.«

»Ganz und gar hat sie sich aber wohl doch nicht erholt. Wie hätte Jonathan sie sonst ins Bedlam einliefern lassen können?«

»Nein. Der Gerichtsarzt erklärte, die riesige Menge Opium hätte ihrem Verstand solchen Schaden zugefügt, dass eine Gerichtsverhandlung nicht angezeigt wäre. Seine Empfehlung war, sie stattdessen in eine Anstalt für Geisteskranke einweisen zu lassen, wo sie bis ans Ende ihres Lebens bleiben soll.«

»Hättest du ihr den Galgen gewünscht?« Cassandra hebt eine Braue. Sie sind bei St. Nicholas angelangt. Die Feuersteine in den Mauern funkeln in der Sonne.

Jane atmet tief durch. »Es ist nicht an mir, ein Urteil zu fällen. Aber ich wünschte, sie hätte Zoë nicht umgebracht.«

Unvermittelt hält Cassandra sie am Arm zurück und schaut hinüber zur anderen Seite des Kirchhofs. Dort steht Jonathan am Grab seiner Frau. »Da bist du nicht die Einzige.«

»Ich sollte ein paar Worte mit ihm sprechen. Er kommt jeden Tag. Er hat sie wirklich geliebt.«

»Es muss schrecklich sein, sie so zu verlieren, da doch ihr gemeinsames Leben gerade erst angefangen hatte. Wenigstens kann er jetzt für alle sichtbar als ihr Ehemann trauern.« Cassandra hat Tränen in den Augen.

»Bevor ich es vergesse – du schuldest Greylass ein Bund Möhren.«

»Ach ja?«

»Ich habe ihr versprochen, dass du ihr welche bringst. Bitte denk dran, versprichst du es?«

»Natürlich. Ich gehe zu Mutter und sehe, was sie erübrigen kann.« Damit schlüpft Cassandra durch das schmiedeeiserne Tor und läuft davon. Ihre Schwester ist einfach das liebste, freundlichste, leichtgläubigste Geschöpf auf Erden. Wenn sie erst oben in Berkshire lebt, wird Jane einsam und verlassen sein. Sie wird ihre Schwester natürlich besuchen, aber das ist nicht das Gleiche. Cassandra wird einen Mann haben und allzu bald sicher auch eigene Kinder. Dann wird Jane nicht mehr für sich in Anspruch nehmen können, in ihrem Herzen an erster Stelle zu stehen. Sie fürchtet den Tag, an dem sich Cassandra nicht mehr mit ihr über allerlei Lächerlichkeiten freut und Janes Enttäuschungen beklagt, als wären es ihre eigenen, sondern sich diese Lappalien nur noch mit abwesender Miene anhört.

Als Jane näher kommt, hebt Jonathan den Kopf und lächelt matt. Die Spuren seiner Auseinandersetzung mit Henry sind fast verschwunden, aber er ist bleich wie eh und je. Der Erdhaufen zu seinen Füßen ist so gut wie eingeebnet. Noch ein paar Monate, und der Boden wird fest genug sein, um einen Grabstein zu tragen. Vorerst markiert Jonathan das Grab weiter mit Blüten, die er jeden Tag frisch im Gewächshaus von Deane House schneidet.

»Wie hübsch.« Jane blickt auf die von heute hinab: drei hellgrüne Orchideenblüten an einem Stängel. Sie hat nie fragen müssen, warum es drei sind. Sie weiß, eine ist für Zoë, eine für das ungeborene Kind und eine für den Mann, der Jonathan hätte sein können.

Er nickt und starrt zu Boden. »Ich habe mich noch nicht bei Ihnen bedankt, Jane. Das hätte ich längst tun sollen.«

»Bei mir bedankt?«, wiederholt sie verwundert.

»Ja. Sie haben mich befreit.« Sein Brustkorb hebt und senkt sich heftig. »Obwohl ich alles versuchte, ist es mir nie gelungen, meinen Eltern zu entkommen. Aber Sie haben mich erlöst, und Sie sollen wissen, wie dankbar ich dafür bin.«

Jane ringt mit dem Impuls, sich abzuwenden. Bei Jonathans Anblick ist ihr immer, als saugte sein Schmerz ihr die Luft aus der Lunge. »Was haben Sie nun vor?«

»Man hat mir Vollmacht erteilt, und ich habe einen Mittler beauftragt, zu verkaufen, was uns an Vermögenswerten geblieben ist. Das Haus vermiete ich – wenn sich denn jemand findet, der es haben will. Und dann werde ich mich bemühen, das Anwesen weiter zu unterhalten, damit unsere Pächter Sicherheit haben, und so viel wie möglich von den Schulden meines Vaters zurückzuzahlen.« Er sucht Janes Blick, und seine Lippen verziehen sich zu einem schiefen Lächeln. »Wenn auch vielleicht nicht so viel, dass er nach Hause zurückkehren kann.«

»Ich habe gehört, Mrs Twistleton ist nach London gezogen, um bei ihm sein zu können?«

»Ja. Sie haben sich häuslich eingerichtet und leben als Mann und Frau zusammen. Im Gefängnis. Das geht, wussten Sie das? Im Schuldgefängnis ist das möglich.«

»Kurios.« Die verzwickten romantischen Verhältnisse anderer Leute werden Jane immer faszinieren. »Und ist sie ...«

Er weiß sofort, was sie meint. »Stocknüchtern. Sie bemüht sich, auch Vater zur Abstinenz zu bewegen, aber ich kann mir nicht vorstellen, dass sie damit Erfolg hat. Dennoch – da sie nun bei ihm ist und ihn in Schach hält, handelt er sich vielleicht wenigstens nicht noch größeren Ärger ein.«

Jane sieht Mrs Twistleton direkt vor sich, wie sie triumphierend durch London spaziert, um den Hals ein Band, an dem der Schlüssel zu Sir Johns Zelle hängt. »Ich wünsche ihnen alles Gute.«

»Was mich betrifft, ich bin in eins unserer Cottages gezogen. So bleibe ich in Zoës Nähe. Als ich sie kennenlernte, hat sie mich ein wenig an Sie erinnert.«

»An mich?« Jane legt die Hand an die Kehle. Sie weiß, aus Jonathans Mund ist dies das größte nur vorstellbare Kompliment.

»Ja. Wir haben beide an der Königlichen Akademie gelernt.

Zoë verstand sich auf ihr Handwerk, aber sie war auch eine begabte Künstlerin. Manchen Studenten gefiel es nicht, dass nun auch junge Damen Zugang zu den Ateliers haben, aber für mich war es eine wunderbare Neuerung.« Er lächelt, und in seinen hellen Augen erscheint ein schwaches Leuchten. »Es hat mich daran erinnert, wie Ihr Vater Sie immer ins Schulzimmer brachte, damit Sie uns Ihre Geschichten vorlesen. Wir haben oft gejohlt vor Begeisterung. Schreiben Sie noch?«

Dass er sich daran erinnert! Jane wird rot, halb vor Stolz, halb aus Verlegenheit. »Ja.«

»Sehr gut. Ich hoffe, Sie geben mir eines Tages wieder etwas zu lesen. Ich werde die Kapriolen Ihrer Schurken und schändlichen Damen nie vergessen. Wie sie sich gegenseitig aus dem Fenster geworfen haben, in Fußangeln hängen blieben und was nicht noch alles.«

»Gerade arbeite ich an etwas mit viel fröhlicherem Ausgang. Düsternis hatten wir, meine ich, alle genug.« Ihre derzeitige Heldin ist eine junge Frau, wie es noch keine je auf die Seiten eines Romans geschafft hat. Catherine ist schlicht und unauffällig, vielleicht sogar ein wenig einfältig, doch am Ende wird sie über ihre Dämonen triumphieren.

»Da haben Sie wohl recht.« Jonathan nickt ernst.

»Und was ist mit Ihnen? Malen Sie noch?«

»Ich zeichne, ja. Vor allem Porträts von Zoë. Ich will ihr Gesicht nicht vergessen, wissen Sie.« Er hat Tränen in den Augen.

»Es tut mir sehr leid.« Jane legt ihm die Hand auf den Arm.

»Wenn ich doch nur die Kraft gehabt hätte, mich gegen meine Eltern zu stellen …« Er atmet schwer. »Aber wenigstens kann ich nun – und das ist Ihr Verdienst – darauf vertrauen, dass Zoë in Frieden ruht. Und ich warte, bis wir, so Gott will, im Himmel wieder vereint sind.«

»Jane!« Das ist Cassandras Stimme. James und sie stehen,

beide mit besorgter Miene, am Tor zum privaten Grund der Austens.

Jane verabschiedet sich hastig von Jonathan und läuft zu ihnen hinüber. »Was ist? Ist etwas passiert?« Sie wappnet sich für schlechte Neuigkeiten. Ihre Familie hat doch weiß Gott genug durchgemacht und hätte, bevor sich die nächste Katastrophe anbahnt, eine Ruhepause verdient.

Cassandra blickt zu James auf. »Sag du es ihr.«

James räuspert sich. »Es geht um Lefroy. Er war vor etwa einer Stunde an der Tür und wollte zu dir.«

»Mr ... Tom Lefroy?« Sie wagt es kaum zu glauben. Sie hat wirklich versucht, sich einzureden, dass er ihr nichts mehr bedeutet, aber als jetzt sein Name fällt, bekommt sie weiche Knie.

»Ja. Er sagte, er muss gleich die Postkutsche zurück nach London nehmen, wollte aber unbedingt vorher noch mit dir sprechen.« James mustert sie zweifelnd. »Wenn du möchtest, bringe ich dich mit der Kutsche hin.«

Jane schüttelt den Kopf, ihr ist schwindelig. »Nein, nein. Ist schon gut.«

Cassandra nimmt sie beim Arm. »Geh hin, Jane. Hör dir wenigstens an, was er zu sagen hat.«

Plötzlich begreift Jane, warum ihre Schwester nie gefragt hat, wie sie mit dem Verlust ihres irischen Freundes zurechtkommt. Sie hat gewusst, dass ihr die Antwort zu sehr wehtun würde.

Allein geht sie im Sonnenschein dahin. Ihr trügerisches Herz, das noch immer nach dem kleinsten Fetzen Zuneigung von Tom lechzt, macht wilde Sprünge, während sich ihr Magen, weitaus pragmatischer, ängstlich zusammenkrampft. Schon von Weitem sieht sie Tom vor dem *Deane House Inn* stehen, eine Ledertasche über der Schulter und neben sich auf dem Boden eine abgeschabte Reisetasche. Sobald er sie entdeckt, leuchten seine Augen auf, als sei soeben die Sonne hinter einer Wolke aufgetaucht.

»Sie sind gekommen!«, ruft er.

»Und Sie sind noch hier.« Sie strahlt ihn an. Sie hat weiche Knie, alles in ihr vibriert. Sie wünschte, sie wären irgendwo tief im Wald, wo er sie in die Arme nehmen und ihre Zweifel fortküssen könnte. Stattdessen müssen sie höflich Abstand halten, und sie fühlt sich einsamer denn je.

Er schaut hinüber zu den anderen Wartenden. »Viel Zeit bleibt uns nicht, die Postkutsche kann jeden Augenblick kommen. Ich nehme an, Sie wissen, dass meine Tante mir sehr böse ist. Sie glaubt, ich hätte Ihnen etwas vorgemacht. Und es stimmt. Ich habe mich tatsächlich bemüht, meine Empfindungen für Sie zu unterdrücken. Wie sich gezeigt hat, vergebens. Deswegen habe ich mich wegschicken lassen. Ich habe gehofft, wenn ich fort wäre, würde sich unsere Verbundenheit verlieren. Ich bin ein rational denkender Mann, Jane. Ich muss eine Möglichkeit finden, in der Welt zu bestehen, und ich muss an meine Familie denken. Onkel Langlois hat nie einen Zweifel daran gelassen: Er erwartet, dass ich um des Geldes willen heirate.« Er hebt die Hände und lächelt halbherzig. »Oder, wie er es ausdrücken würde: dass ich meine Stellung im Leben festige, indem ich mich an eine Frau binde, die aus guter Familie stammt, vor allem aber wohlhabend ist.«

Sie kann ihm nicht in die Augen sehen. Stattdessen richtet sie alle Aufmerksamkeit auf die Bewegungen seiner weichen Lippen. Es zieht ihr Herz zum Boden hinab, Arme und Beine werden schwer wie Blei. Ihr kluger junger Mann hatte recht: Am Ende geht es immer um Geld oder um Liebe. Und in diesem Fall ist von beidem zu wenig da.

Tom legt die Hand aufs Herz und schaut sie mit ernster Miene an. »Liebste Jane, meine Zuneigung ist echt. Sagen Sie nur ein Wort, und ich lasse alle diese Bestrebungen fahren. Mir ist klar, dass unter unseren Freunden und in der Familie viele unsere Verbindung tadelnswert finden werden. Aber ich bin voller Zuversicht, dass sie ihre Meinung im Lauf der Zeit ändern und unseren Bund schließlich billigen werden.«

Jane starrt auf seinen leuchtend blauen Schal. Sie hat ihn nie gefragt, welche seiner fünf großen Schwestern ihm den gestrickt hat. »Mr Lefroy ... Tom.« Sie versucht zu lächeln, doch sie hat jegliche Herrschaft über ihr Gesicht verloren. »Ich möchte, dass Sie wissen, dass ich Ihnen nichts als Glück und Erfolg im Leben wünsche ...«

Seine Miene verdunkelt sich. »Sagen Sie das Wort, Jane!«

Sie weicht einen Schritt zurück und blinzelt die Tränen fort. Plötzlich steht ihr Mrs Trigg vor Augen, die Frau des Gefängnisdirektors mit ihren drei greinenden Kindern, eins an der Brust. Das verleiht ihr Entschlossenheit. Sie kann und wird sich nicht in selbst gewählter Gefangenschaft einmauern. »Und mein Mädchenherz wird Ihnen immer zärtlich verbunden bleiben ...« Mehr bringt sie nicht heraus, denn ihre Stimme bricht.

Sie wendet sich ab und läuft davon.

»Jane, ich flehe Sie an ...« Doch Toms Ruf wird von Räderquietschen und dem Klappern von Pferdehufen übertönt.

Die Postkutsche ist da.

Jane rennt, springt über Wurzeln hinweg, die aus dem staubigen Boden ragen. Das junge Grün in der Dornenhecke wird jeden Moment aufbrechen, am Straßenrand stehen Schneeglöckchen mit gesenkten Köpfen, die Blüten noch geschlossen. Sie dreht sich nicht um, will nicht sehen, wie er davonfährt.

Als sie beim Pfarrhaus ankommt, wartet Cassandra im Garten auf sie, eine Falte auf der Stirn. »Und?«

Jane wischt sich mit dem Handrücken die letzten Tränen weg. »Er wollte sich verabschieden. Weiter nichts.«

Cassandra sieht sie durchdringend an. Jane läuft an ihr vorbei zur Hintertür und flieht die Treppe hinauf ins Ankleidezimmer. Gern würde sie die Tür zuschlagen, doch Cassandra ist ihr dicht auf den Fersen, und sie würde ihrer Schwester niemals wehtun.

Stattdessen greift sie nach ihrem Schreibpult, klappt es auf und holt eine halb fertige Seite der Catherine-Geschichte hervor. Ihre Heldin ist gerade in Bath. Sie hat eine Freundin gefunden, aber Freunde sind nicht immer so, wie wir es uns wünschen. Mit einem schweren Seufzer sinkt Jane in ihren Sessel und rückt das Pult auf ihrem Schoß zurecht. Dann zückt sie das Federmesser, wählt einen Federkiel aus und spitzt ihn an, führt die Klinge mit flinken Bewegungen immer von sich weg.

Cassandra, die unschlüssig an der Tür stehen geblieben ist, schaut ihr zu. »Sally hat Pfefferkuchen gemacht. Soll ich ein paar heraufbringen? Mit einer Tasse Tee?«

Jane hält inne. »Das wäre schön«, sagt sie, ohne den Blick zu heben.

Cassandra bleibt immer noch stehen. »Danach schneide ich dir ein bisschen Papier zu, ja? Du hast fast keins mehr, und wie ich sehe, machst du mit der neuen Geschichte große Fortschritte.«

Nun hebt Jane das Kinn und hofft, dass es nicht bebt, als sie ihrer Schwester in die Augen sieht. »Danke, Cass. Ich bin so froh, dass du wieder zu Hause bist.«

Cassandra lächelt. Die Sonne fällt auf ihr hübsches Gesicht. »Ich doch auch, Dummchen.« Damit macht sie kehrt und eilt nach unten, um zu beschaffen, was auch immer Jane brauchen könnte.

Bittersüße Tränen steigen Jane in die Augen. Ihr Herz ist

lädiert, ihr Stolz verletzt, aber sie ist frei, geborgen im Schoß der Familie, wo alle sie lieben und an sie glauben. Und sie wird das Innerste ihrer Seele ihrem Schreibpult anvertrauen.

Fortsetzung folgt ...

Anmerkungen der Autorin

Jane Austen hat Tom Lefroy im Januar 1796 in Deane House kennengelernt. Ich habe das Haus etwas verändert, bei mir ist es im Tudor- und elisabethanischen Stil erbaut, nicht im georgianischen. Gewohnt haben dort in Wirklichkeit die Harwoods und nicht die Harcourts (die in *Henry und Eliza* vorkommen, einem von Austens Jugendwerken). Das beleuchtete Gewächshaus gehörte zu Manydown Manor.

James Austen wohnte 1795 im Pfarrhaus von Deane, Mary Lloyd war nach Ibthorpe im nördlichen Hampshire gezogen. Anna Austen war im Pfarrhaus von Steventon untergebracht, das ebenfalls im Norden Hampshires liegt. Ich habe sie jünger gemacht. Während ihrer ersten Lebensjahre wurden die Austen-Kinder in der Familie Littleworth in Deane aufgezogen. Um George Austen jr. kümmerte sich später die Familie Culham im Weiler Monk Sherborne in der Nähe von Basingstoke. Der Prince of Wales bewohnte bis 1795 Kempshott Park in Basingstoke.

Ich habe viele Namen aus Austens Leben und Werk entliehen und für meine Figuren verwendet: Mrs Twistleton war die Ehebrecherin, die Austen in Bath aufgefallen ist; Hausangestellte mit Namen Sally gab es bei den Austens wiederholt, und die jugendliche Jane Austen hat sich tatsächlich auf der Musterseite des Trauregisters mit Jack Smith vermählt. Die Familie Rivers findet in Austens Briefen Erwähnung, Sophy jedoch ist eine fiktive Figur. Douglas Fitzgerald habe ich erfunden, allerdings basiert die Beschreibung seiner Lebensumstände auf der Geschichte von Altersgenossen von Austen: der Geschwister Morse, die in Jamaika geboren waren, ein großes Vermögen erbten und in die feine britische Gesellschaft einheirateten.

Auch habe ich einige Ereignisse so verschoben, dass sie in meinen Zeitplan passten. Das Schreibpult hat George Austen seiner Tochter vor ihrem Geburtstag 1794 gekauft. Mit der Arbeit an *Northanger Abbey* begann Austen 1798. Den Zeitpunkt habe ich vorgezogen, denn das vorliegende Buch ist meine Hommage an diesen Roman.

Die größte Freiheit, die ich mir genommen habe, ist die: Trotz ihrer Genialität, ihres Interesses an juristischen Fragen, ihres untrüglichen Gerechtigkeitssinns und ihres angeborenen psychologischen Verständnisses finde ich keinerlei Hinweis darauf, dass Jane Austen je ein Verbrechen aufgeklärt hätte. Andererseits sind von ihren Briefen nur so wenige erhalten, dass wir nicht einfach behaupten können, sie hätte sich nie daran versucht. Und sollte sie ihre Gaben je in dieser Weise eingesetzt haben, wäre sie, davon bin ich überzeugt, sehr, sehr gut gewesen.

Dank

Es ist das Verdienst von Jane Austens Freunden und Angehörigen, dass so viel von ihrem Werk erhalten ist und uns bis heute erfreut. Ich möchte mit *Miss Austen ermittelt* diese Stützen in ihrem Leben würdigen, auch jene, die bewusst aus Austens Geschichte getilgt wurden, und natürlich huldige ich damit Leben und Werk von Jane Austen selbst. Wann auch immer ich sie gebraucht habe – sie war da.

Während ich das Innerste meiner Seele in diesen Roman fließen ließ, hatte ich meinerseits eine Schar von Unterstützer*innen. Ihnen gilt mein tief empfundener Dank, insbesondere:

Meiner wunderbaren Agentin, Juliet Mushens, und allen bei Mushens Entertainment (Rachel Neely, Liza DeBlock, Kiya Evans und Catriona Fida) dafür, dass sie von Anfang an an mich und meine Jane geglaubt haben; meiner Lektorin Jessica Leeke dafür, dass sie so genau erfasst hat, was ich vorhatte, und mich bei der Umsetzung so fachkundig angeleitet hat. Meinem Team bei Penguin Michael Joseph: Grace Long, Emma Plater, Emma Henderson, Hazel Orme, Jen Breslin, Gaby Young, Ciara Berry, Claire Mason, Nina Elstad, Helen Eka und Donna Poppy. Ich bin so stolz auf das, was wir geschaffen haben.

Meiner Schreibfreundin Elizabeth Welke (Felicity George) und meiner Mentorin Suzy Vadori, die mich ermutigt haben, bei dieser Geschichte alles in die Waagschale zu werfen; meiner Schreibgruppe für dauernden Ansporn: Ceinwen Jones, Joni Okun, Joanna Wightman, Katy Archer, Liz Brown und Trudi Cowper.

Den Austen-Biograf*innen und Gelehrten, deren Arbeit für mich von unschätzbarem Wert ist: Susannah Fullerton,

Claire Tomalin, Lucy Worsley, Helena Kelly, Devoney Looser, Paula Byrne, John Mullen und der verstorbenen Deirdre Le Faye. Meinen Sensitivity-Readerinnen Dami Scott (Host der Facebook-Gruppe *Black Girl Loves Jane*) und Olivia Marsh, die mich beizeiten dazu gebracht haben, mehr zu tun. Der Jane-Austen-Community in den Social Media (Podcaster*innen, Booktokker*innen, Bookstagrammer*innen, YouTuber*innen, Produzent*innen von Tweets und Memes), denn sie haben mir das Gefühl gegeben, Teil von etwas Größerem zu sein.

Sämtlichen Englischlehrer*innen, die ich je hatte, allen voran Jonathan (MPW-College London), der mir 1995 den Auftrag gab, mir *Northanger Abbey* aus der Bibliothek zu holen (wahrscheinlich, damit ich die anderen nicht länger mit Diskussionen über eine gewisse BBC-Verfilmung mit Colin Firth und Jennifer Ehle ablenkte). Meinen Eltern und meiner Schwester Kelly dafür, dass sie meine Fähigkeit, mich stundenlangen Tagträumen hinzugeben, gelobt und nie versucht haben, mich auf den Boden der Tatsachen zu holen. Meinem Mann Stephen und unseren Töchtern Eliza und Rosina dafür, dass sie meine Neigung, halb in der Gegenwart und halb im achtzehnten Jahrhundert zu leben, akzeptieren.

Und schließlich einer Pfarrerstochter aus Hampshire, die eine kühne Entscheidung traf, wie sie ihr Leben leben wollte, und damit im Stillen die Welt veränderte.

Jessica Bull

Miss Austen kehrt zurück ...

Leseprobe aus Band 2

Wenn einer jungen Dame im eigenen Dorf nicht hinreichend vielfältiger Umgang beschert ist, muss sie ihn eben andernorts suchen. Daher präsentiert die Autorin hier in aller Bescheidenheit die feine Gesellschaft von East Kent:

In Rowling:

Mr Edward »Neddy« Austen Knight (geb. 1767): dritter Sohn von Pfarrer George Austen (geb. 1731) und seiner Frau Cassandra Austen, geborene Leigh (geb. 1739). Adoptiert von entfernten Verwandten, den Knights auf Godmerham Park;

Mrs Elizabeth Austen Knight, geborene Bridges (geb. 1773): Neddys Gemahlin, Tochter von Sir Brook Bridges, 3. Bt (1733–1791);

Miss Fanny-Catherine (geb. 1793), Master Edward »Ted« (geb. 1794) und Master George-Thomas »Little Georgy« (geb. 1795) Austen Knight: der Nachwuchs von Neddy und Elizabeth;

Conker (geb. 1796): ihr Hund;

Miss Jane Austen (geb. 1775): Neddys Schwester, eine junge Dame von geringer Erfahrung und keinerlei Wirkung.

Auf Godmersham und im nahe gelegenen Crundale:

Mrs Catherine Knight, geborene Knatchbull (geb. 1753): Neddys Adoptivmutter, Witwe von Thomas Knight II. (1735–1794);

Prinzessin Eleanor (geb. etwa 1775–80): Mrs Knights rätselhafte Besucherin;

Reverend Samuel Blackall (geb. 1762): Mrs Knights Pfarrer, Kents führender Exorzist.

Auf Goodnestone (gespr. Gansten):

Sir Brook-William Bridges, 4. Bt (geb. 1761): Elizabeths älterer Bruder und Eigentümer von Goodnestone House;

Miss Henrietta Bridges (geb. 1768): Elizabeths ältere, unverheiratete Schwester, Besitzerin einer Notensammlung süßlicher Art;

Mr Brook-Edward Bridges (geb. 1779): Elizabeths jüngerer unverheirateter Bruder; ein Jammer, dass so viele Brüder zwischen ihm und dem herrlichen Goodnestone House liegen – oder eher stehen.

Erstes Kapitel

Kent, England, 8. Juni 1797

Händeringend geht Jane in der Gaststube des *Bull and George Inn* in Dartford auf und ab. Genau dreizehn Schritte braucht sie, um den verräucherten, spärlich beleuchteten Raum zu durchmessen, von den Tischen, die an die Erkerfenster geschoben sind, bis zum Kamin hinten in der Ecke. Die Strecke genügt ihr nicht, um die nervöse Anspannung aus den Gliedern zu bekommen, deshalb legt sie sie wieder und wieder zurück. Jedes Mal streift ihre Stirn den getrockneten Hopfen, der in Büscheln von den wurmstichigen Deckenbalken hängt. Ihre Haube stößt gegen die starren Blüten, und es rieselt Blättchen auf die Schultern ihres gelbbraunen Mantels. »Ich fasse es einfach nicht.« Sie drückt die Stirn an eine verschmierte Fensterscheibe.

Verlassen liegt die Landstraße im Mondlicht da. Bei dem Gedanken, dass ihr Vater und ihr Bruder dort draußen unterwegs sein müssen, krampft sich Jane der Magen zusammen. Wer unter den Reisenden nicht ganz verwegen ist, sieht zu, dass er sein jeweiliges Ziel bis Sonnenuntergang erreicht hat. Es ist bekannt, dass auf diesem Teil der Strecke Straßenräuber ihr Unwesen treiben.

»Bitte versuch doch, die Ruhe zu bewahren.« Mrs Austen sitzt, ihr Woll-Cape dicht um die schmalen Schultern gezogen, auf einer Bank am Fenster. Im Gegensatz zu ihrer Tochter hat sie ihre Haube abgenommen, balanciert sie auf dem Knie und nestelt an den Bändern herum.

»Ruhe?« Janes Stimme klingt schrill. »*Die Schwestern*

sind weg, Mutter. Gestohlen. Entführt. Sie könnten schon sonst wo sein! Wer weiß, in welch ruchlose Hände sie fallen? Du hast gehört, was der Wirt sagt. Die Postkutsche, in der sie gelandet sind, ist auf dem Weg nach Gravesend, wo die Passagiere an Bord eines Schiffes zu den Westindischen Inseln gehen. Sie werden für immer verloren sein. Zerstört!«

Mrs Austen schüttelt den Kopf. »Musst du immer so melodramatisch sein, Jane? Dein Vater und Neddy haben doch die Verfolgung aufgenommen. Kaum hatten wir das Versehen bemerkt, sind sie losgeritten. Gewiss holen sie die anderen nach wenigen Meilen ein. Du wirst dein Manuskript umgehend zurückbekommen.«

Jane schluckt schwer. *Die Schwestern* sind ihr jüngstes Werk. Und wie alles in ihrem Reiseschreibpult werden sie wohl über den Atlantik segeln. »Du meine Güte! Und wenn der Kutscher Neddy und Papa für Räuber hält und seine Pistole auf sie abfeuert? Sie werden sterben!«

»Mach dich nicht lächerlich. Du setzt dich jetzt augenblicklich hin und trinkst mal einen Schluck Brandy.« Mrs Austen schwenkt ihren Zinnbecher. »Der ist gut. Erinnert mich an den, den deine Cousine Eliza früher aus Frankreich mitgebracht hat.«

»Es brechen finstere Zeiten an!«, ruft ein abgerissener alter Mann am anderen Ende des Raums. Jane und ihre Mutter erschrecken fürchterlich. Außer ihnen ist der Mann der einzige Gast im *Inn*. Bis eben hat er, eine Tonpfeife zwischen den Zähnen, stumm am Feuer gesessen und sich die alten Knochen gewärmt. »Das Jüngste Gericht muss nahe sein, wenn ein rechtschaffener Mensch nicht mehr in Frieden reisen kann. Ich dachte, ich nehme die Straße, wo die See sich gegen alle wendet, die auf ihr fahren. Gerade erst ist ein Kutter gesunken. Vor Harty. Keine fünf Tage her.«

Jane kneift die Augen zu und versucht verzweifelt, das Gefasel des Mannes nicht zu hören. Der dumpfe Tabakgeruch sitzt ihr in der Kehle wie ein Kloß und will sie ersticken. »Ich hätte besser auf mein Schreibpult aufpassen müssen. Was habe ich mir bloß dabei gedacht, es auf dem Kutschendach zu lassen, wo ich es doch ohne Weiteres hätte bei mir behalten können? Dann wäre es niemals zwischen das Gepäck von anderen Leuten geraten.«

»Die Crew hat nichts Gutes im Schilde geführt, nehm ich an.« Der Alte kratzt sich den grauen Bart und setzt seinen Monolog fort. »Keiner fährt bei Sturm diese Route. Außer, er will die Gebühren nicht zahlen. Gott allein weiß, was der Skipper in den Wellen erblickte, dass er eine so harte Wende versucht hat, ohne die Segel klarzumachen. War wohl sein eigenes Schicksal, das da auf ihn zukam.«

Mrs Austen dreht sich mit ihrer ganzen schmalen Gestalt zu ihrer Tochter um. »Jane, ich weiß, dass das Schreiben dir viel bedeutet. Umso mehr seit einem Jahr, seit du die Enttäuschung ...«

Jane ballt die Hände zu Fäusten. »Wenn du jetzt seinen Namen aussprichst, gehe ich auf der Stelle in Flammen auf, das schwöre ich.« Warum müssen alle in der Familie die leiseste Stimmungsschwankung, die sie an ihr bemerken, als Kummer über den verlorenen Mr Lefroy deuten? Sie weiß sicher, dass es richtig war, seinen glanzlosen Antrag abzulehnen. Dass sie wünscht, die Umstände wären andere gewesen – oder zumindest in nicht allzu ferner Zukunft geworden –, ist doch nur natürlich. Sie kann ja nichts dafür, dass sie zusammenzuckt, sobald sie von Ferne einen blonden Mann ausmacht; dass allein die unwahrscheinliche Möglichkeit, es könnte Tom sein, ihr Herz höherschlagen lässt.

»... aber ich werde für dein Schreibpult keinen Extraplatz in der Kutsche bezahlen. Neben deinem Koffer und dem übrigen Gepäck hätte es doch auf dem Dach sicher sein müssen.« Mrs Austen verschränkt die Arme vor der flachen Brust.

»War es aber nicht! Während wir damit beschäftigt waren, uns wieder mit Neddy anzufreunden, sind meine Sachen nämlich in Richtung Westindische Inseln auf die Reise gegangen. Du verstehst das nicht! In diesem Kasten liegt alles, was mir lieb und teuer ist. Es geht nicht nur um *Die Schwestern*. Meine einzigen Exemplare von *Catherine* und *Erste Eindrücke* sind auch da drin.«

Der alte Mann fasst mit knochigen Fingern den Griff seines Gehstocks und klopft mit der Spitze gegen die Kamineinfassung. »Umhergeschleudert wie ein Spielzeug. Als Erstes ist der Mast gebrochen. Eingeknickt, als wär's ein Strohhalm. Wir haben die Männer schreien gehört, konnten aber nichts tun. Wenn die See dich behalten will, kannst du nichts machen.«

Mrs Austen dreht die Knie wieder zum Fenster und kehrt dem unruhigen Mann den Rücken zu. »Selbst wenn der schlimmste Fall eintritt und wir dein Gepäck nicht zurückbekommen – du kannst die beiden Werke immer noch neu schreiben. Du hast sie erschaffen, sie sind in deinem Kopf herangereift. Du hast so lange in deinem Ankleidezimmer gesessen und dich mit ihnen befasst, dass dir inzwischen doch jedes einzelne Wort in Erinnerung sein muss. Und wer weiß, wenn du genötigt wärst, sie neu zu schreiben, würden sie vielleicht sogar noch besser.«

»Sie neu schreiben?« Jane ist empört über die Beiläufigkeit, mit der ihre Mutter ihr Werk kleinredet. Anderthalb Jahre lang hat sie daran gearbeitet, hat über jedem Wort, jedem Satz gebrütet, ganze Absätze immer wieder umgeschrieben, bis die Texte schließlich so gut waren, wie irdische Hände sie nur zu machen vermögen. Beide Werke sind länger, ernster und, wenn sie das so sagen kann, um Längen besser als alles, woran sie sich in ihrer Jugend versucht hat. Ihre früheren Arbeiten waren kindische Petitessen, Satire eher, etwas, womit sie sich die Zeit vertreiben und die Familie unterhalten konnte; *Catherine* und *Erste Eindrücke* sind vollständige Romane. »Woher soll ich die Zeit dafür nehmen, wenn ich dazu verdonnert bin, den ganzen Sommer über für Neddys Brut das Kindermädchen zu spielen?«

Mrs Austen sieht sie scharf an. »Das war deine Entscheidung, Jane. Du hast gesagt, dieses Jahr würdest du anstelle deiner Schwester nach Rowling fahren.«

»Ich konnte doch gar nicht anders!« Jane dreht sich zum Fenster und versucht, nicht zu weinen. In der Scheibe spiegelt sich Mrs Austen, die mit gesenktem Kopf dasitzt.

Es ist noch kein voller Monat vergangen, seit Mr Fowles Schiff nach Falmouth zurückgekehrt ist. Und es hat nicht etwa Cassandras Verlobten wohlbehalten nach Hause gebracht, sondern vielmehr die Nachricht von seinem tragischen Ableben. Armer Mr Fowle. Kaum war er auf den Westindischen Inseln angekommen, hat das Gelbfieber ihn niedergestreckt. Monatelang hat Janes innig geliebte Schwester an ihrer Aussteuer genäht und die Rezepte ihrer Mutter in ihr eigenes Haushaltsbuch übertragen, und die ganze Zeit trieb sein lebloser Körper schon in den Wellen, denn er ist auf See bestattet worden. Von einem Augenblick auf den anderen hat die Nachricht Cassandras sonniges Gemüt fortgespült – ihr natürlicher Optimismus ist für immer unter der Last ihrer Trauer begraben.

Also hat Jane sich bereit erklärt, nach Rowling zu fahren und Elizabeth beizustehen, die in Kürze ihr viertes Kind erwartet. Bei allen vorangegangenen Geburten war Cassandra anwesend. Schon bevor sie von der Tragödie hörten, hat Elizabeth geschrieben, sie hoffe inständig, Cassandra werde auch diesmal bei ihr sein. Denn ohne deren Hilfe wäre sie verloren. Nun wird sie leider mit Unterstützung allein durch Jane zurechtkommen müssen. Die leidende Cassandra bleibt bei ihrem ältesten Bruder, James, in Hampshire, und sie sind beide untröstlich. Mr Fowle war nicht nur Cassandras Verlobter, sondern auch James' bester Freund und in der ganzen Familie Austen sehr beliebt. James' Frau hat versprochen, dass sie sich gut um Cassandra und ihn kümmern wird, während die Eltern Jane nach Dartford begleiten, zu Neddy. Mary Lloyd, besser gesagt: Mrs James Austen, ist ebenfalls in Erwartung (seit der Hochzeit ist fast ein Jahr vergangen, aber Jane muss sich mit dem Namen immer noch korrigieren).

Für Jane war Mr Fowle schon mehr ein Bruder ehrenhalber als einfach einer der Schuljungen, die mit ihr im Pfarrhaus heranwuchsen. Sie sieht noch seine belustigte Miene vor sich, damals, als er geduldig versuchte, Cassandra und ihr beizubringen, wie sie einen Kricket-Schläger schwingen mussten, um die gnadenlosen Würfe ihres Bruders zu erwischen, ohne sich sämtliche Finger zu brechen. Beim Gedanken an das hübsche Gesicht, das sich nun im Karibischen Meer auflösen wird, hat sie einen schmerzenden Kloß im Hals.

Alle haben sie für ihre Selbstlosigkeit gelobt. Sie wissen nicht, dass sie in Wahrheit nach Rowling fährt, weil sie es nicht erträgt, Cassandra so leiden zu sehen. Das Schluchzen ihrer Schwester fährt ihr ins Herz wie ein Dolch. Wenn Cassandra mit ihrem sonnigen Naturell von der Liebe so vernichtet werden kann, wie steht es dann für sie, Jane, die so viel schneller niedergeschlagen ist? Nur eine Närrin würde das Risiko eingehen, auf anhaltendes Glück zu hoffen, nachdem sie aus erster Hand miterlebt hat, wie es ist, wenn Erwartungen grausam enttäuscht werden.

Der alte Mann tut einen langen rasselnden Atemzug. »Alle diese armen Seelen sind in der Nacht umgekommen. Die ganze Crew ertrunken. Auf so einem Schiff müssen das mindestens zwanzig Männer gewesen sein. Hätte der Skipper überlebt, stünde er längst vor Gericht – und gewiss mit einer Schlinge um den Hals.«

Jane lehnt den Kopf an den dicken Eichenholzbalken, der quer über dem Kamin verläuft, und murmelt: »Ich wünschte weiß Gott, er würde damit aufhören.«

»Unbedingt!« Mrs Austen verzieht das Gesicht und rutscht auf ihrer Bank hin und her. »Seine düsteren Prophezeiungen sind wenig hilfreich.«

Die Tür geht auf, und es fegt ein kalter Windstoß herein, der das Feuer löscht und den alten Mann in Dunkelheit taucht. Neddy. Er kommt mit großen Schritten auf Jane zu. Die goldenen Locken fließen über den Kragen seines blauen Samtrocks, und sein leutseliges Gesicht leuchtet selbst im Dunkeln. »Wir haben es!« Er hält den Mahagonikasten an die Brust gedrückt, als wäre er so leicht wie ein Blatt Papier. »Der Kutscher hat sich mehrfach entschuldigt. Vater und der Wirt haben deinen Koffer, aber das hier, dachte ich, willst du bestimmt gleich haben.« Damit knallt er den Kasten auf einen der Tische.

Während sie schon in der Tasche nach dem kleinen Messingschlüssel tastet, spürt Jane, wie die Erleichterung ihr durch die Adern rauscht. Sie schließt auf, klappt den Deckel hoch, und der Kasten verwandelt sich in ein Pult, eine schräge, mit grünem Leder bespannte Schreibunterlage. Sie schiebt den Finger in einen kleinen Messinggriff, zieht daran und öffnet so eine verborgene Kammer. Darin liegen, sicher verwahrt, *Die Schwestern*, die ersten Entwürfe für die Misses Dashwood in Gestalt von Briefen, die die beiden einander schreiben. Jane hat diese Briefe mit Hingabe formuliert, denn sie sind der Ausgangspunkt für ihre neue Geschichte. Sie lässt die Schultern sinken, und ihr ganzer Körper entspannt sich.

Hätte sie ihr Reiseschreibpult und alles, was es enthält, verloren, wäre das für ihre Reise kein gutes Omen gewesen. Da sie noch nie so weit von zu Hause fort war und ohne Cassandra an ihrer Seite überhaupt noch keine Reise unternommen hat, fragt sie sich ohnehin beklommen, wie sie die kommenden Tage und Wochen in South Kent überstehen soll. Sie kann nicht behaupten, dass es ihr ein inneres Anliegen wäre, bei der Geburt ihres neuesten Neffen oder der neuesten Nichte zugegen zu sein, und dass sie damit betraut sein soll, ihre Schwägerin sicher durch die Geburt zu begleiten, ist ihr äußerst unheimlich. So schlimm es war, Cassandra leiden zu sehen – von der geliebten Schwester getrennt zu sein wird sie auf andere Art quälen. Aber solange die eigenen Romanfiguren bei ihr sind, gibt es keine Prüfung, der sie sich nicht stellen würde.

S. J. Bennett

EIN HÖCHST ROYALER MORD

Ein Queen-Elizabeth-Krimi

Eine schockierende Entdeckung am Strand von Sandringham House lässt nur einen Schluss zu: Der alte Edward St. Cyr wurde Opfer eines Mordes! Verdächtige gibt es genug – darunter der königliche Pferdepfleger, ein zwielichtiger Landmakler, ein aristokratischer Nachbar sowie etliche Verwandte des Toten –, was den Fall für Queen Elizabeth und ihre unschätzbare Assistentin Rozie nicht eben einfacher macht. Die Spurensuche führt die beiden Damen schließlich bis ins alte Wasserschloss Godwick Hall. Aber wie passen die Teile des Puzzles zusammen? Und puzzeln Rozie und die Queen schnell genug, um das nächste Opfer zu retten?

»Einfach herrlich – die Queen als Miss Marple!
Unterhaltung, die Spaß macht, spannend ist
und voller Humor steckt.
Davon könnte selbst die Königin amused sein!«
*Krimi-Couch über den 1. Teil der
humorvollen Krimi-Reihe,
»Das Windsor-Komplott«*

Nita Prose

THE MAID

Ein Zimmermädchen ermittelt

Jeden Morgen freut sich die 25-jährige Molly Gray darauf, in ihre frisch gestärkte Uniform zu schlüpfen: Sie liebt ihren Job als Zimmermädchen im altehrwürdigen Regency Grand Hotel und ist erst zufrieden, wenn sie die eleganten Suiten wieder in einen tadellosen Zustand versetzt hat. Doch als Molly den ebenso berüchtigten wie schwerreichen Mr Black tot in seinem zerwühlten Zimmer vorfindet, bringt das nicht nur ihren Sinn für Sauberkeit gehörig durcheinander.

Denn Molly ist nicht wie andere, und ihr etwas eigenartiges Verhalten macht sie prompt zur Hauptverdächtigen. Zum Glück hat Molly die Sinnsprüche ihrer Oma, ein Faible für Inspektor Columbo – und echte Freunde im Hotel, die ihr helfen, die Ordnung wieder herzustellen.

»Nita Prose hat einen herzerwärmenden Krimi mit
einer scharf gezeichneten Heldin geschrieben,
die die Leser*in voll und ganz mitfiebern lässt.«
Publishers weekly